BEST SELLER

Stel Pavlou nació en Gillingham (Reino Unido) en 1970. Su primera novela, El códice de la Atlántida, lo catapultó a las listas de los más vendidos en todo el mundo. Su consolidación como autor de éxito mundial ha llegado con su segunda novela, Las siete pruebas, seleccionada por el Daily Mirror y por Lovereading como uno de los mejores libros del año. Es autor, además, de numerosos relatos y del guión de Negocios sucios, protagonizada por Samuel L. Jackson. Sus obras se caracterizan por una documentación meticulosa, una base histórica fuerte y un ritmo frenético que consigue enganchar a los lectores desde la primera página. Actualmente vive en Estados Unidos.

STEL PAVLOU

Las siete pruebas

Traducción de
Luis Gallego Tévar

LA FACTORIA DE IDEAS

DEBOLS!LLO

Título original: *Gene*

Primera edición en Factoría Debolsillo: enero, 2011

C/ Pico Mulhacén, 24-26. Polígono industrial «El Alquitón».
28500 Arganda del Rey. Madrid. Teléfono: 91 870 45 85.

www.lafactoriadeideas.es
informacion@lafactoriadeideas.es

Printed in Spain – Impreso en España

ISBN: 978-84-9800-626-1
Depósito legal: B-41896-2010

Impreso en Novoprint S.A.

Para papá,
Paul Pavlou
1928-1999

Nota del autor

Las Cícladas forman una cadena de islas griegas que se asientan en las aguas oscuras como el vino del mar Egeo y son el centro de una gran tormenta que se ha venido desatando durante los últimos tres mil años. Si uno siguiese el perfil de las costas mediterráneas que se disponen de forma concéntrica en torno a las Cícladas se encontraría Grecia, Turquía, Siria, Líbano, Israel, Egipto e Italia. Encontraría Creta y encontraría Troya. Encontraría que la historia de Occidente ha sido modelada por lo que ha ocurrido en torno al círculo cicládico, casi como si la historia fuese las manecillas del reloj cicládico; la guerra de Troya a medianoche, las Cruzadas a las tres de la mañana y así en adelante hasta el alba. Incluso ahora, lo que ocurre en torno a las Cícladas dicta lo que atrae la atención del mundo. El poder más joven del mundo, Estados Unidos, se ha visto atraído hacia esta región que llama Oriente Medio. La antigua Babilonia sigue representando el mal. Es como si hubiéramos completado todo un ciclo, en el que los enemigos continuaran siendo invariablemente los mismos. Tal es la naturaleza de un reloj. La naturaleza de un hombre. La naturaleza de Cíclades, con quien compartimos el viaje.

LAS SIETE PRUEBAS es una fantasía histórica. Aunque los acontecimientos y personajes históricos presentados son reales, en ocasiones los elementos han sido alterados intencionadamente para adaptarlos a las necesidades de la historia. Mis protagonistas interactúan con ellos, o en ocasiones los propios personajes históricos son convertidos en protagonistas, aunque es evidente que mi historia simplemente es un nuevo tejido confeccionado a partir del tapiz de la historia.

La ciudad de Nueva York también ha sido remodelada para mis propósitos. Muchos aspectos son reales, pero algunas veces los he alterado, como por ejemplo el tamaño de los edificios o ciertos detalles geográficos. Espero que la gente de NYC pueda perdonarme; hago esto con una genuina base de respeto y afecto. Los procedimientos del Departamento de Policía de Nueva York también fueron alterados intencionadamente cuando fue necesario, pero solo un verdadero policía lo percibiría, por lo que es por respeto al NYPD y al trabajo que este realiza que menciono este hecho.

Mi más sincero agradecimiento a William Belmont, director de operaciones en Pinkerton Consulting & Investigations, a W. Mark Dale, director del laboratorio de criminología del NYPD, al detective (retirado) del NYPD Peter Dzik, al detective (retirado) del NYPD John Cornicello, a Steven Pinker, quien no tuvo que responder a mis preguntas gracias a su excelente libro *La tabla rasa,* al doctor Jim B. Tucker, profesor asociado de Medicina Psiquiátrica, Universidad de Virginia, a Gary A. Wasdin de la Biblioteca Pública de la Ciudad de Nueva York, a Jon Thorpe, licenciado en Ciencias, al doctor Andrew Holder, a James Sprules, a Louis y Christina Pavlou, a Alex Franke, licenciado en Arte, y a Carol Anderson. En aquellos momentos en los que primaban los criterios artísticos les he ignorado por completo, por lo que debo añadir que los errores que haya podido cometer como resultado de esto son de mi exclusiva responsabilidad.

Un agradecimiento especialmente efusivo por su gran ayuda, consejo y apoyo va para Maureen Pavlou y Rowland Wells. Gracias también a mis editores John Jarrold y Ben Ball (espero que haya recuperado la calma) y mis agentes Sophie Hicks, Jeff Graup, Alex Goldstone y Linda Seifert, quienes hicieron un gran trabajo de puertas adentro sin el cual el libro no habría salido adelante.

Por último y no por ello menos importante, gracias a Lise, quien me mantuvo cuerdo a través de todo este proceso, quien me ayudó a levantarme cuando estaba deprimido, quien me dio valor cuando lo único que quería era salir corriendo. Comencé este libro por mí; lo terminé por ti.

Conoce el pasado, analiza el presente, prevé el futuro

—Hipócrates

Cíclades en el inframundo

Recuerdo el día en que morí.

Los detalles son confusos ahora. Una neblina apenas distinguible de una pesadilla. Recuerdo los cortantes sonidos del metal contra el metal, la estridente concepción de una batalla sangrienta sobre un lienzo. La orgía de sangre. Los ríos de sudor recorriendo los cauces de mis brazos. Tierra y grasa animal esparcidas sobre el mármol pulido. El olor de la carne quemada. Como tiras de carne rancia de cerdo crepitando y goteando en una hoguera. Jugos rezumando. Sangre fluyendo como el vino. El animal humano hace un distinguido sacrificio.

Decían que el potro se había desbocado. No sé por qué recuerdo aquello. El potro se había desbocado. Pero así era cómo funcionaban las cosas. Recuerdo que maté, con mis propias manos. A uno lo atravesé tan rápidamente como se cubre uno instintivamente la nariz al estornudar. Recuerdo que sujeté la cara de un hombre entre mis manos como si fuera a acariciarla y, en vez de aquello, le aplasté los ojos con mis pulgares, que quedaron enterrados en sus cuencas. No recuerdo si gritó. Supongo que debió de hacerlo. Todo es confuso ahora. Todo forma parte de ese carnaval de terror que terminó con mi vientre abierto en canal, y mis entrañas desparramadas como el relleno de un muñeco de trapo.

Recuerdo estar en medio de otro ataque cuando un golpe sordo me cogió desprevenido, y mi mano salió volando. Un final sobre otro final. Mis dedos ensangrentados seguían aferrando mi espada cuando cayeron al polvo.

No sé lo que ocurrió después. Los detalles son confusos ahora. Una neblina apenas distinguible de una pesadilla. Quizá sea para bien. No deseo recordar el horror que presencié, aunque sé que conocí el mal aquel día y que no era lo bastante hombre como para detenerlo.

Regresé a tiempo para contemplar la oscuridad, traído de vuelta por algo que tiraba de mi ropa. Quizá supusieron que era carroña. Mis gemidos pronto pusieron fin a eso. Fui arrastrado por las calles e introducido en alguna parte, no sé en dónde.

Luego hubo un goteo. Un chapoteo ocasional en unas aguas inmundas, iluminadas esporádicamente por la débil llama de las antorchas en una caverna. Estaba tumbado, despertando y volviendo a caer en mi estupor durante no sé cuánto tiempo. Solo ella podría saberlo. Esa zorra de pelo alborotado con sus ojos hambrientos y su necesidad de verme asfixiado. Esparciendo el humo de sus extrañas pociones, manteniéndome bien atado para que no pudiera apartar la mirada, forzado a consumir sus diabólicos bebedizos.

Examinó mis entrañas como si yo mismo fuese una profecía. Como si mi carne pudiera predecir el futuro. No sé qué es lo que vio, ya que no había futuro aquí. Estaba más allá de la restauración. Pero sin embargo ella me bañó en miel y me cubrió con retales. Me alimentó con bayas y brebajes y trozos de corteza y forzó el descenso de cada bocado por mi dolorida garganta. Recitó sus encantamientos y las llamas comenzaron a danzar al tiempo que la caverna empezaba a dar vueltas, se levantó sus prendas y mostró el tupido pelo negro de su húmeda entrepierna. Se agachó sobre mí y, para mi sorpresa, tenía más control sobre mis partes del que yo mismo tenía. Se contorsionó y maldijo y me escupió para poder obtener mi simiente. Me asestó unos contundentes puñetazos. Y todo mientras las llamas y el humo de las antorchas se elevaban a su alrededor, un *crescendo* para su pelo alborotado y sus ojos hambrientos. Hasta que finalmente vertí en su interior lo que anhelaba.

Y cuando estuvo satisfecha apagó los fuegos y me abandonó al hambre y la sordidez. Y mientras estaba ahí tumbado, con mis fosas nasales saturadas con el hedor putrefacto y repulsivo de mi cuerpo moribundo, ella le hizo pasar y le dijo que me había salvado para él. Él tomo su cuchillo y lo hundió en mi sien.

Y mientras moría miré en lo más profundo de esos ojos codiciosos y comprendí.

Recuerdo el día en que morí. Fue el día que fui testigo de mi propia concepción.

Mi nombre es Cíclades. Y esta es mi historia.

Las siete pruebas de Cíclades

Libro primero

Conócete a ti mismo
—Platón

Ciudad de Nueva York

Apuñaló al primer visitante exactamente a las 10.23. Esto fue determinado más tarde a partir del código de tiempo de las cintas de seguridad.

Ocurrió de la siguiente manera: entró en el vestíbulo principal llevando una sudadera gris lisa, con aspecto inofensivo, un tipo normal. Superó el detector de metales sin activar la alarma. Merodeó bajo las imponentes cúpulas de cristal del vestíbulo de entrada durante unos diez minutos. No cogió ningún mapa del mostrador de información. No consultó ninguna dirección.

Observó durante casi tres minutos al personal del museo cambiando las flores, una donación continua de Lila Acheson Wallace, luego se dirigió hacia las escaleras para subir a la siguiente planta, cambió de opinión, giró a la izquierda alejándose de las escaleras y, caminando los diez metros aproximados que lo separaban de la exposición escultórica griega, sin detenerse en ningún momento para pagar la tasa voluntaria de entrada en ninguna de las dos taquillas, penetró en la sala Belfer con aire desorientado.

Aunque no como un turista. Esto era algo diferente.

Fue entonces cuando empezó a llorar.

No fue un arranque repentino. Si así hubiera sido, quizá uno de los vigilantes de vistoso uniforme azul podría haberse acercado para atenderle, dándose cuenta de que algo iba mal. En lugar de eso se dirigió al *Cubiculum de Boscoreale* —unos muros pintados al fresco y un suelo con su mosaico, dispuestos como la habitación de una villa romana— donde la señora Margaret Holland (una profesora de Historia del Instituto Scarsdale que estaba en el museo como parte de un grupo de trabajo) observó que se parecía a aquel chico que siempre estaba fumando crac en la biblioteca del último instituto donde había trabajado.

Sabía lo suficiente como para apartarse de su camino.

En la *Gran urna sepulcral,* al fondo a la izquierda, recorrió con su dedo las imágenes de unos cuerpos negros tumbados bocabajo que estaban representados en su superficie de terracota. Tocó unos cuantos objetos más hasta que llegó al centro de la sala.

Completamente rodeado por estatuas de mármol de dioses y reyes, la atención del joven se vio atraída por la figura del centro: *Volneratus Deficens*, «el guerrero herido», una representación de Protesilao, destinado a ser el primer griego en morir en la batalla de Troya, pero mostrado aquí alzando el brazo con su lanza, preparado para matar.

Lauren Berger, de veintiún años, estudiante de Historia del Arte de la Universidad de Nueva York, explicó que estaba haciendo unos bocetos del *Guerrero herido* cuando el hombre apareció repentinamente a su lado y le habló a la estatua. Desconcertada, le preguntó si estaba familiarizado con la obra. Él replicó que no estaba familiarizado con la obra, sino con el hombre.

En ese momento, Lauren Berger decidió abandonar la sala Belfer. Fue cuando ella partía, y mientras el hombre intentaba seguirla, que este pareció percatarse de la galería de exhibiciones especiales tras la entrada bajo el letrero «La hazaña griega». En el interior, artefactos que databan desde la guerra de Troya a los primeros Juegos Olímpicos habían sido dispuestos en celebración de los juegos de verano de este año. Hoplones, lanzas, vasijas, cuencos, monedas. Pero fueron las espadas lo que más le interesó.

Las espadas y las calaveras.

Lauren Berger dijo que desearía no haber iniciado jamás una conversación con ese hombre. Quizá entonces no hubiera hecho lo que hizo a continuación.

A las 10.23 el joven cogió una espada corta de bronce de tres mil años de antigüedad de una pared del museo y con el mismo movimiento seccionó el brazo de Richard Scott, el único otro visitante en la estancia. En segundos había abatido al vigilante de la sala, y al de la sala contigua, que intentó intervenir, con sendos mandobles de una experta precisión. La espada seguía pareciendo sólida y afilada. Había un montón de sangre.

Ondeando la espada por encima de su cabeza, descargó la antigua arma sobre la vitrina 43. En el interior había un casco y un cráneo roto.

Con su mano tachonada de esquirlas de cristal y recorrida por regueros de sangre, recogió los objetos del interior del expositor.

Y entonces, del mismo modo repentino en que su furia había explotado, comenzó a hiperventilar. El vídeo de seguridad mostró la confusión que se iba dibujando en su cara mientras estudiaba el descolorido hueso humano; entonces se desplomó.

Permaneció tirado en el suelo unos cuantos minutos, vociferando en un idioma que nadie entendía. Apretó el cráneo contra su pecho.

Y rompió a llorar.

North

La mañana de mediados de agosto era cálida y opresiva, Nueva York era una asfixiante caldera que dejaba el aire denso y cargado, saturado con los humos de los vehículos diesel y de gasolina que se deslizaban por la Quinta Avenida como si fueran gotas de sudor.

Aparcado detrás de tres roñosos autobuses escolares Scarsdale que esperaban junto a la acera, North rumiaba el informe de Bruder. Había marcado la localización del sospechoso en un desgastado mapa azul y blanco de la planta del museo antes de despegarlo del techo de su Impala azul marino.

—¿Cuándo llega la ESU? —preguntó.

La Unidad de Servicios de Emergencia era una de las divisiones tácticas del NYPD. Negociadores y SWAT. Como detective de la Unidad de Intervención del Distrito Cuatro, North no trabajaba con rehenes; debían de andar escasos de personal.

Los rasgos hinchados del agente Don Bruder, que estaba al borde de la lipotimia, reflejaban su inquietud mientras el caos en las escaleras del museo Metropolitano de Arte continuaba desplegándose implacablemente. Los agentes estaban conduciendo al público hacia las salidas. La masa enloquecida de turistas se agolpaba en torno a los puestos de perritos calientes y a los vendedores de ilustraciones. Y aunque podía oír más sirenas intentando abrirse camino por la calle Transversal Ochenta y Seis, a tan solo una manzana de distancia, apenas un par de coches patrulla habían conseguido llegar hasta allí antes que North.

Eran las 10.45.

—Está en tus manos —replicó Bruder.

—Eres el primer oficial en llegar. ¿Pediste que viniera la ESU o no? —preguntó North secamente, abriendo el maletero con brusquedad.

—¿No te lo dijo Central?

—¿Decirme el qué? —North sacó su pesado chaleco antibalas y se ajustó las correas sobre su camiseta empapada de sudor.

—¡Ah, Jesús! —protestó Bruder—. Eres tú quien decide si llamar a la ESU.

—¿Por qué?

—Porque ese chalado está preguntando por ti por tu nombre.

North cerró el maletero de un portazo. Gotas de sudor frío bajaban por su húmeda frente. Pudo sentir la negra mugre de la ciudad pegada en su nuca mientras sacudía la cabeza.

—¿Preguntando por mí?

—Detective James North. Es lo que no deja de repetir. ¿Crees que puede ser alguien a quien hayas cabreado?

North se quedó sorprendido por la pregunta.

—Claro, soy policía —dijo—. Escucha, llama a Central, diles que muevan el culo y manden más gente para que precinten la zona. ¿Habéis bloqueado las salidas?

Bruder señaló con el pulgar a la multitud que aún luchaba por abandonar el edificio.

—¿Estás de broma? Habrá unas tres mil personas ahí dentro, y un crío atrapado con ese maníaco. Dicen que se puede tardar una media hora solo en evacuar el museo.

North observó la fachada del edificio mientras el personal sanitario ayudaba a un par de empleados del Met a llegar hasta la única ambulancia del Servicio Médico de Emergencias del FDNY que había podido superar el embotellamiento del centro de la ciudad. Uno sujetaba un trozo de tela empapado de sangre contra su cara. Otro tenía una camiseta enrollada en torno a su mano.

Si ha tocado a ese niño...

North hizo un gesto para comprobar su arma, pero la sombra que cruzó la cara de Don Bruder habló por él.

—No me gustaría ser tú en estos momentos.

—Créeme, todos queremos ser otras personas.

—Central ha dado la orden: ningún disparo dentro del museo.

North se quedó atónito.

—¿Perdón?

—Alguien llamó a la oficina del alcalde. Dijo que se ha hecho una donación de tres mil años de antigüedad a la exposición. Lo siguiente que sé es que la coordinadora ha emitido un comunicado avisando de que el museo es más valioso que cualquiera que se meta ahí dentro.

North no respondió. Valoró la situación y luego desenfundó su Glock 21 del calibre 45. Ocho disparos. Punta hueca. Todos los policías sabían que la munición encamisada perforaba el objetivo y salía luego limpiamente. Pero una punta hueca se abría como una flor de plomo. Su capacidad de daño era asombrosa; su poder de detención, absoluto. Y no había riesgo de que pudiera salir de su objetivo para alcanzar a cualquiera lo suficientemente desafortunado como para estar situado por detrás. La pistola iba a entrar.

—Yo no he visto nada.

A North no le importaba.

—¿Algo más que quieras contarme?

—Sí —dijo el joven agente mientras estudiaba los escalones que conducían a las imponentes columnas del majestuoso edificio de piedra—. Hemos encontrado a la madre del chico.

—Matthew Hennessey —continuaba diciendo ella una y otra vez—. Matthew Hennessey.

Pero era solo uno de una amalgama de nombres que estaba flotando en la cabeza de North. Amos Arreilamo, Louis Rosario... había encerrado a Louis por robo en una casa. ¿Estaría ya en la calle? Michael Francis Duffy seguía preso por doble homicidio. Imposible que lo hubieran soltado. ¿Qué pasaba con Denni? Ella se parecía a la esposa de Dennichola Martínez. Había trincado a Denni por un robo importante.

El problema de ser detective de la Unidad de Intervención era que te ponían donde más necesitasen tener a alguien. Podía conocer al tipo del museo por un buen número de razones, desde algún timo hasta cruzar imprudentemente la calzada.

—¿Me está escuchando? —estaba diciendo ella completamente desesperada—. ¿Está escuchando lo que le estoy diciendo?

North mintió y dijo que sí.

—Es asmático —sollozaba ella, con sus manos temblorosas y las mejillas cubiertas de lágrimas, probando que el maquillaje de cinco dólares que llevaba no soportaba la humedad. Se clavó las uñas en su ropa de Costco, que era vieja pero por otro lado estaba bien cuidada. Esta mujer sabía cómo estirar el dinero.

Tenía otro retoño con ella. Una niña pequeña con un vestido de algodón amarillo pálido. Ni rastro del padre.

—Señora Hennessey —dijo North amablemente—. ¿Es un buen chico?

Ella no estaba escuchando. Estaba fuera de sí.

—Señora Hennessey. Su hijo, ¿cómo se llama?

—Se lo he dicho, Matthew. Su nombre es Matthew.

Dios mío, North, paciencia.

—¿Cuántos años tiene?

—Once. —Sus ojos deambulaban sin rumbo.

North tuvo que distraerla de lo que estaba ocurriendo. Tocó su brazo.

—Señora Hennessey, escúcheme. ¿De acuerdo? Míreme... míreme. —North era la imagen de la seguridad cuando ella estableció contacto visual—. Vamos a sacar a su hijo de allí, ¿de acuerdo? Pero voy a necesitar su ayuda.

Ella asintió con la cabeza al comprenderle.

—Dijo que tenía asma. ¿Está tomando alguna medicación?

—Su inhalador. Tiene un inhalador de plástico.

—¿Qué lo desencadena? ¿Tiene ataques de pánico?

—No. No, la causa es médica.

Bueno, eso es algo.

—¿Lo lleva consigo?

Era una pregunta sencilla, pero era una de las que esta madre angustiada simplemente no podía responder. Estaba temblando de nuevo, incapaz de proporcionar una respuesta coherente. Se tiró de su decolorado pelo, que llevaba recogido con un lazo detrás de la cabeza. No podía ser más que unos pocos años mayor que North. En mitad de la treintena, aunque las débiles trazas de vasos sanguíneos reventados en torno a su nariz sugiriesen otra cosa.

—Lo puso en el bolso de mamá... —reveló la hija—. Odia tener que llevarlo por todas partes. Le hace parecer bobo.

North volvió a centrar su atención en la madre.

—¿Lo tiene?

Ella rebuscó indecisa en su atestado bolso hasta que sacó el pequeño artilugio de plástico azul. Se lo ofreció a North. La etiqueta del frasco a presión rezaba «Albuterol».

North lo reconoció inmediatamente. El niño de su hermana necesitaba albuterol. Pero este frasco estaba vacío y había pasado hacía mucho su fecha de caducidad. North sonrió, esperaba que de un modo tranquilizador. El pequeño Matty no tenía asma en absoluto. Estaba engañando a su madre, por razones que solo él conocía.

—Me aseguraré de que le llegue esto.

Las sofocantes y untuosas nubes naranjas estaban cargadas con la promesa de lluvia, pero North no las creía. Continuaría sudando.

El calor hacía cosas extrañas con la cabeza de un hombre. Podía hacer que se cociera hasta el punto de lo irracional, provocando que desatara su furia sin miedo a las consecuencias. El calor interfería con la habilidad de un hombre para razonar.

North tenía dos opciones, mientras luchaba por entrar en el museo contra la abrumadora marea de visitantes presa del pánico que seguía descendiendo por las escaleras principales en su intento por salir: podía darle más potencia al aire acondicionado con la esperanza de que el tipo se calmara o bien apagarlo para dejar que el calor hiciera efecto en él. Dejarle atontado, más fácil de arrestar pero peligrosamente impredecible.

¿Cómo apaciguar un torbellino?

—¿Qué está haciendo ahora? —North se unió al siguiente agente, que estaba agazapado tras una de las taquillas.

—Afila la espada.

—¡Oh, Jesús!

North echó un vistazo desde la esquina para valorar la situación, pero no había nada que ver. En su lugar pudo escuchar cómo una piedra era arrastrada, lentamente, muy lentamente, a lo largo de una espada antigua.

—¿Dónde está?

—Sigue entrando y saliendo de allí. Hay una salida al otro lado. —El policía señalaba una galería lateral.

North comprobó el plano del museo. Sintió como se le tensaban los músculos de la mandíbula por la frustración. No había suficientes agentes, seguía habiendo demasiados visitantes. Consternado, arrojó el mapa a un lado.

—Esto es demasiado impreciso.

En el otro extremo de la sala Belfer, un policía orientaba a los confusos visitantes que salían de la cafetería y de la exhibición de las Américas para que se dirigieran hacia las escaleras, pasado el guardarropa, hasta la salida de la calle Ochenta y Uno. Le estaba dando la espalda a la sala. No tenía otra opción. No había puertas internas que cerrar, ningunas rejas que surgieran mágicamente. El museo estaba orgulloso de su accesibilidad.

El criminal solo tendría que cambiar de opinión sobre dónde le apetecía estar para que toda esta situación se descontrolase.

El afilado continuaba. Un fuerte olor a metal surgía de la galería lateral.

—¿Ha estado haciendo eso todo este tiempo?

—Lleva unos diez minutos. La gente del museo dice que es una espada de Troya auténtica.

North tuvo que pensar.

—¿Del norte del estado?[1]

[1] N. del t.: Se refiere a la ciudad de Troy (Troya), Nueva York

—La antigua Grecia.

Oh.

—Supongo que vale una fortuna.

Bruder se acercó por detrás.

—Ya no.

—¿Le ha hecho algo al chico? —preguntó North, mientras evaluaba las salidas.

—Ni siquiera creo que sepa que está ahí.

Pero North no dudaba.

—Créeme —dijo—. Lo sabe.

A Bruder no le gustaba toda esa espera. Sus dedos estaban blancos de aferrar su radiotransmisor.

—¿Qué pasa con la ESU? ¿Les llamo?

North lo sopesó. La ESU sería la respuesta primaria si la situación no estuviese bajo control. Pero sí lo estaba, por el momento. Las situaciones con rehenes ocurrían en esta ciudad con una frecuencia de en torno al centenar de casos al año. El Equipo de Negociación con Rehenes del NYPD tenía un noventa por ciento de éxitos disuadiendo a desesperados, suicidas y pirados de actuar siguiendo sus insondables impulsos. Por algo tenían «Hable conmigo» bordado en su uniforme.

—Llame al HNT —ordenó North. Pero poco después de haber dicho eso la situación comenzó a descontrolarse. La multitud al otro extremo de la sala empezó a superar al solitario agente, colándose en ella, justo donde North no la quería, justo en el centro de una situación con rehenes.

North no se lo pensó.

—¡Atrás! —gritó, corriendo hacia ellos—. ¡Atrás!

Antes de darse cuenta, se encontró en medio de la sala. Los visitantes estaban desconcertados. Vacilaron. North les hizo señas desesperadas para que se alejaran.

De vuelta a las taquillas, Bruder y su compañero se vieron forzados a dirigir la marea de visitantes hacia las escaleras, lejos de la situación de peligro y hacia las salidas.

—¡Marchaos! —suplicó North.

Y fue entonces cuando la primera chica vio al sospechoso, de pie, a tan solo unos pocos metros en el interior de la galería de exhibiciones temporales y comenzó a gritar.

En torno al metro setenta y cinco, quizá setenta kilos, de pelo claro y muy corto, estaba de pie dándole la espalda a su audiencia, con sus brazos claramente manchados con una viscosa sangre de color rojo oscuro.

Los visitantes se apresuraron a regresar por el camino que habían tomado, cuando el extraño ya se estaba girando hacia North.

Era un par de años más joven que él. Puede que tuviese veinticinco, veintiséis años. North estaba en forma, pero este tipo parecía un atleta. Iba a ser ágil y rápido.

North se asombró de su propia estupidez. Puede que tuviesen razón. Puede que siete años fuese realmente la vida media de servicio de un policía de Nueva York.

Agarró con fuerza el inhalador azul como un acto reflejo e intentó calcular su próximo movimiento. Ahora estaba en el terreno del sospechoso.

Y North no lo conocía en absoluto.

Gene

El sonido escalofriante de las pasadas deliberadamente lentas de la piedra de afilar contra el frío y duro metal de la antigua espada continuaba reverberando de pared a pared. North podía percibir ahora que estaba acompañado por el rumor áspero de una respiración fatigosa y forzada a través de la garganta seca y constreñida del extraño.

¿Era asmático también, o tenía alguna otra enfermedad? ¿Era un indicio de neumonía lo que North podía escuchar, una infección bronquial? ¿O es que el hombre de la espada estaba fuera de cualquier clasificación, excepto la de desequilibrado?

Cerca, detrás de una estatua grande de mármol de un dios griego olvidado hacía mucho tiempo, muerto hacía mucho tiempo, se encontraba Matthew Hennessey de pie, sollozando, tan aterrorizado que tenía un charco a sus pies y una mancha de color índigo bajando por sus pantalones vaqueros. Se habría meado todavía más si le quedase algo que mear.

North estaba demasiado lejos para agarrarlo y salir corriendo; ese tipo lo cortaría por la mitad antes de alcanzarlo. El chico intentó buscar la mirada de North para encontrar algún apoyo, pero North no se podía permitir proporcionarle esa mirada reconfortante que tanto deseaba. Tenía que mantener la atención de ese hombre lejos del niño, a cualquier precio.

El extraño arrastró los pies al girarse para contemplar a Bruder, quien dirigía a los ansiosos y curiosos visitantes de vuelta a la salida, todo mientras afilaba su espada. North observó lo peculiar de sus andares vacilantes. ¿De qué estaba puesto? ¿PCP? ¿Crac? ¿Algo nuevo? Podía permitírselo. Su ropa era cara. Pantalones de diseño. Deportivas de doscientos dólares. Sus manos estaban pulcramente cuidadas y no parecían callosas. No era solo un ejecutivo, era un ejecutivo de éxito.

¿Qué se había adueñado de él para que liberase su rabia entre las vitrinas destrozadas y los huesos humanos aplastados y cubiertos de terrosa arcilla de modelar, entre ojos de cristal y demás material artístico, los cuales se hallaban desparramados ahora por el duro suelo de mármol? ¿Era una reconstrucción facial en arcilla lo que había estampado contra el suelo, y sus ojos los que habían salido despedidos tras el acceso de odio que se había descargado sobre la misma?

Demasiados ojos. Incluso North podía sentir los ojos, la mirada furiosa de los dioses que estaban alineados en la galería orientados hacia él, como si estuvieran vigilándolo. Juzgándolo. ¿Es eso lo que le inquietaba, el no querer ser observado de esa manera? North conocía a hombres que habían matado por menos.

¿Digo simplemente: «¿Hola, preguntabas por mí?»? No. Entonces tendría la sartén por el mango.

North cogió el inhalador azul, lo agitó violentamente, asegurándose de que la pequeña bola del interior tintineara sonoramente, y fingió aspirar profundamente una dosis de albuterol.

—Me pongo nervioso —anunció North a modo de disculpa.

Ninguna respuesta. Si el tipo había escuchado algo no se daba por aludido. Simplemente continuó con lo que hacía, como un chef afilando su cuchillo con una chaira.

North tenía que tomar la iniciativa de alguna manera. Convertirse en el centro de atención de ese hombre. Hacer algo inesperado pero no amenazador que pudiera darle la iniciativa.

Se percató de una pesada chaqueta de cuero marrón que estaba tirada en el suelo, abandonada por un visitante en su huida. North esperó un instante antes de acercarse lentamente a la misma.

—Eh, ¿es tuya? —preguntó, a pesar de la sudadera del extraño; cualquier cosa para iniciar una conversación. La cogió cuidadosamente, sin apartar su mirada del extraño en ningún momento—. Bueno, déjame que te la devuelva —ofreció tranquilizadoramente.

Todavía nada, excepto el insoportable chirrido de la piedra contra el frío metal.

La chaqueta no era barata y era demasiado tupida como para ser confortable en un día como aquel. El hábito debe de haber hecho que alguien la trajera. North recorrió rápidamente el forro con lo dedos solo para asegurarse, pero los bolsillos estaban vacíos.

Lo intentó de nuevo. Solo le quedaba una estratagema.

—Mi nombre es James —dijo—. James North.

El extraño detuvo abruptamente el afilado. Su pecho se expandió, como si luchara para aspirar trabajosamente otra bocanada de aire.

¿Estaba pensando alguna respuesta? Era difícil saberlo. North podía escuchar que estaba murmurando algo entre dientes, aunque no podía entender su idioma. Quizá sonara a algo de Oriente Medio, North no estaba seguro.

¿Cómo proceder?

—¿Quieres que tire esto a tu lado?

El extraño elevó sus ojos perturbados y llenos de curiosidad para encontrarse con los de North.

Eso es, eso es. Mírame...

La mirada de aquel hombre revelaba una familiaridad que North no podía terminar de situar. Una peculiar marca de nacimiento circular partía desde su ojo derecho. North no le sostuvo la mirada mucho tiempo, fue rápido en mirar a otro lado de nuevo, fue rápido en mostrar deferencia al dominante. Intentó parecer sumiso.

—Llámame Jim —dijo, ofreciéndole al hombre su chaqueta, aunque la espada oscilaba ligeramente en la mano del agresor—. ¿Y tú?

El hombre se quedó cavilando profundamente un tiempo considerable. ¿Tan difícil resultaba? Finalmente replicó con tranquilidad:

—Soy el Juramento de Satán.

North ni siquiera quería pensar en lo que podía significar aquello. ¿Estaba intentando provocarle o quería decirlo de verdad? *Olvídalo. Desvíalo.*

—Sin embargo, ese no es tu nombre, ¿no es así? —replicó suavemente.

El extraño pensó la respuesta.

—Gene...[2] ellos me llaman Gene.

Quienesquiera que fueran «ellos», North estaba seguro de que no era lo único que le llamaban. Permitió que su expresión se relajara un poco.

—Hola, Gene. ¿No quieres que te devuelva tu chaqueta?

Gene sonrió desdeñosamente. Era casi borreguil en sus reacciones, como si fuera un poco lento.

—No es mía —replicó modestamente—. ¿Te gusta mi espada?

North sintió un escalofrío, bien consciente de la sangre en la hoja y la que manchaba su camiseta por todas partes. *Ten cuidado con la respuesta. No hables de nada relativo a esta situación.* Esas eran las normas. Ganarse la confianza del tipo. Mantener su confianza. Pero no decir nada relevante.

—Estas chaquetas son caras. —*Intenta desviarlo en todo momento—. Yo* tenía una, me la dejé en el metro. Trescientos pavos por una nueva. No sé para ti, pero para mí trescientos pavos son difíciles de conseguir.

A Gene no le importaba. Paseó su dedo por el brillante borde recién afilado de la espada rota. Tenía una gruesa pátina verde incrustada en la mayor parte de su superficie. Parecía extremadamente quebradiza. Debería de haberse

[2] N. del t.: *Gene* significa «gen» en inglés.

hecho añicos con su primer ataque, pero era como si la decidida voluntad de su portador la hubiese mantenido de una pieza.

Los dedos de Gene bailaban cálidamente sobre los diseños en forma de cuernos de toro repujados en su superficie.

—Hacía muchos años que no veía una de estas.

North aprovechó la oportunidad para mantener el tono amistoso de la conversación.

—¿Vienes mucho al museo? —Aspiró de nuevo del inhalador vacío. Le proporcionaba tiempo para pensar, mientras le daba a ese tipo otra cosa en la que centrarse.

Gene negó con la cabeza.

—No —dijo, con una naturalidad perturbadora—. Es mi primera vez. —Alzó la espada y la bajó en un arco, un movimiento ensayado. La sangre se despegó de la hoja y salpicó el suelo de mármol formando un patrón de gruesas gotas a tan solo unos centímetros de los pies de North.

—¿Eres, eh, eres de por aquí, Gene? Mi familia es de Brooklyn, de pura cepa. ¿Qué me dices de ti? ¿De dónde eres?

Gene dio un tajo al aire como respuesta, atacando a objetivos invisibles. Bloqueando un ataque invisible.

—De aquí y de allí —dijo finalmente; la curiosidad que brillaba en sus ojos estaba reservada solo para probar el equilibrio del arma.

Repitió la acción. Bajó su brazo para realizar un rápido ataque lateral, ligero de pies, con reacciones precisas, inesperadas. Contrastaba claramente con cómo había actuado hacía tan solo unos minutos.

—Lo sé todo sobre ti —dijo Gene.

—¿Ah sí? —North miró atrás por la galería hacia Bruder, con la boca seca por el pavor y la resignación. *¿Cuál es la situación?* HNT *en cinco minutos.* Aunque bien podrían ser cinco horas.

—¿De dónde, eh, de dónde crees que me conoces?

—No lo creo. Y tú no lo recuerdas.

—¿Qué te hace decir eso?

—Tienes que parar esto.

—¿Parar el qué, Gene? Tú eres el que está haciendo esto. ¿No crees que eres el que debe detenerlo?

Gene interrumpió las filigranas que estaba realizando con su espada. Sus fosas nasales se ensancharon, sus ojos se iluminaron, su voz tembló.

—No lo entiendes. —Se golpeó la cabeza—. Solo tú puedes hacer que se acabe esto. Ayúdame.

—¿Cómo?

Gene no respondía.

North observó como el brillante filo de la espada de Gene oscilaba amenazadoramente. Girando sobre su talón en un movimiento refinadamente practicado, con la espada como una extensión de su brazo, su estocada una extensión de su alcance, Gene, hábil con la espada, investigaba lo que lo rodeaba con una destreza de corte y una gracia de movimientos que desafiaban su estado mental.

Se giró de nuevo, perdido en el momento. Y no vio venir la chaqueta.

North fue rápido. Había arrojado la pesada chaqueta de cuero contra la cabeza de Gene, plenamente consciente del aplomo y fuerza explosiva del hombre más joven, aunque sin estar en absoluto preparado para ello. El hombro de Gene impactó contra su vientre como un pistón de acero. Con la iniciativa de su parte, North terminó su impulso con una fuerte patada en la base de la espalda de Gene, arrojándolo de cabeza contra lo que quedaba de una de las vitrinas de la exposición.

En un instante, North centró su atención en Matthew Hennessey, pero el chico estaba tan confundido por el desarrollo de los acontecimientos que dio un paso atrás, tan asustado del detective como de Gene. Sin inmutarse, en dos cortas zancadas, North lo cogió por el cuello de la camisa con una mano y por el cinturón con la otra y, desesperadamente, arrojó al asustado niño por la sala hacia Bruder.

Matthew Hennessey gritaba mientras aterrizaba pesadamente y se deslizaba por el mármol hasta ser recogido por los brazos del policía que lo esperaba.

Pero ese instante fue el único de que dispuso North antes de que Gene se recobrara y arrojara la chaqueta al suelo. Le asestó a North un golpe terrible con la parte plana de la espada, sacudiéndole en la espalda con tanta ferocidad que este se desplomó y luchó por recuperar el aliento, aferrando todavía un inhalador que no tenía ninguna utilidad para nadie.

Tan solo el agente próximo a la salida de la calle Ochenta y Uno tuvo la sangre fría suficiente como para evitar que la situación fuera a más.

—¡Quieto! —gritó, apuntando al sospechoso, que no tenía ni idea de que había orden de no disparar.

Gene vaciló como si hubiera recobrado momentáneamente el sentido, mientras North resollaba a sus pies.

Rodando sobre sí mismo, debatiéndose por incorporarse, North buscó a tientas su arma. Podía escuchar como se repetía el sermón en su cabeza, pero sus pulmones no le iban a permitir que le leyera sus derechos a ese hombre.

Rechinó los dientes, finalmente sacó su pistola y apuntó, solo para ver que Gene se había marchado.

North miró al indeciso agente que indicaba la dirección por la cual Gene había huido, atravesando las exhibiciones temporales, caminando hacia la parte trasera del edificio, hacia Central Park y la oscuridad. North se incorporó con torpeza, haciéndole señales a Bruder al otro lado de la sala.

—Llévate a ese chico a un médico.

Bruder hizo lo que se le dijo. El otro policía partió atravesando la exhibición de las artes de África, Oceanía y América. North se abrió paso por la ruta que había seguido Gene.

Comprobaba todas las sombras, buscando, moviéndose con rapidez, intranquilo, apuntando con su Glock a cada cosa a la que dirigía la mirada, con su mano izquierda sujetando su muñeca derecha. Unas esquirlas de cristal crujieron bajo sus pies. *¿Qué es ese olor?* Fuerte y penetrante. *¿Flores?* Perfume. Un charco pegajoso, formando una especie de sopa macabra junto a unos cuantos ojos de cristal.

Siguió avanzando, sintiendo un escalofrío en la nuca ante la implacable mirada de piedra de los dioses de la galería, hasta que salió a un espacio dedicado al exquisitamente ornamentado mobiliario francés. Escritorios, cómodas y el armario «merovingio». Pero ni rastro de Gene.

¿Qué camino tomó? Había una sección del museo en obras. La ruta directa a través de la larga y vasta sala escultórica europea estaba bloqueada. North visualizó el plano de planta e intentó recordar las salidas. Continuó moviéndose, buscando un atajo.

Al final de la sala escultórica europea estaba la cafetería y una puerta giratoria bloqueada que daba al parque. A la izquierda se encontraba la exhibición de arte moderno, el hueco de las escaleras... y una salida de emergencia.

North corrió entre los tapices, las porcelanas y la intrincada ebanistería de nogal, para irrumpir en un pasillo ocre oscuro cerca de un puesto de recuerdos abandonado, con varias pilas de catálogos y camisetas.

A su izquierda, de vuelta al vestíbulo, las oscuras efigies premonitorias de madera del arte africano. Enfrente, los incomprensibles trazos y salpicaduras de pintura de Jackson Pollock; y rodeándole por completo, el impenetrable silencio de una pista que se enfriaba rápidamente.

North se deslizó sigilosamente hacia la salida de emergencia, como una exhalación, buscando algún movimiento, una sombra fugaz, una voz en la distancia. No había ruido de pisadas. *¿Está ya fuera, o se está escondiendo?*

La puerta que daba al hueco de las escaleras oscilaba de un lado al otro, como si hubiese pasado alguien. North se aproximó, cada vez más cerca, y escuchó el distante sonido del metal rascando contra el metal. Venía del interior. *¿Detrás de la puerta? ¿Escaleras arriba?* Elevó su Glock, entró y apuntó.

Una semiautomática corriente le estaba apuntando entre los ojos.

North retiró el arma mientras el veneno del alivio descargado y el pánico de la culpabilidad se difundían por cada uno de sus nervios. El policía de la salida de la calle Ochenta y Uno estaba aferrándose la garganta, la sangre roja brillante y espumosa brotaba entre sus desesperados dedos. Intentó hablar, pero todo lo que pudo emitir fue un borboteo sangriento.

El policía bajó su arma y se desplomó contra la pesada puerta. North se abalanzó sobre él para amortiguar su caída e inmediatamente encendió su radiotransmisor Motorola.

—¡Mandad una ambulancia! ¡Ya! ¡Agente herido!

Gritó su localización para el personal sanitario, pero su súbito arrebato sorprendió a alguien en el interior del museo. El sonido de unas mesas y sillas siendo arrastradas surgió de la cafetería. *Gene.*

North disponía de unos pocos segundos.

Exasperado por la frustración corrió de vuelta al puesto de recuerdos y cogió una camiseta para presionarla contra el cuello del policía, forzándola bajo sus rígidos dedos. Pero la sangre no se detenía. ¿Había sido seccionada la arteria? North no tenía ni idea de en qué otro lugar tenía que aplicar presión.

—Te pondrás bien —dijo. Pero la cruda realidad era que no tenía ni idea de si estaba mintiendo o no.

Al otro lado del vestíbulo pudo escuchar el estrépito de unos cristales rotos mientras los abrumadores segundos iban pasando como si fueran horas. North estiró el cuello. *¿Por qué la cafetería? ¿Por qué no había utilizado esta salida?* North empujó la puerta: estaba encadenada. Esperando a ser reparada. Gene estaba retrocediendo sobre sus pasos cuando encontró resistencia.

North estaba desesperado. *Puedo hacer esa carrera, puedo cogerle.*

Pero no podía abandonar la escena. Agente herido. Ese agente debía ser atendido. *¡Pero él está allí mismo! ¿Dónde están los médicos?* Quizá pudiera quitarse los cordones de sus zapatos y atar la camiseta a su cuello. *¡Piensa! ¡Al final lo acabarás estrangulando!*

North introdujo una mano ensangrentada en su bolsillo trasero, sacó su Nextel, y lo pasó de teléfono móvil a modo radio.

—¡Bruder! ¿Dónde estás?

Pero no llegó ninguna respuesta atosigada o jadeante; en su lugar, el descorazonador silencio de la angustia y la muda recriminación comenzó a arropar a ambos hombres con su andrajoso y desgastado velo.

North agarró desesperadamente el cuello del policía, sintiendo cómo la presa del hombre iba perdiendo fuerza, observando cómo su cálida sangre burbujeaba entre sus propios dedos solo para seguir chorreando. Un arroyo carmesí que brotaba de entre sus angulosos nudillos y bajaba hasta el creciente y resbaladizo charco a sus pies.

Presionó más fuerte, hundiendo aun más la camiseta en la herida a pesar de la abrumadora sensación de futilidad.

Dios, ni siquiera sabía el nombre de este hombre.

El decidido estrépito de las botas del personal sanitario llenó el vestíbulo. Bruder estaba con ellos.

—¡North! ¿Por dónde se fue?

Un médico resuelto y arisco retiró los dedos de North de la herida con una eficiencia rutinaria.

North se limpió la sangre de las manos sobre su oscuro chaleco antibalas. Mientras se limpiaba el sudor de la boca con una palma grasienta, no podía hacer nada para ocultar que estaba temblando.

—¿North?

Pero North ya había salido corriendo por el vestíbulo en dirección a la cafetería sin decir palabra. Todo lo que Bruder pudo hacer fue seguirle.

Un grueso cristal separaba la cafetería del parque en el exterior. Unas ventanas fuertemente inclinadas ofrecían una visión del obelisco, la Aguja de Cleopatra, que asomaba por detrás de unos árboles oscuros al borde del estanque de la Tortuga.

Varias mesas y sillas y pesados mostradores de madera estaban tirados patas arriba en una evidente trayectoria a través de la cafetería que llevaba directamente a los pies ampliamente separados de un triunfante arquero de bronce.

North se abrió camino entre los restos con cuidado, alerta ante la posibilidad de una emboscada. Pero en su interior sabía que Gene ya se había marchado. Lo supo antes incluso de posar su mirada en el agujero que el hombre había practicado ferozmente a través de uno de los paneles de vidrio endurecido.

North aceleró el paso.

—Radio a todas las unidades, está en el parque.

Bruder lo siguió, apresurándose para mantener su ritmo, pero North ya estaba saltando por el agujero para aterrizar en la hierba.

Otra víctima estaba tendida en el poroso asfalto de East Drive. Tirada bocabajo. Botas de montar de cuero negro y un parche distintivo triangular amarillo en su manga; era un policía de la Unidad Montada.

Dime que no tiene el caballo.

North corrió en auxilio del policía al tiempo que Bruder se acercaba como una bala por detrás.

—¡Continúa! ¡Ya me encargo! ¡Ya me encargo!

¿Pero qué camino debería tomar? La comisaría de Central Park estaba a unas pocas manzanas a su izquierda. *Por ahí no. Alicia en el país de las maravillas* estaba a su derecha. Gene no tenía otra opción: iba a cruzar el parque.

North subió a la carrera el terraplén que tenía por delante hacia el sonido de los impactos del caucho y el corcho contra el fresno, que resonaba de árbol en árbol: *softball* en la explanada de césped.

Pasó como una exhalación entre los árboles, enfundando su Glock. Había demasiada gente alrededor. Demasiadas posibilidades de que las cosas salieran mal.

Al otro lado del obelisco pudo oler a caballo y siguió el aroma fermentado del estiércol fresco hasta que pudo oír la charla; el discurso íntimo y apaciguador entre jinete y montura.

Gene estaba de pie bajo la fresca sombra del monumento de piedra al otro lado del caballo, un alazán de metro sesenta de altura, acariciando el sensitivo pelo blanco del hocico del animal castrado con una confianza llena de naturalidad.

Parecía levemente extrañado de que los arreos incluyesen dos bocados, y estaba claramente desconcertado ante los estribos, que había atado bajo el vientre.

North ni siquiera tuvo tiempo de planear su siguiente movimiento antes de que el caballo le escuchase, orientando instintivamente sus orejas hacia atrás ante las fuertes pisadas del policía que se aproximaba. Le dio a Gene todo el aviso que necesitaba.

Gene se colgó una cartera negra de mensajero que tenía a los pies, una cartera que North estaba seguro de que no tenía antes. Debía de haberla dejado ahí, debía saber que cogería este camino. *¡Planeó esto! ¡Tenía una ruta!* North comenzó a correr.

Gene se movió rápidamente, pero con calma. Se lanzó a la silla de montar y tiró de las riendas para girar el caballo hasta encararlo con North. Extendió la espada a un lado.

Y cargó.

10-88

El atronador ruido de los cascos redujo violentamente la distancia entre ellos.

Mientras jinete y montura cargaban, North buscó refugio entre los árboles. La antigua y afilada espada de bronce sesgó el aire a unos pocos centímetros de su cabeza, siendo su frío aliento sobre su cuello un recordatorio fantasmagórico de lo que podía haber ocurrido.

North se lanzó detrás de otro tronco en un intento de sorprenderle por el flanco contrario, pero Gene no estaba girando para atacar de nuevo, sino que empezó a avanzar entre los árboles, dirigiéndose al oeste, atravesando el parque. Se guardó la espada en su cartera y jaleó al caballo, espoleándole con los talones.

North corrió detrás de él, sabiendo demasiado bien que no tenía nada que hacer ante un jinete y su montura a todo galope.

Salió disparado de la sombra de los árboles y el recio calor del verano lo abrazó, llenando sus pulmones con un aire abrasador. Chorros de salino sudor caían por su cara, irritándole los ojos.

Su pecho luchaba contra las ajustadas correas de su chaleco antibalas, pero North se negaba a rendirse. Apenas capaz de hablar, cogió de nuevo su Nextel.

—¡Diez ochenta y ocho! ¡Sospechoso dirigiéndose al oeste...! ¡Teatro Delacorte...!

—¿Puede repetir?

¡No, no lo puedo repetir!

Sobrepasó a un par de turistas y corrió a lo largo del sendero asfaltado en dirección al teatro de madera con forma de herradura donde la hierba descendía con suavidad. Había estado incontables veces aquí. Había un cruce a los pies de la pequeña depresión; una senda recreativa.

Pudo ver como se agitaba la cola del caballo mientras la experimentada destreza en la equitación de Gene conducía al animal a un medio galope. Pequeños grupos de viandantes consternados se apartaron rápidamente para dejarlos pasar, algunos de ellos haciendo gestos de reprobación mientras desaparecían sobrepasando la loma.

Para cuando llegó North, el agobiante calor había ejercido su opresivo efecto. Se detuvo en seco, aferrándose el costado derecho mientras el insoportable espasmo del flato dejaba vacíos sus pulmones. Inspiró profundamente, intentando controlar el temblor que lo dominaba, y bajó la mirada hacia el cruce a través de una neblina carmesí.

North se forzó a seguir avanzando, abriéndose camino entre la multitud a pesar del dolor, cambiando el ritmo de su respiración para procurar exhalar cada vez que su pie izquierdo contactaba con el suelo, presionándose el costado derecho, donde su hígado se encontraba con su diafragma.

¿Qué dirección tomo ahora?

La senda recreativa estaba tapizada con una capa de varios centímetros de fina tierra. Las huellas de caballo estaban marcadas profundamente y conducían hacia dos direcciones. Superpuestas. Confusas.

Había dos ponis tordos trotando bajo las copas de los árboles en dirección a las afueras de la ciudad. Más gente se congregaba en la zona, surgían de la calle Central Park Oeste, estaban en su descanso para el almuerzo.

North escuchó un relincho proveniente de la carretera y subió rápidamente la pendiente que conducía al límite del parque.

Gene estaba al otro lado haciendo que el caballo se abriese camino por el embotellamiento. Por un momento, North se preguntó si Gene quería que lo capturase. Con un caballo, debería de estar ahora a kilómetros de distancia.

Un joven delgado, un mensajero con unas mallas negras y una camiseta amarilla, estaba preparándose para salir con su bicicleta cuando North le mostró su placa y le explicó quién era.

—Señor, de verdad que necesito su bicicleta.

El ciclista dudó, pero el caos que se estaba desarrollando tras la estela de Gene hablaba por sí mismo. El mensajero le ofreció rápidamente la bicicleta y North se marchó con ella.

Habían pasado años desde la última vez que montó en bicicleta y esa cosa tenía tantas marchas que no sabía qué hacer con ellas. Salió disparado entre los coches apiñados, evitando por muy poco una colisión al cerrarse el tráfico más adelante. Un taxi amarillo pitó furiosamente cuando al pasar North le permitió a un coche de otro carril robarle el sitio que tenía delante.

North mantuvo la cabeza gacha y siguió avanzando. *¡Hay un hueco!* Se precipitó hacia delante, esquivó un camión y chocó de frente contra el parachoques delantero de un flamante Chrysler Sebring sedán plateado.

Tendido en el capó, North elevó furioso la mirada hacia el conductor a través del parabrisas. Una mujer impresionante, de largo pelo bermejo y con unas gafas de sol de marca le devolvió la mirada. Estaba intentando girar para meterse en la Ochenta y Uno Oeste.

North se bajó del capó y recogió la bicicleta con resentimiento. *¿Dónde está ese caballo?*

Clavó su pie en el pedal y se largó antes de perderlo para siempre, zigzagueando entre el tráfico mientras intentaba mantener su visión lo más elevada posible. *¡Allí!*

¿Por qué necesitaba Gene llegar a este lado de la ciudad? ¿Hacia dónde iba? ¿Era Gene de los que vivían en la parte alta del West Side? ¿Era abogado, médico? ¿Encajaría cualquiera de esas etiquetas?

¿Adónde va ahora?

Gene tiró de las riendas, dirigiendo el caballo al sur, hacia la avenida Columbus.

¿Sur? ¿Qué está buscando al sur de aquí?

La Cocina del Infierno

En los mapas turísticos lo llamaban Clinton, pero todos los demás seguían sabiendo que en su corazón siempre sería la Cocina del Infierno.

North pedaleó con fuerza. El aire pegajoso y saturado con los gases de los tubos de escape hacía que su piel ardiera. Pero no importaba lo mucho que lo intentara, manzana tras manzana, simplemente era incapaz de recuperar la distancia perdida. Gene era demasiado rápido. El tráfico era demasiado denso. ¿Por qué estaba empezando a tener la sensación de que se había pasado la vida entera persiguiendo a este hombre?

Gene echó un vistazo por encima del hombro como si supiera sin más que North estaría allí y espoleó el caballo para que galopara.

Las calles emanaban un aire de calma debido a la aparente colonización burguesa por parte de los escritores y los artistas del antiguo East Village, pero North, como cualquier policía, sabía que tras la superficie aún se escondía el corazón mucho más oscuro. Intacto. Los escritores no eran más que fraudes, buscando como sanguijuelas la siguiente gran historia que explotar. Entre los elitistas bloques de apartamentos rehabilitados a partir de los mataderos y las fábricas de pegamento del siglo XIX, diminutos ultramarinos y restaurantes desastrados seguían engalanando los bajos de los desmoronados y más modestos edificios de viviendas. Era una bomba de relojería de blancos pudientes mezclados con minorías pobres.

Y Gene parecía conocer bien la zona. Hizo que el caballo saltara a la acera, y superó limpiamente la barrera de un pequeño aparcamiento al aire libre.

North cruzó a toda velocidad el estrecho hueco al lado de la barrera y pedaleó como un relámpago por el callejón lateral. Salió disparado a la siguiente calle, donde la industria pornográfica había tomado residencia desde que fuera expulsada de Times Square.

Si alguna vez hubo un lugar que definiera la verdadera naturaleza de la ciudad, ese era la Cocina del Infierno. Habían intentado *disneyficarlo.* Y habían hecho un buen trabajo. Pero como un tipo grotesco con un disfraz barato de Mickey Mouse, la sonrisa proporcionaba una falsa tranquilidad, porque bajo el disfraz yacía el demonio. Afilándose las garras. Esperando el momento oportuno. Quizá al demonio le hubiera dado por empezar a pintar su retrato. Quizá el demonio había pintado los rasgos de Gene.

Las aceras bullían de individuos tristes que entraban y salían de sórdidos *peep shows* baratos. North escuchó gritos al fondo de la calle, donde la gente se peleaba por apartarse del camino del maníaco a caballo.

El túnel de Lincoln estaba a unas pocas manzanas de distancia; si Gene quería salir de la ciudad para llegar a Nueva Jersey, ese era el itinerario a seguir. En Manhattan, un hombre a caballo siempre llamaría la atención. Pero aun así, eso no tenía sentido. Había rutas más sencillas que esa. ¿No conocía Gene la ciudad?

Sin aviso previo, dos coches patrulla surgieron derrapando de una salida lateral, con sus luces y sirenas puestas. Gene se echó tanto hacia atrás que el caballo se encabritó.

Ignorando la orden de un agente para que se detuviera, Gene dio media vuelta al caballo y espoleó al animal para que continuara. Elevó la mirada y se encontró con los ojos de North.

Ambos hombres estaban ahora acelerando implacablemente el uno hacia el otro.

Ha llegado el momento. El pulso de North se disparó. *Puedo cazarle.* Estaba exhausto, aunque sus piernas bombeaban frenéticamente. Gene rebuscó en su bolsa. *¡Busca la espada! ¡Adelante, cógela!*

El caballo arqueó el cuello y echó las orejas hacia atrás como protesta ante el implacable paso que se le exigía. Sus cascos se deslizaron en el asfalto. Gene mantuvo la presión sobre él, echando su brazo hacia atrás.

North saltó en marcha de la bicicleta de montaña e impactó contra el hombre más joven a caballo. Cayeron rodando por detrás del asustado alazán y aterrizaron sonoramente en la carretera.

Los vehículos que tenían alrededor derraparon al frenar mientras el caballo continuaba corriendo.

North lanzó el primer puñetazo. Tenía los dedos tan firmemente apretados que su mano había quedado entumecida antes incluso de que impactara contra la cara de Gene. Hubo un impresionante crujido de huesos.

Los dedos de Gene dejaron escapar la espada de bronce. North vio su oportunidad, y machacó el antebrazo de aquel hombre hasta que el afilado metal cayó de su mano.

Le dio una patada. La espada se deslizó por el asfalto mientras él intentaba coger su pistola. Sin embargo Gene fue más rápido. Sacó su otra mano de su oscura bolsa de mensajero y hundió un centelleante objeto de metal en el muslo de North.

El policía gruñó inmerso en un dolor desmedido, destellos de luz blanca centelleaban detrás de sus ojos, enérgicamente cerrados.

Gene lo arrojó a un lado y se incorporó tambaleándose. Los agentes de los dos coches patrulla estaban corriendo hacia él, desenfundando sus armas.

North se recobró y sacó su Glock. De nuevo Gene fue más rápido. Pateó instintivamente la pistola en la mano de North y se arrojó entre dos coches aparcados. Espiando entre las ventanas, fuera del alcance de los agentes, buscó una ruta de escape. Ubicó un callejón lleno de contenedores de basura a solo unos pocos metros de distancia, y salió corriendo.

North estaba de pie y cojeaba tras él, intentando ignorar el insoportable dolor en la parte alta de su muslo. Cuando Gene se aproximó a la esquina explotó polvo de ladrillo sobre su cabeza, al apuntar y disparar los agentes. La histeria se adueñó de las aceras.

North se precipitó contra las olas de pánico, echando a un lado los cuerpos que se cruzaban en su camino, aunque cuanto más luchaba contra la marea más nubes negras de tormenta llenaban sus sentidos y obstruían su buen juicio. Giró la esquina tambaleándose, sus ansias por encontrar a ese hombre y capturarlo de una vez por todas eran tan absolutas que no pensó ni por un momento en qué podría estar esperándole detrás del edificio. Si Gene quería ser encontrado, North se sentía feliz de complacerlo.

Las sombras que se proyectaban en su recorrido parecían moverse y rielar. El rugido ensordecedor de la sed de sangre inundaba sus oídos con la cacofonía de una confusión encolerizada. Como los desconcertantes fogonazos de las antiguas lámparas de flas, unas imágenes borrosas y distorsionadas acompañaban una amalgama de lejanas sensaciones en un implacable asalto a su mente. La presión en su cabeza fluctuaba con cada palpitar de sus dilatados vasos sanguíneos.

North penetró corriendo en el patio trasero y encontró a Gene tirando de unas bolsas llenas de pútrida y asquerosa basura. El acceso al callejón estaba bloqueado. Unos contenedores hediondos estaban apiñados contra la pared del fondo, pero las bolsas no le permitían trepar hacia la libertad.

—¡Quieto!

Gene tiró de otra bolsa. Esta se abrió cuando la arrojó distraídamente hacia North. Pequeños ceniceros de cerámica negra, repletos de restos inmundos, rodaron por el suelo. Con la prohibición de fumar que se había impuesto en la ciudad se habían convertido en inútiles objetos de arte.

North cogió uno y se lo puso en la palma como un disco.

Gene le lanzó una mirada desdeñosa.

—¡Soy el Juramento de Satán!

¿Cómo podía responder a eso? ¿Qué podía decir North cuando todo lo que contemplaba era la visión de un toro de pie frente a él, con su ardiente aliento brotando de sus ollares y una furia desafiante escrita en su rostro?

North apartó confuso la mirada. *Estoy perdiendo la cabeza.* Vaciló presa de una absoluta incredulidad mientras el toro hacía descender sus cuernos.

—Tiene derecho a permanecer en silencio.

El toro rascó el suelo con su pezuña.

—Tiene derecho a un abogado.

El toro dio un paso en su dirección.

—¡No dé ni un paso más!

Pero el toro continuó avanzando.

North retrocedió, sopesando el cenicero en su mano, sin ser plenamente consciente de lo que estaba haciendo. Giró sobre su talón como los atletas de antaño y lanzó el arma al enemigo que cargaba contra él.

El cenicero de cerámica reventó por encima de la oreja derecha del toro en una nube de trémulas mariposas, su cuero empapado de sudor se oscureció por la sangre mientras se abalanzaba sobre North, al que propinó una salvaje cornada en su hombro izquierdo.

North giró en redondo, con su mente y su visión liberados momentáneamente. Gene estaba de pie frente a él blandiendo el mango roto de una fregona como si fuera una lanza afilada. Entonces la descargó sin previo aviso, hundiendo la estaca en el dolorido vientre de North, pero el chaleco antibalas no cedió.

Gene lo lanzó contra un cubo de basura, rechinando los dientes con furia.

—¡Sométete!

North agarró la tapa del cubo de basura y la descargó contra el arma, luego la elevó para usarla como escudo para bloquear sus ataques.

Gotas de lluvia caían en sus ojos, el preludio de una enérgica tormenta de verano. Las gruesas gotas azotaban las caras de ambos mientras se medían dando vueltas el uno en torno al otro, era la llovizna convirtiéndose en un torrente. El torrente se convirtió en un diluvio. Un trueno retumbó en el cielo.

Los riachuelos de agua de lluvia que se derramaban por la cara de Gene comenzaron a retorcerse y saltar, y a elevarse como serpientes. Se despegaron de sus mejillas y sisearon a North con un odio venenoso. North se encogió. *¿Qué está pasando?* Esto no podía ser real. Tenía que estar alucinando.

La bocina de un coche aulló desde alguna parte al otro lado del muro. *¿Acabo de escuchar eso?*

Gene ladeó la cabeza.

¡Sí!

North aprovechó la distracción y agarró el arma; Gene respondió cediéndosela.

La sorpresa de la jugada de Gene provocó que North se resbalara mientras lanzaba su brazo hacia atrás, concediéndole a Gene el momento para escapar. Corrió hacia el contenedor más cercano y saltó sobre él, trepando por las bolsas de basura hasta que consiguió superar el muro.

North arrojó su escudo e intentó emular la agilidad de Gene. Fracasó. Estaba exhausto. No tenía ninguna noción de distancia, ninguna noción de equilibrio. Todo se arrastraba de un lado a otro en su cabeza, como si fueran olas rompiendo contra una orilla. Sin aliento, se desplomó, sin más compañía que el sonido de un coche distante alejándose, y el vapuleo de una lluvia negra y untuosa.

Después de un rato, North escuchó como se abría la puerta de un coche y una voz amortiguada decía:

—Puedo ayudarte. Entra.

Escuchó ruido de pasos. La puerta cerrándose. El coche alejándose. Escuchó todo aquello. ¿Pero era real? No podía ver el coche. Apenas sabía dónde estaba.

Sabía lo que tenía que hacer, aunque no tenía ni la energía ni la voluntad necesarias para hacerlo. Lo único que hizo fue sentarse, intentando recuperar el aliento, destrozado y vencido, hasta que el palpitante dolor de su pierna lo arrastró de vuelta a la realidad.

A pesar de la turbulenta bruma de su mente, bajó la mirada hacia una fina púa plateada que sobresalía de su pierna.

North extendió el brazo para cogerla, pero comprobó que se sentía perturbadoramente disociado de sus acciones: no tenía ninguna sensación de que la mano que veía moviéndose le perteneciese en modo alguno. Insistiendo, palpó la púa unos instantes antes de arrancarla con fuerza de su dolorida carne.

Se acercó el centelleante metal a los ojos. No había sido apuñalado. La púa era la aguja de una gran jeringuilla. Gene le había inyectado algo. *¿Qué me ha metido?* Diez centímetros de frío metal hueco, embadurnado de una sangre que se coagulaba con rapidez. Era un pernicioso regalo de despedida.

Rascando la superficie

Tu-tum.

No es seguro. No se está a salvo aquí. Se acerca.

Tu-tum.

Tengo que irme. Tengo que irme. Ahora.

North se levantó tambaleándose. Sus dedos estaban entumecidos. Su equilibrio, convulso. Una confusa mezcolanza de zumbidos y borboteos perforaba el silencio en forma de destellos.

¿Dónde están mis pies?

El tenaz aguacero azotaba su cara. Elevó la mirada al abismo del cielo y sintió toda la fuerza de la naturaleza.

No puedo respirar. No puedo respirar. Aire.

Soltó las correas de su chaleco antibalas. Irrumpió tambaleándose en el tráfico.

¡Piiii!, ¡piiii!

Tu-tum. Tum. Tum.

Por ahí no. Está esperando.

Se mezcló entre la multitud, aturdido y encorvado. Intentando evitar aquello. Alejarse de aquello. Pero podía sentir su cálido aliento en la espalda. Sentía su paso amenazador, sus pezuñas en el suelo. Él era el cazado. Era la presa. Intentó agarrarse a la gente, desesperado. El ignorante y el ciego que bailaba con la muerte.

¡Cuidado! ¡Moveos! ¡Se acerca!

La multitud se negó a marcharse. Empujó y apremió. Azuzó y presionó.

¡Tu-tum! ¡Tu-tum!

Un millar de direcciones. Un millón de elecciones. Infinitas opciones.

Lo encontraron en un pequeño supermercado media hora más tarde a dos manzanas de distancia. En un pasillo repleto de productos enlatados, con su chaleco antibalas a los pies, sin camiseta, tenía una lima de uñas desechable que estaba utilizando para aplicar miel directamente del tarro en sus heridas abiertas.

La miel se deslizaba como una lenta cinta engalanada con filamentos de sangre.

Estaba rompiendo su camiseta en tiras, que utilizaba como gasas para vendarse el brazo, cuando llegaron los otros. El dueño del establecimiento estaba de pie en la entrada junto a unos pocos clientes perplejos, sostenía un bate de béisbol esperando no tener que utilizarlo.

Los policías se mostraron indecisos.

Bruder llevaba una funda de plástico transparente en su gorra y un poncho sobre su uniforme. Al dar el primer paso, el agua de lluvia resbaló de su cuerpo en un constante *plic, plic, plic.*

Eso hizo que North se estremeciese.

—¿Detective?

North no respondió. Untó algo más de la dorada miel de naranjo en un profundo rasponazo, y lo vendó con fuerza.

—Eh, colega, abandonaste la escena. No respondes a tu radio.

—Me estoy limpiando.

North lo dijo como si lo que estuviera haciendo fuese perfectamente natural.

Con un policía a su lado, el propietario del comercio se sintió más confiado. Alzó su bate, quejándose por el lío que se había montado. Bruder posó una mano en la culata de su arma y alzó la otra hacia el propietario.

—Señor, me hago cargo. ¿De acuerdo?

Avanzó cautelosamente por el pasillo.

—¿Por qué te fuiste? La Unidad de Escena Criminal ni siquiera sabe si ha acordonado el área correcta. Todo el mundo ha estado buscándote.

—Tenía cosas que hacer.

North miró hacia arriba, con sus ojos hinchados e inyectados de sangre.

—Jesús.

Bruder se giró para mirar al otro agente en la puerta de entrada. Ninguno de los dos sabía con certeza cómo proceder cuando se trataba de uno de los suyos. Al menos no se mostraba violento.

North miró al exterior.

—¿Le encontrasteis?

—No, se escapó.

North solo asintió para sí mismo, o sacudió la cabeza. Parecía estar teniendo una conversación que nadie más podía oír.

—¿Vas a pagar al dueño por sus cosas?

A North se le trababa la lengua. La confusión de su razonamiento parecía impenetrable.

—Yo... cogí una bici.

—Cogiste una bici. —Bruder se rascaba la cabeza intentando encontrarle algún sentido al comentario—. De acuerdo, le pagaré yo. Me lo debes.

—Gracias.

—¿Quieres dar una vuelta?

North contempló la gruesa cortina que formaba la implacable lluvia.

—Claro.

Lo acomodaron en el asiento trasero del coche patrulla. Llevaba una manta sobre los hombros. Una atormentada y desconcertada parodia de ser humano, dócil tras la rejilla.

Lo condujeron lentamente a donde los de la Unidad de Escena Criminal estaban trabajando, desanimados, con sus cazadoras y guantes de goma.

Lo peor que puede ocurrir al recoger pruebas es que la lluvia lo limpie todo. Trabajaron con rapidez.

Encontraron el cuerpo de la jeringuilla, asquerosa por haber rodado bajo un mugriento contenedor azul oscuro.

Quedaba un residuo en el cristal, una sustancia de un rojo intenso. Lo depositaron en una bolsa de papel; como toda prueba orgánica, debían dejar que respirase.

Uno de los investigadores forenses se acercó al coche y le mostró la bolsa a North a través de la ventanilla trasera, como un trofeo, pero la satisfacción de Robert Ash se convirtió en preocupación cuando vio el estado en el que se encontraba.

North ni siquiera se percató de que estaba mirando la cara de un hombre con el que había trabajado numerosas veces en el pasado.

Ash se dirigió a Bruder en su lugar.

—¿Tocó esto? Necesita que se le hagan unos análisis de sangre lo antes posible. Dios sabe lo que ha cogido.

—Espero que nada de lo que preocuparse. —Bruder forzó una sonrisa amistosa.

Se acercó un auxiliar sanitario y comprobó sus constantes. North parecía estable, tan solo necesitaba dormir un poco.

La mente de North estaba en otra parte, su psique nadaba en un mar de confusión, registrando a duras penas el escenario cambiante que lo rodeaba mientras lo llevaban a su apartamento en la tercera planta de un viejo edificio de arsénica sin ascensor en Woodside.

—Llamé a la Cuarta —explicó Bruder—. Te van a dar un par de días.

¿Cuánto tiempo se tardaría en regresar realmente de esta oscuridad? Solo en el apartamento, los fogonazos regresaron de nuevo.

Imagen tras *¡pop!* imagen. Un asalto sin *¡pop!* final a la vista.

Pop.

Perlas de sudor. Hormigas líquidas. Grietas en las paredes. Dedos esqueléticos. Las ramas de los árboles. Mapas que conducían a lugares aún más oscuros alimentados por la desesperación.

Tu-tum.

Tu-tum.

Un dolor abrasador atravesó su cabeza, de sien a sien. Su cerebro era una bomba a punto de... *pop.*

—Me escapé. No sabe que estoy aquí.

—¿No lo sabe?

—Está de guardia. Tenemos toda la noche. Toda la noche.

Él le arrancó la ropa. Arrojó su sujetador a un lado y devoró uno de sus carnosos senos. Mordisqueó sus pezones y hundió sus dedos en su delicada y hambrienta piel blanca. Abarcó su rotundo trasero con las manos, tirando de ella para que se enfrentara a su pasión. El frenesí lujurioso de un animal en celo reclamando su premio.

Un millar de gruñidos y alaridos, el dulce sabor del amargo secreto, la necesidad desbocada.

Y antes de eyacular, la intimidad del crimen mutuo, ella, acariciando su nuca, perdida en sus misteriosos ojos; él, consumido por la familiaridad de ella.

Aunque eso no lo detuvo.

Se liberó. Un estremecimiento tan violento que hizo que ella aullara.

Se liberó en ella. Su madre.

North se despertó, sollozando y desnudo. Envuelto en sus sábanas. Empapado en el sudor de tres días.

Su madre.

Porter

Samir Farouk dio un volantazo para esquivar un perro sarnoso en la polvorienta carretera a Jbail en torno a las 8.30 de la mañana. Era martes, 1 de abril de 1997. Conducía una vieja *pickup* Isuzu, con su maltratada carrocería blanca severamente picada y abollada. Extensas áreas de herrumbre devoraban el guardabarros, justo por encima de las ruedas. Su suspensión era tan débil que apenas podía afrontar la pesada carga de piezas de repuesto para su pequeño negocio de sistemas de refrigeración.

De ninguna manera iba a resistir uno de los profundos baches excavados en los márgenes de la deteriorada carretera. Cuando impactó contra uno, la camioneta volcó casi inmediatamente. Samir Farouk, de treinta y un años de edad, fue catapultado a través del parabrisas. Su cuerpo inconsciente aterrizó en medio del denso tráfico que avanzaba en dirección contraria. Murió a las 8.32.

Cuando William Porter cogió el teléfono, la voz al otro lado de la crepitante línea sonaba tímida y asustada.

Intercambiaron saludos. Ella había oído hablar de él a través de un amigo. No le daría el nombre de su amigo. No quería que se acabara llamando a alguna otra persona. Su inglés era excelente, afortunadamente, ya que a pesar de que Porter había estado viviendo y trabajando en el Líbano regularmente durante los últimos veintitrés años, seguía sin poder comprender el árabe más allá de las expresiones más habituales.

Llamadas como estas eran raras. Normalmente tenía que ir a la búsqueda de objetos de estudio, subsistiendo a base de becas universitarias y donaciones privadas. Pero sin tener en cuenta cómo o con qué frecuencia se había encontrado con esa gente, siempre le había chocado que su curiosidad y su inquietud estaban casi siempre presentes en igual medida.

Cuando su interlocutora fue al grano, y Porter se esmeraba en no presionarla, fue franca.

—Dicen que usted es el que busca lo renacido.

—Sí.

Hubo un silencio al otro lado de la línea. Pudo escuchar que raspaba una cerilla. Que encendía un cigarro. La angustia subyacente en la voz de ella se estaba volviendo contagiosa.

—Normalmente no fumo —dijo ella.

Normalmente nunca lo hacía, esa gente que se encontraba en el limbo entre sus creencias y la evidencia.

—¿Cómo puedo ayudarla?

Pudo escuchar como soplaba la cerilla quemada y su eco al rebotar en un cenicero vacío de cristal.

—Mi nombre es Najla Jabara —dijo ella—. Mi novio... mi ex novio, me ha escrito. Dice que me echa de menos. Quiere verme de nuevo. Tengo la carta aquí. —Pudo oír cómo se alisaba una hoja de papel—. Dice que no puede entender por qué no he ido a verle.

»Doctor Porter, Samir lleva siete años muerto.

Se reunieron en secreto en el hueco de las escaleras de un destartalado edificio de apartamentos algunos días más tarde. Porter, de metro ochenta, delgado y entrado en años, tenía unos rasgos europeos claramente distinguibles entre los árabes y Najla no quería arriesgarse a ser vista con él. Ahora era una mujer casada y no quería darle a su marido ningún motivo para que le pegara.

Motas de polvo danzaban en los cálidos rayos de sol que perforaban las sombras de las cenicientas escaleras. De pie en la oscuridad, ella le tendió un sobre repleto de dólares americanos. Él contó el dinero. Era lo acordado. Se lo guardó. No se sentía culpable. Solo él sabía qué otras actividades subvencionaba el pago de Najla. Najla era costurera en una de las estrechas y atestadas callejuelas de Beirut. Su paga era miserable, pero disponía de la oportunidad de hacer horas extras tres días a la semana, cortando tejidos y planchando prendas en el opresivo y abrasador tugurio donde trabajaba. Había cosido hasta desollarse los dedos.

Le mostró la carta y le leyó los pasajes que más le recordaban a Samir. La fecha de franqueo era reciente. A pesar de que Porter solo podía leer alguna que otra palabra, incluso él podía afirmar que el que había escrito la carta no era muy ducho en letras. De principio a fin, el mensaje estaba escrito con una letra particularmente inmadura.

Era exactamente como Porter sospechaba.

El remite conducía al Chouf, una región montañosa al sudeste donde el oscuro pueblo de Fawwara se asentaba en las laderas del Monte Líbano.

Durante más de la mitad de su vida, Porter se había dedicado a desvelar el misterio que envolvía al Chouf. Había sabido instintivamente que lo que estaba buscando se escondía en alguna parte en el corazón de esas montañas. Ahora podía regresar y continuar su búsqueda.

Pero no era un hombre deshonesto. No tenía la intención de desplumar a esta mujer. Investigaría al autor de la carta que proclamaba ser el fallecido Samir Farouk y si le daba la impresión de que la historia no tenía valor dejaría de aceptar su dinero.

—Debo saber si es él —insistió Najla.

La respuesta de Porter fue educada, con su acento suavizado tras años de vivir en el extranjero.

—¿Y tiene alguna idea de qué es lo que piensa hacer con esa información si es él?

Sus ojos oscuros, aunque amables, eran intensos. Ella sintió que aquí se encontraba un hombre capaz de atravesar a alguien con la mirada para contemplar su propia alma.

Parecía casi desesperada. Había un asunto claramente inconcluso lastrando sus pensamientos.

—Iré a verle.

Porter ya era bien conocido en el Chouf. Aquellos lugareños que habían llegado a conocer a Porter le respetaban por ser diferente e incluso apreciaban algunos de sus hábitos extranjeros más peculiares.

Tuvo lugar una serie de prolongados encuentros antes de que Porter se convenciera de que había algo de valor en la historia escrita en la carta. El pueblo había sido relativamente sencillo de encontrar, y eso le concedió amplias oportunidades de dedicarse a su otro trabajo.

Estaba cerca. Realmente cerca. Sabía que en este pueblo encontraría más respuestas.

Najla, mientras tanto, ahorraba dinero. Porter le advirtió que, cuando el momento llegase, no acudiera con ninguna expectativa concreta, pero ella ya estaba decidida.

En una luminosa mañana de verano, todo se puso en marcha. Najla le habló a su marido de los terribles problemas que su distante prima estaba teniendo en su aldea de reconciliación al sur. La niña con la que solía jugar cuando era pequeña en la barriada de los suburbios de Beirut durante los conflictos. Era lo suficientemente creíble como para no levantar sospechas. Era todo lo que necesitaba ella para partir.

Se montó en la parte trasera de un Mercedes 500SL sedán plateado, con dos hombres que apenas conocía, y confió en que estos no la traicionaran.

Drusos

—Hay sangre entre nosotros, y la sangre nunca es fácil de olvidar.

Ma´mun al-Suri hizo avanzar peligrosamente el flamante 500SL por la atronadora carretera, abriéndose camino entre el volátil tráfico. Los aullidos de protesta de las bocinas de los coches reemplazaban toda necesidad de emplear los frenos. Se dirigió a toda velocidad hacia Monte Líbano y las aldeas de reconciliación.

—Todos tomamos parte en la guerra. Todos pagamos el precio —añadió el atezado traductor. Era un maronita cristiano que había vivido junto a los drusos en el Chouf antes de la guerra. Entonces Israel invadió, se retiró, y un poderoso vacío hizo que la nación se desplomase. Amigos y vecinos se volvieron los unos contra los otros. Fue un baño de sangre.

Porter observó la lóbrega culpabilidad en los vivarachos ojos de Najla. Su tapadera había hecho aflorar recuerdos desagradables. Las mentiras no encajaban muy bien con ella. Miró a otro lado, apartándose el largo cabello oscuro de la cara al tiempo que el cálido y seco aire entraba por las ventanillas abiertas.

Porter le dio una palmada amable a Al-Suri en el hombro. Había contratado al traductor libanés muchas veces antes. Se entendían.

—Concéntrate en el tráfico, por favor.

Al-Suri se rió.

—Como las motivaciones de las mujeres, amigo, estas carreteras obedecen a sus propias leyes. —Miró fugazmente a Najla a través del espejo retrovisor con un brillo amistoso en la mirada. No lo había engañado su tapadera, pero sus circunstancias eran asunto de ella y solo de ella, igual que el tráfico era asunto suyo.

Najla estaba sentada retorciéndose las manos en su regazo, cargada de incertidumbre.

—Los drusos no permiten el matrimonio dentro o fuera de su religión. No entiendo cómo Samir pudo estar entre ellos.

—Sus creencias son diferentes a lo que estamos acostumbrados.

—Sé muy poco de sus creencias.

—Que es justo lo que ellos quieren. Los drusos son un pueblo reservado. La mayoría de sus seguidores son llamados *Juhhal,* «ignorantes», y se les vetan las enseñanzas secretas del *Kitab al-Hikmah*, las sagradas escrituras conocidas como «El libro de la sabiduría». Son muy pocos los que reciben los plenos conocimientos de los sabios. Incluso entonces, solo después de cumplir los cuarenta años pueden convertirse en *Uqqat*, «conocedores». Esto ha sido así desde hace mil años.

—¿Cómo se puede confiar en ellos? Niegan su propia fe.

El *At-Ta-lim*, o «instrucción», permitía una concesión llamada la *taquiyah*. En momentos de opresión, se permitía a los drusos negar públicamente su fe para poder sobrevivir. Porter lo consideraba una política de amplias miras, pero por otro lado él no pertenecía a ninguna fe en particular. Mantenía las pasiones del fervor religioso a una distancia deliberadamente amplia.

Porter ni reconfortó ni ofendió a Najla.

—Le permitieron a Samir que te enviara sus cartas, ¿no es así?

Najla no tenía respuesta.

Las creencias drusas estaban fundamentadas en unos principios que pocas religiones de la región encontraban comprensibles. Aunque era suficiente para incitar a una simple costurera de Beirut a mentir a su marido y viajar cientos de kilómetros solo para comprobar si estaban diciendo la verdad.

Los drusos creían en la transmigración del alma. Reencarnación.

Al-Suri aminoró la velocidad de su Mercedes en una pronunciada curva de la carretera de montaña. El firme estaba reseco y su vehículo levantaba grandes nubes de color ambarino. El dulce olor de los melocotones saturaba el aire, procedente de las filas de árboles que los rodeaban. A lo largo y ancho del polvoriento y verde valle se cultivaban albaricoques, ciruelas y tomates en pequeñas plantaciones.

La vida en el corazón de las montañas era pobre y dura. Una especie de paz incómoda enmascaraba un sentimiento oculto de amargo descontento hacia todo aquel que viniese hasta aquí a ostentar su riqueza. Porter se preguntaba, no por primera vez, si el Mercedes de Al-Suri era el mejor coche con el que viajar.

El viejo cartel de chapa abollada al borde de la carretera rezaba «Fawwara». El sonido del efusivo manantial por el cual el pueblo, con sus terrazas de cultivo, obtuvo su nombre, era su voz perpetua.

Había un pequeño puesto del ejército, inutilizado y abandonado en la calle principal. Un recuerdo de cuando se imponía la estabilidad en el área.

El Mercedes avanzó cuidadosamente pasando las pilas de escombros y los fantasmagóricos esqueletos de las casas. El pueblo, aunque en las primeras etapas de su reconstrucción, seguía lúgubremente marcado por los estragos de la guerra.

Un poco más adelante se encontraba el centro neurálgico del pueblo, una pequeña cafetería aledaña a la carretera y próxima a un zoco, una tienda deteriorada pero bien surtida que vendía cualquier cosa, desde jabón a azúcar, desde bombillas a cigarrillos.

Unos pocos niños pequeños estaban jugando en las calles mientras el coche se detenía. Tres ancianos drusos estaban sentados bebiendo de pequeñas tazas de té con hierbabuena en una mesa pringosa y desvencijada. Llevaban pantalones otomanos al estilo tradicional y unos sombreros blancos parecidos a un fez. De piel oscura y cuarteada, dos de ellos lucían barbas pobladas.

El tercero, con su bigote enroscado, se levantó cuando Porter salió del coche. Estaba esperando.

—*Ahlen wa sahlen.*

Porter sonrió ante la bienvenida.

—*Sabah el khair, kifak?* —respondió. «Buenos días, ¿cómo estás?»

El viejo druso se encogió de hombros con modestia, rascándose pensativamente la rodilla izquierda para darse luego una palmada.

—*Mnih, mnih* —replicó este, pero estaba claro por su anadeo que no estaba tan bien como proclamaba.

Sus ojos contaban otra historia. Se mostraba aprensivo, y sus compañeros estaban bien advertidos de esto. Su mirada se posó en Najla, y Porter se apresuró en hacer las debidas presentaciones.

El nombre del viejo druso era Kamal Touma. Se llevó las manos a los costados. Era el momento de hacer esto.

La familia de Touma vivía toda bajo el mismo techo, en una casa en la ladera, arriba del pueblo, donde aumentaba la densidad de altos pinos. Tenían un pequeño limonero delante de casa y criaban gallinas en el patio trasero. En un lateral se asentaba un descomunal y raro cedro libanés que proporcionaba amplio cobijo del abrasador sol.

En el interior, la casa estaba inmaculadamente limpia y el mobiliario era sorprendentemente moderno. Los visitantes pudieron oler el aroma de la comida flotando en el aire desde la cocina, mientras que el vestíbulo reverberaba con el implacable ritmo de un antiguo reloj de péndulo.

Touma les condujo al salón y les instó a todos para que tomaran asiento, antes de desaparecer en la cocina, pero solo Najla le hizo caso. Porter se abstuvo, llevándose a Al-Suri a un lado.

—Ve con ellos —dijo—. Diles que estoy aquí. Que me gustaría verles hoy.

Al-Suri se mostró reticente.

—Sabes cómo se toma las cosas esta gente. Sospechan de ti.

—Diles que he traído el libro. —Porter buscó en la carpeta que llevaba bajo el brazo y sacó un viejo cuaderno forrado de cuero verde, repleto de bocetos y garabatos. Lo colocó a la fuerza en las manos de Al-Suri—. No pueden negar el libro.

Al-Suri estaba sorprendido. Porter nunca se había separado antes del libro. Lo cogió, pero seguía sin estar convencido.

—Veré qué puedo hacer.

Se marchó rápidamente, dejando al inglés solo en el vestíbulo.

Tic-tac, tic-tac, tic-tac.

Porter se unió a Najla en el salón. ¿Qué era lo que tardaba tanto? Quizá la familia había cambiado de opinión. Estas cosas ocurrían.

Najla retorció las manos en su regazo una vez más, curiosamente al compás del viejo reloj que controlaba el paso de sus vidas segundo a segundo. Ella repitió la acción hasta que la puerta se abrió, lentamente y sin ceremonia.

Najla se levantó instintivamente, con los ojos como platos, mientras dos personas entraban en la habitación. La mayor era una mujer que llevaba el *mandeel* blanco, o pañuelo para el pelo, que representaba la devoción religiosa drusa.

Porter hizo las presentaciones pero no le tendió la mano a la mujer. Las mujeres drusas no tenían permitido tocar a ningún hombre fuera de su círculo familiar más inmediato.

Entonces la mujer simplemente dijo:

—Este es Khulud.

Khulud surgió tras la sombra de la mujer, con los ojos llenos de lágrimas. Pudo sentir algo en el aire y lo inhaló profundamente.

—Puedo olerte. Usas el mismo perfume que llevabas la noche que nos besamos por primera vez. —Una sonrisa se dibujó en sus labios—. Te he echado de menos. Mucho.

Najla estaba indecisa y miró momentáneamente a Porter en busca de apoyo.

—¿Qué problema tiene? ¿Por qué no me mira?

—Es ciego de nacimiento.

Khulud dio otro paso hacia delante, excitado.

—¿Recuerdas cuando intenté meterte mano bajo la blusa? La azul con los pequeños pájaros en la manga, ¡y mi reloj se enganchó con los botones! ¡Dijiste que eso me enseñaría!

La madre de Khulud sacudió la cabeza, avergonzada.

Najla se ruborizó y retrocedió. Pero también estaba sorprendida.

—Para. No deberías hablar de esas cosas.

Khulud se mostraba confundido e inocente.

—Ese es el motivo por el que estás aquí, ¿no? ¿Por qué no debería hablar de esas cosas?

Para Najla era obvio por qué no. Esas palabras no surgían de los labios del hombre que amaba, sino de los labios de un niño.

Khulud Touma era un niño de siete años.

Ella se sintió terriblemente estúpida. Khulud lo supo.

—Soy Samir —insistió—. También soy Khulud.

El cuerpo de Najla comenzó a temblar.

—Samir se ha marchado —dijo sollozando.

Takamous, «el cambio de ropaje». La reencarnación presuponía que el cuerpo físico era un traje para el alma. Solo habían pasado siete años. Estaba claro que iba a ser un niño. Porter le había advertido a ella que sería difícil afrontar el encuentro con este niño.

Khulud pidió ser guiado hacia ella. Su pequeña cara se veía empequeñecida por la de ella, y sus ojos ciegos se mostraban consternados por no poder verla. Mantuvo su postura estoicamente y tomó la mano de ella entre las suyas, acariciando su dorso con ternura.

—¿Recuerdas cuando tu padre compró aquellos pantalones ridículos que le llegaban a quince centímetros de los tobillos, y que solían ondear cuando caminaba?

Najla rió involuntariamente, secándose una lágrima.

—Sí —dijo ella.

No quería, no podía creerlo, pero ¿cómo sabía él esas cosas? ¿Quizás de alguna forma había aprendido los detalles de memoria?

Porter tenía la certeza de que no era así. Había venido aquí en varias ocasiones para determinar si los recuerdos de Khulud eran genuinos o no. Para determinar si este era un ardid concebido por su familia para sacarle dinero a Najla, algo habitual en estas regiones. Khulud sabía cosas que solo Najla era realmente capaz de confirmar. Hasta donde él podía conjeturar, los recuerdos de Khulud parecían genuinos.

Najla recordó más detalles de la memoria compartida.

—No le importaba lo que le dijeran, insistía en llevar esa estúpida prenda. Era todo lo que se podía permitir. No tenía más dinero. —Ella miró al chico—. ¿Recuerdas cómo solías provocarle? ¿Qué es lo que decías?

Khulud fue a contestar, pero se quedó en blanco. Una imagen de incertidumbre, su semblante nublado. Le tendió la mano a su madre. Las lágrimas de Najla brotaron de nuevo.

Porter tomó aire pausadamente.

—Los detalles pueden ser incompletos —dijo él—. A menudo eso puede hacer que los recuerdos parezcan incoherentes.

—Quizá no debamos recordar —dijo Najla melancólicamente—. Quizá los recuerdos de una vida pasada son un defecto.

—Quizá.

Najla se secó más lágrimas y pasó sus húmedos dedos por la cara de Khulud. Él tenía la más curiosa de las marcas de nacimiento sobre su frente y cruzándole los ojos.

—¿Qué hizo que se produjeran estas marcas?

Khulud parecía no saberlo. Pero Porter sí lo sabía. Había visto muchos ejemplos similares a lo largo de los años. Una mujer en la India que afirmaba haber sido asesinada, quemada viva en su vida previa, tras ser abandonada para que se abrasara en una esterilla de paja entretejida. En esta vida, el diseño de esa esterilla había quedado grabado para siempre en su cuerpo como una marca de nacimiento.

Estaba Cemil Fahrici, un turco nacido con una marca de nacimiento sanguinolenta bajo su barbilla y una marca adicional justo a la izquierda de su coronilla, en una línea donde nunca crecería nada de pelo. Fahrici recordaba haber vivido como un bandido que, cuando se vio acorralado por la policía, se pegó un tiro. Las marcas de nacimiento concordaban exactamente con las heridas del bandido que quedaron registradas en su ficha policial.

Las marcas de nacimiento representaban el trauma físico sufrido en su vida previa por un alma reencarnada.

En el caso de Samir, su cara había sido duramente lacerada cuando se rompió el parabrisas.

—Quedó ciego antes de morir —recordó Porter amablemente.

Najla intentó conservar su dignidad. Por supuesto. ¿Cómo podía olvidarlo?

—¿Podemos pasar un rato juntos a solas? —preguntó ella, dejando que su mirada se posara en el pequeño niño por el cual había viajado tan lejos.

Porter realmente quería quedarse para comprobar por sí mismo hasta qué punto podría ser reavivada la conexión entre ellos dos, pero rehusó imponerse.

La madre de Khulud explicó rápidamente que se le invitaba a sentarse en el patio trasero. Había hecho limonada fresca y podía servirse la que quisiera.

Apenas era un consuelo, pero Porter se lo agradeció igualmente. Salió al patio y se sirvió un vaso. Pudo escuchar el ruido de un motor, que perturbaba la tranquilidad rural.

Al-Suri regresaba por la carretera principal, pero como pasajero en un coche extraño con otros tres hombres que Porter no conocía, y que no mostraban el más cordial de los semblantes.

Al-Suri compartió sus preocupaciones tan pronto como salió del coche.

—Han sido enviados por la familia —dijo—. Pero no confío en ellos.

El más corpulento de los tres hombres, cuya respiración era claramente audible, sostenía el cuaderno de cuero verde de Porter.

—Esto es muy poco habitual. Ningún forastero debería conocer estas cosas.

Porter lo recogió y se lo guardó.

—¿Tenéis un niño que es un *natiq?* ¿Ha leído mis notas?

—A la *nataq* se le ha hablado de ellas, sí —replicó el hombre corpulento.

Natiq significaba literalmente «el que habla de la generación previa». Pero el hombre había empleado la palabra *nataq,* la forma femenina.

Porter no había pensado que pudiera ser una niña.

—Mi sobrina te verá. —Porter sintió que se le erizaban los pelos de la nuca—. Hablará de la séptima prueba. Pero después de eso, no volverás a verla de nuevo. No queremos formar parte de esto.

Había estado esperando toda la vida, y finalmente alguien le había confirmado la existencia de la séptima prueba.

El más alto de los tres hombres se adelantó y le tendió un pequeño saco de lona. Estaba claro para todos que quería ponérselo a Porter en la cabeza.

Podían llevarle con la niña, o podían llevarle con la misma facilidad a su ejecución. Le tocaba a Porter decidir si quería dar ese salto de fe. En cualquier caso, no sería informado de la ruta a su destino. No querían que encontrase el camino de vuelta a ellos, sin ser invitado, en el futuro.

El ultimátum se había realizado.

—Vienes ahora, o no vienes nunca.

Al-Suri maldijo en árabe.

—No te fíes de ellos.

La mente de Porter estaba preparada.

—Tengo que hacerlo. —Se metió en el coche. Era grande y negro. Confió a Al-Suri el resto de sus instrucciones—: Si no he regresado para la puesta de sol, lleva a Najla de vuelta con su marido.

Porter se acomodó en el asiento trasero y esperó nervioso. Un sudor frío se deslizó por su pecho cuando el hombre más alto hizo descender el tosco saco sobre su cabeza y ajustó la cuerda de cierre. No comprobó si Porter podía respirar.

Las puertas se cerraron de golpe y, antes de que Al-Suri pudiera seguir protestando, se llevaron a Porter sin más ceremonias.

Aisha

¿Durante cuánto tiempo habían estado conduciendo? ¿Una hora? ¿Dos? El trayecto estaba lleno de baches. Después de los primeros giros y cambios de dirección había perdido todo el sentido de la orientación.

Porter suponía que le estaban conduciendo por caminos agrícolas. Podía no estar en lo cierto, la luz que atravesaba el áspero tejido de la capucha no ofrecía ninguna pista al respecto. De lo único que estaba seguro era de que habían atravesado más de un tramo de carretera que continuaba recto durante unos pocos minutos. Parecían seguir estando en alguna parte en las montañas.

La música de la radio estaba a todo volumen, probablemente para evitar que recordara cualquier pista auditiva del exterior.

La conversación era escasa. Él estaba allí a petición de la *nataq* y por ninguna otra razón. Nadie más lo quería allí.

El coche acabó deteniéndose. Nadie dijo una palabra. Esperaron lo que se le antojó una eternidad y entonces el motor se apagó.

Porter pudo escuchar como se abría una puerta. Ruidos de pasos. Alguien caminando hacia la parte de atrás. Otra puerta abierta.

Lo sacaron del coche.

—Quédate aquí.

Porter hizo lo que se le dijo. Intentó tragar, pero su boca estaba completamente seca. Pudo escucharles hablar. Se había tomado una decisión. ¿Qué iban a hacer con él?

Temblaba de miedo, teniendo como única compañera su propia respiración errática. No se atrevía a decir nada. Simplemente confió, y esperó.

Le quitaron bruscamente el saco de la cabeza y le dieron un poco de tiempo para que su visión se acomodara.

El coche volvió a ponerse en marcha y se alejó rápidamente. Se le había dejado en compañía del hombre corpulento, quien le tendió sus pertenencias y le señaló la pequeña puerta que conducía al patio trasero.

—Aisha está esperando.

La niña estaba sentada a la sombra de un alto ciprés, dibujando con obsesiva determinación en un libro grande, encarnado y manoseado. No tenía más de nueve años y su pelo ondeaba libremente delante de su rostro grave. No le faltaba mucho tiempo para que tuviese que llevar el pañuelo tradicional.

Porter se aproximó intranquilo. Situadas detrás del ciprés, las puertas a un gran salón en el interior de la casa estaban abiertas de par en par, revelando un círculo de apretadas otomanas donde los miembros de la numerosa familia de la chica estaban sentados observándolos a ambos, silenciosamente recelosos.

—Tienen miedo de ti —dijo la niña pequeña.

—Soy extranjero.

—No tengo miedo de los extranjeros.

Un hombre hosco, con edad de estar cumpliendo el servicio militar, apareció en el umbral de la puerta. Porter había sido advertido.

—Mi hermano. Dice que vosotros los occidentales estáis convencidos de la extinción. Dice que los no creyentes no llegan a regresar.

—Somos dos culturas muy diferentes que han permanecido en conflicto durante mucho tiempo. Es nuestra historia. Quizá incluso nuestro destino.

Aisha elevó la mirada. Su cara resplandecía.

—¿Estás seguro de que no somos lo mismo, tú y yo?

Lo sabe.

Porter se sentó para observar cómo dibujaba; tenía un periódico a los pies. Mientras ella deslizaba el lápiz por la página, se ajustó su abundante pelo detrás de la oreja, revelando la peculiar marca de nacimiento en su sien, justo como la que él tenía.

Las marcas de nacimiento son traumas de vidas pasadas.

—¿Por qué escogiste el verde para tus memorias? —Ella dejó que el lápiz fluyera libremente, esculpiendo una cara con los trazos del oscuro grafito. Era extremadamente habilidosa. Más capaz que cualquier adulto que Porter hubiera visto jamás.

Se quedó atónito ante la madurez de su conversación.

—No te entiendo.

—Tu cuaderno es verde.

Porter pensó sobre aquello, pero no tenía respuesta.

—Era muy joven. Tan joven como tú lo eres ahora. Fue instintivo. Me levanté una mañana con la necesidad de escribir, mis padres pensaban que era una fantasía.

Se dio cuenta de que era el retrato de un niño la cara que tomaba forma en el libro.

Ella le dio definición a las redondeadas mejillas de querubín con unos ligeros toques de la afilada punta del lápiz.

—El verde es una elección interesante. Nada ocurre por accidente —dijo ella—. Hay cinco colores sagrados para nosotros los drusos. El amarillo es *al-'kalima*. El amarillo es para la palabra. El azul es *as-sahik*, para el poder mental de la voluntad. El blanco representa lo que se hace real por el poder del azul. Pero escogiste el verde, que es *al-´aql*. El verde es la mente, y la mente entiende la verdad. Escogiste el verde porque entiendes la mente.

—Soy psiquiatra, si es eso lo que quieres decir.

—En esta vida —dijo ella.

Porter la contempló detenidamente. Observó que sostenía el lápiz de una forma misteriosamente familiar, la misma que él. Una niña de nueve años haciendo exactamente lo mismo que él había hecho de niño, mostrando un tipo de sabiduría y unos conocimientos que se adelantaban enormemente a su edad, luchando por comprender sus pesadillas.

Aisha trabajaba en una sombra a base de vigorosos trazos de lápiz, ennegreciendo la página. Soltó el lápiz y sostuvo el libro en alto para apreciar su dibujo.

—Está hecho —dijo ella—. La séptima prueba ha llegado.

La cabeza de un niño, de no más de unas pocas semanas de edad, aparecía en el dibujo cortada y empalada.

Porter estaba horrorizado. Hojeó el libro. Página tras página, estaba repleto de escritos, en varios idiomas, y siempre acompañados por un torrente de las imágenes más repugnantes y vomitivas. Estaba horrorizado, no porque las imágenes le perturbasen, sino porque aquellas espantosas escenas de muertes que brotaban de la mente de esa niña coincidían con aquellas contenidas en su propio cuaderno verde. Eran idénticas.

Todo lo que sus pesadillas le habían contado mientras crecía, siendo solo un niño en la frondosa vaquería cerca de Canterbury, había revelado que sus instintos de abandonar las verdes costas de Inglaterra en su búsqueda estaban bien fundamentados. Había más como él.

—Esto es para él —dijo ella—. Aquel al que guiarás.

¿De quién está hablando?

—Este libro es rojo. El rojo es *ah-nahts*. El rojo es para el alma. Lo que he escrito, lo he escrito para el alma de Cíclades —explicó ella.

Cíclades. Tan solo el escuchar ese nombre en unos labios distintos a los suyos le produjo una tranquilidad indescriptible.

—Pero hay otros —dijo ella—. El sexto libro es negro. El negro es por la desesperación, el caos de la destrucción mental.

—¿Y el séptimo?

La pequeña niña estaba pensativa.

—El séptimo es el libro que está en el interior de todos nosotros. Guíale con los seis para que pueda saber quién es. El hilo del destino de Cíclades es como una gruesa cuerda que hubiera sido deshilachada. Te corresponde a ti volver a juntar de nuevo esas hebras en un todo.

Depositó su libro encarnado encima del firme cuaderno verde de Porter.

Aisha parecía curiosamente aliviada. Como si le hubieran quitado un gran peso de sus menudos hombros.

—No puedo ir contigo. Pero se debe hacer justicia y a ti te corresponde comprobar qué justicia se hará. Ese es tu destino.

Pudo sentir la fuente de la incertidumbre brotando en lo más profundo de su ser. Era una sensación enfermiza y Aisha parecía compartirla.

—¿A quién debo guiar?

—Dios mío, el sol es demasiado fuerte hoy.

Porter dudaba.

—Sí.

—¿Puedes ver tu sombra?

Porter miró al suelo. Alzó su mano y observó la sombra de sus dedos bailar con las ondulaciones del aire.

—Obsérvala con detenimiento. ¿Alguna vez has pensado que tú eres tu sombra?

—No. Es solo una sombra.

—¿Qué ocurre si es un reflejo? O cuando te ves a ti mismo en un sueño, ¿serías ese tú?

—Por supuesto que no.

—Nosotros los *muwajeddin* nos definimos por la naturaleza del alma que regresa.

Muwajeddin era uno de los muchos nombres con los que se autodenominaban los drusos. Monoteístas que creían en un Dios cuyas cualidades no podían ser entendidas o definidas por los hombres. Empezaron como una secta del islam, aunque hacía mucho que el islam se había desvinculado de ellos.

—Como una sombra o un reflejo, en ningún caso deberíamos identificarnos a nosotros mismos con este cuerpo vivo. Nuestros cuerpos son la ropa de nuestras almas. Pero lo que siento no es lo que mi familia dice que debo sentir.

Le tendió a Porter el periódico que tenía a los pies. Era una edición reciente del *International Herald Tribune*, una amalgama de artículos del *New York Times* y del *Washington Post* que a veces se ofrecía gratuitamente en algunas líneas aéreas.

Esta edición había sido impresa en París. No había nada sorprendente en la misma. Ningún titular en particular le llamó la atención mientras ella pasaba las páginas.

Porter no entendía.

—Mi tío viaja constantemente a Europa por negocios. Todas las semanas me trae cosas que leer. Dice que es importante que conozca el mundo. Un cielo de hombre, pero conozco el mundo mejor de lo que él lo llegará a conocer jamás. Dime, ¿qué ves?

En el centro de la página había una fotografía de dos hombres, atrapados en el momento. Castigados por la lluvia. Dos hombres luchando en un callejón de Nueva York. Luchando como los guerreros de la antigüedad.

«Policía lucha contra secuestrador.»

Porter pudo sentir un escalofrío en sus huesos.

—El cuerpo no es más que ropa y la cara solo una máscara. Pero conozco esta cara. Conoces esta cara. Ambos nos sentimos atraídos por esta cara. En su momento, fuimos este hombre.

Porter estudió el artículo. Todo lo que había sentido y conocido de pequeño, se lo confirmaba ahora esta pequeña niña drusa, que había gente en el mundo que era al mismo tiempo una reencarnación y una paradoja viviente.

Al acabar el día, Porter había reservado su billete a Nueva York y había arreglado todos sus asuntos pendientes. Sabía que no regresaría.

En Nueva York aguardaba el hombre de quien Porter era la reencarnación viviente, un hombre que parecía ser más joven que él, un hombre que todavía no estaba muerto.

Libro segundo

¿Conocerse a uno mismo? Si me conociese,
saldría corriendo
—Goethe

Despertar

Se estiró en el asiento trasero del sedán, su lengua era un felpudo fibroso de mucosidad seca. Al principio le costaba moverse, su cara se había pegado al tapizado de cuero negro y tuvo que despegar su piel no sin cierta molestia. Su pelo estaba enmarañado con una mezcla solidificada de sudor, tierra y sangre. El coche no se movía.

¿Cuánto tiempo llevaba aquí?

—Apestas —anunció la voz con irritación—. Él no te verá así.

Gene se limpió unas costrosas legañas amarillas de los ojos y se dispuso a salir del coche. Tenía la voz ronca, y su cara reflejaba confusión.

—¿Quién eres?

Ella suspiró, impaciente y poco afectuosa.

—Pasamos por esto todas las veces.

Se sentía tambaleante, como un potro recién nacido. Se agarró al marco de la puerta con manos temblorosas y dejó que sus pies desnudos absorbieran el reconfortante frescor del hormigón del aparcamiento subterráneo.

Las luces fluorescentes zumbaban por encima de su cabeza. Los aparatos de aire acondicionado ronroneaban, aspirando rápidos caños de aire ululante a través de sus relucientes conductos de metal.

La mujer tenía el largo pelo bermejo y feroces ojos oscuros. De alguna forma ella le resultaba familiar, aunque no podía situar su cara.

—Lo que hiciste fue una estupidez. ¡Una completa estupidez!

—¿Qué hice?

—No juegues conmigo. Te conozco demasiado bien.

Gene se sentía incómodo. Indeciso.

—No estaba pensando.

—Eso está claro.

Ella avanzó a grandes zancadas hacia las puertas de seguridad, donde dos guardias de seguridad elegantemente ataviados aguardaban expectantes, y le hicieron señas para que pasara por el escáner. Las pesadas puertas de metal se deslizaron hasta abrirse.

—Ven conmigo.

—¿Dónde estoy?

—¿Dónde crees que estás?

—No estoy seguro.

—Es solo un efecto secundario. Hemos pasado por esto muchas veces. Volveré contigo una vez que te instales. Ven.

Gene se negó obstinadamente a moverse. Ella suavizó sus maneras.

Se acercó a él, tomó su mano llena de rozaduras entre las suyas y le acarició sus uñas ennegrecidas y melladas.

—Es como si hubieras regresado a un estado primitivo.

Él no dijo nada. Ella tiró de su brazo.

—Ven —dijo amablemente, y lo condujo a través de las puertas de seguridad como si fuera un niño.

La superficie de las paredes era del gris suavemente ondulado del hormigón sin pintar. Todas las ventanas que daban a las oficinas se veían uniformemente grandes y estériles. Parecía haber sistemas de seguridad en cada intersección. Brillantes LED relucían severamente bajo las numerosas y diminutas cámaras de seguridad de acero. Demasiadas como para ser contadas en esa planta.

Ella mantuvo firmemente agarrada su mano el resto del camino, mientras cruzaban los puntos de control. Moviéndose de una red de pasillos a la siguiente. Sin decir una palabra en ningún momento. Sin presentarle nunca a nadie de importancia. Sin permitirle de ninguna manera que explorase por su cuenta.

Estaba todo tan estrictamente controlado que Gene tenía la perturbadora sensación de que era allí donde se suponía que debía estar. Tenía recuerdos fugaces. Estaba familiarizado con ese lugar, pero se sentía como si lo estuviera viendo a través de los ojos de otra persona.

En una habitación con unas taquillas de acero alineadas y sin identificar, ella señaló una cabina al fondo donde ambos podían escuchar cómo corría el agua y dijo:

—Espero que estés listo para cuando regrese.

Gene observó descorazonado la fila de puertas uniformes.

—¿Cuál es la mía?

—No importa. No están cerradas.

—No puedo coger la ropa de otro sin más.

—Casi todo el mundo aquí usa una talla similar. Deberías encontrar algo que te quedara bien. Te sugiero algo elegante. Un traje.

El timbre de su voz escondía algo más. Tenía un tono reprobativo. Estaba enfadada.

Aún no había salido de la habitación cuando Gene se giró para decirle:

—¿Por qué me odias?

Ella no respondió.

Gene zambulló su cabeza bajo el humeante torrente de agua, mientras el aluvión de mugre a sus pies se tomaba su tiempo para desaparecer por el desagüe. Cogió la pastilla de jabón y la frotó vigorosamente entre sus manos. Se enjabonó con vehemencia. Devolvió la pastilla a su jabonera, alineándola cuidadosamente para que permaneciera exactamente paralela con la geometría de la cabina.

Repitió la acción otras cinco veces, aunque sabía que lo que quería expurgar no estaba en su piel, sino en algún lugar más profundo.

¿Dónde se encontraba? ¿Quién era esa gente? ¿Qué era lo que querían de él?

¿Cómo pudo escapar?

Elevó la mirada al cabezal de la ducha y se reconfortó con las cálidas gotas de agua cayéndole en los ojos. Lo hacían sentirse vivo.

En el vestuario encontró una toalla doblada y abrió las puertas de unas cuantas taquillas. Un traje aceptable era fácil de obtener, pero un par de zapatos era un objetivo totalmente diferente.

Se probó tres pares hasta que encontró una sencilla pareja de cuero negro que le dejó satisfecho.

Se puso una prístina camisa blanca, pero decidió prescindir de la corbata. Esto no era una entrevista de trabajo. Quienquiera que le hubiera traído hasta aquí, estaba claro que quería que se quedase.

La mujer pelirroja discrepó. Había regresado y estaba de pie en el umbral de la puerta, observándole. Asaltó airadamente otra taquilla y sacó algo con estilo, confeccionado con una suntuosa seda italiana.

Le pasó la corbata en torno al cuello y comenzó a realizar un perfecto nudo Windsor con una habilidad consumada.

—Una corbata refleja tanto el cuerpo como el espíritu de su portador. Tienes una imagen que proyectar.

—¿Por qué?

—Preguntas demasiado.

—Y tú respondes demasiado poco.

La furia latente en ella salió a la superficie una vez más. En un acto de resentimiento, le cruzó la cara con una bofetada.

—¡No estoy aquí para contestar a tus preguntas!

Instintivamente, Gene alzó el dorso de la mano y la golpeó en la cara con tanta potencia que ella se tambaleó hacia atrás y se encogió. Se le corrió el lápiz de labios. Tenía el labio magullado, pero no sangraba.

Gene miró en dirección al pasillo. Ella podía llamar a los de seguridad en cualquier momento. ¿Por qué no lo habían reducido aún? Se daba cuenta de que la rabia que había descargado ella en él no tenía comparación con lo que él le había hecho. Era algo totalmente diferente.

Ella recobró la compostura. Lágrimas caían por sus suaves mejillas. Pero no se vendría abajo por eso. Se giró hacia él.

—Por favor, perdóname —ofreció, y lo besó indecisa en la mejilla, justo donde ella lo había abofeteado antes.

Gene retrocedió receloso.

—Me gustaría marcharme —dijo con convicción.

—¿Marcharte adónde? —replicó—. Estás en casa.

Lawless[3]

Quince guardias de seguridad patrullaban por el entresuelo y el vestíbulo. Al menos se podían ver dos más al otro lado de las gruesas puertas de cristal del ascensor en cada planta por la que ascendieron después de aquello.

Esto no era un hogar. ¿Qué era este lugar? Gene podía ver taxis amarillos entre el denso tráfico del exterior. Seguía en la ciudad. ¿Pero dónde?

Una pregunta que alguien le hizo una vez resonaba en el vacío de su nublada mente. *¿Qué es lo que sabes de tu vida?* Curioso. No podía encontrar ninguna respuesta.

Las puertas se abrieron y la mujer pelirroja encabezó la salida. Negoció su paso por el siguiente control de seguridad sin humor ni humildad.

Ella ya había valorado las reacciones de Gene mientras caminaban. Sus ojos apenas lo traicionaban.

—¿Nada de este lugar te resulta familiar?

—Nada. ¿Debería?

Ella abrió de par en par la pesada puerta metálica que conducía a una gran habitación. Se echó a un lado sin responder. En vez de aquello, cerró firmemente la puerta tras él.

¿Cómo podía ser tan estúpido? Astuto, hacer que se vistiera para la ocasión. Gene manipuló la manilla, pero estaba bloqueada. Su construcción era tan sólida que ni siquiera traqueteaba.

Giró sobre sus talones para buscar una manera de escapar. En medio de la habitación había una austera camilla blanca y una mesa repleta de equipamiento informático. Grandes ventanales inclinados enmarcaban una sala de observación a un lado, donde la mujer pelirroja tomó asiento entre varios técnicos de laboratorio ajetreados y lo observó con frialdad.

[3] N. del t.: *Lawless* significa «rebelde» en inglés.

Él apartó la mirada. Ella no merecía más atención.

—Por favor, túmbate en la camilla.

La voz era masculina. Sin emociones. Cuando se repitió la orden, Gene siguió el sonido hasta un altavoz. No la cumplió.

Había una puerta doble al otro lado de la habitación. Era su única opción. Echó a correr, pero las puertas se abrieron de golpe antes de poder llegar a las mismas. Cuatro guardias de seguridad fornidos, un doctor y un sexto hombre mucho más viejo fueron directos a por él.

—¡Quédate donde estás! —ordenó uno de los guardias.

Gene ignoró la burda estupidez de la petición.

Intentó rodearlos, pero tenían picanas eléctricas y una vara para controlar animales con un cable de acero formando un lazo. Iban a intentar arrinconarlo como si fuera una bestia.

Cuidado con lo que deseáis.

Gene arremetió contra el primer guardia, agarrándole de la garganta para luego hacerle girar con un movimiento ágil, hundiendo la punta de la picana en el muslo de un segundo guardia. Una chispa de crepitante electricidad surgió en un destello blanco, al tiempo que siete mil voltios recorrían su pierna.

Gene había sido rápido. Pero los otros hombres eran más rápidos. El lazo pasó por encima de su cabeza en apenas un suspiro. Se cerró con fuerza. La repentina fuerza aplastante en su tráquea hizo que se contorsionase. Le entraron arcadas mientras su lengua se le embutía en la boca. Luchó por respirar y cayó de rodillas.

—¡Levántate!

Una descarga eléctrica estalló en su espalda. Sus músculos sufrían espasmos. Su sangre ardía.

La vara para controlar animales impactó contra su nuca forzándole a arrastrarse por el suelo como un primate.

—Sobre la cama.

Gene se negó de nuevo a moverse. El zumbante extremo de otra picana surgió ante su campo de visión. Pero una vieja mano lo detuvo. Constelaciones de lesiones pigmentadas salpicaban su traslúcida piel, las manchas y máculas de la edad. La delgada carne hundida sobre los delicados huesos y las venas azules.

—Gene, por favor, haz lo que dicen estos hombres o se verán obligados a hacerte daño.

La voz era fuerte y compasiva. Pero su cadencia traicionaba una oscuridad que no inspiraba ninguna confianza.

La marchita mano del hombre se acercó y, con un agarre sorprendentemente fuerte, levantó la barbilla de Gene de manera que ambos hombres se pudieron mirar directamente a los ojos. Arrogantes. Obstinados. Ninguna de las miradas de ambos hombres estaba dispuesta a ceder.

—Es hora de continuar nuestro trabajo, pero no podemos tenerte hecho una fiera. Sencillamente no disponemos de tiempo suficiente. Ahora... ¿vas a portarte bien?

Gene miró al viejo con sus fríos y severos ojos.

—Voy a matarte —prometió.

Sorprendentemente, el viejo se suavizó.

—De eso —dijo—, no me cabe ninguna duda.

El joven técnico aplicó más gel y ajustó el último de los treinta y dos electrodos de frío metal en el cuero cabelludo de Gene. Comprobó que el contacto era bueno y que tenía una señal aceptable a bajo voltaje.

—Estamos listos, señor Lawless.

Lawless sostenía un pequeño vial de cristal que contenía un líquido rojo espeso.

—¿Qué hiciste con el segundo como este?

Gene intentaba no fijarse en aquello, pero estaba claro por la expresión de su cara que esa ampolla estaba registrada en algún profundo lugar de su torturada memoria.

Apartó la mirada.

—No lo sé. —Tiró de las correas que ataban sus muñecas y tobillos a la camilla—. ¿Qué me estáis haciendo?

—Responde a la pregunta. —Lawless acercó su vieja aunque enérgica cara a la de Gene, descansando ambas manos sobre un bastón de ébano largo y ornamentado—. ¿Dónde está el segundo vial?

—Me lo comí.

—Considerando tus recientes acciones, eso no sería una sorpresa. Tenemos un régimen estricto. Un vial. Una vez al mes. Rompiste nuestro contrato.

—Nada podría preocuparme menos que tu contrato. —Gene tiró de nuevo. Era inútil.

Lawless elevó su bastón y lo apoyó con firmeza contra la mejilla contraria de Gene, forzándole a girar la cabeza.

—Mírame cuando te hable, ingrata y repugnante cabra. Sería muy desafortunado que me viera obligado a recomenzar el proceso con otra persona.

Gene escupió al viejo, pero no consiguió más que arrojar un torpe escupitajo viscoso a sus pies.

—Le dije que no daba la talla.

Lawless elevó la mirada hacia la ventana de observación y la mujer de pelo encendido que sostenía el micrófono.

—Meg, déjanos.

De modo que ese es su nombre.

—No lo merece. Es un idiota —persistió ella.

—¡Megera! Cualesquiera que sean sus defectos, tú nunca encajarías en estos procedimientos. Márchate, inmediatamente. ¡No puedo escuchar mis pensamientos con este parloteo!

Ondeó una mano. Sin más instrucciones, dos guardias de seguridad entraron en el puesto y sacaron a la mujer a la fuerza.

Gene reevaluó al viejo marchito. *Maneja las riendas del poder como un rey.*

—Lawless... —Hizo girar el nombre en torno a su lengua, paladeándolo como si fuera un buen vino tinto.

—De modo que recuerdas.

—En realidad no. Él lo dijo.

El técnico le dio la espalda a los hombres allí reunidos y se concentró en el grupo de pantallas planas de ordenador donde las líneas dentadas de las ondas de actividad cerebral registraban el turbulento estado mental de Gene.

Gene observó los sinuosos gráficos con inquietud.

—Estamos tomando un EEG —explicó Lawless—. Un electroencefalograma. Un mapa de tus ondas cerebrales. Recuerdas haber hecho todo esto antes, ¿verdad?

—¿Qué esperas conseguir?

La inocencia de la pregunta dejó a Lawless completamente sorprendido. ¿Había alguna otra respuesta aparte de lo obvio? Descansó su marchita mano en la joven y flexible extremidad de Gene.

—Lo que le fue ofrecido a Odiseo y como un tonto rechazó. Lo que Gilgamesh buscó y no pudo encontrar. Lo que Titono robó y por su pecado fue convertido en una cigarra, que es más de lo que el miserable hermano de Príamo se merecía. Lo que la perra de Cibeles prometió dar pero aun así rehusó conceder. El regalo que las Moiras le concedieron a Cíclades como un castigo para mí. La inmortalidad.

—Estás loco.

—Mi querido chico, qué curioso eres. La diferencia entre la locura y la excentricidad está definida por la riqueza, y yo soy muy, muy excéntrico. Ahora dime, ¿qué es lo que sabes de tu vida?

Gene clavó en Lawless una mirada asustada. De nuevo la misma pregunta.

Los gráficos de la pantalla saltaron en concordancia. El alarmado técnico llamó la atención de su benefactor.

—Está funcionando.

—Un progreso, al fin. —Lawless le dio una palmadita a Gene en la mano—. Bien. Quizá tu pequeña aventura haya dado sus frutos.

Alzó su bastón y apoyó la punta del mismo en la cara de Gene, presionándolo con fuerza contra su piel, obligándolo una vez más a que mirara en dirección a las pantallas.

—Esas son ondas alfa. Los signos reveladores que descubren la verdad desnuda de tu mente.

Gene era vagamente consciente de que podía escuchar como se abrían las puertas y se acercaban sonidos de pasos. Miró hacia arriba para ver a la mujer pelirroja de pie sobre él. Llevaba una bata blanca de laboratorio y traía varias botellas pequeñas de cristal que contenían líquidos claros, trozos de algodón y una pipeta.

—Meg.

Ella no respondió.

Cogió la pipeta y comenzó a verter pequeñas cantidades de líquido en los trozos de algodón. Gene estaba asustado. Volvió a tirar de las correas, a pesar del dolor de sus inflamadas y enrojecidas muñecas.

—¡Creí que le dijo que nos dejara!

Lawless parecía genuinamente perplejo.

—No hice tal cosa.

—¿Qué está haciendo?

—Está proporcionando contexto.

—¡No lo entiendo!

—Por supuesto que no. Por eso estamos aquí.

La mujer pelirroja sonrió a Gene. *¿Por qué estaba haciendo esto? ¿Era Megera o no lo era?* Él sospechó que no cuando ella cogió uno de los trozos de algodón y lo pasó gentilmente bajo su nariz.

Un fascinante aroma a especias penetrantes y flores exóticas llenó sus fosas nasales.

—Las almas del inframundo perciben nuestro mundo a través de sus fragancias.

Gene luchó contra la necesidad de respirar.

—El inframundo es un reino donde no existe nada sólido, solo imágenes, ilusiones, espectros, sombras y sueños. No puede ser ni visto ni tocado. Es una experiencia enterrada en lo más profundo de tu ser. Es la memoria. Tómatelo. Debes aspirarlo profundamente si queremos resucitar tu alma.

Lawless lo golpeó con firmeza en el abdomen con su bastón. Gene tosió y resopló, inhalando a regañadientes, pero los gráficos se negaban a evolucionar. Sus reacciones no eran lo que estaban buscando.

—Prueba con otro.

La mujer repitió el procedimiento con una nueva combinación de químicos impregnada en otro pedazo de algodón.

Lawless se acercó y apartó el pelo del joven con su mano huesuda. Recorrió la cara de Gene con un dedo rígido, guiando su entendimiento.

Gene intentó luchar contra el siguiente asalto de provocativos aromas. *Lima. Lavanda.*

—El sentido del olfato es el más antiguo, el más básico, el más animal de nuestras muchas naturalezas. La información no requiere ningún viaje a través del tálamo para ser procesada. El aroma es conducido directamente al centro de nuestro yo más profundo.

La mujer pelirroja pasó otro pedazo de algodón por el labio superior perlado de sudor de Gene. *Jazmín. Ineludible. Inmutable.*

Lawless paseó su dedo por la cara de Gene y regresó a los electrodos pegados en su cuero cabelludo.

—Tu sentido del olfato no solo se conecta directamente con la corteza olfatoria en el lóbulo temporal medial, sino en todas partes del sistema límbico, relacionándose directamente con la amígdala, tu centro emocional, y el hipocampo, donde se asienta la memoria.

¿De qué estaba hablando este viejo idiota? Todo esto era un galimatías. La habitación parecía brillar con más fuerza. ¿Qué estaban haciendo con las luces?

—Y por consiguiente la maquinaria de tu memoria se ha puesto en movimiento, como un telescopio siendo convenientemente orientado.

¿Qué es lo que sabes de tu vida?

Gene jadeó, los destellos de imágenes no deseadas horadaban la oscuridad del ojo de su mente.

—Mientras hablo, tu cerebro está reconociendo estas moléculas olfativas. Se dispara una miríada de reacciones químicas, que electrifican el entramado de engramas responsables de recordar los olores. Se están enardeciendo tanto con los recuerdos, que se ilumina cada camino que está conectado con ese olor. Un fuego salvaje de recuerdos que no puede ser detenido. Tus ondas alfa están descendiendo, tu memoria episódica se está activando. Tu hipocampo está emitiendo ondas zeta en un desesperado intento de interpretar esta información nueva, combinándola con la ya existente. Intensificando tu memoria a largo plazo. Reforzando las sinopsis neuronales. Las moléculas olfativas, las piezas perdidas del rompecabezas, finalmente se unen a los receptores de la experiencia hace tanto tiempo dormida y olvidada. Una red que ha hecho su captura. Quema. ¿Puedes olerlo? ¿Puedes verlo?

Gene tosió y carraspeó. Las lágrimas bañaban sus mejillas. Un esclavo ante el visceral asalto de la memoria.

—¿Lo recuerdas? ¿Qué es lo que sabes de tu vida?

La sombra del Orloj

El chico se quedó estupefacto ante las relucientes manecillas doradas del reloj astronómico.

—¡Piensa! ¡Intenta recordar! De todas las cosas que has hecho. ¿Exactamente qué es lo que sabes?

El mecanismo retumbaba por encima de su cabeza, el ronroneo de los engranajes y ruedas dentadas marcaba el ritmo cardíaco del tiempo segundo a segundo.

—Yo... no he hecho nada, maese Atanatos.

—Nada. —Atanatos se echó el sayo con disgusto sobre su jubón de seda roja finamente bordada—. Saliste del vientre de tu madre lo suficientemente deprisa. Eso fue toda una aventura. El primer acto de gratitud que tuviste cuando te alimentó fue mancillaros con tus vómitos tanto a ti como a ella por tomarse esas molestias. Difícilmente llamaría a eso nada.

—Nada de importancia.

Atanatos se abalanzó sobre el chico y lo cogió de las mejillas, buscando algo escondido en su mirada.

—No te creo.

Sus arrebatos eran siempre difíciles de contener. Era un hombre de naturaleza profundamente impredecible. Siroco no se atrevió a contestar por miedo a enardecer aun más sus pasiones.

El rumor de unos cascos contra los desgastados adoquines perforó el aire. Apartó al chico de un empujón brusco, aunque sin amenaza, pero el coche que se aproximaba no era para él. Este siguió su camino por la ciudad.

Comprobó la posición del sol, la disposición del cielo, hasta que finalmente posó su intensa mirada en la resplandeciente esfera azul de las horas.

—¿Dónde está mi carruaje, Siroco? Dijiste a las ocho, no puedo llegar tarde ante el emperador, o supondría tu cabeza.

—No son las ocho todavía, maese. ¿Veis? El reloj todavía debe sonar.

Eso divirtió a Atanatos.

—¿Pero sonó para Mikulas, o no?

Mikulas, el maestro relojero de Kadan que construyó el imponente Orloj, había descubierto de primera mano la insidiosa naturaleza de poseer algunos conocimientos.

—Magnífico. Un reloj que refleja tres medidas de tiempo diferentes. El anillo de números romanos que nos concede las veinticuatro horas del día. El anillo rotativo externo cuyos números góticos nos proporcionan la hora de Bohemia. Se ve que se aproxima a veinticuatro, siendo de hecho el tiempo que le falta al sol para ponerse. Y finalmente, Mikulas encontró hueco para añadir mi escala de tiempo. La hora babilonia. La verdadera hora del día.

El mecanismo retumbó en lo más profundo de la torre, sucedido por un gran repicar de campanas.

—El mayor reloj jamás construido por la mano del hombre, ¿y qué obtuvo Mikulas por su esfuerzo?

—El rey Wenceslao IV —decía Siroco mientras miraba avergonzado sus sucios zapatos— hizo que le sacaran los ojos a Mikulas con un atizador al rojo vivo para que no pudiera repetir un trabajo tan soberbio.

Atanatos se admiró ante la amarga ironía.

—Por un artefacto que simplemente mide el tiempo. Piensa en qué retribución le espera al hombre que fuera a revelar la propia naturaleza del antirreloj definitivo.

—¿Maese?

Atanatos perdió la mirada por las sinuosas y estrechas calles que tenían delante.

—Ven, es una tarde apacible. Caminemos.

—¿Pero, y el carruaje?

—Ya no me concierne.

Atanatos alzó un dedo en dirección al reloj mientras se dirigía a grandes zancadas hacia la ribera del poderoso Moldava.

—El maese Hanus debe de haberse considerado bastante afortunado de que un monarca diferente estuviera sentado en el trono cuando le llegó el turno de añadir su astrolabio.

Caminaron a buen paso y de buen ánimo, y llegaron al Puente de Piedra, el cual conducía al vasto castillo que se asentaba imponentemente frente a ellos en la colina al otro lado del río. El furioso Arroyo del Diablo, que separaba la isla de Kampa de las orillas del río, daba una idea del temperamento del poderoso Moldava, pero solo una idea. ¿Qué demonio agitaba las aguas de ahí abajo?

—Me importunas, Siroco. No estoy seguro de que me puedas acompañar en esta travesía.

—¿Al castillo, maese? Pero estamos casi allí. No lo entiendo.

—Ese es precisamente el problema.

La Ciudad de las Cien Torres parecía notablemente irreal envuelta en el manto del menguante crepúsculo. Esta era una ciudad de luz y sombras donde cada calle sustentaba sus fantasmas y recuerdos como advertencias.

—Habéis preguntado qué sabía de mi vida, maese. Perdonad mi imprudencia, no soy más que vuestro aprendiz...

—El aprendiz del emperador, la corte te envió para vigilarme. Nada más.

—Pero os sirvo a vos.

Atanatos no respondió.

—Maese, ¿qué es lo que sabéis de vuestra vida?

Atanatos se detuvo al momento sobre el puente. La ciudad se alzaba al amparo de los extravagantes duendes y ondinas, y de los pensativos héroes de leyenda. Estaban encaramados en lo alto de torreones y tejados de tejas rojas como refugios de piedra, aunque Atanatos no se sentía seguro aquí.

Se hincó un dedo en la sien.

—Lo sé todo. Desde el día en que nací y más allá.

—¿Más allá?

—¿Eso te asusta?

—Solo esto preguntaré, ¿cómo podéis estar seguro de que vuestros recuerdos son reales? La mente puede ser engañosa.

—No hay engaños.

—¿Cuál es la prueba entonces? ¿Qué hechos podéis señalar que puedan convertir esa noción en algo incuestionable?

—¿Quieres hechos? ¡No hay hechos que proporcionar! La memoria es una mezcolanza subjetiva de verdades a medias y recuerdos defectuosos. ¡De sentimientos y emociones entrelazados como serpientes en torno al cuello de la verdad!

»Mira la esfera de la Luna allí arriba y el universo dividido en su inmutable perfección, los cielos por encima y la corrupta degeneración de la tierra que queda debajo. Rodeando a la Luna, las esferas: los planetas internos, el Sol, los planetas externos y las estrellas fijas; todas ellas manipuladas por un ángel superior. Rodeándolo a todo por encima de los cielos, la casa de Dios, La Gran Cadena de los Seres. Pero sé que esa Gran Cadena de los Seres no está ahí fuera en modo alguno. Está dentro.

Siroco pensó en ello. *Está dentro.*

—Dime, Siroco, ¿qué crees que el emperador Rodolfo me hará si revelo este secreto? Puedo decirte que no habrá ningún atizador en el ojo por hacerlo. El secreto del universo exige un pago más oneroso que aquello.

—¿Por qué acudir entonces, maese?

—Para esconderme, por supuesto, con todo lo miserable que eso me pueda parecer. Aunque Cíclades ya está aquí. Puedo sentirle en el interior de estas murallas. Su ojo está sobre mí. La última vez que nos encontramos casi acabó conmigo. Trajo la ruina y la destrucción a mi imperio y he estado vagando sin rumbo desde entonces. Todavía no me he repuesto lo suficiente como para enfrentarme a él de nuevo, de modo que acudo aquí, a Praga, para esconderme entre los astrólogos y los nigromantes, los agoreros y los alquimistas. En Praga, ¿qué es una promesa más de la piedra filosofal entre un centenar de las mismas?

Gene miró a Lawless, su visión se aclaraba, palpitaba el corazón del creyente.

—Recuerdo, padre. Recuerdo.

Lawless frunció sus resecos labios y lo besó.

Sangre

Martes, 8.32 a. m.

—¿Cómo te sientes?

¿Cómo responder a eso? North se sentó pesadamente en la silla negra y se arremangó la camisa. Estaba contento de que esta fuera una sala de exploraciones privada y no la pecera de la sala de urgencias. Conocía a los médicos de aquí, su padre acudía a cardiología al menos una vez al mes. Levine era joven, resuelto, y por lo menos sonaba sincero.

North se sentía adormecido; inclinó la cabeza, avergonzadamente frustrado.

—No estoy durmiendo demasiado bien. —Sabía que admitir esto explicaba poco, comparativamente hablando, pero una explicación más detallada estaba más allá de sus posibilidades.

Levine ató un tubo oscuro de látex en torno al brazo izquierdo de North para incrementar la presión sanguínea en su vena y limpió la parte interna del codo con una única pasada de un algodón impregnado de alcohol.

—Te esperábamos antes.

North no tenía nada que ofrecer como complemento a esa sutil petición de más detalles. Quería que esto pasara. Quería recuperar su vida, para vivirla de la única forma en que sabía. El retorcido e informe mundo alucinatorio de los yonquis no era algo que quisiera conocer en su detalle más íntimo. Realmente no merecía la pena discutirlo ni explicarlo en modo alguno.

—¿No te han dicho todavía qué es lo que había en la jeringuilla?

La jeringuilla. North sacudió la cabeza.

—Todavía no.

—Una lástima.

Levine preparó una aguja estéril. Tenía tubos de muestras de diferentes longitudes y tapones de distintos colores. Rojos, grises. Escogió un primer tubo con un tapón color lavanda, lo cargó en el soporte del vial e insertó la aguja en la vena de North.

El vacío parcial en el tubo aspiró inmediatamente su rica y oscura sangre roja en un flujo ininterrumpido. Llenó por completo el tubo con su carga espesa y brillante.

—Voy a ser sincero contigo.

Bueno, eso es un alivio.

—Cuando hagamos las pruebas, será demasiado pronto para decirte si contrajiste el VIH, de modo que no hay ninguna razón para que te pongamos el cóctel hasta que sepamos algo más. La forma más rápida en la que hallarás tranquilidad espiritual es si ellos analizan lo que encontraste lo antes posible, ¿de acuerdo? De otra forma tendremos que seguir esperando, y hacerte más pruebas más adelante. —Comprobó sus notas—. Normalmente solo necesitamos unos siete mililitros, pero desafortunadamente para ti tenemos una petición de muestras idénticas de la OCME.

Eso era porque North no se fiaba de nadie de la Oficina del Forense del Distrito para que le realizase una venopunción. Se pasaban el día jugando con cadáveres. Un muerto difícilmente iba a quejarse si algo iba mal. Lo que quiera que hubiese en su torrente sanguíneo era una prueba, pero solo alguien en quien él confiase iba a tener el privilegio de extraerlo.

Levine seleccionó otro tubo y lo intercambió con el anterior. También comenzó a llenarse a un ritmo constante. Mientras, se dispuso a marcar las etiquetas de los tubos.

—¿Eres A o B?

—No entiendo la pregunta.

—Grupo sanguíneo. No pasa nada, mucha gente desconoce su grupo sanguíneo.

North hizo un esfuerzo por recordar.

—Soy O. O positivo.

La punta del bolígrafo de Levine se debatió sobre el papel.

—¿Estás seguro?

North se encogió de hombros.

—Estoy seguro. ¿Por qué?

Levine vaciló de nuevo, incapaz de escribir aquello. Devolvió su bolígrafo al bolsillo superior de su bata de laboratorio y cambió de tubo de muestras. Después de haber llenado un cuarto tubo, sacó la aguja y tomó un pedazo de algodón, aplicándolo en la zona de punción con cierta presión.

—De acuerdo, mantenlo ahí. Mantén la presión durante un minuto más o menos. —North obedeció mientras Levine recogía todos los tubos llenos de sangre—. ¿Te llevas las muestras contigo, o quieres que las enviemos nosotros?

—Me las llevo yo. Eso mantiene íntegra la cadena de pruebas.

—Déjame que las embale.

Levine abandonó la habitación, dejando a North con sus intranquilos pensamientos. *¿Qué tienen que ver los grupos sanguíneos con esto?*

Miró bajo el trozo de algodón, el rojo seguía rezumando. Volvió a presionarlo de nuevo y se puso en pie. Se estaba gestando una tormenta al otro lado de la ventana, en el cielo se habían congregado unas nubes maléficas que no desaparecerían así sin más.

¿Quién era Gene? ¿Dónde estaba Gene?

El reloj de la pared marcaba las 8.43.

Levine regresó, con la atención concentrada en su ficha médica.

—El grupo sanguíneo de tu padre es AB, ¿cierto?

North intentó contener su impaciencia.

—Mira, agradezco que hagas esto, pero tengo que marcharme.

Levine no escuchó.

—El grupo sanguíneo de tu madre es A.

Eso no significaba nada para North.

—¿Quieres tomar asiento?

—Estoy bien así.

Levine estaba indeciso. Se encontró con la grave mirada de North sin el amparo de su impunidad profesional, con sus pensamientos lastrando severamente su conciencia.

—¿Has pensado alguna vez en hacer una prueba de paternidad?

North se quedó clavado donde estaba.

—¿A quién?

—¿A ti?

—No te sigo —dijo North, negando con la cabeza.

Levine continuó.

—Mira, no voy a aburrirte con temas de ciencia, pero cuando tienes dos personas, una de las cuales tiene como grupo sanguíneo A y la otra con grupo AB, las posibilidades de que tengan un niño que sea O es prácticamente nula.

Levine le tendió las muestras de la OCME envueltas en una bolsa. Tenía dificultades para encontrar las palabras correctas.

—Siento tener que ser yo el que te lo diga, pero necesitas saber esto, como cuestión que atañe a tu propio historial médico. Tú eres del grupo O. Eso significa que es probable que uno de tus padres no esté biológicamente emparentado contigo. Casi con toda seguridad eso señala a tu padre.

North explotó, arrojando el pedazo de algodón a la mesilla.

—¡Eso es ridículo!

—Necesitas hablar con ellos.

North pensó en ello; pensó seriamente en ello. Ahora veía el mundo con nuevos ojos, y era un lugar frío y hostil.

¿De qué manera me ayuda esto? ¿Qué se supone que debo de hacer con esto?

Salió del Centro Médico Hospitalario Jamaica para penetrar en el salvaje abrazo de otro feroz aguacero. Buscó sus llaves; un Lumina azul oscuro de 1994. ¿Dónde aparcó ese cacharro?

Estoy a punto de gritar.

Las opresivas y lacerantes gotas de lluvia aporreaban el techo de cada vehículo en el aparcamiento, creando una fina neblina que era difícil de penetrar con la mirada. Caminaba con torpeza, sentía un profundo dolor en la rodilla y sus pensamientos estaban enmarañados, al tiempo que buscaba sistemáticamente en cada plaza de aparcamiento.

Ahí está.

La cerradura rígida, el tirador desgastado. La puerta necesitaba ser engrasada. Y apestaba, una nauseabunda mezcolanza de rancio olor corporal y comida pasada. Hubiese preferido un Chevy Impala, pero no tuvo elección.

Arrojó con amargura las muestras de sangre en el asiento del acompañante y se quedó escuchando la lluvia. Era una distracción bien recibida, pero fracasó en acallar los ecos de la pesadilla que no se atenuaría o desvanecería. Su madre. Insaciable.

Estando dentro de ella, vivo y lleno de energía.

Ajustó el espejo retrovisor. *El espejo.* Cuando North pensaba en la lujuria que había compartido con su madre, recordaba que se había mirado en un espejo en medio del acto, y que el retorcido y miserable éxtasis que sintió con tanta violencia estaba escrito en una cara que no era la suya. Era casi como si hubiera estado presente, pero llevando una máscara.

No era su cara. No era la cara de su padre. ¿De quién era entonces?

Soy el Juramento de Satán.

9.56 a. m.

Veinte minutos para encontrar un hueco donde aparcar. ¿A quién se le había ocurrido trasladar a toda la Unidad de Escena Criminal del NYPD a unos grandes almacenes Montgomery Ward reconvertidos, en Jamaica, Queens, sin ningún aparcamiento?

Con las pruebas de las cinco demarcaciones llegando hasta aquí para ser analizadas por el laboratorio, era un edificio concurrido, rodeado por muchos otros ajetreados edificios gubernamentales en la avenida Jamaica. El edificio de la Administración de la Seguridad Social, tres juzgados, el Departamento de Vehículos a Motor; cada lado de la calzada estaba atestado con los coches de los empleados gubernamentales.

North guardó las muestras de sangre bajo el salpicadero y cogió su identificación y su libreta. No llevaba chaqueta. No tenía paraguas. Estaba calado hasta los huesos y no se daba ni cuenta.

Los gruesos fajos de fotografías satinadas y las páginas de anotaciones pulcramente mecanografiadas que lo acompañaban hacían del informe preeliminar de la CSU una lectura descorazonadora.

Ciento cuarenta y ocho individuos diferentes habían dejado sus huellas dactilares en varios grados de nitidez en el grueso cristal de las vitrinas que fue recogido en la escena del crimen primaria del museo.

Todo había sido cotejado a través del AFIS, el Sistema Automático de Identificación Dactilar. Todo había dado resultados negativos. Ni un solo criminal conocido entre las mismas.

—Esto dice que aquí no tenéis todo el cristal. ¿Dónde está el resto?

Ash, el investigador forense que había liderado la recogida de pruebas tanto en la escena del crimen primaria en el Met como en la secundaria detrás y frente al *peep show* Loca´s, era un hombre mucho mayor y con una firme disposición reflexiva.

Guió a North a una de las salas de descanso de esa planta, mostrando curiosidad ante la marcada cojera del detective.

—Los fragmentos con salpicaduras de sangre fueron directamente a la OCME. ¿Qué te ocurre?

—Ah, me fastidié la rodilla. —North estaba más preocupado por el informe—. ¿Encontrasteis fibras de algodón? Podrían ser de cualquiera.

—Algodón egipcio. —Ash se sirvió un café, con cantidades generosas de azúcar y leche—. Tómate uno, si quieres.

North ni siquiera le escuchó.

—¿Qué tiene de importancia?

—Es importado. Es conocido como el algodón de más alta calidad que el dinero puede comprar. Estoy sugiriendo que no encontrarás demasiados negocios que trabajen con prendas de algodón importado, y aquellos que encuentres deben ser comercios muy caros.

—¿Qué tipo de prendas? ¿Sudaderas?

—Posiblemente. Pero el algodón egipcio se usa más en caros juegos de cama.

—De modo que a ese tipo le gusta mucho estar tumbado —continuó North—. La espada está en serología y la jeringuilla en toxicología, ambas en la OCME. ¿Habéis obtenido huellas?

—Claro, fue lo primero que hicimos, página seis. ¿Qué pasa con el servicio postal que no has podido esperar para leer esto? Si tenías tanta prisa podíamos habértelo enviado por fax.

—Pasaba por el barrio.

—Mira, tenemos dos muestras válidas de la jeringuilla. Una la obtuvieron los del AFIS. Y encontramos una huella en la espada. De un pulgar. También la cotejaron los del AFIS, y coincidía con la de la jeringuilla.

—¿A quién habéis encontrado?

—A ti.

North sintió la fría dureza de la noticia en lo más profundo de sus huesos. ¿Cómo era que se había despertado hoy en un mundo donde cada dedo lo estaba señalando a él?

Las huellas dactilares de los policías se mantenían en los archivos para poder ser eliminadas en el transcurso habitual de las investigaciones. Bajo esas circunstancias, era de esperar que encontrasen sus huellas dactilares. Pero esto parecía diferente, esto parecía personal.

A diferencia de otros departamentos de policía, los investigadores forenses del NYPD trabajaban para la Oficina Central, de forma que no eran científicos corrientes. Eran policías, habían trabajado en las calles y Ash conocía a North lo suficientemente bien como para saber que algunas cosas no estaban marchando bien.

—Jim, ¿por qué estás tan empeñado en remover este caso?

North se negó a contestar.

—Nadie murió. Sacaste al chaval.

—Hay gente en el hospital. Cuatro civiles. Dos policías, uno con la garganta cortada. ¿Quieres abandonar a dos de los nuestros? La siguiente vez podría matar.

—No estoy hablando de abandonarlos. ¿Me has escuchado decir eso? Pero ya han pasado tres días, la pista se enfría en dos; el criminal ya ha volado, ¿y estás empeñado en seguir con esto, por tu cuenta? Ese tipo podría estar en cualquier parte del país, quizá incluso en cualquier parte del mundo, a estas alturas.

North sintió la agitación extendiéndose por su pecho. No podía explicarlo, solo podía sentirlo.

—Déjame a mí preocuparme del caso en el que quiera trabajar.

Allí estaba, brotando en su interior, una especie de emoción terriblemente vengativa que no tenía cabida en su trabajo.

—¿Quiénes son? Esos dos policías.

—Manny Siverio y Eddie Conroy. —Sabía eso solo porque se había pasado el tiempo del desayuno averiguándolo. La sensación de culpa era abrumadora.

—¿Los conoces?

North le quitó importancia.

—No, son de Central Park. Pero eso no importa, ¿no es así? —No era una pregunta.

El reproche ya estaba escrito en las facciones de Ash. El hombre más mayor se tomó su tiempo.

—¿Sabes?, cuando tu padre estaba en el cuerpo solía decirme...

North no iba a quedarse a escuchar batallitas. Se colocó el informe bajo el brazo.

—¿Me hiciste copias de las cintas de seguridad del museo?

11.03 a. m.

En la segunda planta del 520 de la Primera Avenida, North observaba el tráfico a través de las austeras ventanas de la Oficina del Forense del Distrito mientras las gotas de agua de lluvia en los paneles de cristal distorsionaban las grises actividades de más abajo.

Estaba sentado ante un escritorio, rellenando la cadena de custodia para sus muestras de sangre. Todo lo relacionado con las pruebas implicaba siempre una cadena de custodia. El Departamento de Policía tenía que ser capaz de seguirle la pista a la prueba desde el día en que se obtenía hasta que era presentada en el juicio. Era esencial llevar unos registros detallados. ¿Quién recogió la prueba? ¿Bajo qué circunstancias? Cada hecho especifico sobre cómo había sido encontrada la prueba era catalogado. ¿Sabían que sería una prueba la primera vez que la vieron o tuvieron que regresar para obtenerla? Cada vez que la prueba era tocada o examinada tenía que ser indicado. Cada parámetro era registrado para evadir cualquier estratagema de la defensa en un juicio que proclamase que la prueba había sido manipulada.

North era meticuloso, y algo que le había dicho Ash seguía resonando en sus oídos: encontraron la huella de su pulgar en la espada.

Nunca la toqué. Le di una patada. ¿Una huella de pulgar?

Dan Sheppard, uno de los supervisores criminalistas en el Departamento de Biología Forense, se asomó por la puerta. En la mano llevaba las fotografías que había solicitado North.

—Sabes que solemos tardar una semana. No estoy seguro de poder decirte lo que quieres saber en tres días.

North recogió sus papeles.

—Esto es importante.

—Cada caso es importante. —Le tendió la fotografía, pero estaba más consumido por su anormal fascinación por la cabeza de North.

North se sintió cohibido.

—¿Qué?

—¿Si me permites? —Sheppard mostró un par de pinzas de frío metal y arrancó unos pocos pelos del cabello de North. Los depositó en un pequeño sobre de papel blanco—. Cualquier cosa que haya en tu sangre puede que ya se haya enmascarado. Ya veremos.

North se rascó la cabeza.

—¿Crees que encontrarás algo? Han pasado tres días.

—Depende. Estás al límite para algunas cosas, vas sobrado para otras. Las benzodiacepinas, como el Librium y el Valium, pueden permanecer en cualquier parte de tu organismo hasta treinta días. Los cannabinoides, o hierba para ser más claros, hasta noventa días. Dices que pareces haber experimentado ciertos efectos disociativos y psicotrópicos. La psilobicina, la humilde seta mágica, el LSD y el MDMA pueden permanecer en tu sistema entre tres y cinco días. Si está ahí, lo encontraremos.

—¿Estás seguro de saber qué buscar? ¿No has hecho pruebas del contenido de la jeringuilla?

—No.

A Sheppard siempre le había gustado bromear. Le proporcionaba una especie de regocijo sádico. North no iba a picar.

—Necesito eso hecho.

—Entonces tendrás que esperar bastante, porque no va a ocurrir.

De modo que no estaba bromeando. Hubo un trueno de nuevo.

—¿Por qué no?

Para Sheppard era obvio.

—Demasiado riesgo. No estamos preparados para ello. No quiero que nadie de mi personal se acabe pinchando con aquello. Eso no va a ocurrir. Puedes ir a un laboratorio privado, pero dudo que lo fueran a tocar, y dudo que el FBI tenga interés alguno en este caso. Por eso fue por lo que te pedí una muestra de sangre, pelo y orina. Lo resolveremos. ¿Dónde está tu muestra de orina, por cierto?

North sacó una botella vieja de Gatorade de una bolsa de plástico y la dejó sobre la mesa.

—Solo necesito diez centilitros. Eso es una pinta.

—Sírvete tu mismo.

Sheppard alargó el brazo para coger la bolsa de plástico. Volvió a envolver la botella cuidadosamente y la sostuvo alejada de su cuerpo.

—Está bien, la limpié.

Sheppard se dirigió hacia la puerta, esperando que North le siguiera.

—Un doctorado en Química y me veo reducido a transportar tus meadas. ¿No vas a echarle un vistazo a las fotografías? Sale tu jeringuilla.

—¿Hay algo que merezca la pena?

La cara de Sheppard se iluminó.

—Era un instrumento bastante inusual el que utilizó contigo.

North ojeó las imágenes. La jeringuilla había sido fotografiada a tamaño real, con una regla próxima a la misma a modo de referencia. Era mayor de lo normal y su cuerpo de vidrio estaba rematado en cada extremo por una caperuza de plata ornamentada.

—Parece algo que un veterinario podría utilizar con un perro, quizá.

—Mejor. —Sheppard sostuvo la puerta abierta para que North le siguiera—. Es antigua. Dudo que ninguna de esas cosas haya sido utilizada profesionalmente en el último siglo.

North estaba sorprendido.

—¿Cómo sabes eso?

—Solía trabajar codo a codo con el doctor Willoughby en el Centro Médico de la NYU. Le gustaba coleccionar esas pequeñas curiosidades médicas. Tenía una vitrina en su despacho llena de ellas.

—¿Crees que esto fue robado?

—O eso o es un coleccionista. La jeringuilla, el museo. Tu sospechoso está mostrando indicios de un patrón. Está obsesionado con las cosas antiguas.

Dos cosas no hacían un patrón, pero North lo tomaría como su punto de partida. Era algo. *¿Por qué una antigua jeringuilla?*

—¿Es posible que pueda hablar con Willoughby sobre esto?

—Si tienes un tablero de güija supongo que podrías. Lleva unos dos años muerto.

North anotó el nombre en su libreta.

—Bueno, ¿por casualidad sabes dónde podría echarle el guante a algo similar?

Sheppard pensó en ello.

—Dudo que la mayoría de las tiendas de antigüedades de la ciudad tengan a la venta algo como esto, pero estoy seguro de que hay un par de tiendas especializadas.

—¿Qué son esas letras grabadas en el extremo metálico? H-E-R-H.

—Ni idea, pero un anticuario seguro que lo sabrá.

Hicieron una visita a una de las técnicos de laboratorio al otro extremo del pasillo. Sheppard asomó la cabeza por el umbral de la puerta y se presentó vivazmente su regalo a la chica.

—La ilustre orina del detective North.

Ella la tomó antes de que North pudiera ocultar su rostro. Le sonrió. North no tuvo más remedio que devolverle la cortesía.

Sheppard continuó. Su despacho estaba empapado de erudición. Una pared estaba dedicada a sus numerosas acreditaciones y logros académicos. Su escritorio estaba atestado con un vasto surtido de libros y revistas, anotaciones y fotocopias. Varias pastillas descansaban reunidas junto a su ordenador: vitaminas y aspirinas. Trabajaba mucho, y su trabajo no siempre era fácil.

Rodeó el escritorio con entusiasmo y se sentó en un cómodo asiento de cuero.

—Hemos encontrado cuatro muestras sanguíneas diferentes en la espada. Piel, pelo y sangre del cristal de la vitrina. Todavía no lo hemos pasado por el CODIS, pero cuando lo hagamos se reflejará en el informe.

El CODIS, el Sistema Combinado de Indexado de ADN, era la base de datos nacional de ADN del FBI. Era infrecuente que alguien tuviese sus datos en el CODIS sin tener registros en el AFIS, y viceversa.

North no entró, permaneció atrás, merodeando en el umbral. No quería estar allí. Se sentía ansioso. Era como si no quisiera estar en ninguna parte.

—Ash me dijo que encontrasteis mis huellas en la espada.

—Sí, muy curioso. No sabemos cómo lo hiciste. Parece que hay un residuo muy antiguo en el mango. De alguna forma te las arreglaste para dejar una impresión en el mismo, pero según nuestras pruebas está calcificada. Uno de los pequeños misterios de la vida.

2.38 p. m.

La opresiva olla a presión de la comisaría del Distrito Cuatro no estaba hecha para el débil de corazón. Bullicioso con la sórdida faena de la investigación, este era un mundo completamente brutal. Cuando North descargó violentamente unas voluminosas Páginas Amarillas en su mitad de escritorio situado en un rincón de la sala de operaciones, el sonoro impacto pasó prácticamente desapercibido.

La comisaría era el portal a un mundo paralelo, un mundo sórdido, grotesco y distorsionado que subsistía bajo una falsa apariencia de decencia. Pasaba sus facturas, y se las cobraba. Aquí North no era un tipo solitario atrapado en un ambiente extraño, porque en realidad cada hombre en la brigada era un solitario. North era simplemente una nube de rabia inmersa en una furiosa tormenta.

Abrió el informe del caso y esparció las fotografías por la superficie de trabajo en un caótico *collage* que obedecía las reglas de sus deducciones y suposiciones. Solo él entendía totalmente el proceso, todo se había hecho instintivamente, obedeciendo a sus entrañas. Estas le decían que faltaban bastantes cosas.

Sacó la fotografía de la jeringuilla y la situó junto al teléfono mientras consultaba la guía telefónica. Su atención se alternaba entre esta y el resto de fotografías. Escribió: «¿Calavera?». Recordaba a Bruder, de la comisaría de Central Park, diciendo algo sobre unos testigos que aseguraban que Gene había cogido una calavera. No había referencia a ello en las declaraciones.

Barajó las fotos y las desplegó de nuevo.

Regresó a la guía telefónica. Había anticuarios por toda la ciudad. Descolgó el teléfono y probó primero con la casa de subastas Christie´s; le sugirieron un par de nombres que probar antes de colgar. Aquella actividad continuó la siguiente media hora. Unos pocos nombres surgían repetidamente. Fue perfilando la lista algo más. Algunos negocios se habían trasladado. Algunos habían cambiado de personal y ya no trataban con ciertos géneros. ¿Cuánto le costaría encontrar a alguien que le proporcionase unos pocos detalles sobre una jeringuilla antigua?

Reorganizó las fotografías de nuevo.

Y entonces alguien mencionó un nombre que continuó apareciendo repetidamente, un tratante de antigüedades especializado en muchas curiosidades esotéricas, un caballero que respondía al nombre de Samuel Bailey. Él debería saber lo que significaba H-E-R-H.

Se había trasladado dos veces. Los negocios no debían de haber ido bien. Alguien dijo que tenía una pequeña tienda en el edificio de Chelsea Antiques en la calle Veinticinco Oeste en fechas tan recientes como noviembre del último año. North les llamó. Bailey tenía una tienda allí, claro, pero nunca podía pagar el alquiler, por lo que ella estaba pensando en enviarle una notificación de desahucio.

—¿Está él allí ahora?

—No.

—¿Podría decirle que me llamara?

—Ni siquiera puedo conseguir que me llame a mí. —Su voz sonaba exasperada, pero no estaba intentando dificultarle las cosas.

North le ofreció dejarle su teléfono, pero ella ya estaba hojeando unos papeles.

—Aquí —dijo ella—. Aquí está su dirección. ¿Tiene un bolígrafo?

Cuando colgó el teléfono ya estaba de pie. Barajó las fotografías algo más. *¿Qué falta?* ¿Cómo escapó Gene?

El coche.

4.13 p. m.

Las oscuras e imponentes sombras de los chirriantes limpiaparabrisas oscilaban de un lado a otro sobre el salpicadero, marcando el compás como el fantasma del metrónomo de un músico, perfectas en su insistencia.

Tenía su teléfono en la mano, con el número de sus padres reflejado en la diminuta pantalla, preparado para llamar. ¿Pero qué podía decir? ¿Cómo podría preguntar si su padre era realmente su padre? Su pulgar se debatió sobre el botón de llamada. *No. Ahora no.*

North observó la calle frente al Loca´s a través de la bruma de la memoria, visualizando cómo se desarrollaba repetidamente todo el incidente frente a él, las sombras de su mente impresas en los toldos empapados por la lluvia de la Cocina del Infierno.

Nadie hizo declaración alguna sobre ningún vehículo a la fuga. *No lo imaginé.* Registraron toda la manzana. Ni siquiera los agentes que lo siguieron al callejón recordaban haber visto u oído vehículo alguno.

North se llevó un chicle a la boca; el simple acto de masticar aliviaba su tensión. *Se equivocan. Hubo un vehículo.*

Cerró el coche con llave y se abrió camino cojeando hacia la parte trasera del Loca´s, que seguía precintada. La primera vez que persiguió a Gene hasta aquí ni siquiera se había dado cuenta del nombre del local. Ahora era imposible de ignorar. Era un *peep show* para transexuales.

En el patio trasero, los recuerdos tangibles de lo que allí había ocurrido seguían siendo visibles en el grasiento fango negro que pringaba la superficie de hormigón. Las profundas huellas de unos robustos zapatos que habían sido arrastrados en los pasos de baile de la batalla.

A lo largo de un muro encalado y descascarillado que llegaba a la altura de la cintura se repartían cientos de curiosas manchas amarillas, el débil indicio de algo que había salpicado repetidamente. El nauseabundo y espantoso hedor del semen humano putrefacto era una pista más que suficiente para indicar qué es lo que había ocurrido en este lugar.

En el muro opuesto, los contenedores seguían alineados y las bolsas de basura seguían apiladas de forma caótica. North se agachó bajo la cinta amarilla y negra del precinto policial y husmeó por la zona.

El porqué de que este edificio tuviera un patio trasero en primer lugar era un misterio menor, aunque no completamente inusual en Manhattan. Quizá esto había sido una bahía de carga en algún momento de su historia.

En el muro trasero North se encaramó a uno de los contenedores, tal y como lo había hecho Gene, y espió por encima del mismo. ¿Dónde podía haber estado aparcado un coche?

Un callejón trasero se extendía de izquierda a derecha, no era una visión habitual en el centro de la ciudad. Unas escaleras de emergencia de hierro negro colgaban amenazadoramente sobre la superficie de la calzada de más abajo. Había espacio suficiente para un coche, pero no para algo más grande.

—¡Eh, ahora no está permitido estar aquí atrás! Putos maderos. Podemos ir dentro y hacerlo, ¿o tienes un coche?

¿Hacer... qué? North echó una mirada por encima del hombro, mostrando su placa con una cáustica contención.

Resguardada en el umbral de la entrada trasera, una bailarina menuda con unos provocadores pantalones dorados había salido para fumarse un cigarrillo. Con unos ojos extraordinariamente atractivos, generosos pechos y unas invitadoras caderas curvilíneas, la mirada de North se vio instintivamente atraída hacia ella. Aunque el bulto antinaturalmente prominente en su entrepierna, su mandíbula angulosa y su grueso cuello masculino pronto sofocaron su excitación. *Jesús.*

Ella simplemente le sonrió. Era una respuesta engañosamente poderosa porque estaba claro que el disgusto de él era el divertimento de ella.

North bajó del contenedor.

—¿Cómo te llamas?

—¿Cómo quieres que me llame? —Sus largas pestañas postizas, embadurnadas con una gruesa capa de mascarilla negra y llamativa purpurina, parecían cerrarse con la anticipación. Su ronca voz resonaba.

—¿Quieres que te arruine el día?

Insultada, abandonó la pantomima. Una inflexión más profunda y distintivamente masculina le respondió.

—Claudia.

—Tú nombre real.

La mirada de Claudia se endureció. La mujer había desaparecido. Eran solo North y un hombre con unos provocadores pantalones dorados.

—Todo el mundo me conoce como Claudia.

—¿Estuviste trabajando hace tres días?

A Claudia no le quedaban más ganas de jugar. Apagó su cigarrillo en el marco de la puerta y lo arrojó lejos.

—Trabajo todos los días.

—¿Recuerdas el altercado que tuvo lugar aquí entonces?

—¿Altercado?

—La pelea.

—Sé lo que significa altercado. —Se apartó de su hosca cara el pelo de su peluca roja barata—. No sé mucho de lo que pasó. Estaba ocupada.

—¿Haciendo qué?

—Haciéndoselo a quién. ¿Quieres que te haga un dibujo?

—¿Pero sabes lo que ocurrió?

—Escuché a algunas de las otras chicas hablando de ello.

Chicas.

—¿Alguna de ellas está dentro hoy? —Estaba formulada como una pregunta, pero North estaba haciendo una petición.

Claudia sacudió la cabeza y puso una mueca de indignación ante la inconveniencia. Le hizo un gesto a North para que la siguiera al interior.

4.57 p. m.

En una diminuta ventana de lavabo escaleras arriba, Mario, también conocido como Mona, mostraba como el vidrio esmerilado no se abría del todo. Todo lo que se podía escuchar era el motor. Tenías que asomarte completamente si realmente querías ver, ¿y por qué querría él poder ver? Estaba limpiando después de un espectáculo.

North echó un vistazo, teniendo que pasar pegado a un tendedero repleto de medias de nailon y sujetadores mojados.

—¿Nadie vino a hablar contigo después?

—Dios mío, ¿me tomas el pelo? Vosotros los chicos de azul os asustáis con facilidad.

—Solo era un coche. ¿Por qué te fijaste en él?

Mario se ajustó su albornoz de toalla.

—Cantaba, ¿sabes lo que quiero decir? Nuestros clientes saben que no se puede entrar por el callejón, tienen que entrar por la puerta delantera. Nadie se mete en el callejón.

Veintiún personas en el edificio. Mario fue el único testigo.

5.22 p. m.

De un pequeño contenedor de plástico en el maletero de su coche sacó un rollo de cinta americana plateada y arrancó dos tiras. Las pegó en la suela de cada uno de sus zapatos antes de partir de nuevo.

Tuvo que avanzar toda una manzana antes de poder dar la vuelta y encontrar la entrada al callejón. Estaba cerrada y protegida con alambre de espino en un extremo. El propósito de esto no parecía realmente evidente a primera vista, ya que el otro extremo estaba expuesto, pero todo tenía la apariencia de haberse realizado hacía años para detener el paso del tráfico.

Manhattan fue construida siguiendo un sistema en cuadrícula, pero la gente olvidaba con frecuencia que no siempre había sido de la misma manera. Los cimientos de Manhattan se asentaban sobre construcciones mucho más antiguas que resurgían ocasionalmente en forma de pequeñas rarezas que algunas veces nunca aparecían en los mapas de carretera. North se encontraba corriendo por estas rarezas a cada momento.

En el centro de la ciudad, un callejón era algo extraño, y una superficie adoquinada era aun más rara, pero no algo inaudito. Por Greenwich Village subsistían unas pocas secciones de pavimento adoquinado del siglo XIX. Los restos históricos estaban ahí para cualquiera que se interesase en mirar.

North avanzó con pies de plomo, con los ojos fijos en cualquier cosa que pudiera surgir. Este no era su trabajo, en un mundo ideal este sería el trabajo de un investigador forense, pero había un tiempo perdido que recuperar. La zona no había sido barrida en absoluto por los forenses y las posibilidades de encontrar algo allí eran altas. La cinta adhesiva servía para diferenciar sus huellas de las de alguien más.

Entre la basura, las hierbas y los nidos de ratas, North ubicó una extensa mancha oscura en el adoquinado de la carretera, protegida de los elementos bajo una sobresaliente salida de incendios oxidada y olvidada. Estaba a tan solo unos pocos metros del muro que delimitaba el patio trasero del Loca´s.

Al aproximarse reconoció inmediatamente la oscura naturaleza viscosa del aceite de motor usado, y cuando lo examinó más de cerca vio unos fragmentos limpios de plástico roto, embebidos en la huella visible de un neumático.

6.04 p. m.

Robert Ash se situó directamente sobre la mancha de aceite y colocó a su lado una escala de medidas de neumáticos de color negro sobre blanco, en forma de «L», de treinta por quince centímetros; entonces tomó otra fotografía. Estaba de camino a casa desde la CSU cuando recibió la llamada, pero llegó en poco tiempo y realizó la tarea sin quejarse.

North se negó a separarse de su lado.

—¿Qué opinas?

—El aceite es aceite. Nunca podrás seguirle la pista a un coche por el aceite de su motor, pero te diré esto: dudo que proceda de un coche. Está en un lateral del callejón, ¿ves? El aceite tiende a gotear desde las partes más bajas del motor, lo que lo dejaría en el centro. No puedes pegar un coche tanto a este lado.

—¿De modo que crees que era una motocicleta?

—Y una potente. Más de 500 cc. Nunca subestimes el poder que la estúpida suerte puede tener en una investigación, ¿eh? Un motor de cuatro tiempos utiliza un aceite viscoso. Un motor de dos tiempos utiliza un aceite más fluido y a estas alturas ya se habría borrado todo por la lluvia, pero este sigue aquí. Es muy oscuro, me atrevería a suponer que no procede de una moto bien cuidada.

North dejó que floreciera su frustración.

—Escuché las puertas de un coche. No me importa que hubiera una moto.

¿Qué es ese olor?

—Hablé con tu viejo esta mañana temprano.

North se mostró receloso. Se giró a otro lado.

—¿Ah, sí?

—Sí, ha invitado a algunos chicos para una barbacoa el fin de semana. ¿Irás?

—Yo, eh... —*Dile que estás ocupado*—. No lo sé. Eh, ¿hueles eso?

Ash olfateó el aire.

—¿Oler el qué?

A North le entraron ganas de vomitar. Sus fosas nasales estaban ahora saturadas con el nauseabundo hedor de la carne putrefacta expuesta a una llama. Intentó determinar de dónde venía, del patio trasero del Loca´s quizá, pero parecía no tener un lugar de origen concreto.

Tenía un regusto amargo en la boca.

—¿Estás seguro de que no puedes oler esto?

Ash estaba arrodillado examinando la mancha de aceite con unas pinzas.

—No —dijo, mientras extraía el primero de una serie de fragmentos traslúcidos. Estaban excepcionalmente limpios y para nada se habían hundido en el aceite. No solo era plástico, sino cristal también y los fragmentos se extendían desde la parte trasera del Loca´s y por el callejón más allá de la mancha de aceite a lo largo de un par de metros más. Eran recientes.

—¿Dices que escuchaste como el tipo cerró la puerta del coche cuando se metió en él?

—Más o menos. —North se sacó un pañuelo de papel del bolsillo y lo sostuvo contra su nariz y boca. No ayudó.

Ash asintió con la cabeza.

—Sí, eso fue lo que lo desencadenó —señaló donde comenzaba el rastro—. Se mete en el coche, cierra la puerta, suelta esos fragmentos. Mientras el coche va marcha atrás, los fragmentos continúan cayendo. No están coloreados, por lo que no son de un piloto trasero. El vehículo que estás buscando se golpeó por delante, tiene un faro roto.

8.39 p. m.

El olor sencillamente se negaba a desaparecer. Toda la comisaría parecía estar saturada con un hálito de descomposición que solo él podía sentir. En la sala de descanso encontró una jarra llena de café cargado y se sirvió una taza. No bebió de ella, no se atrevía, en su lugar la llevó consigo como si fuera algún tipo de incensario, esperando que nadie le hiciera ninguna pregunta inoportuna.

¿Qué me ocurre?

Rellenó su sesenta y uno. Ya había uno de Bruder, pero North había estado allí también, debería haber un informe de incidencias completado por él. Esto era negligente; no había excusas, pero ahora estaba hecho. Fue escaleras arriba.

En una pequeña habitación en la segunda planta de la comisaría del Distrito Cuatro revisó las cintas de seguridad con la ayuda de un par de viejos aparatos de vídeo negros y un televisor.

La escena se repitió una y otra vez; insertar otra cinta, presionar el *play;* misma estancia, diferente ángulo, todo en un borroso blanco y negro. La entrada de Gene estaba clara. Entró al museo, solo, a las 10.07 a. m. Estuvo deambulando un poco, aunque no estaba del todo claro si estaba intentando decidir qué camino coger o si había quedado con alguien. Vio algo en la sala Belfer, se quedó fascinado con la exhibición griega. Apuñaló al primer visitante exactamente a las 10.23 a. m.

North alzó los brazos por encima de la cabeza y se estiró. Había leído historias de gente que había muerto por trombosis venosa profunda al estar sentada en la misma posición en un vuelo de larga duración. Seguro que lo mismo le ocurría a los policías forzados a visionar cintas de seguridad durante horas.

Pasó otra cinta. Otro ángulo. Gene entraba en el museo de nuevo.

Algo era diferente.

North rebobinó la cinta y la pasó de nuevo. *Gene entra en el museo. Merodea. Entra en la sala Belfer.*

¿Pero qué estaba haciendo ella...?

North detuvo la cinta y la rebobinó.

Gene estaba de pie mirando una gran urna. Una mujer con pelo largo y gafas de sol se estaba aproximando a él por detrás. Se detiene. *Está realmente cerca. ¿Qué está haciendo?* Ella tenía una mano cerca de la cara. *Ahí.*

Una ráfaga. Una nube. *¿Qué es eso? ¿Es humo?* No se había dado cuenta antes porque la luz no lo había captado desde otros ángulos. Pero aquí era perfecto.

Estudió la pantalla más de cerca intentando compensar el ligero temblor en la imagen congelada. La cara de ella le llamaba la atención, aunque se encontraba lejos de poder explicarlo.

Escuchó pasos fuera, en la sala. Nancy Montgomery, la asistente administrativa de la policía para la sala de operaciones, llevaba puesto su abrigo, pero seguía realizando eficientemente su tarea. Con un brazo cargado de expedientes, le lanzó a North una mirada desaprobadora.

—¿Es que no tienes casa?

North se frotó su cansada cara con sus ásperas manos.

—¿Has visto mi piso?

Ella siguió caminando.

—Pues échate una novia.

Eso dolía. Más de lo que ella podía saber. North se lo guardó para sí mismo y en su lugar estudió las confusas figuras de la pantalla. ¿Realmente estaba ella haciendo lo que parecía que estaba haciendo? Tuvo una idea y asomó la cabeza por la puerta.

—Eh, ¿estás ocupada? ¿Puedes venir a echarle un vistazo a esto? Quiero la opinión de una mujer.

Podía escuchar el ronroneo de la fotocopiadora en la habitación contigua.

—¿Qué te acabo de decir?

Pudo escuchar como Nancy continuaba maldiciendo mientras soltaba algo pesado. Se acercó arrastrando los pies y apartándose su alisado pelo negro de su perfecta piel chocolate.

—¿Y cobraré como un detective?

—¿Estás solicitando un recorte en tu salario?

Ella se plantó en el umbral de la puerta con los brazos cruzados. Si pensaba que era gracioso no lo estaba demostrando.

—No tengo todo el día.

Él le mostró la pantalla de televisión.

—¿Qué está haciendo esta mujer?

Hizo avanzar la cinta. La extraña se detiene junto a Gene, levanta una mano. Una nube. Nancy entornó los ojos ante la pantalla.

—Ponlo de nuevo. —North volvió a reproducir ese instante. Ella hizo una mueca—. Se está echando perfume. Es solo un atomizador. ¿He resuelto el caso?

North recorrió su dedo por la imagen.

—¿Utilizas tú un atomizador de esa manera?

Ella miró de nuevo. Ahora lo vio también.

—¿Por qué se lo está echando al tipo que está mirando la urna?

North arrojó su bolígrafo, exhausto.

—Exacto.

Volvió a la sala de operaciones y buscó el informe de la CSU en el expediente del caso en su escritorio.

Cristal crujiendo. Cuando fue a por Gene. Pudo oler perfume, y el cristal crujió.

El informe confirmaba que se habían recuperado los restos de un pequeño frasco de perfume. Le pegó una nota para hacer que Ash lo analizase minuciosamente.

Perfume. Si tan solo fuese perfume lo que estuviera oliendo ahora mismo, en vez de este nauseabundo hedor que le daba ganas de vomitar.

10.57 p. m.

La calle desierta en el exterior de su apartamento se veía desnuda bajo la luz derramada por las farolas. Era un lugar donde los ruidos nunca desaparecían del todo. Fantasmagóricas volutas de vapor brotaban de las tapas de alcantarilla y rejillas en el pavimento. Era como estar en las tripas de la bestia; un dragón durmiente.

Una solitaria luz roja parpadeaba en la oscuridad, un mensaje de su madre en el contestador automático. No pudo evitar mostrar una mueca de sorpresa ante el sonido de su voz.

Fue a por el burbon. La lluvia aporreaba las ventanas y el licor menguaba el eco del que de otra manera parecería un apartamento vacío. Hizo crujir sus dedos inconscientemente, se sirvió un poco más en el vaso y cambió los canales de la televisión hasta que encontró los lanzadores de jabalina en pleno ejercicio olímpico.

Los Juegos. ¿Qué tenían estos lanzamientos que le atraían tanto? El juego con lanzas que había reducido la guerra a deporte. ¿Por qué le encendía la sangre? Siempre había encontrado tiempo para ver los deportes, pero ahora se sentía hipnotizado por ellos. Su cínica mente lo reprendía por pasar más de lo necesario por el barrio de Astoria, repleto de cosas griegas, pero uno de sus «yo» interiores sabía que era más que eso. Le hablaba desde la oscuridad, su entonación de ébano demandaba más que su simple atención, el hedor de su pútrida carne ennegrecida era tan vil e indeseable que la peste le hizo vomitar donde estaba sentado.

Tres días de edad. Quizá cuatro. Su piel chamuscada y cuarteada exponía el pálido músculo del interior, grietas de carne asada se abrían en sus bien tostadas mejillas. Con su tez enrojecida por los furiosos incendios de la ciudad, que había sido arrasada hasta los cimientos, ella le tendió la cabeza de un recién nacido asada y clavada en una estaca.

¿Quién era ese niño? ¿Qué lastimoso delito podía haber cometido un bebé para ser servido como alimento ante unas hordas vengativas? ¿Era esto el infierno? ¿O algún otro lugar enterrado más profundamente que el propio mal?

Ella se le acercó, con sus generosos senos desnudos resplandecientes por la grasa de la carne humana cocinada. Ella guió su mano y amablemente empujó el cadáver asado hacia su boca.

—Come.

Se le revolvió el estómago al pensarlo, totalmente confundido, aunque no podía resistir el poder de ella. Abrió la boca y le dio un mordisco a la salada y crujiente mejilla.

North se despertó gritando. Ante él, embadurnando una pared de su apartamento, en una imagen que se debía más a las excreciones humanas que a cualquier tinta, la cara del toro que le obsesionaba.

Era el toro que le inundaba de miedo y terror y furia.

Era el toro que le inducía a matar.

La jaula dorada

El insolente resplandor del amanecer ardía en la frente de Gene, despertándole de lo que, por otra parte, era una oscuridad tenaz e inescrutable.

No es que fuera la primera vez que recuperaba la consciencia, pero padecía de una marcada carencia de cualquier recuerdo que pudiera informarle de su entorno y su situación.

Estaba tumbado en una cama que era, simplemente, enorme. Las sábanas eran del más suave algodón que jamás hubiera sentido, con un delicado bordado emplumado digno de un príncipe.

No tenía ni la más remota idea de cómo había llegado hasta allí, o de a quién pertenecía ese lugar en realidad. Quizá era suyo. Supondría que así era hasta que alguien le dijera lo contrario.

Podía escuchar la tenue música de los ángeles, un coro cantando en una celebración barroca, con un volumen tan bajo que resultaba prácticamente inaudible. La música se estaba colando en la habitación, pero no podía determinar su procedencia y no parecía haber forma alguna de detenerla.

Se incorporó. La opulencia de la habitación llegaba a ser excesiva. La alfombra era más tupida que cualquiera por la que recordase haber caminado. Los dedos de sus pies se hundían completamente en su pelo de colores claros.

Había espejos en las paredes, y pequeños focos de luz empotrados en el techo. Había ilustraciones, y ornamentos de seda. Desnudo, caminó hacia los amplios ventanales que miraban al Hudson, allá abajo. Estaba a muchos pisos de altura y aparentemente continuaba en pleno centro de Manhattan.

Unas pocas ideas sueltas se desmoronaban por el escarpado acantilado de su mente. Comprobó sus muñecas. Seguían magulladas y doloridas. Se pasó los dedos por el pelo. Estaba enmarañado por el gel conductor reseco.

Podía sentir el vestigio de unos poderosos sedantes perturbando sus sentidos al proseguir su batalla en su sangre. ¿Qué le habían hecho?

No podía recordar los detalles, pero tenía la sensación de que cada día era otro nuevo experimento y otro desconcertante viaje a la consternación. Algún día rompería estas sofocantes cadenas. Se lo había jurado a sí mismo. Se lo había puesto difícil a ellos, y con una frecuencia brutal, aunque aun así rehusaron dejarle marchar, y a medida que continuaban sus actividades encubiertas encontró cada vez más dificultades para rechazarles.

Se puso una bata y se la ajustó con un nudo simple. Estaba hambriento. Abrió la primera puerta. Era un cuarto de baño, lujoso y recargado. Una segunda puerta conducía a un espacioso vestidor repleto de trajes, camisas y zapatos. Otra puerta más adelante surgía desde aquí, pero no se podía abrir. No había llave.

Regresó al dormitorio. Había una tercera puerta. No tenía ningún sistema de cierre habitual. En su lugar, un pequeño teclado numérico estaba instalado próximo a la manilla.

¿Cuál era el código? Su mente estaba en blanco. Se aproximó, ligeramente turbado; se negaba a ser intimidado por un simple valor numérico y tecleó la primera serie de números que le pasó por la cabeza.

Sin hacer mucho ruido, la pesada puerta se abrió sola.

—Esta mañana es zurdo.

—Interesante —replicó Lawless con pensativa aprobación—. Las idiosincrasias del «proceso» nunca dejan de deleitar.

—Parece estar más afectado por la variación en su personalidad de lo que habíamos anticipado.

La mirada de Lawless permaneció inquebrantable. Savage no era un hombre que pudiera ser intimidado fácilmente, pero Lawless era una fuerza de la naturaleza. Savage se agitó incómodo en la silla ante la gran mesa de desayuno de caoba.

—¿Está sugiriendo que escogimos al sucesor incorrecto? —preguntó Lawless.

El resto de los hombres permaneció sentado en silencio. Savage estaba solo en esto.

—En absoluto. Sencillamente estoy señalando que lo que estamos intentando es completamente nuevo. Es evidente que tendrá consecuencias.

Lawless admiró la diestra réplica de aquel hombre.

—No es completamente nuevo. —Estudió las caras de sus subordinados, los doctores y científicos que perfeccionaban e inventaban, experimentaban y refinaban, los hombres que mantenían «el proceso» con vida.

Mojó una tostada en la rica yema amarilla de un huevo pasado por agua.

—¿Cuáles son los últimos resultados?

Megera estaba sentada al otro lado de la mesa. Cogió el mando a distancia y cambió el canal de la pantalla instalada en la pared para mostrar lo captado por las cámaras de seguridad que monitorizaban a Gene en el apartamento de abajo.

Este se había aventurado en el salón circular y estaba estudiando una gran colección de retratos que estaban colgados encima de la chimenea. Todos ellos eran de ancianos; Lawless estaba entre los mismos.

—Los resultados del EEG muestran que está experimentando dos personalidades diferentes. Cada una de ellas está compitiendo por el control, intentando establecer dominancia sobre su función memorística —dijo Savage.

—¿Existe algún indicio de convergencia?

—No.

La indecisión en la voz de Savage no era lo que Lawless quería escuchar.

—¿Por qué me veo súbitamente forzado a arrancar la información de mi progenie? Continúe.

—Somos afortunados de que no se esté dando esa convergencia, pero ninguna personalidad tiene todavía establecida su dominancia. Está demostrando ser particularmente testarudo.

Lawless sonrió, aunque su expresión carecía de toda cordialidad.

—Eso es lo que me gusta de él.

Savage se levantó y le presentó un gráfico a Lawless.

—Nos hemos pasado toda la noche estimulando la región CA3 de su hipocampo.

Lawless mordió ruidosamente su tostada mojada en huevo.

—Ah, su acceso a la memoria a largo plazo. ¿Cómo lo estáis estimulando?

—Sonido. Música, para ser más específicos.

—Realmente encantador. ¿A qué ha respondido?

—Teniendo en cuenta su actual estado mental, la música de finales del siglo XVI y principios del XVII; los madrigales de Joaquín des Pres y la ópera de Claudio Monteverdi han demostrado ser las más positivas.

Lawless se reclinó en su silla con un generoso aire de satisfacción.

—Mi música favorita cuando estaba en Praga.

Megera se mostraba menos entusiasta.

—Eso es lo que me preocupa. En Praga encontramos a Cíclades por última vez. Y Cíclades es zurdo.

Lawless arrojó su servilleta.

—Esa era mi música favorita. No la suya —chasqueó los dedos para que limpiaran la mesa.

Varios sirvientes aparecieron de las ensombrecidas esquinas para retirar la vajilla de porcelana, los cubiertos y la mermelada. Se transmitieron las instrucciones pertinentes para un próximo servicio.

Megera ni siquiera levantó la mirada de sus papeles cuando dio la orden de preparar el cuantioso régimen diario de Lawless. Un amplio surtido de píldoras fue depositado frente a él.

Sus tónicos prescritos para engañar el paso del tiempo incluían hierro para la sangre, aspirinas para el corazón, antiinflamatorios para el cerebro, y para los riñones y el hígado, *Tribulus terrestris*. Tomaba vitaminas B12, B6 y ginseng rojo. *Ginkgo biloba* y zinc. Era tal la farmacopea de rejuvenecimiento en forma de píldoras que ya no sabía ni si cumplían su función. En realidad ya no tenía ni la más mínima idea de para qué servían algunas de ellas. Si sus subordinados se habían tomado la molestia de elegir un ingrediente e incluirlo en su lista, él se lo tomaba sin hacer más preguntas. Se encontraba muy lejos de poder criticar sus decisiones con esa edad tan avanzada.

Megera lo observó fría y deliberadamente.

—Está jugando a algo que tu conoces. Tengo pruebas de que Gene ha estado consultando los registros genealógicos. No se emitió ningún permiso.

—¿Y qué prueba eso, mi niña? ¿Que es un bibliotecario aficionado, quizá?

—No seas tan frívolo.

—¿O si no harás exactamente el qué...?

Las caras de los hombres en torno a la mesa mostraron una clara turbación. Lawless más bien disfrutaba de ello.

—¿Cómo obtuviste esa información?

Ella parecía aturdida por la pregunta.

—Por mis medios.

Lawless consideró por un momento lo que ella había dicho. Estaba planeando algo.

—¿Los mismos medios por los que resulta que estabas en el museo cuando Gene tuvo su pequeño ataque? Tu envidia es patética. Él debe familiarizarse con los registros en algún momento, ¿no estás de acuerdo? La curiosidad es la verdadera esencia de lo que somos.

—¡No de esta forma! —Megera dio sendos manotazos sobre la sólida superficie de la mesa de caoba encerada—. ¿Se te ha ocurrido pensar que puede que esté buscando a los otros?

—¿Los otros? —Lawless se debatía sinceramente contra un concepto tan divertido—. ¿Qué otros?

—Vaya hombre arrogante estás hecho. Sabes que puede haber otros.

Lawless elevó un dedo.

—Una vez más bailas al límite de lo que considero tolerable. Olvidas que yo he pasado por «el proceso». He sido aquel animal. Le entiendo. Dale tiempo y también lo entenderá —se giró hacia Savage—. ¿Dirías que está listo para disfrutar de algo más de libertad o debemos mantenerle encerrado?

—No podría asegurarlo. Megera tiene razón en decir que es inestable.

—Bien, eso ha quedado claro. Concededle de nuevo libertad por el edificio. —Tomó un sorbo de un vaso de agua y le hizo un gesto a los hombres para que se retiraran—. Podéis marcharos.

Los científicos y doctores se pusieron rápidamente en pie y se marcharon claramente aliviados.

Megera, sin embargo, se negaba obstinadamente a moverse.

—Teniendo en cuenta nuestras experiencias previas esto no es más que un gran experimento que podría derrumbarse ante nuestros propios ojos.

—No sabes nada.

—¿De veras? Bueno, recuerda esas palabras, porque nunca podré olvidarlas.

No —amonestó Lawless con regocijo—. No lo harás. —Se rió para sí mismo mientras cogía su vaso de agua y retomaba su ritual matutino, despachando su medicación una a una, insertando cada píldora en su húmeda boca con un dedo huesudo y retorcido, masticando cada una de ellas con unos dientes débiles y quebradizos.

Sus opciones estaban naturalmente divididas entre tener claridad de pensamiento y reforzar su memoria, que era lo que «el proceso» requería. Él no era nada sin recuerdos.

Utilizaba ácido alfa-lipoico con acetil-l-carnitina para ayudar a evitar la aparición del Alzheimer, aunque no había, por supuesto, ni el más mínimo indicio de que estuviera en peligro. Todavía tenían que aparecer las masas de proteínas enmarañadas y las lesiones inflamatorias características en el cerebro, pero nunca se era demasiado precavido.

Escogió la sabiduría concentrada y las cápsulas ambarinas de aceite de pescado rico en omega-tres para mejorar su memoria e incrementar la plasticidad de su mente esa mañana. Un pequeño plato contenía los remedios para las necesidades masculinas, extractos puros de corteza de *yohimbe* y raíz de violeta africana.

Megera cotejó todas estas píldoras con su lista mientras él las engullía, asegurándose que el viejo completaba el régimen.

Posteriormente se plantó ante la pantalla mostrando una exasperación serena.

—¿Qué vamos a hacer con él?

Lawless pareció encontrar absurda la pregunta. Se limpió la boca con un pañuelo blanco y se puso en pie.

—Megera, estás amargada y resentida. No encuentras aceptable a nadie. Estás determinada a hundir a cada uno de ellos antes de que ni siquiera puedan comenzar los procedimientos. Pero esta serpiente astuta de hombre te ha superado, y alimenta tu ira. ¿Por qué tanto odio?

—No es demasiado tarde —suplicó ella, acariciando el pelo blanco de Lawless por encima de una de sus orejas—. Hemos hecho tantos avances. Podemos encontrar alguna forma de restituir mi legítima posición.

Lawless centró su atención en Gene, proyectado en la pantalla.

—Quizá él pueda, pero mi tiempo es limitado.

—¡Debo ser la elegida!

—Megera, no hay nada que ninguno de los dos podamos hacer. Estás limitada por el destino de tu nacimiento. No estás luchando contra mí, sino contra tu biología. Las mujeres no pueden alcanzar mi forma de inmortalidad; no eres más que un recipiente para la siguiente generación de varones.

¿Qué eran todas esas cosas? ¿Trofeos o baratijas? ¿Las conocía? ¿Se suponía que debía conocerlas? ¿Eran curiosidades? ¿O símbolos tangibles de una vida vivida?

Gene evaluó los cuadros sobre la chimenea, una caterva de ancianos descargando su mirada sobre él con una avidez severa y expectante. Un linaje en una cadena ininterrumpida; ellos eran la prueba, mientras que él era el barro sin forma. Las mejillas de un hombre podían ser más altas que las de otro, las orejas ligeramente inclinadas o la nariz sutilmente recortada. Pero había una clara progresión de un hombre al siguiente, una evolución en la morfología facial.

Se miró en el espejo y estudió su propia cara. Si era un eslabón en su cadena evolutiva no era capaz de percibirlo. Quizá no quería hacerlo.

Examinó los libros de la estantería. Algo seguía sin encajar, pero de momento se lo guardaría para sí mismo. Esto era algo exclusivo para su mente y su entendimiento. Sabía que le estaban observando. Podía sentir sus inquisitivas valoraciones. *Déjales que miren. No tengo nada que ocultar.*

Poseía diferentes recuerdos, improntas de más de un individuo. Aunque ninguno parecía ser más real que el resto. Lo único que quería era entender esta vida y su lugar en la misma, pero podía sentir una mezcolanza de existencias previas, presionándole detrás de los ojos, bregando por obtener su atención, destruyendo a las demás para controlarle.

Había pasado por esto antes. Lo que aún quedaba por ver eran los desenlaces que podía alcanzar, aunque no podía entenderlos.

¿Dónde estaba el pasado? ¿Estaba en esta vieja daga que había vivido un millar de años y quizá hubiese apuñalado al mismo número de hombres? ¿Era esto el pasado? ¿Sentía este objeto su atracción tanto como él mismo la sentía?

¿Acaso el acto de recordar alteraba el pasado de alguna forma? ¿O era el pasado sencillamente un producto de su imaginación; un ramillete de fantasías, como hojas secas en una ramita quebradiza, deshaciéndose en el polvo?

Gene estudió los objetos bajo los cuadros. Con cada anaquel, y cada nuevo artefacto y adorno, acontecía el desbloqueo de un recuerdo enterrado en lo más profundo de su ser que derramaba imágenes y sonidos de un pasado distante.

Podía escuchar el retumbar de algo al abrirse, perturbando las chirriantes y polvorientas telarañas del almacén de su mente. Y a través de cada pesada puerta, el mohoso olor de la memoria. Algo tangible, medio enterrado en el polvo, como un delicado libro antiguo, prácticamente olvidado, con su cuero usado y gastado por el tiempo, esperando a ser revelado por un breve e intenso soplido.

Los tablones del suelo crujían en este lugar, crujían y susurraban. Se contraían bajo la luz del sol y suspiraban en la sombra, tensándose con el peso de tantos recuerdos. Él podía escucharlos, olerlos, paladearlos, los desmenuzados pedazos de sí mismo, anhelando completar el rompecabezas.

¿Quién fue el que dijo que el cuerpo puede moverse hacia delante, pero el alma gira en círculos sobre sí misma como si siempre se regresase al punto de partida?

Gene tardó apenas un instante en contestarse.

—Plotino. Fue Plotino.

De dónde surgía repentinamente esa información era un misterio. Estaba claro que la maquinaria de su mente estaba en perfecto estado; él simplemente era ajeno a su funcionamiento. Era un mero espectador. Había agrietado el lomo del libro de la memoria, pero alguien más estaba leyendo sus páginas.

Sí, Plotino. Deseamos haberle conocido. Es una pena...

El acto de vivir no revela las figuras cruciales del paso del tiempo. Solo la retrospectiva puede conseguir eso.

Gene sabía perfectamente lo que querían decir. Se plantó ante el espejo y se abrió la bata. Su pecho desnudo parecía tener algo peculiar: vacío.

Falta algo.

—Oh, sí —comentó él—. Es verdad. ¿Dónde están mis pechos?

En el teatro de la Memoria

—Inclinaos todos ante vuestra majestad, el emperador Rodolfo, emperador del Sacro Imperio romano, el eterno ampliador del Reino; rey de Alemania, rey de Hungría, de Bohemia, Dalmacia, Croacia y Eslavonia; archiduque de Austria; margrave de Moravia; margrave de Lusacia; duque de Silesia; duque de Luxemburgo; dirigente de las tierras habsburgas de...

—¡Sí, sí, sí, sí, sí! —El emperador Rodolfo hizo un gesto a sus guardias para que permaneciesen junto a la puerta, sin esperar a que su séquito se dispusiera adecuadamente tras él antes de descender al encuentro de Atanatos.

—¿Qué tenéis hoy para mí?

Atanatos hizo una reverencia amplia y pausada.

—Mnemotecnia visual, vuestra majestad.

—¿Con qué objeto?

—A fin de que aquí dentro, vuestra majestad pueda estar un poco más cerca del infinito.

Atanatos guió respetuosamente al emperador a un escenario pulimentado en el centro de una gran construcción de madera que ocupaba toda una estancia del piso superior de la torre de la Pólvora del emperador Rodolfo.

Rodolfo había construido el imponente añadido del grandioso castillo de Praga específicamente para albergar a los más notables alquimistas de la época mientras realizaban sus calcinaciones, mortificaciones, putrefacciones y sublimaciones; todos trabajaban en la gran obra que proporcionaría los miles de nombres de la *prima mater,* la piedra filosofal, el secreto de la inmortalidad.

El emperador estaba perplejo.

—Si esto es el infinito, es uno extraño.

—Todo será revelado, vuestra majestad.

—¿Habéis estado bajo mi tutela desde hace cuánto tiempo?

—Un año aproximadamente, vuestra majestad.

El emperador del Sacro Imperio romano buscó en su bolsillo trasero y sacó el juego de dedos ennegrecidos que conservaba consigo como un valioso amuleto. Atanatos observó como los acariciaba con delicada contemplación, como si siguieran con vida.

—Definitivamente es la aproximación más novedosa que he visto hasta el momento. —Volvía a surgir esa molesta entonación sibilante en la conversación; el pronunciado ceceo del emperador Rodolfo estaba presente hoy con una fuerza alarmante. *Novedoza. Hazta*—. Esto no guarda parecido alguno con ningún trabajo que haya visto antes. Realmente curioso —*Ezto. Vizto. Antez.* No se debía a un esfuerzo por parte del emperador. Todo el trabajo lo hacían él y su desproporcionada barbilla, miserablemente escondida bajo una barba descuidada, un regalo de sus antecesores habsburgos junto con un labio inferior absurdamente dilatado que parecía oscilar con vida propia.

El emperador Rodolfo no era un hombre atractivo. Con sus piernas cortas y rechonchas, y sus profundas depresiones llenas de melancolía, algunos decían que era sorprendente que quisiera seguir viviendo, y mucho menos para siempre.

—Con todo el respeto, vuestra majestad, algunos de aquellos que habéis recibido en el pasado no eran más que charlatanes, en el mejor de los casos.

Una tos incómoda reverberó desde más allá de las paredes de la estructura de madera; los dardos de Atanatos no tenían que viajar muy lejos para dar en el blanco.

—Interesante, Tycho —apreció el emperador—. Estoy satisfecho de que ese ataque no estuviera dirigido contra vos.

Atanatos hizo una reverencia elegante, como si no tuviese la intención de ofender, pero otros lo verían de otra forma. Tycho Brahe, el astrólogo danés del emperador, estaba de pie en el exterior de la estructura, escuchando con interés mientras su escuálido asistente alemán, Johannes Kepler, tomaba notas. Atanatos había protestado, pero el emperador insistió en que ambos los acompañasen para ser testigos de su invento.

Siroco, el siempre atento aprendiz, mantenía una intensa mirada posada sobre ellos.

Atanatos se explicó.

—Estaba pensando más en ese pícaro inglés, el torpe visir embaucador de la reina Isabel. ¿Cuál era su nombre? Dee, ¿no es cierto?

—John Dee... —El emperador Rodolfo parecía perdido en sus recuerdos—. Sí. Apareció en mi corte proclamando que una visión le había dicho que debía reformarme o Dios pondría su pie contra mi pecho para derrocarme.

—¡Qué imprudencia!

—Solo era un ardid; un mensaje de su reina para resistir la dominación católica. A cambio me prometió la piedra filosofal. Pero reconozco un charlatán en cuanto lo veo. Lo metí en prisión por su fracaso en mostrármela.

—En efecto, vuestra majestad. Entonces puede que le interese saber que su lacayo, el dudoso médium, ese embustero de la oreja cortada, ha regresado a esta gran ciudad.

—¿Edward Kelley está en Praga? ¿Sin Dee?

—Tengo entendido que no siguen en contacto.

—¿Por qué diablos no?

—Una tarde, mientras realizaba sus prácticas adivinatorias, parece que Kelley estableció convenientemente un encuentro con un ángel, aunque, a decir verdad, parecía más bien un demonio por lo que dijo. Este ángel ordenó entonces a Kelley que dijera a Dee que se le exigía que intercambiaran las esposas.

—He ahí un pecado que debería condenar las almas de ambos al infierno.

—Exacto. Lo curioso es que Dee estuvo de acuerdo. Es bien conocido que Jane, su esposa, despreciaba a Kelley, pero el intercambio tuvo lugar y ella quedó encinta. No se han hablado desde entonces.

—Atanatos, suena como si no creyeseis en esa intervención angelical.

—Simple manipulación, vuestra majestad. He visto todo esto antes. Kelley le podía haber dicho cualquier cosa a Dee, y todo lo que se requería de Dee era que le creyera. Ahora Kelley vuelve a recorrer las calles de su majestad, habiendo traído con él, por accidente o a propósito, espías de la Inquisición.

—Mi ciudad está llena de espías de la Inquisición. Estaban buscando a ese monje arrogantemente grosero, Bruno, y puede que ya lo tengan. Ya han alimentado su pira. Pero bueno, no estamos aquí para compartir cotilleos improductivos sobre vuestros rivales en el arte.

Atanatos inclinó la cabeza y se encontró con la mirada de Siroco entre los huecos de la estructura de madera. Le guiñó un ojo a su aprendiz con el atisbo de una sonrisa. Su trabajo estaba terminado, sus rivales no frecuentarían la torre de la Pólvora en un futuro próximo.

El emperador Rodolfo se subió al escenario y extendió los brazos para abarcar la visión que tenía ante sí. Construido de imponente roble con todas las intrincadas ondulaciones de un anfiteatro digno de Vitruvio, el teatro Atanatos de la Memoria era un auditorio semicircular dividido en siete secciones por siete arcos que soportaban siete niveles en pendiente. Pero en lugar de un público vivo, cada una de las siete secciones albergaba cuadros: motivos cifrados, algunos de la mitología clásica, algunos de la vida del emperador. Secciones adicionales contenían pergaminos y adornos, emblemas y curiosidades.

—Estos objetos, estos mnemónicos, permiten a una persona permanecer aquí para que le narren en exquisito detalle cada faceta de su vida, vuestra majestad, detalles que puede que incluso vos hayáis olvidado. Estos objetos pueden ser reemplazados para permitir a una persona conocer, por ejemplo, cada detalle de cada obra de la literatura.

Atanatos guió la mirada del emperador.

—Los recuerdos no son más que una sucesión de escenarios cambiantes. Como el actor representando una obra. Aquí dentro, vuestra majestad, tendremos acceso al conocimiento de todo el universo, si así lo deseásemos.

El emperador se quedó petrificado.

—¿Es posible que esto esté inspirado en el trabajo de Simónides de Ceos? *—Zimónidez de Ceoz—*. He estado leyendo unos trabajos recién adquiridos. El mundo debería de estar eternamente agradecido de que el florentino Cosme de Medici rescatara tantos manuscritos de los antiguos griegos de las garras de esos viles turcos que se atrevieron a quebrantar las murallas de Bizancio. Incluso ahora, esos animales despreciables amenazan mis fronteras, provocándome. El mundo del oeste parece estar perpetuamente en guerra con esos bárbaros orientales.

Las fosas nasales de Atanatos se dilataron por la rabia. El ser insultado a tantos niveles era casi más de lo que podía soportar. ¡Y por un hombre que apenas era capaz de vocalizar!

—Simónides hablaba de la memoria que era estimulada por la distribución espacial, vuestra majestad. Nada más.

—Y eso es lo que tenemos aquí, ¿no es cierto? Veo que en una repisa tenéis cuadros de mis antepasados, en otra repisa hay manuscritos y proclamaciones. Refuerzos para la memoria. Una gente realmente fascinante, los griegos.

—¡Son un pueblo insufrible!

La furia de Atanatos reverberó en las curvadas paredes del teatro de la Memoria y quedó atrapada en los espacios confinados por los muros exteriores de la torre de la Pólvora.

Siroco permaneció en silencio, atendiendo el pequeño fuego donde, entre alambiques y retortas, un líquido oscuro espumeaba en un pequeño matraz de cristal, y contempló las muecas de Brahe y Kepler ante el arrebato de Atanatos. Tendría suerte si el emperador no lo hacía ejecutar. Alzar la voz ante el soberano seguramente se consideraba una locura.

Sin embargo, la respuesta del emperador, a pesar de su insípida melancolía, fue la de echarse a reír.

—¡Cuánta arrogancia! Me sorprendéis, Atanatos. Os ruego que me digáis, ¿qué gente consideráis mejor?

—Yo mismo podría considerarme, vuestra majestad, mejor que cualquier griego.

Rodolfo aplaudió cautivadoramente ensimismado.

—Atanatos, podríais vivir un millar de años y nunca batiríais a un griego. Los griegos aportan al mundo. Los turcos lo expolian. El resto estamos atrapados en el medio.

Siroco tenía que detener esto. El aprendiz gritó:

—¡Maese Atanatos, la bebida está lista!

En el interior del teatro de la Memoria, Atanatos recobró la compostura.

—Con vuestro permiso, vuestra majestad, debemos comenzar.

Siroco entró por uno de los cinco portales disponibles y ofreció al emperador su burbujeante brebaje.

El emperador fijó su mirada en el pálido aprendiz de mejillas sonrosadas.

—Una cara tan lozana. Unos labios tan carnosos. —Siroco rehusaba cruzar su mirada con la del monarca, temblando por los nervios. Rodolfo elevó la barbilla del aprendiz—. Pruébalo.

Siroco se acercó obedientemente el vaso a los labios y le dio un trago al extraño preparado. No había veneno.

—Es vuestro chocolate caliente, vuestra majestad. Yo mismo trituré las semillas esta mañana. Observad, mis nudillos están despellejados.

El emperador tomó el vaso.

—¿No te gusta?

—Quizá la adición de caña de azúcar lo pueda hacer más sabroso, vuestra majestad, pero no creo que este nuevo bebedizo llegue a hacerse popular.

—Debería esperar que no. Este es mi secreto familiar.

Atanatos le lanzó una mirada a Siroco y el aprendiz desapareció rápidamente entre bastidores.

El emperador alzó su vaso con cierto cinismo.

—¿Este es vuestro elixir, Atanatos?

—La manteca de cacao no se estropea, vuestra majestad. Eso en sí mismo es una propiedad mágica que a todos nos gustaría controlar. Pero el chocolate caliente es solo un pequeño engranaje en la maquinaría de mi proyecto.

Esperó a que el emperador comenzara a beber antes de dirigir cuidadosamente su mirada hacia el cuadro de una mujer.

—Esta es vuestra tía María, vuestra majestad...

—¡Sé quién es, por el amor de Dios! ¿Por qué habéis colgado la miserable cara de esa vieja bruja ante mí? Añoro mis dientes perdidos cada vez que la miro. Tenía una dentadura completa antes de ir a España. Ella esperaba erradicar toda noción protestante que mi hermano menor Ernst y yo pudiéramos haber adquirido en Viena, sometiéndonos a ambos a la estricta corte católica de Madrid.

Atanatos parecía genuinamente apenado por el monarca.

—Debe de haber sido muy... difícil.

—Me retiré a la penumbra de la depresión y la luz de la fantasía. Esta sencilla bebida que habían traído del Nuevo Mundo siempre me reconfortaba. Cuando abandoné España me llevé la receta conmigo.

Atanatos sospechaba que había sido la infusión la que le hizo perder los dientes.

Un objeto plateado brillaba bajo la luz solar que penetraba por una de las ventanas abiertas. Los ojos de Rodolfo se iluminaron de puro deleite.

—¡Mi florete!

Se abalanzó hacia él, lo cogió y lo ondeó en el aire.

—¡Después de la miseria de Montserrat, ese decrépito y viejo monasterio, mi tío Felipe nos llevó a Ernst y a mí a Aranjuez, donde practicamos esgrima todo el verano! Hacía años que no veía esta espada. —Se mostraba radiante por los recuerdos, pero la alegría pronto se desvaneció—. El tío Felipe cayó gravemente enfermo ese verano. Quedó postrado en cama por la fiebre. Ernst y yo habíamos salido de caza. Todo iba bien hasta que nos encontramos con él...

Atanatos animó al emperador a continuar con una astuta aproximación.

—No fue culpa vuestra; él estaba desequilibrado, ¿no es así?

El emperador se giró hacia el mago.

—¡No tenéis derecho a hablar mal de mi primo don Carlos! Ese es mi privilegio.

—Como deseéis, vuestra majestad.

Rodolfo devolvió cuidadosamente el arma al compartimento asignado.

—Después de que mi prima Ana se casara con mi tío Felipe, regresé a Viena. Estaba sobrecogido por una alegría tan grande que no podía llevar el sueño a mis ojos.

—Los años en España os han marcado profundamente.

—Mi padre decía que me había vuelto frío y distante. Que exhibía un humor español. Nos ordenó a Ernst y a mí que cambiáramos nuestro rumbo, pero era demasiado tarde. Estábamos marcados...

Una gran nube negra se cernió sobre el teatro de la Memoria, envolviendo a ambos hombres. El emperador estaba inquieto.

—Pensé que me había bañado el tiempo suficiente en el río Leteo como para desterrar semejantes recuerdos. No había pensado en aquello desde hacía mucho tiempo. Sin embargo aquí vuelven a brotar sin previo aviso.

—Todos esos recuerdos, vuestra majestad, han sido dragados del limoso fondo del Leteo con tan solo una imagen, un florete y una taza de chocolate caliente. —Dio un paso y permitió que la mirada del emperador se paseara por el anfiteatro—. Y tenemos muchos más retazos de vuestra vida que explorar. No obstante estos son solo algunos de los recuerdos que quiero revelaros, vuestra majestad.

—Quizá los griegos tenían razón. Quizá la vida sea más sencilla si en el viaje uno vadea el río del olvido. ¿Realmente creéis que hay un Leteo en el Hades?

—Sin memoria, vuestra majestad, ¿quiénes somos entonces?

El emperador Rodolfo se vio transportado por el teatro, de lo poderosos que eran los recuerdos que este había despertado.

—Ahora entiendo lo que habéis construido aquí. Por favor, continuad.

—Lo que hemos discutido hasta ahora son los recuerdos que acarreáis con vos de esta vida. Pero vos sois portador de recuerdos que van más allá en la historia que eso. Podéis acarrear también recuerdos de vidas previas, y es este aspecto el que verdaderamente ofrece la inmortalidad.

—¿Esto es una teoría?

—Es un hecho. Y lo probaré ante vos.

—He viajado a lo largo y ancho del mundo, vuestra majestad, y he visto muchas cosas. He estado en el nacimiento del Nilo.

El emperador se quedó asombrado.

—¿El nacimiento?

—Allí habita cierto cocodrilo que debe refugiarse en profundas madrigueras excavadas en la tierra, sin comida y sin agua si pretende sobrevivir ante el largo y seco verano. Sin embargo, antes de su descenso, se aparea y deja sus huevos en la superficie. Cada año, sin falta, los huevos del cocodrilo eclosionan. Aun sin la ayuda de un progenitor que les enseñe, su primera acción consiste en buscar la oscuridad de la madriguera y reptar hasta encontrarse a salvo. ¡Al nacer, vuestra majestad!

—¿Sin tutela? Eso no es más que instinto.

Atanatos ondeó un dedo.

—Precisamente. ¿Pero qué es el instinto? En el mundo de las bestias, instinto es memoria. Tomad al ganso. Los ansarones recién nacidos vienen al mundo con percepciones innatas. Si una forma atraviesa el cielo y el ansarón comprueba que sus alas están en la parte posterior de su cuerpo, el ansarón sabe que está viendo un ganso y que está a salvo. El cuerpo de un halcón tiene una silueta similar a la de un ganso, solo que sus alas están delante, próximas a la cabeza. Un ansarón, al nacer, puede reconocer esta diferencia en el vuelo de un pájaro y si ve un halcón, se esconderá.

—Hipócrates decía que la naturaleza de los animales carece de instrucción. Encontráis despreciables a los griegos, por alguna insondable razón, aunque conocéis la obra del médico Galeno, en el siglo segundo, ¿no es así?

—Precisamente ese era mi siguiente ejemplo, vuestra majestad. Él extrajo un cabritillo del vientre de su madre por cesárea, de tal forma que nunca vio a quien le engendró. Lo metió en una habitación con cuencos de vino, aceite, miel, leche, granos y fruta, y lo primero que hizo fue incorporarse instintivamente, sacudirse la humedad de la madre, rascarse y husmear los cuencos. Entonces bebió la leche.

—¿Acaso un ternero recién nacido come carne? No. Sin haberlo aprendido, mama de su madre antes de interesarse por la hierba.

—Nosotros los humanos sentimos un miedo instintivo a las arañas y las serpientes que, cuando se manifiesta, es difícil de controlar. Es un viejo instinto que siempre ha sido útil para la supervivencia. Es un recuerdo de los tiempos antiguos. Pero no es el único tipo de memoria que podemos acarrear.

Atanatos condujo al emperador hacia otro retrato. Gontrán el Rico fue, en el 950 d. C., el primero de los Habsburgo.

El emperador Rodolfo estudió la imagen, valorando con su penetrante mirada cada matiz, cada deformidad.

—¿Veis su barbilla? ¿Veis su labio, vuestra majestad? ¿Acaso no lleváis el vestigio de su recuerdo escrito en la cara? Todos somos, cada uno de nosotros, una composición de nuestros antecesores, una nariz familiar, la sonrisa de una madre, mantenidos en un todo por un firme nexo. ¿Pero acaso no son recuerdos escritos en carne?

—Es inevitable. Está en la sangre.

—Sí, vuestra majestad, en la sangre. ¿Y qué ocurriría si todo lo que fueseis pudiera ser transmitido de una forma tan sencilla? Todos vuestros recuerdos de juventud y más allá. Una forma de inmortalidad digna de los dioses de la antigüedad. Quizá incluso mejor.

El emperador se giró hacia el alquimista.

—¿Mejor?

—Considerad esto. ¿Qué ocurriría si os rompieseis una pierna, vuestra majestad, quedando esta tan violentamente destrozada que resultase imposible de restaurar? Os veríais obligado a utilizar muletas porque una gran plaga habría acabado con vuestros cortesanos y no quedaría nadie con vida para transportaros. ¿Seguiríais ansiando la inmortalidad si os vierais atrapado en ese cuerpo inútil?

—¡No queda más alternativa que la muerte!

—No, vuestra majestad, hay otro camino. Decidme, ¿cómo sería la vida en un cuerpo nuevo, uno joven y viril? Nacer de nuevo, volver a empezar, cuando el viejo y gordo cascarón haya sobrepasado su vida útil. Vivimos a través de nuestros hijos, ¿no es así?

—¿Qué estáis sugiriendo?

—No permitamos que Leteo nos haga olvidar. Surjamos de nuevo con nuevos ríos de nuestras entrañas, ríos de ego que nos transporten de una generación a la siguiente, vivos y con vigor.

El emperador estaba sinceramente impresionado por esta noción, su cara estaba cenicienta, sus mejillas céreas y pálidas.

—¿Pero qué pasa con el alma?

—El alma entra en el cuerpo con el primer aliento del bebé, como sabéis. Pero la sangre llega muchos meses antes. ¿Qué somos, sino una colección de recuerdos y experiencias? Si estas son transferidas a un niño, en su nacimiento no puede penetrar un alma nueva, ya que esta encuentra un recipiente que ya está lleno.

—¿Pero qué pasa con mi alma? Si yo vivo, y al mismo tiempo lo hace el niño que yo soy, ¿sería un espejo de mí mismo, o sería yo en realidad?

—El alma simplemente se vería fragmentada, y el niño no tendría más que un trozo de la misma. Después de vuestra muerte, las piezas se reunirían y volveríais a estar completo de nuevo.

—¿Qué es lo que proponéis?

—Propongo una prueba, vuestra majestad, una prueba que confirme la veracidad de lo que digo. Propongo que debería tomar una concubina, cuidadosamente elegida por vos. Vuestra majestad y yo tendríamos entonces una conversación. Deberíais revelarme cierta información que solo vos pudierais conocer con certeza. No debería ser escrita, y nadie más debería estar presente en el momento de ser expresada. Un esfuerzo de la memoria sería requerido tanto por vuestra parte como por la mía. Sería amancebado entonces con esa concubina, que produciría un hijo. Cuando mi hijo y heredero alcance los cinco años de edad, le administraréis mi elixir, y cuando irrumpa su fiebre le probaréis, le probaréis con cuestiones sobre el asunto que ambos habríamos discutido, y el hombre de su interior se revelará.

—Si sois su padre, podríais haberlo formado.

—En absoluto, porque él no será criado en mi presencia.

—¿Le repudiaríais?

—No, vuestra majestad, propongo que vos me repudiéis a mí; con medios a mi disposición para vivir una vida confortable y poder continuar el rumbo de mis investigaciones. Pero el chico permanecerá con vos. Y cuando llegue el momento oportuno, deberéis convocarme y realizar la prueba.

—¿Y qué ocurre si estáis equivocado?

—Entonces matadme. Ya que os habría traicionado y no se puede concebir ningún otro castigo posible.

—¿Y si tenéis razón?

—La decisión es vuestra, por supuesto, vuestra majestad. Pero si tengo razón y aun así me elimináis, entonces viviré en el cuerpo en crecimiento de mi progenie. Pero si tengo razón y me dejáis con vida, seré capaz de proveeros con un heredero, que sería nada menos que vuestra majestad renacida.

El arte oscuro del engaño

Este era el peor de todos los posibles acontecimientos.

Atanatos había partido hacia la taberna para recrearse entre sus rivales, pero Siroco seguía teniendo trabajo que realizar. El aprendiz corrió desesperadamente por el callejón del Oro, pero estaba tan asustado que necesitó una breve parada en las sombras. Los restos de una cena tardía se esparcieron sobre los surcos congelados de los adoquines.

Atanatos había prometido no revelar nunca su secreto al emperador por miedo de alertar a Cíclades; lo había hecho, no obstante, tras mucha planificación y preparación y había evitado compartir todas sus intenciones con su aprendiz, cuyo trabajo con el teatro le había mantenido distraído. Fue un engaño magistral.

Mientras los orfebres amartillaban sus creaciones ante el hogar de sus hornos, con sus dedos agarrotados, retorcidos y ennegrecidos como los cocodrilos; mientras el olor del humo de madera flotaba de casa en casa por el callejón y el resplandor de sus tinturas iluminaban sus ventanas de cristal y papel encerado con los coloridos *rubedos* y *citrinitas;* mientras la cadencia de sus opus brindaba nuevas creaciones más negras que un cuervo, más blancas que un cisne y más rojas que cualquier sangre, Siroco entraba tambaleante en la casa de Atanatos, y cerraba la puerta a cal y canto.

El emperador demandaba respuestas, y Siroco había fallado completamente a la hora de proporcionárselas.

El aprendiz corrió por la casa tirando al suelo volantes, balancines, cilindros y ruedas dentadas. Rollos de pergamino aparecían desafiantemente en blanco y en los calderos se destilaban sus mortíferos preparados, nada podía ser encontrado para satisfacer las demandas del emperador.

Semana tras semana, mes tras mes, los secretos que guardaba Atanatos permanecieron firmemente escondidos, desesperadamente intocables.

El juego había llegado a su fin. El sonido de unas pesadas botas se aproximaba en el exterior. Pronto le siguió una imponente llamada en la pesada puerta de roble y el nombre de Siroco pronunciado en un grito.

—¡Sal! ¡El emperador Rodolfo espera!

El aprendiz y espía observó con dificultad a través de la capa de escarcha que cubría el cristal de la ventana, y contempló las caras distorsionadas de los hombres que habían venido a por él.

—La vanidad del hombre consiste en creer que puede encontrar una forma de vencer a la muerte. Engañar al reloj infinito, hacer que sus agujas retrocedan y evitar ese tañido final de las campanas. Dime, Siroco, ¿cuál es la vanidad del hombre?

En los aposentos del emperador, Siroco se encontraba temblando como un corderito por los nervios, mientras el emperador manipulaba uno de los recargados relojes que decoraban cada superficie de la estancia.

—Viniste a mí un año antes de la llegada de Atanatos, ¿no es así? Me dijiste que esperase el *sol niger*, el alma negra de la alquimia, un Lucifer, un príncipe del Este; un hombre de ardides infames que había resurgido una y otra vez de entre los gusanos. Me dijiste que no confiase en él, y me contaste la historia de una batalla eterna entre un hombre de una maldad oriental y un valiente griego llamado Cíclades.

El emperador se acercó, con un cuchillo centelleante en la mano. Sujetó a Siroco y le desgarró el delicado jubón con una furia salvaje, rajando el vendaje que tenía debajo hasta que para su satisfacción surgieron dos senos redondeados, revelando una mujer tras el artificio de unas ropas de hombre.

—¿Un héroe que renace una y otra vez? Dime, bruja, ¿por qué regresaría Cíclades en forma de una débil mujer?

Unas lágrimas amargas recorrieron la cara de la joven chica, expuesta ahora a la vista de todos.

—Quizá sea un juguete de los dioses; una broma cruel que ha durado más de lo que debiera. Lo único que sé es que el tiempo gira a mi alrededor y ofrece una locura implacable como regalo. Os digo que soy Cíclades, y que Atanatos es como una hidra de muchas cabezas: cuando una vida ha cumplido su utilidad se mueve a la siguiente, resucitando su linaje al instante. Pero no puedo revelar los secretos de Atanatos porque no guarda ninguna anotación de los mismos. Están escondidos en lo más profundo de su mente, donde no puedo llegar.

—Oh, pero puedes. Eres un recipiente perfecto.

Cíclades se tapó los pechos, desesperada.

—¡No podéis querer decir eso!

El emperador paseó su cuchillo ante ella.

—¡Me prometiste sus secretos para la vida eterna y no lograste proporcionármelos! ¡Él ahora me los ofrece libremente requiriendo nada más que una concubina!

—¡La mezcla de nuestras dos líneas de sangre, la suya y la mía, es exactamente lo que quiere! ¡Si un niño fruto de nuestra unión le revelase sus secretos a vos, sin duda eso también le revelaría los míos a él!

—Debiste de haber pensado en ello antes de regresar a este mundo sublunar utilizando tus artimañas de mujer como arma. O eres inexperta, o una mentirosa.

—No me veré reducida a ser un instrumento del archimago.

—No tienes elección, querida. Esto es un trato sellado con sangre y se revelará a sí mismo en las venas de la juventud... ¿o debería arrojarte a los leones en su lugar? ¡Guardas!

Se abalanzaron sobre Cíclades y la agarraron de cada brazo, mientras el emperador brindaba por su partida.

—Esto es por la inmortalidad. El tiempo amarrado por el filamento sin fin. Llevádsela a Atanatos. Ya tiene a su moza.

¿Qué posible cura puede haber para la desquiciante comprensión de que, viviendo hacia delante, el conocimiento solo puede ser alcanzado mirando hacia atrás? ¿Cómo podría llegar a saber alguien hacia dónde se dirigía? Lo único que era natural era seguir chocando contra las cosas.

Gene sostuvo la daga y supo dónde la había visto antes. Su delicado mango sobresalía de la elaborada funda, mientras que su afilada hoja permanecía escondida y protegida en el interior.

Esos condenados recuerdos eran un problema. Le hablaban desde múltiples perspectivas, con muchas voces, cada una por su cuenta.

Fuimos una chica.

Podía ver a la chica a través de los ojos de Atanatos. Pero también podía ver a Atanatos a través de los ojos de la chica.

Llevaba en su interior los recuerdos de una mujer. Eso era algo que Atanatos había jurado que no era posible en su concepción de la inmortalidad.

Es una contradicción...

Es una vida de contradicciones...

No estamos seguros de que estés listo para esto...

—¡Callaos! —intentó dejar la daga de nuevo en la repisa, pero mientras lo hacía cayó al suelo una pequeña bola de papel arrugado.

No...

Nos están observando...

Ten cuidado...

Nos están observando con siniestras intenciones...

Dejó caer la daga, que impactó contra la alfombra. Dio un paso atrás, mirando el trozo de papel y lo recogió con disimulo al agacharse a recoger la daga.

Listo...

Bien hecho...

Lo escondió entre los dedos, y regresó a su estudio del resto de artefactos repartidos por el salón. Hizo esto durante media hora antes de regresar al dormitorio y prepararse para darse una ducha.

Solo cuando colgó el albornoz en un gancho aprovechó la oportunidad para leer lo que estaba escrito en el papelito.

Era una serie de números. ¿Era la combinación de una cerradura? Pero ya había abierto la puerta.

¿Otra puerta? Quizá pueda escapar de esta prisión. Lo había hecho una vez, puede que lo haga de nuevo.

¿Una cuenta bancaria? ¿O era un número de teléfono? Solo podía tener la certeza de una cosa; los dígitos fueron escritos por su propia mano.

—Uno de vosotros sabe más de lo que estáis contando.

Sí, pero no puedo hablar...

—¿Por qué no?

Me hiciste prometer guardar el secreto...

¿Por qué había elegido dejarse un mensaje tan críptico a sí mismo? ¿Para hacerse saber que estaba metido en un lío? Eso parecía absurdamente redundante, ya que aquello era obvio. Sus inquietudes deben de ser más profundas que eso.

Recordó el alumbramiento, la agonía, el chillido; y el cuchillo en su garganta tras el parto. *¿Cíclades? ¿Atanatos?*

¿Cuál de ellos soy?

Libro tercero

La vida, sin reflexión,
no merece ser vivida
—Sócrates

Cacería de hombres

Porter llegó al JFK a las 2.30 a. m. en el vuelo AF8994 de Air France. A pesar de la multitud que allí se agolpaba, la terminal le pareció solitaria y vacía. Estaba contento de haber cogido un vuelo con escala en París. A cualquiera que llegase en una compañía aérea procedente inequívocamente del Oriente Medio, con o sin complexión atezada, parecía llevarle bastante más tiempo el poder superar el control de pasaportes.

Porter tenía una maleta con ruedas. Aturdido por un viaje tan largo, sus doloridos oídos aún le zumbaban mientras tiraba de su equipaje tras de sí y se unía a la cola en el exterior. Tres o cuatro personas, cada una de ellas de raza diferente, le dijeron, con marcados acentos, algo que no llegó a comprender. Estaba tan acostumbrado a la inflexión libanesa que su idioma con cualquier otro acento le resultaba prácticamente incomprensible.

Cuarenta y cinco dólares más impuestos, los honorarios habituales para que un taxi amarillo te llevase a Manhattan, le condujeron al otro extremo de Queens. Las centelleantes luces de la ciudad eran como millares de luces nocturnas para niños, definiendo las profundidades de la oscuridad.

Para una ciudad que no dormía, Manhattan parecía estar por lo menos dormitando, y eso hizo que Porter se sintiera más cómodo.

En la Séptima Avenida, frente a Penn Station, el taxi lo dejó ante el hotel Pensilvania. Tiró de su maleta por la calle vacía, atravesando las deterioradas puertas de cristal del hotel. Desde el otro extremo del desolado vestíbulo principal fue recibido por un extraño sonido, la trémula reminiscencia de un centenar de triángulos de orquesta tintineando. Por entre el tiznado y abollado mobiliario de latón encontró a dos hombres en lo alto de una escalera de mano, cerca del pragmático mostrador de recepción, limpiando una araña de luces colosal, cristal a cristal.

Porter pagó una habitación, la más barata que tenían, recogió su llave y tomó el solitario camino que conducía a la novena planta. Los vestíbulos pintados de verde eran de lo más amplio que jamás hubiera visto; la habitación era diminuta y estaba deteriorada, pero también estaba perfectamente limpia y lista para ser utilizada. Tenía la opción de dos camas dobles, ambas plegadas contra una pared. El cuarto de baño era apenas un cubículo, y el alicatado de pequeños azulejos servía solo para acentuar su sensación de agobio.

En sus días de gloria este debió de haber sido un hotel de categoría, un lugar de esplendor. Pero en el otoño de sus días estaba ajado y deteriorado, una parodia de sí mismo, apenas con vida, siendo sus habitaciones como las resecas hojas otoñales que van cayendo una a una.

Se quitó los zapatos y dejó sus cuadernos sobre el estrecho escritorio de madera. Armado con una pequeña guía gris de Nueva York que había adquirido en el Charles de Gaulle de París (una guía atípica, con un mapa desplegable y una brújula de plástico en el lomo) se dispuso a trazar un plan de acción.

Más de siete millones de personas vivían y trabajaban en las cinco demarcaciones de la ciudad de Nueva York; se hablaban ochenta idiomas diferentes. La guía le informó alegremente de que había más italianos que en Roma, más irlandeses que en Dublín y más judíos que en Jerusalén, pero eso no le disuadió.

Fue solo durante su largo vuelo que el intenso estudio de la fotografía del periódico de Aisha por parte de Porter reveló las profundas implicaciones de lo que ella había estado intentando contarle. Esa simple fotografía guardaba muchas sorpresas, y él había subrayado con fervor el artículo que la acompañaba. Contenía mucha información —nombres y lugares— pero en ninguna parte mencionaba el nombre de ninguno de los dos hombres de la fotografía o quién estaba a cargo de la investigación.

Si empezase por el principio, el museo Metropolitano de Arte podría tener alguna de las pistas que estaba buscando. Pero necesitaba algo más que simples pistas, necesitaba respuestas. Sabía muy poco de la ciudad aparte de lo que había visto en las películas y noticiarios. No tenía ni la más mínima idea de cómo estaba organizada. Necesitaba una lista detallada de todos los distritos policiales de Manhattan, quizá uno de ellos pudiera ponerle en la dirección adecuada. Y también estaban el resto de periódicos. También podrían ayudar.

Desplegó el mapa y trazó un círculo en la esquina de la calle Cuarenta y Dos con la Quinta: la Biblioteca Pública de Nueva York.

El desayuno no fue en Tiffany´s, sino en el Dunkin´ Donuts contiguo al vestíbulo del Pensilvania, atendido por una atractiva muchacha rusa llamada Irina. No fue su primera elección, de hecho no fue ningún tipo de elección, pero al estar desorientado parecía haber realmente pocas opciones en este tramo de calle. Decidió comer y caminar al mismo tiempo, la llovizna resultaba ser un cambio agradable respecto a las áridas colinas a las que estaba acostumbrado.

En la dura realidad de la luz del día, Nueva York era una ciudad completamente diferente. El desapacible caos urbano lo oprimía, saturando sus desacostumbrados sentidos con una sensación de vértigo. Las abrumadoras mareas de transeúntes y vehículos fluían y discurrían al compás de las caprichosas señales de tráfico. Donde confluían las mareas era como un baile de abejas; cuerpos y vehículos se comunicaban con un movimiento sin palabras, rítmico y estructurado.

La vigilancia de los impasibles leones gemelos a los pies de la Biblioteca Pública de Nueva York fue recibida con alivio.

Porter subió hasta la sala Astor en la primera planta, donde dejó su chubasquero en la consigna de la biblioteca y solicitó algunas indicaciones. Sala 108. Pasando bajo la catedral de arcadas de mármol, cruzó el recibidor que conducía a la sala de lectura de prensa actual. Los periódicos, por lo que le habían informado, se conservaban aquí entre dos y cuatro semanas generalmente.

Porter sospechaba que la mayor parte de lo que necesitaba estaba justo frente a él. Comenzó a reunir sus hallazgos en una mesa en pilas de intervalos de una semana. Los últimos siete días del *New York Post* y el *Daily News*. Toda una semana del *New York Times*. Era poco probable que el *Wall Street Journal* cubriera la noticia, y también descartó el *Observer* y el *Village Voice*. Pero había otros periódicos que podrían ser útiles, publicaciones de distintas comunidades de las que nunca había oído hablar, pero que posiblemente pudieran contener algunos de los detalles que le faltaban.

Su aproximación era sistemática. Una pila cada vez, escudriñando incluso las primeras planas, aunque dudaba que la historia fuese lo suficientemente importante como para aparecer allí. Cuando hizo su primer descubrimiento, estaba escondido en la página once, una representación artística del criminal. Lenta pero metódicamente se formó una idea más detallada de los lugares y los acontecimientos, hasta que finalmente obtuvo el nombre del hombre que estaba buscando. *Ahora, a localizarlo.*

Bajo el techo pintado de la cavernosa sala de lecturas Rose Main en la planta superior, Porter exprimió cada minuto del máximo de media hora de la que disponía para usar uno de los terminales de ordenador conectados a la red.

Encontró lo que estaba buscando sorprendentemente deprisa, aunque le llevó algo más de tiempo comprobar la exhaustiva lista de direcciones y números de teléfono. Imprimió mapas y detalles adicionales.

Escaleras abajo, Porter dispuso de su cargamento de centavos y descolgó el auricular del teléfono público.

—Distrito Cuatro

—Sí. ¿Podría hablar con el detective James North?

—¿Quién le busca?

—Mi nombre es Porter. Doctor William Porter. —La agitación en su voz era difícil de contener. Si la mujer al otro lado de la línea se daba cuenta de ello, seguramente no le iba a dar ninguna información.

—¿Y qué es lo que desea?

—¿Puede preguntarle si ya han comenzado las pesadillas?

H-E-R-H

Miércoles. 7.21 a. m.

Su apartamento era un horno sofocante, evocaba la desesperación. Con cada turbulento minuto que permanecía confinado por sus paredes podía sentir el lento avance de la inevitable descomposición que penetraba en sus huesos, su destino era una espada esperando para atravesarle con la malicia de Damocles; se encontraba al borde de la locura y estaba asustado.

¿Se estaba volviendo loco? ¿Por qué había pintado con los dedos desnudos y su propia mierda el retrato de un toro? Podía sentir su furioso y tórrido aliento sobre la piel y no se atrevía a contemplar su mirada acusadora.

North se amortajó con un abrigo de invierno y avanzó penosamente entre la bruma, envidiando a aquellos que seguían disfrutando de sus monótonos sueños.

Había aparcado a cuatro manzanas de distancia; los que llevaban mucho tiempo trabajando en la calle decían que era imprudente hacerlo de otra manera. No le gustaba utilizar los coches camuflados para volver a casa a menos que fuera absolutamente necesario; eso los hacía fácilmente reconocibles. Era como lanzar una bengala en medio del gentío declarando que un policía caminaba entre ellos. Eso hacía la vida complicada y peligrosa.

El asiento del conductor estaba húmedo y frío. Encendió el aire caliente y se frotó las manos ante la tobera.

Las calles se encontraban desiertas cuando partió hacia el bulevar McGinnis, y habría llegado al puente Williamsburg en poco tiempo de haber querido ir al centro, pero hoy no se dirigía a la ciudad. Tenía unos asuntos que resolver en otra parte. Se adentró en la I-278, se dirigía al norte.

8.13 a. m.

Estaba en la calle Ciento Ochenta y Siete Este, al oeste de la avenida Belmont, donde alguien del Distrito Cuarenta y Ocho le había recomendado una pequeña bodega con un aparcamiento vigilado. Si aparcaba allí tenía altas posibilidades de volver a encontrar el coche al regresar de lo que tuviera que hacer. Oh, y bienvenido al South Bronx. Como el rapero Tim Dog dijo una vez: «Que le den a Compton».[4]

A través de la neblina de nostalgia de los notorios años setenta cuando el South Bronx se parecía al Berlín de posguerra, era un consuelo perverso saber que algunos propietarios seguían siendo reacios a incendiar sus propios edificios para estafar a sus seguros. Una estructura calcinada por acá, planchas de chapa ondulada por allá, todo esperando para colapsarse, castillos de naipes erigidos a partir de manos recientes repartidas de barajas nuevas, nuevas construcciones de casas unifamiliares, inmersas entre una caterva de coches abandonados, pintadas subversivas y miradas resentidas. Hace que de inmediato te pongas en guardia. *Que le den a Compton.*

North llamó de nuevo a la mugrienta puerta del apartamento 2-C. Escuchó una cadena que era liberada, un cierre que se deslizaba. La oscura puerta de madera se abrió con un crujido.

—¿Qué quieres?

—¿Samuel Bailey?

Un momento de duda.

—No lo sé.

North buscó a tientas su placa dorada con su mano izquierda.

—Señor, sospecho que usted sabe si es o no el señor Bailey. —Lo único que podía ver era una mata de pelo gris y una nariz llena de picaduras y cicatrices—. Lamento que sea tan temprano.

—¿Estás loco?

North no respondió. Para ser sinceros eso era algo que realmente no sabía.

—¿Eres del IRS? No pienso hablar contigo si eres del IRS.

—Señor, no soy del IRS. Soy del NYPD. Intenté llamarle...

—Nunca respondo al teléfono.

—Solo necesito cinco minutos de su tiempo.

---

[4] N. del t.: Título de una canción del artista que hace referencia a la rivalidad existente existente entre raperos de la Costa Este (Nueva York) y los de la Costa Oeste, (Los Ángeles, donde se situa Compton).

—¿Por qué?

North luchaba contra su frustración.

—Señor, ¿podríamos hablar esto en su apartamento?

—¿Estoy metido en algún follón?

Eso todavía tenía que verse.

—Usted me ha sido recomendado como experto. Tengo entendido que el equipamiento médico antiguo es su especialidad.

—Puede ser. Recomendado, ¿no?

—Me gustaría saber su opinión. —North buscó la fotografía de la jeringuilla antigua y la sostuvo ante la puerta para que la viera Bailey.

—Las opiniones las cobro, ¿lo sabe?

Era de esperar.

—¿Qué es lo que quiere?

Pudo ver a Bailey relamiéndose los labios.

—Yo, eh, no he comido nada en dos días. ¿Un sándwich? Y puede que algo para bajarlo. Un burbon fuerte y del bueno.

Hay un viejo dicho que afirma: es imposible morirse de hambre en América. Es mentira. Es perfectamente posible, uno solo necesita trabajárselo un poco.

Samuel Bailey se apretó el paquete con el sándwich contra el pecho como si alguien fuese a arrebatárselo, y miró la lata de refresco con desdén. Se abrió paso entre el cúmulo de chatarra gris y los sórdidos trastos destrozados que formaban su inventario.

El apartamento le ponía a North la piel de gallina. El hedor a olor corporal y orina rancia era abrumador, absolutamente penetrante. El diminuto cuarto de estar no era lo suficientemente grande para tener una cocina separada por lo que había una encimera con un hornillo pegada a una pared. Pudo comprobar que Bailey no había cocinado en semanas, una gruesa costra marrón de grasa endurecida cubría la cerámica en torno a las placas del hornillo.

Bailey encontró lo que estaba buscando y cogió una pesada guía. Se sentó en una pila de revistas y pasó las páginas, teniendo la fotografía al alcance de la mano.

—Esta se encuentra en excelentes condiciones. ¿Pertenece a alguien? —llevaba puestos unos calzoncillos y una bata de baño raída que se le abría a la altura de la entrepierna, obsequiándole con una visión decididamente desagradable.

—A menos que podamos hacérsela llegar a su verdadero propietario, será retenida hasta que salga a subasta.

—Una obra de artesanía maravillosa. Accesorios de plata de ley. Las medidas de volumen del cilindro de cristal están grabadas a mano. Fabricada en torno a 1870. Es una Ferguson de Londres.

—¿Ha visto muchas de estas? Es decir, ¿dónde podría conseguir estas cosas?

—En estos días vale con buscar en eBay. —El labio inferior sin afeitar de Bailey temblaba en concordancia con el valor que claramente le otorgaba a ese objeto.

—EBay puede ser rastreado. ¿Qué haría si no quisiese que le siguieran la pista?

—Brimfield.

—¿Quién es? —North buscó su libreta. No estaba en el bolsillo de su abrigo.

—Brimfield, Massachusetts; la mayor exposición al aire libre de antigüedades de la región. Cinco mil tratantes de todo el país. Más de tres kilómetros cuadrados de exposición. ¿Quiere comprar o vender sin que nadie le recuerde? Brimfield.

Tampoco en su otro bolsillo.

—¿Tiene la dirección?

—Claro, pero no habrá nadie. Es una feria de cinco días cada mayo, julio y septiembre. El encuentro de septiembre no es hasta dentro de otras tres semanas.

Callejón sin salida, olvídalo. North, buscando a tientas, encontró un bolígrafo; *¿dónde está mi libreta?* Un bolígrafo y una copia de la fotografía de Gene que había sido recuperada de la cinta de seguridad; se la mostró a Bailey.

—¿Ha visto antes a este tipo? ¿Ha hecho negocios alguna vez con él?

Bailey apartó la mirada de lo que estaba haciendo momentáneamente. Bizqueó mientras le echaba un buen vistazo pero al final sacudió la cabeza.

—Lo siento.

North le dio la vuelta y escribió sus anotaciones por detrás.

—¿Qué me dice de las letras? ¿H-E-R-H?

—Un momento. —Bailey pasó unas cuantas páginas más de su directorio con la irritación de un cascarrabias—. Muy interesante.

Cogió otro pesado directorio de la repisa. Contenía páginas y páginas con nombres y números de teléfono. Algunos lugares estaban subrayados. Las páginas estaban amarillentas por el paso del tiempo. North solo podía confiar en que la información fuese válida.

—H-E-R-H. Hospital Estatal Río Hudson. Es un manicomio.

North tomó nota.

—¿Dice dónde está?

—Condado de Dutchess.

—¿Sigue allí?

—Mejor. Es un museo.

¿Un museo? ¿Está Sheppard en lo cierto? North intentó imaginarse la situación. Gene visita el museo, roba la jeringuilla, quizá unos pocos objetos más. ¿Qué hace a continuación? ¿Ir a la ciudad a buscar un perista?

—¿Ha oído hablar de algo más que haya salido a la venta en la ciudad procedente de ese lugar?

—No. Pero, ¿sabe?, conozco ese lugar. Tienen a ese sacerdote que sigue haciendo sus exorcismos a los enfermos mentales.

—Creí que dijo que era un museo.

—La parte antigua lo es. La visité hace años. Pero siguen teniendo un ala abierta. Se llama Centro Psiquiátrico Río Hudson.

Cambian las cosas... ¿Es Gene un paciente? North se levantó, para sorpresa de Bailey.

—¿Eso es todo?

—Gracias por su tiempo.

Bailey lo acompañó a la puerta.

—Detective, si no le importa que se lo diga, parece enfermo. Quiero decir, realmente enfermo. ¿Ha pensado en tomarse algo?

North, al que no le hizo ninguna gracia el consejo, se guardó la respuesta para sí mismo. Sus pensamientos estaban en otra parte; ¿un sacerdote que seguía practicando exorcismos? *Soy el Juramento de Satán.*

9.55 a. m.

Sacó su guía de carreteras de la guantera y buscó rápidamente en el índice. El condado de Dutchess estaba al norte del estado. Si partía ahora podría estar allí a la hora de comer.

¿Procedía Gene de ese lugar? ¿Había realizado ese viaje deliberadamente para hacer lo que había hecho? Si así fuese, ¿quién más estaba en el coche? ¿Habían viajado juntos?

De camino, había llamado a Central y le había pedido a Nancy el número de la oficina del *sheriff* más cercana al hospital. Quizá tuviesen constancia de un robo.

Arrojó la guía al asiento del acompañante. Allí, próxima a la misma, descansaba abierta su libreta negra. Maldijo su efímera memoria y se metió la libreta en el bolsillo del abrigo antes de arrancar el motor y dirigir el Lumina a la carretera. Un destello se cruzó en sus espejos.

¡Piiii, piiiii!

Frenó con todas sus fuerzas mientras un Toyota rojo brillante daba un volantazo para evitar la colisión, describiendo un amplio arco para no aplastar al ciclista que se había visto atrapado en la situación.

El ciclista por su parte continuó su camino sin más, ajeno a lo cerca que había estado de la muerte.

North estaba temblando. *Idiota.* Observó la bicicleta que se alejaba e instintivamente se frotó la rodilla lesionada hasta que un dolor agudo le atravesó el cráneo.

Descansó la cabeza en sus cansadas manos al tiempo que unos fogonazos de dolor abrasador explotaban detrás de sus ojos. Podía sentir como sus nervios comenzaban a arder, una reacción en cadena que se extendía a lo más profundo del interior de su cabeza.

Un taxi amarillo pitó furiosamente. Había un hueco.

La parte delantera de un flamante coche plateado se abalanzó sobre él.

La conductora al otro lado del parabrisas.

Una mujer impresionante, de largo pelo bermejo y con unas gafas de sol de marca.

North se desprendió de esos recuerdos y agarró el volante; respiraba de forma irregular y atormentada.

La mujer que rociaba perfume a Gene en el museo.

Los había visto antes. El coche. La mujer. Fuera de Central Park.

¿Eran los mismos? ¿Fue un accidente? ¿O tenía ella la intención de ayudarle a escapar?

Su Nextel estaba sonando. North fue lento en responder, la revelación ya se estaba desvaneciendo.

—North.

Una voz tenue vaciló al otro lado de la línea. El teniente Hyland suspiró como si las palabras no pudieran salir. Cuando finalmente lo hicieron, su tono era grave.

—Central Park acaba de llamar. Manny Siverio está muerto.

De modo que le mentí.

Manny Siverio, el oficial que había intentado salvar, cuya cálida sangre se derramaba a borbotones en el hueco de escaleras del museo. La fuerza del golpe fue demoledora.

—¿Cuándo?

—Hace un par de horas.

North guardó silencio. Todas las reglas habían cambiado desde el momento en el que esta cacería se había convertido en un homicidio.

DD-5

11.59 a. m.

Las paredes del angosto despacho de Hyland estaban confeccionadas de finos paneles de madera y cristal. Como en un acuario, se veía aumentado desde el exterior: el mar de escritorios de metal abollado en tres de las paredes, los restos de naufragio de la burocrática sala de operaciones azul que rugían con el oleaje del transcurso de las investigaciones. Y no había ningún lugar donde esconderse.

Era un asalto ante el que North no podía defenderse. Se sentía bajo asedio.

—El funeral es este sábado. ¿Irás?

—No lo sé. En realidad no conocía al chico.

—Intentaste salvar su vida.

—Pero fallé.

Hyland, sentado al otro lado de su escritorio, con su paciencia tan voluble como la desvencijada máquina que estaba utilizando, aporreaba las teclas con unos movimientos enérgicos. No levantó la mirada.

—Creo que deberías ir.

North permaneció en silencio. El teniente no estaba dando una orden, North no le habría escuchado si así hubiera sido. Supervisar una sala de operaciones era un proceso político y él le estaba ofreciendo una solución política. Le correspondía a North decidir si quería tomarla.

El teniente hojeó lentamente, como una secretaria artrítica, la carpeta de papel de estraza. Su constitución menuda y su altura por debajo de la media le habían proporcionado ventaja en el lejano pasado cuando trabajaba en antivicio. Pero su porte poco amenazador era una ilusión. Era seco y meticuloso.

—¿No ha informado todavía el Departamento de Transportes de cuántas cámaras de tráfico había en el camino que tomasteis desde el museo?

—El DOT dice que el Centro de Gestión de Tráfico solo tiene ochenta y seis cámaras en la ciudad; están reuniendo las cintas, pero me sorprendería si estas fuesen más de un par.

—¿Crees que darás con algo?

—Si no es así regresaré para comprobar las cámaras de los comercios con vistas a la calle, y las de los cajeros automáticos.

A Hyland no le agradó la perspectiva.

—Eso es mucho trabajo.

—Me imagino que solo necesito las cámaras que cubrieron la colisión en el cruce de la Ochenta y Uno Oeste y Central Park, y las cámaras en torno a la Cocina del Infierno —respondió North con cierta reticencia.

—¿Tienes algo sobre el traficante o el modelo?

¿Qué es esto?

—Ya lo creo. La CSU está examinando unas huellas de neumático en estos momentos.

Hyland hojeó de nuevo el expediente del caso. Pasó página tras página de notas manuscritas y documentos mecanografiados, dejando cada una a un lado con precisión.

—No está aquí.

—Las obtuve ayer mismo.

—Necesito el DD-5.

¿Un DD-5? Eran las notas del investigador detallando su progreso en el caso, una continuación del sesenta y uno. *No ha pasado ni una semana.*

—¿Lo dices en serio?

—Un DD-5 cada seis meses no es apropiado en un homicidio; especialmente cuando la víctima es un policía. —Hyland esperaba indicios de progresos reales.

Una nube de tormenta oscureció los pensamientos de North. *Resolvamos esto.*

—¿Por qué me estás diciendo cómo hacer mi trabajo?

—Hay toda una brigada ahí fuera. Úsala. El que estés trabajando tú solo en una investigación de homicidio es un estorbo.

—¿Es una amenaza?

—Tan solo te digo cómo funcionan las cosas. Si no puedo demostrar que vales para esta tarea, se te acaba reasignando, tu viejo puede decírtelo. DD-5, mañana por la mañana.

¿Mi viejo? No había forma de escapar de esa oscuridad.

—Hablé con Martínez.

—¿Qué tiene él que ver con esto?

—Quiere ayudar.

—Ya tiene compañero.

—Conocía a Manny. Está dispuesto a hacer horas extras, a hacerlo en su tiempo libre. No será tu compañero, pero te guardará las espaldas. Es un buen trato.

North se puso de pie.

—¿Para quién?

11.37 a. m.

En el despacho de Ayuda Administrativa de la policía, Nancy Montgomery le entregó a North sus faxes, mensajes telefónicos, cartas y boletines.

—Ash te llamó desde la CSU. Dice que ha empezado a trabajar con el frasco de perfume. La bicicleta de montaña que requisaste ha sido devuelta a su propietario.

—¿Ha mencionado hace cuánto?

—*Nah.*

North respiró hondo.

—Necesito que se le hagan pruebas a esa bicicleta.

—Puedo ocuparme de eso. —Vincent Martínez no tenía todavía su placa dorada. Tenía veintiséis años y llevaba tres como detective. Conocía el cuerpo. ¿Era sinceridad lo que North podía ver en él? Si así era, era una sensación extraña.

—¿Estás seguro?

Martínez estaba a unos cuantos escritorios de distancia. Estaba de pie, vestido con su traje barato pero bien cuidado, ante una pizarra blanca donde había desplegado un mapa de la ciudad con la fotografía de Gene pegada. Estaba repasando cada paso previo, revisando cada movimiento, marcándolo con todo detalle.

—Puedo hacerlo. Quiero hacerlo. Solo es un trabajo de recadero.

—Gracias —concedió North dócilmente.

Nancy no había terminado.

—Tienes visita, por cierto.

Eso es nuevo.

—¿Quién?

—Un psiquiatra. Te ha dejado un montón de mensajes en el teléfono. Al final se ha cansado de llamar y ha venido.

¿Un psiquiatra? Su piel se estremeció. ¿Había contactado Bailey con el museo?

—¿Cuál es el mensaje?

Nancy señaló la pila de Post-it que ya tenía en la mano. North los ojeó.

«¿Han comenzado ya las pesadillas?»

Aquello lo golpeó en la boca del estómago. *¿Qué clase de mensaje es ese?* Se le trabó la lengua, conmocionado.

—¿Tiene alguna identificación?

—Puedes preguntárselo, está al fondo del vestíbulo.

—¿Por qué no se lo pregunto yo? —Martínez ya estaba dirigiéndose apresuradamente hacia allá—. Tú eres el destinatario, no deberías ser tan fácil de alcanzar. Hagámosle sudar un poco.

North no se mostró nada entusiasta.

—Tenemos que hablar.

—Pues hablemos.

Martínez se dirigió al vestíbulo.

North observó cómo el viejo hombre se sentaba pausadamente y extraía un folio de un maletín de cuero desgastado; su vida en doscientas palabras. Se lo tendió al detective de homicidios con unas manos nerviosas.

La suya no era una cara que North reconociera, aun cuando las comparaciones eran arrancadas de la tormenta de su mente, pero conocía las pesadillas y aquello era suficiente familiaridad para él.

Martínez se plantó ante el escritorio de North y leyó directamente del curriculum.

—William Porter. Sesenta y dos años.

North tomó el folio y lo leyó por sí mismo. Porter era británico. Afirmaba haber sido estudiante de Medicina en la Escuela Universitaria de Londres antes de obtener su doctorado en Psiquiatría en Oxford. Hasta hacía muy poco había sido beneficiario de una generosa financiación que sostenía sus investigaciones, a cargo de una organización llamada DEP, la División para los Estudios de la Personalidad, que a su vez era una unidad del Departamento de Medicina Psiquiátrica en la Universidad de Virginia.

—¿Crees que es cierto?

—Cualquiera puede redactar un curriculum.

—«¿Han comenzado ya las pesadillas?» ¿Qué quiere decir con eso? ¿Te suena de algo?

Las pesadillas. North no dio a entender nada.

—Puede que este tipo no sea más que un chiflado que haya leído algo en el periódico. ¿Quieres que le acojone y le eche a la calle?

North se sentó pesadamente en la silla de su escritorio.

—Me ocuparé de esto.

—Mira, yo, eh..., dispongo de unas pocas horas, puedo ayudar.

North encendió su ordenador.

—¿Dónde está tu compañero?

—Baja de maternidad.

Eso explica muchas cosas.

—¿Sabes qué rumbo tomar?

Sí, sé qué rumbo tomar.

—Gene no estaba solo.

—¿No lo estaba? —Martínez cogió una silla.

—Por eso es por lo que necesito que se le hagan pruebas a esa bicicleta.

—¿Qué estás buscando?

North dejó el curriculum de Porter en la mesa, manifestando claramente sus reservas con lenguaje corporal para que Martínez lo viera. Esperó un buen rato y reflexionó. *¿Cómo llevar esta situación?* Intentó sonar paciente.

—Habla.

Al principio, Martínez no parecía saber por dónde empezar. Sus ojos se nublaron, esto le estaba perturbando profundamente.

—Manny y yo éramos primos.

No había nada que North pudiera decir ante eso. Nada que mereciese la pena decir; nada que mereciese la pena escuchar.

—Su madre, ¿sabes? La veo en la iglesia. Le prometí que indagaría, que no dejaría pasar esto. Sé que existe un conflicto de intereses al investigar casos relacionados con tu propia familia. Solo quiero ayudar. Manny, mi tío, yo; somos una familia de policías, ¿sabes? Como tú y tu padre. Está en la sangre. Es lo que hacemos.

Una familia de policías. ¿Y qué ocurre si descubres que has estado viviendo una mentira?

—¿Cuál es la historia entre el sospechoso y tú?

Se mueve deprisa.

—No hay nada.

—¿No es ningún caso antiguo?

—No lo conocía. Puedes rebuscar durante un mes por los expedientes de los casos antiguos, nunca lo encontrarás porque nunca antes nos habíamos cruzado.

—Pero preguntó por ti, por tu nombre.

—Sí, lo hizo.

—¿Y eso fue lo que le hizo explotar?

¿Está buscando alguien a quien culpar?

—¿Adónde quieres llegar?

—No tiene sentido. ¿Un tipo que aparece sin más y dice que tiene una bronca con alguien al que no conoce?

North tenía una respuesta sencilla.

—Quizá odie a los policías. Quizá tengas razón. Quizá sea de los que eligen el primer nombre que ven en un periódico. Por ahí he visto cosas que tenían menos sentido.

—¿Qué pasa con este loquero, Porter? ¿Crees que puede estar tratando a ese tipo?

—Lo averiguaremos.

—¿Has hablado con alguien más? Debe de haber diez mil loqueros en esta ciudad.

—Tengo una pista. Voy para allá esta tarde.

Incluso puede que me ingresen.

Martínez anotó los detalles, añadiéndolos a la lista.

—Eh, ¿quieres que les de la vara a los de la OCME mientras estás fuera para ver si tienen los resultados de tus análisis de sangre?

Ya ha estado estudiando mi expediente del caso. North se enfureció en silencio. Martínez se había pasado de la raya. No debía ni tan siquiera tocar el expediente del caso sin permiso. Sin embargo, North no podía regañarle por su entusiasmo; además, tenía toda la pinta de ser idea de Hyland.

—Y aquella mujer en la cinta de seguridad con el espray de pimienta o de lo que fuera. Estaba pensando que deberíamos hablar con los de la TARU para ver si podemos obtener una imagen clara de su cara a partir de la cinta, con la que pudieras buscar en los archivos.

La Unidad de Respuesta y Asistencia Técnica del NYPD ya había producido imágenes claras de Gene a partir de las cintas, de forma que ya estaban al corriente del caso. North estuvo de acuerdo en que era lo que había que hacer.

—¿Tienes algo más? —preguntó Martínez.

Esto seguía siendo una espina que tenía clavada. Quizá sí necesitaba ayuda.

—La calavera.

—¿Qué calavera?

—Exacto. Los testigos afirman que Gene robó una calavera de una vitrina. Dicen que eso fue lo que más le afectó, haciéndole llorar. Falta la calavera. No está en la lista de pruebas.

—¿Se la llevó?

—No que yo pudiese ver. Supongo que alguien del personal del museo manipuló la escena, pero no estoy seguro. Necesitamos hablar con ellos.

El joven detective anotó aquello también. Había llegado al final de la lista.

—¿Eso es todo?

North pensó en ello.

—Estás trabajando en otros casos, ¿no es cierto?

Martínez saltó de la silla.

—Oh, sí. No te preocupes, no te agobiaré.

Bajo escrutinio

12.01 p. m.

North no disponía ni del tiempo ni del presupuesto necesario para pagar una visita al alma máter de Porter, pero era esencial la comprobación de sus credenciales. Utilizó su navegador para llegar a una página llamada UMI, «University Microfilms», emplazada en Ann Arbor y que ofrecía diversos servicios de acceso a periódicos, revistas y editoriales para las ponencias y tesis universitarias.

La base de datos no era de inscripción obligatoria, por lo que no era infalible, pero era importante y tenía registros que llegaban a la década de 1860. Había muchas posibilidades de que, si Porter era auténtico, su tesis se viese reflejada aquí, y por treinta dólares, North podría adquirir una copia.

North no tenía ninguna intención de adquirir nada. La sinopsis de la tesis sería suficiente.

William Porter aparecía en la lista. Oxford. Mil novecientos setenta y dos. *Abreacción, memoria y delirio.*

¿Abreacción? ¿Qué significa eso? North utilizó Google para buscar un diccionario en línea donde introducir esa entrada. El resultado fue un galimatías desconcertante.

Consultó de nuevo el currículum de Porter en busca de la última empresa o persona que le empleó. No había información de contacto para la División para los Estudios de la Personalidad, pero la Universidad de Virginia figuraría en la guía telefónica. Garabateó distraídamente en un Post-it mientras esperaba que terminase su periplo por el laberinto de la centralita de la universidad. Fue directo al grano.

Sí, llegó la respuesta, William Porter había sido un miembro de la facultad. No, ya no cumplía los requisitos para recibir ninguna subvención.

¿Por qué era eso?

Dejó de publicar. Se le habían concedido varios años de investigación, pero no había hecho nada en ese tiempo. Los investigadores de campo que no hacían públicas sus investigaciones no podían ser financiados por la Universidad.

North tomó nota. De modo que Porter era un hombre con secretos. ¿Partió a realizar sus actividades a algún otro lugar, como digamos, la ciudad de Nueva York?

No, vino la rápida respuesta, hasta donde sabía el departamento, seguía con sus investigaciones en Oriente Medio.

¿Oriente Medio?

—Solo por curiosidad, ¿en qué tipo de investigaciones se especializa la División para los Estudios de la Personalidad?

La voz al otro lado del teléfono pareció sorprenderse por la pregunta.

—Somos el principal centro científico nacional en la investigación de la legitimidad de las vidas pasadas.

—¿Como la gente que cree que es María Antonieta? ¿Y hay evidencias científicas que las prueben?

—No tiene por qué ser María Antonieta necesariamente, pero se sorprendería.

«¿Han comenzado ya las pesadillas?»

12.36 p. m.

North quería intimidad. Sin saber si la información que proporcionase ese hombre sería personal o estaría relacionada con el caso, optó por el aislamiento antes que la indiscreción de la sala de operaciones. Bajo la tenue luz de la pequeña sala de interrogatorios, la más pequeña de las que disponía la comisaría, North comenzó a realizar sus preguntas.

—¿Eres psiquiatra?

Porter descansó las manos en el escritorio de madera.

—Sí.

¿Sabes lo que me está ocurriendo?

—¿Has ejercido con anterioridad?

—Ejercí como doctor durante seis años, antes de que las cosas cambiaran.

—¿Qué cosas cambiaron?

Un ligero velo de ansiedad nubló la cara del viejo hombre, enfatizando los signos de su edad. Dominado por sus demonios, no se esperaba la pregunta y se aferró al momento de indecisión.

—Mi esposa murió.

El viejo le ofreció al detective una sonrisa melancólica como si apreciase el silencio y North reconoció en él una culpa que alimentaba un odio hacia sí mismo. La lúgubre sombra de algo discretamente escondido a la vista de los demás. Era primario. Era como mirarse en un espejo.

—Sé que esto debe parecer fuera de lo normal.

North intentó ser evasivo.

—La gente lee los periódicos. Tienen ideas. No puedo detenerles.

—No tienes por qué seguirle la corriente a un viejo, detective.

—No tengo tiempo para seguirle la corriente a nadie. No tengo esa tendencia.

—No es mi intención hacerte perder el tiempo. Vine aquí a ayudar.

Ahora sí se llegaba al quid de la cuestión.

—¿Ayudar a quién?

—A ti, por supuesto.

North fue pragmático.

—¿Por las pesadillas?

—Sí.

—No tengo pesadillas.

—No te creo.

La convicción de Porter era sólida, aunque no concedió mucho más que un atisbo de curiosidad cuando North dejó su libreta negra en el escritorio. *¿Quiere mis notas del caso? Está buscando algo.*

North dejó que su bolígrafo se balancease provocativamente sobre la libreta cerrada y cogió un folio lleno de anotaciones psicológicas.

—Tengo entendido que crees que Gene ha sufrido un proceso de «abreacción», ¿no es cierto?

—Sí. —Había una nota de excitación en la voz de Porter—. ¿Debo suponer que eres plenamente consciente de lo que es la abreacción?

North se tiró un farol, esperando que no sonase demasiado a que simplemente había memorizado la definición del diccionario.

—Claro; la liberación espontánea de emociones reprimidas, en ocasiones asociada con desórdenes disociativos de personalidad múltiple, ese tipo de cosas.

—Hay menos de treinta casos genuinos de desórdenes de personalidad múltiple en los Estados Unidos. ¿Te haces una idea de aquello con lo que nos estamos enfrentando aquí?

—No hay ningún nosotros, doctor Porter.

—Sospechas de mis motivaciones.

—Sospecho de las motivaciones de todo el mundo.

—En ese caso vives en un mundo bastante pesimista.

Está escondiendo algo.

—Es un mundo realista. Déjame contarte un pequeño secreto. Hay dos tipos de personas en mi trabajo. Aquellos a los que se atrapa, y aquellos que esperan ser atrapados. ¿Cuál de ellos eres tú?

Porter se mostró claramente incómodo con la pregunta. Cualquier cosa que esperase que ocurriera cuando vino a la comisaría, no se parecía a esto. Le ofreció una sonrisa nerviosa.

—El gran «nosotros» entonces.

North no dijo nada. Le correspondía a Porter nadar contra la marea.

—Un proceso de abreacción. Al principio solo ocurre en la imaginación; una ilusión, o una pesadilla.

La cara de North permaneció inexpresiva; Porter no solicitó una respuesta.

—Llega un momento en el que una abreacción comienza a manifestarse; la persona afectada empezaría a producir abundantes dibujos o escritos, hasta que, al ir intensificándose el efecto, provocaría que esta persona actuase.

—¿Actuase? ¿Como un comportamiento psicótico?

—Emula una psicosis, el afectado no sabe que lo que está experimentando no es real. Las ilusiones son extremadamente vívidas. Pero el estado no es de psicosis. El afectado le hablará a gente que no esté allí, su voz asumirá el tono y el vocabulario de la época del recuerdo que se esté experimentando, aunque esa gente solo exista en su memoria. Desde su punto de vista creerá que ese momento se está reviviendo de verdad.

—¿Qué tienen que ver los recuerdos con eso?

—La abreacción es el resultado final del renacer de recuerdos hace mucho tiempo olvidados, y de las intensas emociones asociadas a los mismos. Desencadena un profundo efecto que causa desorientación y confusión.

North se agitó, incómodo, en su silla.

—Esto te resulta familiar. —No era una pregunta. El comentario de Porter era agudo y preciso.

—Es interesante.

—Es lo que Gene estaba haciendo.

North había hablado antes con oficiales de la salud mental en Nueva York.

—Podía estar viviendo una alucinación; un síntoma de esquizofrenia.

Porter se mostró desdeñoso.

—Para el ojo poco entrenado puede que pareciese eso.

—¿Por qué debería parecer otra cosa?

—¿Por qué se le administraría a un hombre que sufre alucinaciones una medicación que busca activamente aumentar los efectos de su afección?

¿Sabe lo que había en la jeringuilla? ¿Un farol?

—Continúa.

—Las alucinaciones son aleatorias. Son una fantasía. Las abreacciones son mucho más prácticas. La gente adquiere súbitamente unas habilidades que no sabía que poseía, habla en idiomas que no sabía que conocía. Son las señales de la memoria, no fantasías.

»¿Te has parado a preguntarte alguna vez por qué Gene estaba tan obsesionado con la calavera del museo? ¿Es posible que conociese a ese hombre?

North vaciló ante la mención de la calavera.

Eso es absurdo.

—Esa cosa tenía miles de años de antigüedad.

—¿O por qué montó ese caballo por la ciudad sin usar los estribos? Se sentía muy cómodo en la silla de montar. Sus acciones fueron consecuentes con un genuino dominio de la equitación.

—De modo que es jinete de rodeos. Puede que haya crecido en un circo.

—¿Es realmente probable?

—Mucho más que el que estuviera recordando una vida pasada.

Las palabras de North flotaron en el aire, dividiéndolos. Sin embargo, Porter, cogido desprevenido, con su verdad al descubierto, no se detuvo.

—¿Entonces por qué estás experimentando exactamente lo mismo?

Era el turno de North de sentir la silenciosa y sobrecogedora agitación de la culpa; el torrente de sangre que palpitaba en sus oídos era lo suficientemente poderoso como para eclipsar todo pensamiento racional.

Porter tenía que estar especulando. Quizá había sido enviado por Gene para comprobar los progresos del caso. No tenía ningún motivo para ser honesto. No conocía a ese hombre. *Debo tener cuidado.*

—No sé de qué estás hablando.

Porter permaneció imperturbable. Percibía claramente la incomodidad de North y eso reforzaba su confianza. Buscó en su maletín y sacó un periódico y un cuaderno verde. El periódico estaba doblado de forma que mostraba una fotografía de North y Gene que había sido tomada en la calle del Loca´s. Lo desplegó en el escritorio.

—Te viste expuesto a la misma medicación que él. Tenías una aguja hipodérmica clavada en la pierna.

North miró el periódico. Esa información no se había hecho pública. North se negó a hacer comentario alguno.

Porter se echó hacia delante.

—Sé lo que te está ocurriendo. Lo sé porque he pasado por lo mismo. Gene está pasando por lo mismo. No tienes por qué estar avergonzado. Un testigo dijo en el *New York Post* que había escuchado como el detective gritaba que pensaba que un toro le estaba persiguiendo. Tú pensaste que un toro te estaba persiguiendo.

North sintió el asfixiante abrazo del miedo.

—Se equivocaba.

Porter abrió su cuaderno. Pasó unas cuantas páginas y lo dejó sobre el escritorio, mostrando las imágenes que había dibujado tantas décadas atrás.

El toro. North se apartó bruscamente de él.

—¿Te resulta familiar esta imagen?

Le estaba devorando por dentro. El toro. Los trazos a bolígrafo bien podían haber sido hechos por él.

—Tenía siete años cuando el toro vino a mí.

Porter plantó el libro en las manos de North y lentamente le guió a través de sus páginas amarillentas repletas de imágenes y escritos apretujados, hoja tras hoja, rellenas con diferentes tintas. Diferentes idiomas.

Porter podía sentir el reconocimiento en su cara. Miró la propia libreta de North al otro lado del escritorio.

—¿Siempre has escrito en libretas negras?

North no respondió. El toro lo consumía y no lo dejaba marchar.

El toro.

Ciérrale las puertas a este hombre. Ciérraselas ahora.

North cerró el cuaderno verde de un manotazo y se lo lanzó de vuelta al viejo.

—No quiero esto. —Sus dedos jugaban nerviosos con su bolígrafo; haciendo que este girase una y otra vez en un traqueteo interminable que al mismo tiempo era irritante y relajante.

—No. No estoy dando a entender eso. —Porter buscó a tientas un bolígrafo en su bolsillo. Escribió el número del Pensilvania en la parte trasera de su tarjeta de visita, la depositó en el escritorio y la deslizó hacia North.

»Imagina lo que estás pasando ahora a través de los ojos de un niño de siete años; la insólita contorsión de la realidad, la peculiar mezcolanza que asquea y revela al mismo tiempo; la pesadilla de recordar haber tenido relaciones sexuales con tu propia madre. Esa percepción nauseabunda y plagada de culpa por la euforia absoluta que sientes cuando la emoción de ese recuerdo te dice que lo disfrutaste.

—Cállate...

—No tienes que sentirte culpable. Esos no son tus recuerdos. Pertenecen a tu padre.

North se abalanzó hacia delante con una furia tan explosiva que Porter se volvió a sentar en su asiento.

—¡Que te follen!

El silencio que vino después fue como un abismo entre ambos. Porter no se movió, estaba esperando a North.

—No tengo los recuerdos de mi padre. No puedo tenerlos.

—¿Por qué no?

¿Por dónde empiezo?

—Porque no está muerto.

—No lo entiendes.

—Entiendo lo suficiente. —Era obvio para ambos que esto no iba a llegar más lejos.

Porter estaba evaluando a North en el sentido médico.

—Hemos hablado suficiente por hoy.

—Tan solo lárgate de aquí.

Porter se levantó y le dio unos golpecitos a la tarjeta.

—Si quieres hablar más, aquí es dónde puedes encontrarme.

North no dijo nada.

—Que pases un buen día.

North observó cómo se marchaba, aunque solo fuese para convencer a su propia mente de su partida definitiva. Se quedó sentado en la sala de interrogatorios, solo y atormentado.

Esto es una locura. Me he vuelto loco. «¿Siempre has escrito en libretas negras?» *¿Qué tiene que ver eso aquí?*

Descansaba frente a él, un recordatorio acusador. Solo era su libreta. *¿Hay algo ahí de lo que tener miedo?* Pero sabía en lo más profundo de su ser lo que encontraría, lo que estaba tratando de negar. *Toma una decisión.* Abrió la libreta desafiante, más por engreimiento que por verdadero deseo. Al principio encontró el consuelo de las simples anotaciones de los casos, página tras página de conversaciones. Detalles. Lugares. Fechas. Pero sabía que había más.

Su propia locura le esperaba; una rabia amarga llena de rencor que se había filtrado de su interior para impregnar el papel.

Las piras de Acre

Cabalgamos con la sangre de los sarracenos hasta las rodillas de nuestras monturas, así fue la huella de nuestra victoria en Acre el décimo día de agosto del año de Nuestro Señor de 1191.

Desde allí devastamos la tierra. El hedor de las rugientes piras demandaba su presa con un humo grasiento que saturaba las fosas nasales de los hombres; los campamentos fueron colmados con los cuerpos de los sarracenos, los cuales rezumaban grasa por todos sus orificios. Escuché el crepitar de los fuegos, e inhalé el aroma de la carne humana cocinada. Apestaba a cerdo.

Había habido cristianos viviendo entre ellos, pero nosotros los gloriosos caballeros cruzados no nos habíamos detenido en nuestra carnicería. Esta era la séptima aldea que visitábamos desde nuestra llegada. Cuando llegamos nos preguntamos cómo manejar con dignidad a estos salvajes.

—Matadlos a todos —terminé diciendo—. El Señor reconocerá a los suyos.

Festejamos esa primera noche, como bestias surgidas de las profundidades del infierno; bajo el manto de oscuridad que amortajaba esta tierra rocosa, nos apiñamos, calentados por las piras, y cuando estuve saciado lo trajeron ante mí.

El espía dijo:

—Esto es lo que he escuchado. Barbarroja envió un emisario a Damasco previamente a nuestra llegada.

El rey Federico de Alemania, emperador del Sacro Imperio romano, estaba muerto; se había ahogado al norte de allí conduciendo a unos ciento cincuenta mil de sus hombres a través de aguas traicioneras. Lucharon magníficamente, aunque sin su líder fueron finalmente humillados. Todos menos los grupos más pequeños se dieron la vuelta y regresaron al hogar, nunca pusieron pie en tierras de la antigua Fenicia; estuvieron destinados a no luchar jamás en la Tercera Gran Cruzada.

Incluso así, Barbarroja no había sido descuidado en la muerte y sus preparativos ya habían probado ser útiles para el impetuoso Corazón de León, el rey Ricardo. Sabía que Siria tenía muchas caras.

—¿Qué fue lo que encontró ese emisario?

—Dijo que entre Damasco, Antioquía y Alepo habita cierta raza de sarracenos en lo alto de las montañas. Esa estirpe de hombres vive sin leyes. Comen carne de cerdo en contra de las leyes de los sarracenos. Hacen uso de todas las mujeres sin distinción.

—¿Todas las mujeres?

El joven asintió.

—Madres y hermanas por igual.

—Son aborrecibles.

—Sí, tanto para los cristianos como para los sarracenos. Se dice que se han desviado del libro.

—¿Tiene un nombre, esa estirpe de sarracenos?

El joven se mostró cauteloso, como si el pronunciar ese terrible nombre pudiera atraer la mala fortuna. Estudió la tienda, asegurándose de que nadie podía escucharle, y se aproximó a su interlocutor.

—Tienen muchos nombres.

El joven contuvo la respiración. Supo por el brillo en mis ojos que no lo preguntaría de nuevo sin castigarle.

—He oído decir que en su propio idioma se hacen llamar los *heyssessini,* otros los llaman los *ashishin,* hasta que di con un erudito. Le dejé vivir para que pudiéramos interrogarle. Está aquí, puede contaros más que yo.

»Dijo que en su lengua son conocidos como los *hashishi,* porque su líder adora una forma de hierba seca que desconozco. Pero los cristianos de por aquí encuentran su lengua difícil de pronunciar y han terminado llamándoles «los asesinos».

Los asesinos.

—Tienen sed de sangre, matan a los inocentes por un precio. No le dan ninguna importancia a la vida o la salvación. Son como el diablo, imitando a la gente ordinaria de la región en sus gestos, sus acciones, sus vestimentas, su idioma. Se esconden; son como lobos entre ovejas, hasta que llega el momento de atacar. Esta misma aldea estaba atestada de ellos, tal y como suponíais.

»Su forma de vida es perversa. Son una abominación. ¿Qué clase de hombre ocultaría voluntariamente su identidad de una forma tan cobarde? ¿Esa es la gente que perseguís?

—Indudablemente. ¿Por qué nombre es conocido su líder?

—Eso es un misterio. Algunos lo conocen como el Viejo de la Montaña. Es tan viejo como el tiempo. Otros dicen que es llamado Sinán...

—¿Sinán? Se burla de mí.

—¿Ese nombre significa algo para vos?

—Fue hace mucho tiempo. Hoy día no tiene importancia. Sinán no es su nombre real. Tiene muchos nombres, aunque mantiene oculta su verdadera identidad generación tras generación; pero yo la conozco. Es Atanatos, el gran embaucador del Este.

»He estado buscándolo desde que el hilo del tiempo me atrapó por primera vez y será un inmenso placer asesinarle mientras duerme. Matar a ese diablo será el comienzo de la felicidad. Bajo el yugo de la perdición, le aplastaré. Con el combustible de su cadáver, el infierno abrasará a sus seguidores.

Había miedo en los ojos del espía, y yo lo disfruté. Se le trababa lá lengua.

—Su fortaleza es inexpugnable. No sé cómo podríamos infiltrarnos entre ellos, y mucho menos hacer que se postren.

—Partiremos, y devastaremos cada campamento asesino que encontremos hasta que obliguemos a esa serpiente a salir de su guarida.

A lo largo de ochocientos kilómetros cabalgamos con la sangre de los sarracenos hasta las rodillas de nuestras monturas. Y con cada abrasadora pira de carne de asesino dejamos escapar en la noche apenas las suficientes voces aterrorizadas para que relatasen la intensidad de mi furia. Una vez más tenía un ejército, pero ni desolando estas tierras lograba que Atanatos viniera a encontrarse conmigo.

Fuimos masacrando y planificando a medida que avanzábamos cada vez más hacia las montañas, hasta que en la noche de la séptima pira me encontré con un mercader en su camino hacia Biblos.

Mientras esperaba, contemplando esa fétida montaña de carne en llamas, trajeron al sarraceno ante mí; un hombre pequeño que temblaba de miedo. Pedí que me dejaran a solas con él y así se hizo.

—¿Cuál es tu nombre, mercader?

El pequeño hombre dudó.

—Me llamo Samir.

Miré su carro. Tenía muchas cosas amontonadas, la mayoría de ellas ennegrecidas por el hollín. Había estado saqueando.

—Comercias con esos asesinos. ¿Eres uno de ellos?

—¡Comercio, pero no soy uno de ellos, oh, gran caballero! Ellos creen que tienen intereses comunes conmigo, eso es todo.

Indagué un poco más, insatisfecho con su explicación.

Samir, el mercader, se mostraba reacio a replicar, la vergüenza estaba escrita en su pálida cara.

—Soy druso.

Me quedé horrorizado. Esta sabandija era tan nefasta como los *asesinos*. Todo franco conocía a los drusos, adoraban a un hombre como si fuera un dios: Al-Hakim, el sexto califa de El Cairo.

Del mismo modo que Nerón había asesinado a Séneca, así Al-Hakim mató a su maestro, el eunuco Barjawan. Ese instrumento del mal frecuentaba las calles de El Cairo acompañado por su brutal esclavo africano, Masoud, quien sodomizaría públicamente a cualquier tendero sorprendido engañando a sus clientes.

Aunque no tenía prueba de ello y podía no ser cierto, incluso esa historia me recordaba a mi primer encuentro con Atanatos. Todo era demasiado familiar.

Aunque la madre de Al-Hakim era cristiana, él no lo era, y perseguía a los cristianos con fervor. Cómo esos idiotas habían llegado a adorar a semejante hombre era un verdadero misterio. Quizá lo hicieron para provocarnos.

Fue Al-Hakim el que marchó contra Jerusalén en el año de Nuestro Señor de 1009, y redujo la Iglesia del Santo Sepulcro a sus cimientos. Fue Al-Hakim el que desencadenó la Primera Gran Cruzada.

Si Al-Hakim hubiera sido una de las vidas previas de Atanatos, qué gran justicia la que me habría proporcionado, al ser la excusa perfecta para alzar mi ejército.

Samir, el mercader, se encogió de miedo ante el encolerizado odio en mis ojos. Ignoraba mis verdaderas intenciones y el objeto de mi aborrecimiento febril.

—¿Por qué sentiría Sinán afinidad alguna por los que son como tú? —le pregunté.

No podía devolverme la mirada. En su lugar miró el suelo. Quizá sabía que pronto sería su lecho.

—Puede que sea porque nuestras creencias, oh, gran caballero, dicen que renacemos con cada nueva generación; tengo entendido que esos asesinos siguen el mismo camino.

Sentí esas palabras como un veneno que se comía las paredes internas de mi estómago.

—Me llevarás ante ese Sinán.

—Eso sería un suicidio, oh, gran caballero. Esa gente ha matado princesas y generales por igual. El precio por la cabeza de un asesino es el mismo que el de la masacre de setenta griegos, ¿y me haríais llevaros a su misma guarida? No puedo. De todas maneras, no conozco el camino.

Le cogí con mi puño cerrado y le prometí dejarle marcada la piel.

—Mientes tan fácilmente como respiras.

—¡No! Juro que no conozco el camino. Tienen diez fortalezas. Solo puedo suponer desde cuál de ellas gobierna. Pero... son hombres, y los hombres tienen necesidades que deben ser saciadas. Conozco dónde pueden ser encontrados estos *fida'i* cuando deambulan fuera de sus fortalezas.

Estaba claro por la expresión de mi rostro que aquella palabra no me era familiar. El mercader se explicó.

—Los *fida'i* son los soldados de la orden de los asesinos. El nombre significa «devotos del verdadero homicida». —Solo ahora sus verdaderas emociones eran lo suficientemente vívidas como para ser percibidas—. Quizá allí encontréis una manera de uniros a ellos. Puede que os conduzcan al destino que tanto ansiáis.

—Llévame y serás recompensado.

—¿Una recompensa? No creo que tengáis tantos dinares como para compensar un riesgo semejante. Aunque os lo agradezco y no quiero parecer irrespetuoso, oh, gran caballero, ¿pero cómo os uniríais a esos asesinos? ¿Qué podéis ofrecerle que no puedan conseguir ellos por sí mismos? Si vais a matarlos, entonces ya soy hombre muerto y vuestra recompensa no son más que palabras vacías.

—Si el que te permita seguir con vida es una recompensa vacía entonces ven, corre hacia mi espada ahora mismo. Les ofrezco a esos asesinos una manera de purgar esta tierra de su mortal enemigo.

Samir tembló con la convulsión de un matorral lleno de urogallos. La oferta era demasiado tentadora, incluso como para ser vencida por el miedo.

Yo estaba complacido. Este mercader era un idiota. Se había tragado el anzuelo como si fuera la más dulce miel. Aún al alcance de su oído, le di instrucciones a mis compañeros Hospitalario para que se reunieran con el rey Ricardo, ya que la tarea que esperaba me correspondía realizarla a mí solo.

Había sembrado el miedo y la duda en la mente de Atanatos, diez mil de sus hombres habían caído muertos en mis manos, pero si iba a acercarme lo suficiente como para degollarle, mi visita no podía venir anunciada por el desfile de la infantería pesada por la llanura. Debía presentarme como una deliciosa sorpresa.

El baile de la hurí

Viajamos durante seis días y seis noches, bajo el fulgor de un sol abrasador, y bajo el manto de las volubles estrellas, permanentemente alertas ante los posibles bandidos que pudiéramos encontrar en nuestro camino. Siria era un paraje abrupto de montañas y valles donde los desiertos protegían los fuertes y ciudadelas de los ejércitos selyúcidas, aunque ellos mismos estaban rodeados por todas partes por bandas de turcomanos que vagaban con toda libertad, cayendo como aves de rapiña sobre la pobre gente de esta tierra desolada.

El tesoro de Samir era considerable y tentador. Había hecho un gran trabajo de pillaje. Ocho mantos de raso, unas pocas capuchas, algunas pieles y dos túnicas, una forrada de raso y la otra de crespón chino, todas dentro de un enorme baúl de cedro bajo veintiséis capas de gala. Se había hecho con dos cinturones de cien dinares de valor, noventa y tres paños de tela y tres caballos enjaezados con silla y arreos. Tenía siete mil dinares en oro y había tomado posesión de una serie de camellos bactrianos que formaban la espina dorsal de nuestra caravana.

Al principio no decía nada. Él levantaba un campamento, cazaba una liebre del desierto, yo la desollaba y limpiaba rápidamente, porque no me fiaba de él con un cuchillo, y él la cocinaba, todo eso con la cara pálida y asustada. ¿Qué noche, se preguntaba, optaría por desollarle a él? Para la segunda noche su lengua se había soltado un poco y fui capaz de aprender un poco más de la naturaleza de esos asesinos.

—Saben latín, griego y sarraceno. Desde la infancia son educados como si fueran príncipes, pero a la vez son entrenados para obedecer las órdenes del Viejo como si este fuera un dios con autoridad sobre los dioses. Algunos de ellos son incluso los hijos de sus enemigos. Cuando alcanzan la edad adulta se les entrega una daga dorada, y con ella deben cometer su primer crimen, matando a quien haya designado el Viejo. No es infrecuente que a un asesino se le ordene matar a quien lo trajo al mundo, y este lo haga sin tan siquiera considerar las consecuencias de sus actos o la posibilidad de escapar. Solo su fervor, su dedicación y su esfuerzo le llevarán al paraíso, y esperará toda una vida, si es necesario, para completar su empresa.

»Las dagas de los asesinos han degollado a más de un príncipe sarraceno, ya que Sinán seduce con promesas de semejantes placeres y tamañas diversiones eternas que los *fida'i* prefieren morir a vivir.

No encontré nada sorprendente en esas historias que tanto parecían perturbar al mercader. De hecho tuve la impresión de que tal vez Atanatos hubiese aprendido algo con el paso del tiempo. No tenía importancia. Reafirmé mi promesa de matarle y destruir todo lo que él representaba.

Durante la tercera noche, el mercader sollozó como un niño, y con sus mejillas recorridas por lágrimas de terror que dejaban marcados surcos en el polvo de su cara, al final aventuró su pregunta.

—¿Por qué estáis tan lleno de odio?

Había pasado tanto tiempo que estaba cansado y casi no sabía por qué. Pero entonces regresaron los recuerdos, momentos del tiempo atrapados en las gotas de lluvia de una tormenta, iluminados por esa chispa celestial que alimentaba el espíritu demoníaco de mi interior.

Lo supe.

En el sexto día, al mediodía, mientras conducía el traqueteante carro sobre el accidentado y pedregoso terreno, dijo:

—Estamos ahora en su *yasira,* su isla, su dominio. Debéis prepararos si pensáis ocultar que sois un franco.

Con lo que quedaba de la preciada agua me convidó a que me desnudara completamente y me dio una brocha para que pudiera lavarme las partes. Yo no era tan estúpido como para olvidar tener un cuchillo en mi otra mano, pero cuando me empapó en agua fría, protesté con determinación.

—¡Qué es esto! ¿Qué me estás haciendo?

—Aunque fueseis un perro, oh, gran caballero, me sentiría avergonzado de permitiros deambular así en presencia de mis vecinos. En esta tierra, nos bañamos.

—¡Es un acto despreciable! ¡Traición!

—¡Estaos quieto! —Elevó mi brazo y restregó la pálida superficie de un extraño bloque untuoso sobre mi pellejo. Poseía un ligero aroma a pétalos de rosa y dejó su rastro sobre mi piel.

—¡Argucias y brujería!

—Jabón.

Lo probé. Sabía a rayos y lo escupí con asco.

—Es la última invención de nuestros grandes pensadores y ayuda a eliminar la suciedad del cuerpo.

Que noción tan ridícula.

—No creo que semejante cosa se vuelva popular —me quejé.

—Con los animales —replicó—, quizá no.

Me puse tras él tan rápidamente que sus ojos se quedaron abiertos como platos. Presioné mi cuchillo contra su garganta y él gimoteó. ¿Pensaba que se había congraciado conmigo porque me había ofrecido su ayuda? No me conocía en absoluto. No dijo nada más desde entonces.

Con las largas horas del atardecer a nuestras espaldas, llegamos arropados por el crepúsculo a un pueblo asentado en la ribera de un río, que se hallaba inundado por la cacofonía de los estridentes vendedores callejeros. Mientras Samir se dirigía a vender sus camellos, tres a otro mercader y el que estaba cojo para ser sacrificado, me tomé mi tiempo para distinguir a los asesinos de los sarracenos.

No era una empresa fácil. Al tiempo que mis esfuerzos probaban ser infructuosos me fui percatando de una música imprecisa y lejana entre la algarada, el ritmo de una percusión, los débiles susurros de unos instrumentos de viento como insectos en pleno arrebato; escuché risas, unas risas jóvenes, vivaces y alegres.

Me abrí camino entre la multitud y me hice con un asiento en el extremo de una plaza donde se había reunido bastante público. Si estos asesinos tenían necesidades, había encontrado una que no esperaba descubrir en un lugar tan miserable como este.

El vestido de ella resplandecía mientras giraba rápidamente sobre sus talones, un azul diáfano que revelaba sus pasiones ocultas mientras bailaba bajo la trémula luz de las lámparas de aceite. Su cara miraba al suelo mientras se movía rítmicamente con la música, su largo y poblado pelo negro, como el ala de un cuervo, surgía ondulante desde debajo de un pañuelo en su cabeza, libre y lleno de vida. Sus generosas caderas se balanceaban con un ritmo irresistible que encantaba e intoxicaba, y cuando abrió los ojos, unos ojos claros de un brillo penetrante, quedé atrapado.

¿Me había visto? ¿Era yo el que había hecho que aquella sonrisa recorriera sus labios?

No había tenido en cuenta esa posibilidad. No había esperado esto. Había desterrado semejante tipo de belleza de mi corazón y pensamientos. No quedaba nada más que la amarga enemistad. Aun así sentí la agitación de algo que había olvidado. Pensé que lo había arrancado de mi interior. ¿Cómo podía ella tocar lo que no estaba allí?

—Los encantos de una simple meretriz son más que suficientes para enardecer a cualquier hombre, ¿no es así? —Samir se situó a mi lado. Me sorprendió. No lo había escuchado aproximarse, aunque podía oler el aroma de una bebida dulce a su alrededor. Había estado gastando su riqueza recién adquirida con estúpida fruición. Sus labios, temporalmente relajados, podían llegar a ser valiosos ahora que mi viaje se encontraba en una encrucijada.

—¿Cuál es su nombre?

—¿Quién sabe? Estoy seguro que por unos pocos dinares tomaría cualquier nombre que se le pidiese.

Me giré hacia él.

—No escucharé ni una más de tus inmundicias.

—Por favor, sed razonable. Difícilmente sería una hurí. —Mi ceño fruncido de nuevo revelaba mi ignorancia—. Una de las vírgenes de perfecta belleza que vive en el paraíso sagrado.

Unos pocos hombres cercanos oyeron casualmente nuestra conversación. Sus carcajadas fueron explosivas.

—¡Cree que es una hurí!

No podía hacer aquello a lo que me empujaba el instinto y arremeter contra ellos, no en este momento y lugar. En cambio me quedé tranquilamente sentado, pero mis palabras no habían pasado desapercibidas. Ella las había escuchado, y parecían haberle afectado profundamente. Bailaba esta vez con una dignidad renovada que sabía que solo estaba dirigida a mi persona, el hombre que la había confundido con un ángel.

—¿Conocíais a ese médico astrólogo, ese hombre llamado Sinán? —Samir se echó hacia delante ofreciéndome unos dátiles y más bebida.

—¿Conocerlo cuándo?

—Antes de hoy; antes de cualquier día que hubieseis vivido en esta vida.

¿Era tan evidente que había vivido más de una vida?

—No soy druso —dije.

Me observó cuidadosamente.

—¿Pero lo conocíais?

—Sí, lo conocía.

—¿Y lo reconoceríais de nuevo, si lo vieseis ahora?

No contesté. Saboreé el dulce fruto carnoso y escuché.

—Ha vivido muchas vidas, ¿no es así? Ha renacido, por lo tanto, muchas veces y ha tenido muchas caras. ¿Cómo lo reconoceríais, a ese hombre que buscáis? ¿Cómo podéis estar seguro de que él es el que pensáis, y que no está aquí entre la multitud? ¿Cómo podéis tener la certeza de que yo no soy él?

Sentí la fría mirada de la multitud y me envolví en mi capa. En mi propia arrogancia, ¿me había dirigido con demasiada celeridad a mi muerte antes de que la empresa estuviera realmente realizada?

La música parecía estar ahora en discordancia. No había nada angelical aquí. Después de varios bailes, cuando la luna brillaba con fuerza, ella se acercó, pero habiendo observado el arte con el que fue hechizando hombre a hombre, la chispa en mi corazón había muerto tan rápidamente como había nacido. Para cuando ella se había acercado para sentarse y hablar un rato, con ánimo de conocer al hombre autor de semejantes cumplidos, la admiración en mi cara se había desvanecido, remplazada por la dura realidad. La indiferencia provocada por mi desilusión cayó pesadamente sobre ella. Le había ofrecido esperanza y me había retractado cruelmente. Y no me importaba.

Ella solo era un espejismo, un eco distante. Ahora podía verlo. Era tan efímera como la ropa que llevaba. Era una idea, la personificación de un recuerdo lejano que solo servía para recordarme por qué estaba aquí y por qué debía continuar, pero ella no era «ella».

Tomó mis manos entre las suyas, y esperó encontrar algo de calor, pero hacía tiempo que había desviado mi atención hacia las escarpadas montañas a unos kilómetros de distancia.

—¿Qué debería buscar entre esas rocas?

—Un paraíso —respondió Samir—, donde no debería de haber ninguno. Se dice que el Viejo erigió un jardín colgante para que le recordase su juventud. Está albergado en el palacio de su fortaleza, que es tan inexpugnable, con sus altas murallas y escasos puntos de entrada, que tan solo la astucia o una invitación pueden ganarse el acceso. Mirad a vuestro alrededor, ¿os parecen idiotas estos hombres?

—En absoluto.

—Entonces no esperéis una invitación.

Mi hurí olvidada, llena de preocupación, tomó mi mano y la presionó contra su pecho. Sabía lo que estábamos discutiendo.

—Hay un paraíso aquí, si así lo deseas.

Sentí la suavidad de su piel bajo mi áspera mano y quedé confundido al comprobar que de nuevo estaba impregnado de deseo, y por primera vez en esta vida, me sentí indeciso.

¿Había muerto la llama realmente, o la había estado reprimiendo?

Samir se puso en pie desdeñosamente.

—¡Paraíso! ¡Paraíso con esta hurí! ¿No tenéis las mismas necesidades que cualquier hombre?

Atravesando el silencioso terciopelo del fresco aire de la noche, fui conducido de la mano a través de los serenos callejones del pueblo hacia donde el aroma a jazmín se hacia más fuerte. Agradecí nuestra retirada a las sombras y me deslicé discretamente tras ella en el interior de su pequeña casa.

Me condujo a su cama e hizo que me sentara entre los almohadones de seda. Tomó mis manos y las guió bajo su vestido hasta que abracé totalmente sus redondeadas caderas. Ella esperaba que la apretase contra mi cuerpo, pero estaba paralizado, atormentado por la culpa ante lo que no debería ser.

Ella se inclinó hacia mí, su pelo dulcemente perfumado me distanció de un mundo lleno de dificultades y, cuando ella presionó mi cara contra su cálida piel, semejante ternura me hizo llorar.

¿Por qué ahora? No era digno de esto, ni siquiera por parte de una meretriz. No era digno de recibir algo de amor de nuevo, aunque solo fuera una caricia, después de las cosas que había hecho en nombre del saqueo.

Sus dedos recorrieron delicadamente mis hombros, sus tiernos besos atenuaron mi tortura, y cuando era demasiado, cuando no pude contener más el fuego que calcinaba mi corazón, agarré sus muslos con una lujuria desenfrenada, vi que estaba mojada y me precipité en su interior.

Nos hundimos entre las almohadas, sus gemidos eran una música celestial para mi furia. Ella no era «ella», pero en este momento, ella era mi dolor devuelto a la vida.

Me deslicé sigilosamente de vuelta a la harapienta jaima de Samir, escuchando el intenso ronquido gutural de su profundo sueño de borracho mientras me preparaba para dormir. Me tumbé de lado, me pesaban los párpados, e intenté sofocar sus ronquidos, mientras ideas de estrangulación todavía recorrían vívidamente las venas de mis temblorosas manos. Cuando el palpitar de mi sangre se desvaneció, escuché el distante ladrido de un perro de caza atado en el interior del pueblo.

Su alboroto no podía ser por otra razón que no fuesen unos hombres merodeando. Me moví con rapidez.

En el exterior pude ver la retirada en la distancia de un jinete solitario que galopaba por un sendero que solo se podía dirigir a las estribaciones de las montañas.

¿Un sarraceno? ¿Un asesino? Pero no disponía de un penco de carga, sino que le llevaba un fuerte caballo árabe, de no menos de quince manos de alto y con una anchura de pecho que presumía de su poderío.

Esta era mi oportunidad de seguirle. Me apresuré y recogí mis armas, dos odres y una calabaza de agua. Le di una patada a Samir, pero este no cesaba de roncar.

—¡Debemos partir inmediatamente! —Le di otra patada y cuando comprobé que no se movería me agaché sobre él para gritarle—. ¡Mercader, despierta!

Su respuesta fue curiosa. Su cabeza cayó fuera de la almohada y quedó en el polvo a mis pies, mientras su ronquido continuaba sin descanso.

—Incluso si partieseis ahora, nunca lo alcanzaríais.

El ronquido había cesado cuando surgió una voz de la oscuridad en alguna parte a mis espaldas.

—Mi hermano estará realmente complacido con este regalo —dijo el hombre, tirando una cesta a mi lado—. Tu cabeza.

—¿Hermano? Atanatos no tiene hermanos, solo perros.

El asesino salió de entre las sombras. Quedó bañado por la pálida luz de la luna, de forma que pude verle los ojos.

—Somos un ejército, y tú no eres más que un idiota.

No se estaba insinuando ninguna alusión ingeniosa aquí. Podía ver claramente su evidente parecido familiar. Hice una reverencia.

—Mis disculpas. Eres peor que un perro.

El asesino se abalanzó, su daga era una hendidura dorada en una vasija negra de traición. Me eché a un lado rápidamente y tiré con fuerza de él, haciendo que perdiese el equilibrio hasta aterrizar en el suelo, pero él no era un principiante. Se incorporó de un salto, se dio la vuelta y atacó con tal precisión que la sangre brotó de mi mejilla.

Mientras gruesas gotas escarlatas caían al polvo, hundí mi puño en su estómago y encajé mi hombro contra su mandíbula. Un diente partido cayó de su boca, aunque aun así persistió.

Sus ataques eran rápidos, su habilidad impresionante. Mis rodillas se combaron, las hinqué en el suelo, y de nuevo su daga centelleó ante mí.

—¿Tienes algún mensaje para mi hermano antes de que te devuelva al polvo del que saliste?

—Sí —dije con una tranquila actitud reflexiva—. Confío en que aprecie el esfuerzo que he realizado para hacerle llegar su regalo.

El asesino aferró mis cabellos y elevó mi cabeza para exponer mi garganta, y haciendo eso, expuso la suya propia.

No perdí la ocasión. Enterré mi hoja con todas mis fuerzas en su cuello y no me detuve ni cuando topé con su duro hueso. Rugí con rabia y me puse de pie y así la hundí más profundamente. Vomité mis insultos a través de mis dientes apretados y lo arrojé contra el suelo, y con lágrimas de indómito furor le arranqué la cabeza del cuerpo y escupí en su cara todavía caliente.

El baluarte de los asesinos

Cabalgué a través de la noche siguiendo el rastro reciente, hasta que al final la empinada ascensión por terreno montañoso se hizo solo transitable continuando por un estrecho y sinuoso saledizo, que al principio me llevó por una estrecha garganta. Un río corría en alguna parte por ahí abajo. Podía escucharlo aunque no podía verlo.

Varios salientes de roca obstruían el camino que tenía delante; en más de una ocasión me vi forzado a agacharme, o de lo contrario habría chocado contra ellos, quedando inconsciente.

Viajamos hacia arriba, quizá a más de una milla sobre la gran planicie de tierra desolada a mis espaldas, hasta que al final, ante las primeras caricias del amanecer, me encontré con un castillo en una posición dominante en lo alto de una formación rocosa aparentemente incólume. Pude oler a cítricos y otras frutas y supe que las historias del jardín eran ciertas.

Con mi túnica robada ondeando al viento, galopé hacia las puertas principales mostrando bien alta la daga dorada del que quiso asesinarme. Escuché elevarse un penetrante silbido al reconocerse la señal y vi muchas caras apresurándose para observar mi avance.

Como respuesta guardé la daga en mi cincho ensangrentado y sostuve la cesta en alto para que todos la vieran. En su idioma grité:

—¡Está muerto! ¡Está muerto!

Y por mi demostración fui recibido con un estallido entre ellos, una tumultuosa ovación que reverberó por el valle mientras las pesadas puertas se abrían para saludar mi viaje a la victoria.

En el interior de aquellas poderosas murallas descubrí el jardín más grande y hermoso que jamás hubiera visto, repleto de árboles cargados con todas las variedades de frutas. Y en la distancia, el más elegante palacio dorado. No era difícil imaginar que el vino y la leche, la miel y el agua fluían libremente aquí. Si Atanatos deseaba hacer creer a la gente que esto en realidad era un paraíso, lo había logrado, ya que casi me había convertido en un creyente.

Pero a pesar del milagro de este campo elíseo, no podía librarme de la certeza de que la maldad y la corrupción permanecían en su corazón.

Cabalgué de arriba abajo a lo largo del césped frente al baluarte, sosteniendo en alto la cesta mientras gritaba triunfante. Asesino tras asesino se fueron acercando para felicitarme, ajenos a que escondido bajo el turbante de su hermano se encontraba la cara de su acérrimo enemigo.

En un momento dado, el propio Atanatos salió de su palacio y, al hacerlo, me impactó la fría verdad de las palabras de Samir. Supe que era Atanatos solo porque los otros le llamaban Sinán. No conocía su cara. De hecho, no le reconocí. Cualquiera de ellos podía ser él.

El Viejo que marchaba hacia mí estaba flanqueado por visires vestidos con túnicas finamente ornamentadas. Su rostro era una máscara. ¿Sabía quién era yo? Si no era así, ahora lo sabría. Encabrité a mi montura a su llegada y arrojé la cesta a sus pies.

Esta rebotó en el suelo y su tapa salió volando, tras lo cual salió expulsada la cabeza del hermano de Atanatos.

Surgieron gritos ahogados, pero para Atanatos y sus más cercanos consejeros hubo solo un suspiro y una sensación de auténtica tristeza.

—Oh, Cíclades, amigo mío, ¿por qué haces esto?

—¿Asesinos? Como si hubieras inventado el crimen. —Desenvainé mi espada. Fui correspondido por numerosas espadas, pero Atanatos no movió las manos.

—¿Crimen? Nuestros asesinatos se cometen con un propósito, y por ello algunos tomaron nuestro nombre.

—Debo poner fin a los fétidos frutos de tu endogamia. Te verás reducido a ser nada más que una historia en los labios de los hombres, un rumor hilado con las hebras de la duda.

—¿Por qué persistes? ¿Es que mi regalo no te ha llegado al corazón? ¿Es que su belleza no ha devuelto un simple momento de felicidad a tu vida? ¿Acaso no he hecho lo que un padre haría y he compartido todo lo mío contigo? Te habría visitado yo mismo, pero tan solo las mujeres pueden acercarse tanto a los hombres distantes.

Pensé en mi hurí y me sentí repentinamente disgustado. Él mentía. Tan fácilmente como respiraba, mentía. Ella no era un regalo.

—He estado caminando por esta tierra durante más de dos mil años. Dioses han nacido, dioses han muerto y dioses han sido olvidados, mientras yo perduraba. ¿Crees que si me matas ahora terminará mi vida? Hay muchos más como yo; los portadores de mi rostro, y mi voluntad.

Sus consejeros se adelantaron y uno a uno fueron mostrando sus caras, las muchas caras de Atanatos.

—No soy un *magus*. Soy un *magi*. Soy el mismísimo plural de un mago. Córtame una cabeza y me crecerán siete más. Toda esta muerte carece de significado para mí.

Me abalancé sobre su consejero más próximo y le cogí por el cuello. Quedó colgando, dando patadas en el aire mientras se ahogaba.

—Lo mataré.

—Mátalo pues. Tengo muchos más.

—¡No me provoques!

—No te provoco, Cíclades, solo quiero que comprendas. ¿Preferirías que yo lo matase? ¿Quizá matar a más? Vosotros tres, mi progenie, hijos y herederos, saltad hacia vuestras muertes. Haced una demostración para él ahora mismo. Destrozad vuestros cráneos y extinguid vuestras miserables vidas si eso puede proporcionarle felicidad a mi amigo.

Contemplé con horror cómo tres de sus mejores *fida'i* hacían lo que se les había pedido sin vacilar ni hacer pregunta alguna. Se dirigieron a toda prisa a las murallas; bajaron la mirada hacia el abismo que tenían debajo y, deteniéndose solo para asegurarse de que gozaban de mi atención, sin emitir ningún sonido, saltaron.

—¡Eres el diablo!

—Los más benditos, así lo afirma él, son aquellos que derraman la sangre de los hombres y en venganza por semejantes acciones sufren la muerte a su vez.

—Que así sea. —Retorcí el cuello del hombre entre mis manos y este cayó al suelo, con el hilo de su vida cortado.

La certeza de mi acto causó cierta inquietud mientras Atanatos lentamente se formaba una idea con lo que sus espías le habían contado de mis movimientos.

—No estás solo aquí.

—No lo estoy.

Mi ejército de hospitalarios estaba avanzando a través de las montañas, me habían seguido a cierta distancia. Había servido como un cebo y señuelo perfecto. Se echarían sobre esta fortaleza en cuestión de horas.

Dirigí mi espada hacia Atanatos, cargué y le atravesé, pero tal y como prometió, había otro para ocupar su lugar.

Caí del caballo y sus asesinos se echaron sobre mí. Liquidé a unos cuantos, pero no era más que un simple mortal. Sería una batalla gloriosa. Mi único deseo hubiera sido haber podido presenciarla.

———

5.40 p. m.

Semejante rabia. Semejante odio. ¿De qué insondables profundidades surgían? La incandescente prosa garabateada en la libreta parecía tan brutal como las emociones que albergaba. Pero ¿cómo puede ser que hubiera escrito eso, sin tener el más mínimo recuerdo de haberlo hecho? ¿Qué más había hecho en sus momentos de desconexión desde que Gene le había inyectado su regalo? North intentó racionalizarlo, clasificar lo que había leído como algún tipo de macabra declaración de algún testigo, aunque cada línea, incluso cuando estaba escrita en francés antiguo, evocaba el murmullo de una pasión oculta que solo estaba empezando a reconocer en sí mismo.

Retrocedió al ver en el espejo del baño sus facciones pálidas y temblorosas, asustado de lo que se reflejaba en ellas. La piel en torno a sus ojos estaba hundida y amoratada, como si la oscuridad estuviera intentando rezumar al exterior. En el espejo se veía como un hombre joven, aunque su cuerpo estaba imbuido con el espíritu de algo más antiguo.

Le entraron arcadas. Lo poco que había desayunado era ahora una papilla ácida en el lavabo. Lo limpió y se lavó la cara con agua fría. Se secó con una toallita de áspero papel.

¿Los recuerdos de su padre? Quizá, si su padre tuviera cientos de años. Tenían que ser alucinaciones, fantasías, no recuerdos. Se aferró a esa noción porque la alternativa era desesperanzadora.

¿Hice esas cosas? ¿Recuerdos de una vida previa?

Lo sentía tan real; es como si lo hubiera hecho y, al haber ocurrido, se convirtiese en todo lo que despreciaba.

¿Eran las matanzas lo que más le repelía? Siete años al servicio de la ley no le habían insensibilizado ante ello. ¿O era el hecho de que en esta vida, también, se había acostado con una puta solo para sentirse un poco mejor?

¿Era esa la ironía de su vida? Si lo que había escrito era cierto, entonces algunas cosas nunca cambiaban, a pesar del inevitable paso del tiempo. No necesitaba una vida previa para saber que aquellas relaciones no funcionaban. No para él. No lo permitiría. Treinta pavos por un poco de ternura sin el resto de complicaciones. Era lo más inteligente que se podía hacer, ¿no es cierto?

¿Entonces por qué seguía angustiándole aquello? ¿Por qué se sentía atormentado ante tanta culpa? ¿Se parecían semejantes cosas a la providencia y el destino? Había llegado hacía tiempo a la desoladora conclusión de que, quienquiera que quisiese tener a su lado, en realidad no existía. Aun así tenía la sensación de haberla traicionado, a esa desconocida sin cara ni nombre.

¿Había estado en realidad tomando las mismas elecciones una y otra y otra vez como una máquina incapaz de aprender?

Pudo ver una verdad profunda y fundamental sobre sí mismo en sus ojos aterrorizados y no le gustó.

«¿Han comenzado las pesadillas?» No se detendrían. Era el icor de un corazón palpitante, inalcanzable e impenitente.

Ateneo

Solo hicieron falta cuatro guardias de seguridad para escoltarle por el edificio. Se tomó eso como una muestra de que estaban empezando a confiar en él.

Gene observó a los dos que tenía delante; la forma de sus cuellos le parecía, de algún modo, familiar. Sus orejas se erguían ante cada roce de su ropa. Esperaban que él hiciera algo, cualquier cosa excepto observarles.

¿Quiénes somos hoy? Era difícil de decir. *¿Quiénes son ellos hoy?*

Observó sus marcas, que flotaban en un mar de piel fruncida, divididas solo por el bosque donde nacían sus cabelleras. Porte, constitución, andares; era difícil diferenciarlos.

—Os parecéis.

Gene pudo escuchar los imprecisos sonidos de unos comentarios jocosos a su espalda.

—¿Sois hermanos?

La réplica de sus pasos acompasados no dio nada a entender. Él debía de saber la respuesta a esa pregunta. Lo había preguntado antes, ¿no es cierto? Uno de ellos lo hizo.

Lo condujeron al ascensor, lo rodearon por completo, y pulsaron el botón de la tercera planta. El acceso a aquella planta requería introducir un código en un teclado numérico.

¿Es eso lo que los números nos están contando? Podía sentir como su descubrimiento, ese trozo de papel, lo rozaba en su escondite secreto en lo más profundo de su calcetín. Memorizó los movimientos de la mano del guardia de seguridad y calculó el número mientras el ascensor descendía por su hueco. Sus dedos se crispaban en su costado mientras reconstruía la secuencia en su mente. No concordaba.

Cuando las puertas se abrieron de nuevo, una amplia extensión de lujosa alfombra se desplegaba ante él. Este lugar parecía gozar de cierta forma de serenidad, envuelto en una calma mortecina. No le inspiraba confianza.

Lo escoltaron hacia unas sólidas puertas. Le explicaron que había pedido que lo llevaran a la biblioteca. Lo esperarían en el umbral de la puerta. ¿Cuándo había pedido eso? Cada miércoles por la tarde, le explicaron, durante los últimos siete meses. Era parte de su rutina. ¿Qué más sabía que no se estaba diciendo a sí mismo?

Un edificio que contenía apartamentos, laboratorios de investigación y ahora una biblioteca; ¿qué clase de laberinto era este lugar?

En el interior encontró un vasto depósito; todo era roble tallado a mano y brillante latón, repleto hasta el exceso por filas y filas de pesados volúmenes; esta era la forma en la que se suponía que los mortales recordaban su pasado. Esta era su inmortalidad.

Cuando se adentró más en sus confines se percató inmediatamente de las cámaras de vigilancia. No habían dejado nada al azar. No las miró; en su lugar fue sin dudarlo directamente al fondo y encontró la larga mesa de lectura en el centro de la sala.

Extendidos en su superficie se encontraban rollos de vitela, pergamino y papel. Parecían tajadas de la marmórea carne de un cadáver, las hojas cubiertas por miles y miles de oscuras líneas rojas, intrincadamente finas y delicadamente dibujadas, como si fueran venas que perfilasen el camino de la sangre. Miles de nombres y fechas surgían de sus superficies, campos de amapolas funestas que delataban el lento rumbo hacia la muerte; eran las raíces de un árbol sanguíneo.

Se sentó a la mesa y se acercó uno de los cuadros genealógicos para estudiarlo. Si esta era su rutina, había estado estudiando su linaje por algún motivo, y ese motivo, por elusivo que fuese, no estaba completamente fuera de su alcance. Podía sentir como acechaba en alguna parte de la oscuridad, como una comezón.

Recorrió una de las ramas con el dedo y encontró su nombre en la cúspide. Engendrado por Lawless, quien, según parecía, era padre de muchos. Eso no hizo más que aumentar su curiosidad. No solo había muchas ramas previas en este árbol, sino muchas ramificaciones posteriores que conducían a más hermanos, hermanas y primos, cuyos nombres no habían sido mencionados. ¿Los que faltaban eran un secreto para él? ¿O un secreto para todo el mundo?

—Toda la gente del pueblo hani en China puede recitar su ascendencia hasta cincuenta y ocho generaciones previas; eso son mil años.

El hombre que entraba por el extremo opuesto de la sala llevaba unas gafas de montura delicada y cargaba con un pesado mamotreto. ¿Había visto a este hombre antes? *Piensa. Sí. Savage.*

—Los linajes de las familias reales de Europa pueden seguirse todavía más lejos; pero cuando hayamos terminado, tú los superarás a todos.

¿Cómo?

Savage se quedó de pie al otro extremo de la mesa y estudió los árboles ancestrales con lo que parecía ser simple orgullo. Sonrió.

—¿Qué es lo que piensas de tus antepasados?

—Son demasiados.

Savage tomó asiento.

—¿Cuántos deberían ser?

Está a unos dos metros de distancia. Podríamos romperle el cuello...

Es fuerte...

Llamaría a los guardias...

No si somos lo suficientemente rápidos. Puede que tenga una llave...

Gene apartó la mirada y enterró el impulso. *No es nuestro objetivo.* Se concentró en su lugar en las trémulas líneas rojas. *¿Cuántos antepasados deberían ser?*

—No lo sé.

—Hay muchos más que en una familia ordinaria.

Eso causó poco impacto; de todas maneras, no sabía cuántos antepasados debería haber en una familia ordinaria.

—Con tantos antepasados, ¿no se te ha ocurrido pensar que deberías tener más parientes vivos?

Gene no dijo nada. Savage había estado vigilándolo. Si quería confirmar realmente sus sospechas tendría que hacer algo más que observarle a través de las cámaras de vigilancia.

Savage pudo percibir su tensión.

—Déjame que te muestre un ejemplo. Hace ciento treinta y un años, un millonario brasileño llamado Domingo Faustino Correa murió dejando instrucciones para que se dividiera su herencia en partes iguales entre sus familiares, indicando que esto solo se haría cien años tras su muerte. ¿Cuánta gente crees que presentó su reclamación en 1973?

Gene permaneció impasible.

—Cerca de cinco mil. Creo que el caso todavía se está dirimiendo. Tu linaje es una cadena ininterrumpida que retrocede más de tres mil años. El número de tus parientes vivos es del orden de unos cuantos millones.

¿Millones?

—Todo el mundo tiene un millón de parientes con vida —dijo Gene—. Pero no todos los parientes de uno llevan consigo los recuerdos de esa cadena desde su origen. Si fuéramos a resucitar nuestros recuerdos en cada uno de nuestros parientes, seríamos una legión con una sola mente.

Gene se puso de pie, luchando contra un repentino acceso de claustrofobia. Sentía como si cada libro de la biblioteca fuera repentinamente un hombre, cada página una mujer, cada palabra un niño.

¿Era eso lo que podía escuchar?

Sí...

¿Un millón de voces para un millón de personas?

Sí...

Se tambaleó, se agarró a la estantería más cercana y se pegó a ella; su respiración era irregular.

Savage se echó hacia delante alarmado.

—Gene, respira profundamente. Lentamente. Esto es solo un efecto secundario. Tus recuerdos regresarán en uno o dos días. Sé que esto es desorientador. ¿Estás bien?

—Dímelo tú.

La fuerza de su nausea disminuyó. Sus ojos se centraron en los volúmenes que tenía delante; los números en sus lomos.

613.48.

613.49.

El sistema de clasificación decimal de Dewey. Los números escondidos en su calcetín adquirieron sentido repentinamente. Había marcado un libro en alguna parte de la biblioteca. ¿Pero qué balda tenía el libro con su número escrito?

Esto no era un hallazgo casual; sabía que lo traerían aquí. Había estado intentando enviarse un mensaje a sí mismo.

No podía buscar el libro ahora, no con Savage en la habitación. Tendría que regresar en otro momento. *Cada miércoles. No podemos esperar una semana.* Se dio la vuelta y regresó a la mesa.

—¿Qué quieres? ¿Por qué has venido a verme?

—Cuando vi que estabas en la biblioteca imaginé que estabas listo para regresar al trabajo. Ahora puedo comprobar que estaba equivocado. En cualquier caso, «el proceso» tiene una agenda que cumplir. Ha llegado el momento de tomarte más muestras.

—¿Qué tipo de muestras?

—Lo de siempre. Sangre, orina... —Savage estaba preocupado, aunque no lo expresaba—. Han pasado dos semanas, por lo que también necesitamos una muestra reciente de esperma.

¿Esperma?

—¿Por qué?

—Es lo que requiere el proyecto.

—¿Cuál es el proyecto?

—Tú eres el proyecto.

¿Nosotros somos el proyecto?

Savage estaba de pie. ¿Se daba cuenta de que Gene se tambaleaba?

—No te alarmes. Hemos pasado por esto antes. Es lo que ocurre cuando «el proceso» comienza a seleccionar algunos de tus recuerdos sobre los demás.

No lo entendemos. Si nos saca de aquí, ¿cómo vamos a regresar sin levantar sospechas? Debemos ver ese libro.

—No me siento en forma para trabajar. —Gene no tenía ni idea de cuál era su trabajo—. Interferiría con mis estudios.

Savage tomó aire pausadamente. La biblioteca parecía divertirle.

—Pronto todo esto te resultará superfluo.

—Mi futuro no me concierne. Mi presente sí.

—Entiendo que no te encuentres bien, pero esto provocaría un retraso inoportuno.

—Mis disculpas por ser inoportuno.

—Diste órdenes directas hace muchos meses para evitar que esto sucediese.

¿Nosotros dimos órdenes? Es un mentiroso...

Está intentando confundirnos...

Estaba claro que Savage no había venido aquí para hacer una petición; simplemente empleaba unos métodos diferentes a los de Megera. Era otro ejemplo de que en realidad Gene no tenía elección. Odió a Savage por ello.

Savage limitó las opciones.

—La agenda no puede ser cambiada.

Gene luchó contra el impulso de darse la vuelta y correr. Tamborileó los dedos en la pesada mesa de roble. ¿Cómo conseguir ventaja? *Amenázale.*

—Recordaré, cuando se complete «el proceso», si has complicado innecesariamente mi vida o no, tío.

Savage pareció tomárselo a pecho. *Interesante.* Sonrió con arrepentimiento.

—Nos has estado dando motivos para preocuparnos. Tu respuesta al tratamiento ha sido... errática.

Gene salió por la tangente.

—¿Es eso normal?

—No lo sabemos. Tu condición es atípica.

Gene no sabía lo que Savage quería decir pero no pensaba revelar todavía otra faceta de su ignorancia. No importaba, Savage podía leerle y parecía sentir un placer perverso ante su difícil situación.

—¿Te importaría decirme cuál es el proyecto?

—Ya lo recordaré.

—Tu ADN contiene una secuencia muy especial de código genético. Eres el mayor libro que poseemos y seguiremos leyendo tus páginas hasta que entendamos lo que necesitemos saber.

¿Soy el mayor libro? Resulta poco sorprendente que este científico encuentre tan divertido que Gene pase su tiempo aquí, en la biblioteca.

—Tú iniciaste el proyecto que estaba diseñado para buscar los marcadores que nos indicarán si posees o no cierto gen, y si se está expresando o no.

Gene estaba despierto; de la oscuridad vino un destello de luz.

—¿Expresando? Quieres decir si está activo.

Savage se vio sorprendido por la pregunta.

—Recuerdas algo de ciencia.

—¿Y si se ha activado?

—Entonces serías un éxito rotundo.

Gene consideró las implicaciones.

—¿Si no lo fuera?

—Entonces competirás como todos los demás.

—¿Competir por qué?

—Por tu supervivencia. —Algo de gran importancia abrumaba la mente de Savage—. ¿Eres consciente de que ha muerto un oficial de policía? Está en todos los noticiarios.

—No.

—¿Lo mataste?

Intentó recordar su estancia en el museo. Todo era una neblina, una confusa mezcolanza de irrealidad desquiciada por las drogas.

—Lo dudo.

—El NYPD no está de acuerdo. Estás estudiando estos archivos como si estuvieras a la caza de alguien.

North. Estábamos buscando a un hombre llamado North...

¿Está muerto North? ¿Por qué le estábamos buscando...?

Le pedí ayuda.

—Todo esto tendrá repercusiones serias.

—Esto es América. ¿Desde cuándo un pequeño asesinato ha sido un inconveniente para aquellos de nosotros con dinero? Si soy tan importante haréis que el problema desaparezca.

Savage se mostró aprensivo de nuevo.

—De modo que lo mataste.

—No maté a nadie. Pero quiero matar a alguien.

Savage dio un paso involuntario hacia atrás al considerar eso. Sintió cómo le apretaba el cuello de la camisa.

—¿A quién?

Gene golpeteó su dedo sobre la mesa con cierto malestar. Esta multiplicidad mental lo nublaba todo, pero el deseo era innegable.

La atención de Gene se centró en Savage.

—Todavía no lo sé.

Libro cuarto

La sangre que vive en la memoria resplandece
de generación en generación.
—Esquilo

De camino al manicomio

Jueves. 3.30 a. m.

Al principio fue porque tenía miedo de dormirse; luego porque no podía hacerlo. Tenía miedo de lo que pudiera ver, miedo de lo que pudiera hacer, North no quería ser partícipe de la locura que lo controlaba cuando no estaba mirando.

No más toros.

Miraba lóbregamente la superficie cambiante de la pared, observando las sombras contorsionadas que se arrastraban a través de la ventana para bailar para él como un espectáculo de marionetas de Rorschach.

¿No más toros? ¿He dicho eso en voz alta? Podía escucharlo gruñendo en la oscuridad. ¿Lo había escuchado él también?

Se tumbó de lado, rodeando su almohada con los brazos, se aferró a ella como si fuera lo único que lo mantuviese anclado a este mundo.

Le dolían los ojos y le ardían los párpados. La extenuación hacía tiempo que le había cedido el puesto a la razón, pero la razón era irrelevante ahora.

Cada pesado movimiento de las manecillas de su reloj de pared medía cada segundo de su desesperación y su miseria. Lo sentía en cada una de sus fibras nerviosas. Cada tictac con su invisible hilo tiraba de sus pestañas, rehusando abandonar su empresa.

Su cuerpo quería descansar. Su mente tenía otra opinión al respecto.

3.52 a. m.

Seguía sin poder dormir.

4.17 a. m.

Me pregunto qué se siente al estar cuerdo.

7.38 a. m.

La piel del dorso de sus temblorosas manos estaba pálida. Tenía fría la nariz, húmeda la frente. En el espejo retrovisor vio que sus ojos estaban inyectados en sangre. *Mira la carretera. No te estampes contra un árbol.*

Encontró el letrero de Poughkeepsie tras una hora y media sufriendo la hipnótica monotonía de la autovía Taconic. Donde el bosque se espesaba, sacó el Lumina de la Cincuenta y Cinco para entrar en la Nueve y buscó en el mapa que tenía en el asiento del acompañante qué dirección tomar.

El museo se asentaba justo al norte de la ciudad y lo dirigía el Centro Psiquiátrico Río Hudson. Tenía el número del director de investigaciones, un psicólogo clínico al que había llamado previamente un par de veces, sin éxito. Lo consiguió al tercer intento y fue saludado con un tono oficioso.

—El museo solo puede ser visitado con cita previa.

La voz de North mostró sorpresa.

—¿Qué tipo de museo necesita cita previa?

—Este.

Fue pasando los semáforos mientras seguía los carteles hacia el centro.

—¿Y cuándo podría visitarlo?

Escuchó el crujido de un papel; algún tipo de agenda.

—Supongo que el próximo martes entre las nueve y las diez estaría bien.

—Estaré ahí en una hora. —North colgó el teléfono y puso toda su atención en devolverlo a su bolsillo.

9.57 a. m.

El centro de Poughkeepsie estaba en medio de una gran depresión. La calle Mayor subía en una larga y empinada cuesta desde el río Hudson, donde North fue recibido por fachadas de tiendas cerradas con tablones y las aceras desiertas de la galería comercial principal. Condujo lentamente por la calle buscando la mejor manera de llegar desde la calle Fulton al paseo Cheney, pero la desolación era agobiante. Quería salir tan rápidamente de Poughkeepsie como había llegado, e incluso aunque su deseo fue prontamente concedido, el lugar permaneció a su lado, colgado allí como un retrato de su alma.

Un viento frío aulló entre las agitadas ramas en la cima de la colina, donde encontró lo que solía ser el Hospital Estatal Río Hudson. Era una inquietante mole de ladrillo victoriano rojo, manchado y resquebrajado, rematada con unas torres espeluznantes, y sus ventanas góticas estaban tapadas con planchas carcomidas de madera contrachapada. Unas cuantas ventanas habían necesitado alteraciones más permanentes; habían sido tapiadas, algunas más recientemente que otras. Le daba a North la incuestionable impresión de que aunque los anexos estaban ahora prácticamente vacíos, el trabajo que se había llevado a cabo aquí reflejaba menos la necesidad de mantener a la gente fuera que la de mantener algo dentro. Comparado con el edificio más moderno del hospital en activo al otro extremo del emplazamiento, oscurecido por unos pocos árboles, este era un fantasma que rechazaba tenazmente su exorcismo.

Un cercado sin pintar delimitaba unos aparcamientos vacíos, y cuando salió para orientarse se dio cuenta de que las señales de advertencia estaban clavadas del revés.

Agradeció el aviso.

10.20 a. m.

El edificio de administración era pequeño y estaba repleto de reducidos espacios sombríos. Los pasillos serpenteaban en un retorcido laberinto de cruce de caminos y callejones sin salida. A pesar de su confusión, North encontró la puerta de un despacho con el recuerdo de un nombre enmarcado en el mugriento cristal: «Dr. C. H. Sullivan». ¿Seguía siendo este el lugar correcto?

North se tomó un momento para tranquilizarse. *Representa tu papel. Ya sabes qué decir.* Tomó aire, su corazón le palpitaba furiosamente en el pecho, su pulso era frenético. Llamó discretamente a la puerta y entró al despacho.

Fue recibido por un hombre alto y nervudo, quizá solo un par de años mayor que él, que se levantó al ver a North.

—Esto es muy irregular —protestó el psicólogo, ordenando los papeles de su escritorio.

North esperó a que el hombre terminase, pero parecía poco predispuesto a hacerlo.

—Tiene un escritorio muy ordenado, doctor Sullivan. Estoy seguro de que todo está en su sitio...

El hombre pareció repentinamente un poco menos incómodo.

—Estoy seguro de que lo está, pero no soy el doctor Sullivan.

North esperó.

—Soy el doctor Oak. El doctor Sullivan se retiró el año pasado. ¿Y usted?

North se presentó mostrando su placa.

—Puede que mis datos estén desfasados. Siento interrumpir su mañana —replicó North, ahorrándose mostrar la más mínima sinceridad.

Oak observó a su visitante con más gravedad.

—Ya veo. ¿De qué va todo esto?

North tomó la fotografía de la jeringuilla hipodérmica y la dejó sobre el escritorio. Su voz sonaba cansada y oscilaba con la tensión del agotamiento.

—¿Esto es suyo?

—¿Quiere decir del museo? —Oak la cogió con cautela. La imagen del cristal pulido y la superficie plateada era clara y nítida. Seguro que se había percatado de las letras «H-E-R-H» grabadas en su superficie. «Hospital Estatal Río Hudson». Oak estaba sorprendido y no le importaba que se le notara—. ¿Cómo consiguió esto?

—Tropecé con ella en la ciudad. —Se mostraba reacio a llegar más lejos. Oak no necesitaba los detalles, pero tenía la fotografía. Dio un respingo.

—Pudo haberle matado.

—Eso me dicen. ¿Han perdido una jeringuilla antigua?

—Lo dudo. Tenemos expuesta en una vitrina una jeringuilla antigua de la época en la que el hospital abrió por primera vez.

—¿Cuándo fue eso?

—1871. La jeringuilla, dos agujas, émbolos adicionales y algunas escobillas limpiadoras, todo dentro de una pequeña caja con una tapa de seda púrpura. Es bastante atractiva.

—Parece conocerla bastante bien.

Oak aceptó el cumplido.

—No muchos centros psiquiátricos tienen un museo psiquiátrico en el mismo recinto. Es inevitable desarrollar un cierto interés.

Le devolvió la fotografía.

—Supongo que no habrá hecho todo este camino para investigar un simple robo.

—Ha muerto un policía.

La expresión de la cara de Oak se endureció.

North sacó la imagen de Gene y la deslizó hacia el psicólogo a través del escritorio.

—Estoy intentando encontrar a este hombre. ¿Lo reconoce?

Oak estudió el retrato cuidadosamente; su respuesta fue prudente.

—No. No lo había visto antes. ¿Por qué querría un joven colarse en un museo solo para robar una jeringuilla? Si es un drogadicto, hay clínicas y farmacias más accesibles.

—La oportunidad, quizá. Creo que trabajaba aquí, o era un paciente.

—Entiendo.

—¿Está seguro de que no lo reconoce?

—Lo siento.

Voy a matar a este hombre. Voy a abalanzarme sobre él y le arrancaré un ojo.

—El museo solo puede ser visitado con cita previa. ¿Tiene un registro de las visitas por lo menos?

Oak rebuscó por su escritorio unos instantes.

—Desafortunadamente no está aquí. ¿Tiene un nombre que acompañe a esa cara?

—Gene. Es todo lo que sé.

—No es mucho con lo que trabajar. —Oak cogió su abrigo y las llaves que colgaban provocativamente próximas al mismo, y condujo a North al exterior de la oficina. Comprobó su reloj—. Puedo concederle media hora, pero entonces de verdad tendré que dejarle. Veamos qué podemos encontrar, ¿de acuerdo?

Escondido tras una pesada puerta, el museo era una solitaria estancia cavernosa donde grandes desconchones de la pintura del techo estaban esparcidos sobre un suelo de madera densamente barnizada. La iluminación era pobre, el aire frío y húmedo, y el olor a podredumbre lo inundaba todo.

Una silla de madera de respaldo alto con correas en su base y brazos descansaba próxima a la puerta de entrada, junto con otros terroríficos dispositivos de contención. La silla parecía estar diseñada para usarse con un orinal al tener un agujero en el asiento, pero a la altura de la cabeza sobresalía amenazadoramente una caja cubierta con una pantalla. En realidad estaba diseñada para prevenir que cualquiera que estuviese atado a la misma pudiera escupir o morder a quien se acercase.

El letrero rezaba: «La silla de la tranquilidad de Benjamin Rush; principios siglo XIX». North lo encontró nauseabundo. *¿Tranquilidad para quién?* Era un invento extraño para un hombre que había firmado la Declaración de la Independencia.

Los otros dispositivos parecían, por lo menos en apariencia, no ser mucho mejores.

—¿Qué es esto? —preguntó North con cautela, observando una caja con forma de ataúd y tablones en lugar de tapa que estaba suspendida de unas toscas y pesadas cadenas.

—Eso es una cuna de Utica —explicó Oak con orgullo—, llamada así por el Asilo de Lunáticos del Estado de Nueva York en Utica. El paciente dormía en el interior y era mecido de un lado al otro, sobre todo con el propósito de calmarle; les recordaba la seguridad de estar en el interior de su cuna cuando eran niños.

Me pregunto dónde puedo conseguir una.

En la pared detrás de esta colgaba una camisa de fuerza, más abajo de lo que parecía ser el bocado de un caballo. Un maniquí de mujer llevaba el uniforme universitario azul de una escuela de enfermería que en su momento estuvo contigua al asilo. Había escritorios antiguos y libros de medicina. Y también estaban las polvorientas vitrinas de cristal que contenían rollos de vendas, botellas, abanicos, peines, incluso afiladas navajas de afeitar.

North estaba empezando a sudar. Podía sentir un escalofrío recorriendo su nuca. *¿Es por esto por lo que estoy aquí? ¿Qué se le hace a la gente hoy en día cuando están perdiendo la cabeza?*

—Esto es de cuando el hospital era una comunidad autosuficiente, por supuesto. —Oak recorrió los expositores con el dedo intentando encontrar el que estaba buscando—. Gestionaban una granja con ganado, hacían su propia ropa, zapatos y...

En el interior de la vitrina, un área rectangular limpia estaba expuesta entre el polvo, donde en su momento hubo una caja.

—Se podría decir que su señor Gene ha estado aquí.

El pequeño libro de visitas marrón se encontraba en un estante cercano a la parte delantera del museo. Oak lo abrió con un crujido y comenzó a hojearlo repasando las entradas, empezando por la más reciente. No le llevó mucho tiempo.

—G... G... No, lo siento. Ningún visitante con su primera inicial «G». ¿Está seguro de que tiene el nombre correcto?

—Sí. —*¿Por qué debería haber dicho la verdad?*—. ¿Y el apellido?

Oak miró de nuevo, pero en poco tiempo estuvo negando con la cabeza.

—Gerald. Goldstone. Ningún Gene.

No está buscando con suficiente ahínco.

—¿Hasta cuándo está comprobando?

—No tenemos muchos visitantes. La lista se remonta unos cinco años atrás y no todo el mundo se registra.

Gene. ¿Qué me estoy saltando? Se asomó por encima del hombro de Oak y pasó su dedo sobre los nombres. D. B. Cole, Ed Dybbuk, Janet Courtlandt M. D., A. H. Romer, Ed Dybbuk de nuevo. Jane Shore. Jay...

¿Es eso? ¿Lo había estado deletreando mal todo este tiempo?

—Jean,[5] con «J». Busque con la «J».

Oak hizo lo que se le dijo, pero la cruda realidad pronto se hizo evidente. Solo cuatro personas cuya primera inicial fuese una «J» habían visitado el museo durante los últimos años. Todas habían firmado escribiendo su nombre completo. Todas fueron mujeres. Ninguna Jean.

Oak cerró el libro.

—Preguntaré a los de seguridad, para comprobar si se ha informado de algún allanamiento del que no tuviera conocimiento. No puedo ver a su hombre en la lista. Tiene todo mi apoyo, pero ha hecho su viaje en balde, detective.

11.00 a. m.

North se sentó en el coche cerca del edificio de administración, preguntándose si debería irse a casa o seguir con la investigación, mientras observaba cómo el cielo encapotado sobre el condado de Dutchess se cerraba sobre el río Hudson y las montañas Shawangunk. La exuberante arboleda que envolvía en gran parte el hospital, y que convertía al complejo en un lugar tan retirado, comenzó a estremecerse con las primeras gruesas gotas de lluvia.

Era algo realmente bello contemplar un espacio abierto, un tipo de libertad a la que no estaba acostumbrado en la ciudad. Este era un campo elíseo que de buena gana reclamaría como suyo. Desde aquí arriba en la colina no estaba lo bastante alto como para que le entrara vértigo, pero sí que era suficiente como para ofrecerle la frescura de una perspectiva reconfortante. En su apartamento lo único que tenía que hacer era asomarse por la ventana para ser obsequiado con la visión de tres completos desconocidos rascándose los genitales.

Se frotó sus abrasados y cansados ojos. Aquí al menos podría descansar un poco. Permanecer fuera de la vista de los demás durante un rato. *Fuera de su vista y fuera de mi mente. Estoy viendo bestias de carga, por el amor de Dios.*

El sonido de su Nextel no fue completamente inesperado. Solo le sorprendía que la llamada no hubiera llegado antes.

—Le dije a Hyland que estabas fuera trabajando en el caso.

Eso sí que era una sorpresa. Era Martínez.

—Estoy trabajando en el caso. —North arrancó el motor y lentamente comenzó a dirigir el Lumina hacia la curva de salida.

[5] N. del t.: «Gene» y «Jean» se pronuncian de la misma manera en inglés.

—Estupendo, de modo que no me has hecho quedar como un mentiroso. ¿Has encontrado algo nuevo?

—No, el manicomio es un callejón sin salida.

—Maldita sea. Escucha, dos cosas: primero, Hyland quiere saber qué pasa con su DD-5.

—Dile que está sobre su escritorio.

—Sabe que no está sobre su escritorio.

—Pues dile que soy un mentiroso.

—Se va a encabronar de verdad.

—Mejor para él. ¿Eso es todo?

—No, estaba reservando esto. Ash vino con los resultados de las huellas de neumático que encontraste. Las huellas concuerdan con un Michelin MX4.

North aminoró la marcha del Lumina y se echó a un lado de la carretera. Sacó su libreta y buscó una página vacía.

—Continúa.

—Es bastante común. Los fragmentos de cristal de la escena concuerdan con el faro izquierdo de un Chrysler Sebring sedán del 2004. Y... los Sebring sedán vienen equipados de serie con neumáticos Goodyear Eagle LS o los MX4.

North escribía febrilmente, su mente iba a toda velocidad.

—Lo tengo. ¿Qué me dices de la bici?

—Ash dice que en la barra frontal ha encontrado restos de pintura fruto de la posible colisión contra un vehículo. La pintura es plateada, el color exacto se llama «capa grafito metálico clara». Es uno de los colores opcionales para un Sebring sedán.

Ahora estamos llegando a alguna parte.

—¿Qué más?

—Se han encontrado fragmentos de cristal clavados en la rueda delantera de la bicicleta. Algunos de ellos también concuerdan con el cristal del faro izquierdo de un Chrysler Sebring sedán.

North se sentía revitalizado.

—¿Concuerdan o proceden de coches diferentes?

Martínez respondió rápidamente.

—El daño en los dos juegos de fragmentos coincide. Es el mismo coche. Alguien te estaba siguiendo.

Gene se metió en ese coche.

North tuvo un súbito acceso de pánico.

—¿Ha enviado ya el Departamento de Transportes las cintas de sus cámaras de tráfico?

—Estoy en ello.

—De verdad que tenemos que obtener algunas fotografías de esas cámaras.

—Eh, he dicho que estoy en ello. Mientras, le he pedido al DMV que nos envíe una lista de propietarios de Sebring que concuerden con la descripción. ¿Qué es lo peor que puede ocurrir? Iremos puerta por puerta.

North se sentía rejuvenecido, como si le hubieran quitado un peso de encima y repentinamente fuese libre. Tenía que volver y comprobar esas cintas. Comprobó sus espejos.

Una figura oscura estaba de pie justo a su lado, inmerso en la neblina de la lluvia incipiente.

El hombre llamó a su ventanilla.

—¿Detective North? ¡Detective North!

Sobresaltado, North terminó su llamada. Entornó los ojos para poder ver mejor al hombre que estaba inclinado en el exterior. Era Oak. North bajó la ventanilla.

—Menos mal que lo he encontrado.

—¿Qué puedo hacer por usted?

—Es este libro de visitas. —El psicólogo sacó el libro de cuero marrón que guardaba bajo el abrigo y se lo mostró—. Estaba revisándolo de nuevo y súbitamente reconocí uno de los nombres.

Oak se lo tendió. North lo abrió al azar mientras Oak se inclinaba sobre él para guiarle.

—Durante varias semanas del último año hemos estado tratando a una paciente con una extraña afección, se llamaba Cassandra Dybbuk.

—¿Y ella visitó el museo?

—No, pero en torno a la misma época tenemos estos registros de un visitante en el museo que compartía el mismo apellido. Aquí, ¿ve? Ed Dybbuk.

North fue respetuoso. Dybbuk había hecho numerosas visitas, muchas más que cualquier otro, pero no veía la importancia.

—He telefoneado al centro psiquiátrico. El visitante era su hijo.

—Pero ya ha dicho que no reconocía al hombre de la fotografía, doctor.

—Nunca conocí a su hijo. Sin embargo, un par de clínicos del edificio principal sí lo hicieron. Su hijo la ingresó. Estuvo con ella, pero su nombre no era Ed Dybbuk. —Oak dirigió la atención de North a la entrada descolorida del libro de visitas—. Es la forma en la que lo ha escrito, ¿lo ve? Omitió los puntos. En realidad se lee E. D. Dybbuk.

North cerró el libró y se lo devolvió al psicólogo.

—No estoy seguro de seguirle.

Oak sonrió afectuosamente.

—El nombre del hijo de Cassandra Dybbuk, detective, es Eugene.

North siguió a toda prisa a Oak al interior del edificio. *Que alguien me dé una identificación positiva, por favor.* La penumbra de la tormenta del exterior amortajaba la espartana recepción. Oak lo dejó solo mientras iba a la búsqueda del médico que había tratado a Cassandra Dybbuk.

North mató el tiempo de espera mostrando la fotografía a las recepcionistas. No lo conocían. Cuando Oak regresó finalmente, trajo consigo una pequeña cuadrilla de psiquiatras airados.

Una doctora, una mujer pequeña con el pelo rojo oscuro, confirmó por la fotografía que Gene claramente guardaba un enorme parecido con Eugene Dybbuk, pero no podía decir nada más. Un administrador jefe llegó poco tiempo después. Se enzarzaron en un acalorado debate.

Oak parecía avergonzado. Las voces se alzaron rápidamente. El administrador rompió filas.

—Lo siento, no podemos facilitarle más información.

Esto es increíble.

—No quiero tener acceso a ningún registro médico. Solo quiero los datos de contacto de Cassandra o Eugene Dybbuk.

—Tenemos que ceñirnos al HIPAA. La privacidad del paciente es primordial. Nuestra política no nos permite ni siquiera confirmar si un paciente está aquí o no. —El comentario iba dirigido abiertamente hacia Oak. No debería haber abierto la boca.

North podía sentir como se asentaba su frustración. No era la primera vez que tenía problemas con las leyes de privacidad.

El Acta de Portabilidad y Responsabilidad del Seguro Médico tenía buenas intenciones de base. En la práctica, se había desmadrado. Recordaba a la víctima de un tiroteo que había intentado interrogar. Necesitaba una descripción del tirador. No solo el hospital se negaba a confirmar que ella estuviera allí, sino que le llevó dos días obtener una orden para poder verla. Para entonces, ya se había marchado.

North se agarró al mostrador. *Tengo que intentarlo.*

—Quizá no me haya expresado con claridad. Esto es una investigación de homicidio. Un oficial de policía ha sido asesinado.

—Y quizá yo tampoco me haya expresado con claridad: no.

———

11.38 a. m.

North volvió resentido al coche y se internó en la carretera principal. *Esa no puede ser mi única opción.* Se dirigió de nuevo al centro del pueblo. *No tengo tiempo para obtener una orden.*

Dybbuk, Dybbuk. ¿Qué clase de nombre es ese? ¿Polaco? ¿Holandés?

Intentó visualizar el libro de visitas. No lo había copiado. *¿Cómo se deletreaba?* Podía ver las entradas donde Gene había garabateado su nombre. *Dybbuk. ¿D, u...? ¿D, y...?*

D, y, b, b...

Estaba cerca. Podía sentirlo. Sin mirar y sin miramientos, viró bruscamente en una curva de la carretera mientras sacaba su Nextel y marcaba el 411.

Le dio los detalles a la operadora.

—¿Qué ciudad?

—Todo el estado.

—Señor, ¿es consciente de que ese tipo de búsqueda puede dar cientos de entradas?

Lo dudo.

—¿Con un nombre como Dybbuk?

Reticente, la operadora hizo lo que se le había pedido. Escuchó como se pulsaban unas teclas de ordenador.

—¿Señor? Tengo tres entradas con el apellido Dybbuk. ¿Tiene algún nombre o inicial?

No puede ser tan fácil, ¿verdad? Ve a por ello.

—Pruebe con Eugene.

La espera fue dolorosa. También probó ser infructuosa.

—De acuerdo, pruebe con la C. Nombre: Cassandra.

—Tengo ese nombre en la lista. Cassandra Dybbuk. Código de área cinco uno ocho...

¿Cinco uno ocho? Eso está muy lejos de la ciudad. Se acomodó el teléfono al hombro y escribió el resto del número en el dorso de su mano.

—¿Cuál es la dirección?

—Dirección: 252, Sexta Avenida. Troy.

Sombras del árbol sanguíneo

¿Era él en realidad tan solo una rata atrapada en un laberinto, inmerso en otro experimento para conseguir un pedazo de queso? Savage condujo a Gene a través de una serie de laboratorios tras pasar grandes contenedores de productos químicos volátiles como la acetona y el butanol. En un cubículo le tomaron sangre; en otro, el extremo áspero de un hisopo de muestras de plástico fue frotado vehementemente contra la parte interna de su mejilla.

Mientras las enfermeras lo atendían, una de ellas, con su pelo pulcramente recogido en un moño detrás de su cabeza, dejó escapar que lo había visto hablando solo en la ducha.

Gene se quedó paralizado, aunque no dijo nada. De alguna forma no estaba sorprendido. *De modo que nos están vigilando.* ¿Lo habían visto haciendo su pequeño descubrimiento de la secuencia numérica? Gene salió de la habitación y abordó al científico con discreción.

—¿Cuántos me observan?

Savage se mostró claramente incómodo, aunque fingió sorpresa ante una pregunta tan obvia.

—Todo el mundo. Todos estamos interesados en ti.

Todos.

Cada laboratorio estaba situado sucesivamente más arriba, en zigurat, hasta que llegaron a las plantas superiores, donde no había posibilidad de escapar. *¿Qué importa? Dejémosles que recojan sus muestras.* Había estado atrapado antes, confinado en la torre, un prisionero por capricho. Solo tenía que ser paciente. Esperaría el momento oportuno.

En la planta treinta y uno le pusieron en una cinta andadora y lo conectaron a una miríada de máquinas que midieron su respiración, su ritmo cardíaco, y cuando estuvo lo suficientemente empapado de sudor, recogieron su transpiración. Mientras el personal médico se arremolinaba a su alrededor, Savage cogió un libro de registros para escribir en él, e hizo una serie de preguntas.

—¿Te sientes perdido?

¿Cómo podemos no estarlo? La verdad era una pesadilla que no tenía fin.

—¿Quieres saber si ya no sé quién soy?

¿Se mostraba Savage aprensivo? Respondió subiendo la velocidad y aumentando la inclinación.

—¿No sabes quién eres?

Gene se esforzó en aumentar el ritmo. El *fum, fum, fum* de los pasos y el ronroneo de los motores eléctricos se volvió ensordecedor.

—¡Por supuesto que sé quién soy!

Savage fue circunspecto.

—Tengo entendido que olvidas las cosas. Que haces algo y olvidas por qué lo estabas haciendo.

—Sí

—Como en el museo de arte.

—Sí

Savage asintió, complacido de estar llegando a alguna parte.

—¿De modo que no tenías intención de ir al museo?

—¿Por qué querría ir allí?

—Dímelo tú.

En la planta treinta y cuatro, los meticulosos exámenes que le estaban haciendo requerían una muestra de orina. Concediéndole poca intimidad, excepto por una pantalla opaca, discutían sobre la búsqueda de la concentración de neurotransmisores que habían anticipado que encontrarían en su sistema. Él escuchaba mientras orinaba en un bote.

Los neurotransmisores guiaban las emociones y los recuerdos de la mente. Estaban intentando inducirle recuerdos que se remontaban muy lejos en el polvo del pasado, pero había algo que los preocupaba. Aquí eran más precavidos, y no dejaban entrever nada.

Esperaba para poder obtener cualquier detalle, pero no se le concedió tiempo alguno. Uno de ellos estaba cansado de esperar y demandó que entregara la muestra de una vez. Le llevó un momento producirla.

En la planta treinta y cinco fue escoltado a lo largo de una serie de pasillos de paneles de cristal blindado que exponían la maquinaria del otro lado. Algo lo sacudió repentinamente cuando al final vio algo que reconocía.

Esto lo conocía. Estaba en su corazón.

Varias máquinas con tapas transparentes se encontraban agrupadas en torno a los ordenadores, manipulando la propia estructura de su ADN, una doble hélice de moléculas como dos serpientes entrelazadas que tenían atrapada su alma entre sus colmillos, dos serpiente con tres mil millones de escamas de colores cada una: adenina, citosina, guanina y timina; A, C, G, T, las cuatro bases; el alfabeto en el que estaba escrito su destino.

Este era su trabajo. Aquello lo llamaba, tiraba de su psique, mientras el grupo de técnicos cargaba sus escáneres de ADN con chips genéticos: pequeños cuadrados de cristal que llevaban material genético en lugar de circuitos electrónicos.

Como dos mitades de una cremallera, las dos hebras entrelazadas de ADN encajaban perfectamente una con la otra. A solo con T; C solo con G. Una muestra de ADN había sido desnaturalizada y las cadenas individuales se habían depositado sobre estos chips asociadas a unos marcadores fluorescentes de forma que, cuando las hebras monocatenarias del ADN de Gene en su disolución bañaban el chip genético, estas se unían a la muestra del chip genético haciendo que el mismo brillase, exponiendo cuáles de sus genes estaban activos en cualquiera de sus células en ese instante.

Aunque para que la búsqueda en el ADN de Gene fuera satisfactoria, esta tenía que ser comparada no solo con una muestra de control sino con una muestra de ADN de la que supieran que contenía el gen que estaban buscando. Un gen que solo Cíclades poseía. El que otorgaba la verdadera inmortalidad.

La pregunta era, ¿de quién era el ADN que habían estado utilizando para crear los chips genéticos? ¿Habían encontrado a un donante vivo que era como él, o habían utilizado una fuente más antigua? Una reliquia quizá, de una vida previa, algo como la pulpa extraída de los dientes de una calavera.

Podía sentir la presión de la complejidad saturando sus pensamientos. Recordaba el museo y la conmoción que había causado. ¿Realmente había tenido su propia cabeza en sus manos?

—El gen que tanto ansiáis encontrar convierte todo esto en algo obsoleto, ¿no es cierto?

Savage parecía complacido de que lo entendiera.

—Atanatos ha mantenido viva su esencia, de cuerpo en cuerpo, durante miles de años, manteniéndola con vida mediante una alquimia constante. Pero tú contienes lo que puede hacer que su renacimiento sea automático. O lo encontraremos por pura insistencia, o bien el proceso que estás sufriendo será un éxito y su descendencia cosechará lo esperado mediante la virtud del simple nacimiento.

¿Qué quiere decir con eso?

—Si este proceso ha estado funcionando durante milenios, ¿por qué cambiarlo ahora?

Savage lamentó la pregunta.

—¿Es esta una vida plena? —preguntó después de pensarlo—. ¿Una inmortalidad obtenida solo a través de un esfuerzo inexorable? ¿Qué la detiene de ser nuestro derecho innato?

Gene lo entendió.

—Su sistema es imperfecto.

Savage lo encontró difícil de admitir.

—Sí, es imperfecto. A la larga hay huecos. La resurrección selectiva de la memoria de generación en generación implica que Atanatos no puede ser por completo el verdadero Atanatos que había sido. Siempre se ha tenido el temor de que... se estuviera disolviendo. —Savage apoyó su mano sobre el hombro de Gene—. Tú cambiarás eso.

Alarmado, Gene siguió a Savage al interior de un complejo de oficinas, donde al final de la sala se alzaba una imponente puerta negra. En su umbral estaba... ¿era esa Megera? Lo habían engañado con anterioridad. En este lugar no podía tener la certeza de nada.

Ella sostenía a un niño pequeño en brazos. Apenas debía llegar a los dos años de edad, el cabello que tenía era fino y claro y cubría insuficientemente su deforme cabeza. Su baba chorreaba por su diminuta barbilla y, aunque sus ojos brillaban con viveza, no respondía a los estímulos que lo rodeaban.

Megera no le mostraba ningún afecto y parecía encontrar insultante su mera presencia. Lo arrojó de vuelta a los brazos de la niñera que esperaba, quien protestó enérgicamente.

—Solo quiere pasar un rato con su madre.

Megera no se conmovió.

—¿Quién sabe lo que quiere eso? Apártalo de mi vista.

¿Me ha visto? ¿Le habría importado si así hubiera sido? Gene permaneció firmemente clavado donde estaba mientras ella pasaba hecha un basilisco a su lado. Observó como la complaciente niñera le ofrecía al bebé un poco del afecto que la mujer de pelo flamígero que se marchaba le había negado. La niñera se debatió para coger su tarjeta y pasarla por la cerradura de la puerta. Nadie acudió a ayudarla.

Mientras la amenazadora puerta negra se abría, Gene estiró el cuello para ver lo que se escondía detrás, pero no se le permitió llegar más lejos. Savage lo apartó de ahí tan rápidamente como pudo.

—Por ahí no.

—¿Qué hay allí dentro?

—Nada.

—Una nada que necesita un pase de seguridad.

—Nada importante.

Eso tampoco es verdad.

Valoró la sala y sus anexos inmediatos.

—¿Por dónde?

Savage lo condujo más lejos hasta que, en el extremo más alejado de la sala, se plantaron ante un gran despacho administrativo, con su puerta firmemente cerrada. Los ventanales a ambos lados de la misma eran de cristal esmerilado. El nombre sobre la puerta rezaba: «Eugene Dybbuk». ¿Tenía él un despacho?

—Creo que podemos continuar con lo nuestro aquí dentro, con tu permiso.

Quizá ahí dentro pudiera encontrar algunas respuestas. Manipuló la manilla. *Idiota.* También requería un código.

Pudo sentir una oleada de ojos atravesándole con la mirada. ¿Otra prueba para demostrar que realmente había regresado con ellos?

Intentó relajarse y aclarar su mente. Por instinto, introdujo la primera serie de números que se le pasó por la cabeza.

El preciso mecanismo de cierre oculto en la refinada madera se abrió con suavidad.

—En mi condición tienes suerte de que recuerde esto.

Los ojos de Savage se iluminaron de pura satisfacción.

—En absoluto. Nunca se te dijo la combinación. Como todo lo demás, está codificado en cada fibra que forma lo que eres. Incluso aunque no te des cuenta de ello, tu función memorística permanece intacta y accesible.

¿Cómo podemos sacar ventaja de ello?

Savage le tendió otro bote.

—Creo que sigues teniendo una revista en el primer cajón si es que necesitas alguna ayuda para ponerte a tono, por decirlo de alguna manera. Tómate tu tiempo. Estaré aquí esperando.

Gene asió la manilla y abrió la puerta. En el interior, encontró a Megera esperándole.

Estaba sentada en el escritorio, con las piernas cruzadas, aparentemente complacida de que Gene hubiera llegado tan lejos. Él no la creyó.

Una revista descansaba en el escritorio. Megera pasaba perezosamente las páginas, una a una. Despampanantes mujeres desnudas aparecían en sus páginas, sus jóvenes y ágiles cuerpos estaban contorsionados en varias posturas provocativas.

—Veo que te estás manteniendo ocupado hoy.

Ella también nos ha estado vigilando. Gene cerró la puerta tras de sí.

—Al menos no te escondes detrás de una cámara.

Megera miró el bote en la mano de Gene.

—Oh, no detengas tus toscos manoseos por mí.

—Dudo que me sirvas de algo. —Descargó firmemente el bote en el escritorio cerca de ella.

Al hacerlo vio una página con una escritura enmarañada que descansaba enmarcada cerca de la pantalla del ordenador. Le llamaba la atención. La cogió para estudiarla, aunque tan solo fuera para tener la oportunidad de darle la espalda a ella.

—Siempre has estado obsesionado con esa imagen.

¿Lo estamos? Era un ejemplo de la escritura de Darwin. Mientras esbozaba su teoría de la evolución, Darwin había anotado para sí que su propia escritura se parecía notablemente a la de su abuelo, Erasmus. ¿Era casualidad el que parecieran tan similares? ¿O era un atributo definido? Ni siquiera Darwin pudo determinarlo.

—¿Recuerdas cuando te di eso?

—No.

—Tus recuerdos siguen siendo volubles. Una pena. Se asentarán y terminarán regresando a ti. Tú me dijiste: «Genéticamente hablando, la letra de Erasmus era la expresión de la coordinación de sus habilidades motoras. Fue ese aspecto el que se transmitió a su nieto». Dijiste: «¿Y quién podría decir que la letra de Erasmus no se parecía a la de su abuelo?». Te negabas a creer que fuese memoria genética. —Ella se rió—. Eras tan divertido.

¿Entonces por qué su risa sonaba tan vacía? Era como si ella llevara puesta una mortaja de amargo resentimiento.

Dejó el cuadro donde estaba.

—Tu instinto maternal es asombroso.

—¿Y a ti qué te importa?

—¿Por qué odias tanto a tu hijo?

—No lo odio.

—Pero no lo amas.

—No pienso en él. Es un pedazo de carne inútil. ¿Sientes tú tanto apego por tus experimentos? ¿De qué serviría? Come, excreta, y no tiene ningún propósito útil.

Gene resistió la tentación de disfrutar con su valoración. Sí, era despiadada. Pero ¿por qué lo era? Probó a ir un poco más lejos.

—¿Casi como su padre?

Ella se puso de pie tímidamente.

—Bueno, ¿acaso no nos mostramos un poco torpes a veces? En cualquier caso —dijo ella—, eso sería más que un cumplido para su padre.

Ella recorrió un dedo por el escritorio.

—¿Cómo te están tratando las voces?

Touché.

—No escucho voces —mintió con firmeza—. Tengo recuerdos.

—Ese es el verdadero objetivo del «proceso». Con el tiempo, tus personalidades ocultas se fundirán hasta que te sientas completo de nuevo. Serás más que las sumas de tus partes.

—¿Pero tú no?

Eso le había dolido. La envidia que se cocía a fuego lento y que apenas podía contener bajo la superficie detonó como una carga de profundidad. Agarró el cuadro del escritorio y lo arrojó contra la pared. El cristal se rompió en un millar de fragmentos afilados.

—¡No se me permite serlo! A pesar de todo, a pesar de todas las complicaciones que has provocado, nuestro glorioso padre ha decidido que tú serás el próximo Atanatos. A pesar de todo mi trabajo en la hipótesis enlazada de nuestro elusivo CREB...

¿CREB? Gene pensó con rapidez. El gen CREB1 estaba en el cromosoma dos. *¿Qué hace? Memoria, una de sus funciones tiene algo que ver con la memoria.* Él tendría que refrescar la suya cuando ella se marchase.

—A pesar de mis progresos localizando tu reloj, tú obtienes la gloria. Tú debes continuar.

Había lágrimas en sus ojos, gruesas y colmadas de autentica frustración. Aquello la había devorado por dentro durante tanto tiempo que era como si no quedara nada más.

—Todo mi duro trabajo, para nada; todo por querer una «Y».

¿Qué había en la esencia masculina que la reducía a ella a esto? Gene no hizo ningún movimiento para consolarla. Ni siquiera estaba seguro de querer hacerlo. Ella sacó un pañuelo y se dio unos ligeros toques en los ojos.

—Y ahí estás tú, el estorbo eterno. Bien podrías pudrirte en la cárcel por lo que hiciste. Lo has puesto todo en peligro. Y aun así, él te escoge a ti.

—Savage no está seguro de ello.

Ella trató su comentario con sarcasmo.

—Savage no está al cargo aquí. Es un soñador, y no uno particularmente bueno. Es la cría más débil de la camada.

Echó hacia atrás su pelo cobrizo y contempló con tristeza los cristales rotos en el suelo. Agarró la papelera y comenzó a limpiar lo que había ensuciado.

—Serás el próximo Atanatos. Está decidido, de modo que estoy aquí para rendir homenaje y jurar mi lealtad al rey.

Gene se sentía receloso. Como una mano sigilosa que pretendiese guiarle alegremente hacia su caída, él observó como recogía los cristales sabiendo que sus motivaciones, como siempre, no eran puras.

Lo habían engañado con anterioridad. Engañado, haciéndole sentir impotente. Los recuerdos de aquello eran una cicatriz que ni «el proceso» podía eliminar. La duplicidad de las intrigas en el corazón de Atanatos lo ponía enfermo. *Basta de juegos.*

—¿Qué estás planeando?

Ella arrojó violentamente las esquirlas de cristal a la papelera, no contenta con haberlo fracturado, ella quería sangre. Se dio un tajo en el dedo. Gotas de brillante carmesí cayeron en el papel blanco desechado que había debajo. Ella se giró hacia él y le tendió amablemente su dedo.

—¿Quieres besarlo?

Gene permaneció impasible. Ella sonrió. Le gustaba aquello. Se acercó más y restregó su sangre por el labio de él, quien sintió la necesidad de lamerlo.

—¿Qué crees que tengo en mente? —le susurró ella al oído.

Gene rehusó contestar.

Ella se limpió el dedo en su impoluta camisa blanca.

—Oh, venga ya, querido hermano, ambos compartimos los mismos recuerdos. Ambos somos astillas de la misma alma. ¿Estás seguro de que no puedes ver lo que tengo en mente?

Ella estaba enardecida; un rubor teñido de rosa se elevaba desde su cuello. Sus pupilas estaban dilatadas. Con su otra mano acarició delicadamente la pierna de él hasta que llegó a su entrepierna. La frotó y quedó muy complacida al sentir una respuesta.

—Ven, déjame que te eche una mano. Quieren su muestra. Somos dos aquí dentro. Somos lo mismo, tú y yo. Tan solo mira esto como una masturbación ensalzada.

Él podía sentir cómo aumentaban las pulsaciones en su pene. *¿Por qué no la apartamos de un empujón?* El agarre de ella se intensificó. Asiendo firmemente la cremallera entre índice y pulgar, le abrió juguetona la bragueta y, cuando él surgió en su mano, echó firmemente su piel hacia atrás y comenzó el prolongado movimiento alternativo que inflamó sus sentidos.

La respiración de él, como la de ella, quedó atrapada en su garganta. Esto era tan familiar, tan inquietantemente reminiscente. Había sido engañado con anterioridad. No podía permitir que volviera a ocurrir. No de nuevo.

—Me das asco —dijo él, aunque no podía apartarse.

—Tengo amplias pruebas de que estás mintiendo. —Ella sonrió y susurró jadeante en su cálida oreja—: Disfrútalo, querido hermano, porque voy a destruirte.

El color del fuego griego

Cuando tenía nueve años, su padre cayó enfermo. El gran emperador bizantino Leo IV, Leo el Jázaro, estaba febril y se marchó a la cama. Grandes pústulas y monstruosos diviesos súpurantes habían brotado en su frente, aunque seguía aferrado a la corona que decían que era la causa de todo. Oh, su amor por su corona.

Le dijeron: «No vayáis ahí dentro. Vuestro padre está enfermo. No desearía ser visto en un estado tan frágil». De modo que permaneció oculto en las sombras de los aposentos de su padre y lo observó morir desde allí.

Su madre nunca vino.

Cíclades estaba de pie en la penumbra de la Porphyra esperando su destino. Era una noche fría. Un viento helador soplaba desde el Bósforo, clavando sus garras en toda Constantinopla, pero no tenía miedo. Había poco de lo que tener miedo cuando sabía lo que lo inevitable tenía que ofrecer.

Casi ochocientos años desde el nacimiento de Cristo y aquí era donde Cíclades había renacido. Aquí era donde su hijo había nacido. Aquí era donde pensaban que había muerto. Un pabellón hecho de pórfido, con los tonos rojos más profundos y los púrpuras más puros. Una cámara adornada con sedas púrpuras exóticas y lujosas, y tapices teñidos de púrpura. Este era el color del imperio.

Aquí su madre, la emperatriz Irene, lo había traído a la vida. Nunca pensó que nacería en los brazos de su enemigo.

Sus recuerdos eran dilatados.

—¿Dónde está ella ahora?

Las voces en la penumbra de la Porphyra contestaron:

—Ella vendrá.

Cuando tenía nueve años y medio, y los cuarenta días de luto habían terminado, le dijeron que no era lo suficientemente mayor para gobernar solo, así que lo nombraron emperador bajo la regencia de su madre.

Lo pasearon por las calles y celebraron festejos por toda la ciudad. Los Verdes y los Azules trajeron los osos danzarines, y cuando se cansaron, salieron los acróbatas a bailar. Desde la imponente cúpula de la iglesia de Santa Sofía al monte de la Acrópolis con vistas a un Bósforo oscuro como el vino y el centelleante mar de Mármara, desde los cuatro caballos dorados de Quíos que custodiaban el hipódromo a las soberbias murallas Teodosias, desde el foro de Constantino el Grande a cada calle con columnatas, el cántico se elevó:

—¡Este es el día de la salvación de los romanos! ¡Gloria a Dios que ha coronado vuestra cabeza! ¡Que el que os ha coronado a vos, Constantino VI, por su propia mano os mantenga en el púrpura por muchos años, por la gloria y la exultación de los romanos!

Constantino. Respondía a ese nombre solo porque era lo esperado. Sabía que era otra persona. Alguien atrapado, los pensamientos de un hombre en el cuerpo de un niño, pero aunque su cuerpo seguía desarrollándose, solo disponía del intelecto de un niño para ayudarse a darle sentido a todo.

Todo era muy confuso.

Después de la ceremonia lo condujeron a través del Gran Palacio, pero los cuchicheos ya habían comenzado antes incluso de que las proclamaciones hubieran dejado de resonar en sus oídos.

Muchos años. Muchos años. Semejante duplicidad. Incluso a los nueve años y medio de edad, sabía que todo era mentira. Esta era la época de las intrigas. En cada esquina de cada calle, desde los baños de Zeuixippos a Chalke, las gloriosas puertas de bronce del propio Gran Palacio, siempre había algún exiliado resentido de alguna tierra lejana conspirando con ayuda romana para poder recuperar sus tierras.

Como una gran epidemia, la necesidad de conspirar y contraconspirar infectaba a todos y a todo, y nadie era inmune a ello.

Su padre tenía cinco hermanastros que también vivían con él en el Gran Palacio de la Ciudad Reina. El mayor de esta pandilla de conspiradores se llamaba Nicéforo. Una tarde, cuando las sombras eran largas y el sol era un eco distante en el cielo, este arrinconó al joven emperador.

—Ven aquí, chico.

El pequeño emperador se vio intimidado por los pendientes y las joyas de su tío y por su capa de fina seda. Hizo a cambio una demostración de soberbia hinchando el pecho, sobrecogido por las maneras tan bruscas de su tío.

—Soy emperador. Puedo hacerme con tu pellejo.

—Y yo soy un hombre, chico. Puedo hacerme con el tuyo.

Asió al chico y lo acercó para que escuchase sus divagaciones.

—¿Por qué se junta tu madre con eunucos? —preguntó—. ¿Qué le dan a ella que tu lánguido padre no pudo darle? Tú eres el legítimo gobernante de estas tierras. No ellos. Aun así, ellos son el poder detrás de este trono. Te haces llamar emperador. Dime, sobrino, ¿dónde está tu poder?

—Tengo poder —replicó el chico. Pero había incertidumbre en su voz.

—Si quieres poder, mi pequeño emperador, puedo darte poder. Todo lo que tienes que hacer es pedirlo.

El niño emperador estaba temblando. ¿Qué estaba tramando su tío Nicéforo?

Recorrió el Gran Palacio corriendo, solo y asustado. Yendo de sombra en sombra, esperando poder desaparecer de alguna forma. Era el deseo de un niño, un sueño que traería consecuencias con su concesión.

No estoy preparado para semejantes intrigas. Todavía no soy un hombre.

Escuchó risas procedentes de los aposentos de su madre. Ella sabría qué hacer. Era la emperatriz. Era fuerte. Escuchó su animada voz y fue atraído hacia ella, como una hormiga a la miel.

Perdido entre los ondulantes festones, entre el lento y constante latido de los tapices de seda que ondeaban contra el crepúsculo, el chico se deslizó hacia la voz de su madre, y en la matriz de marfil y perlas rosadas, escogió un hueco desde donde poder espiar. Escuchó y observó.

—¡Lo hemos logrado! —Así era el grito de júbilo. Les escuchó parlotear sobre el plan que habían urdido muchos años antes de que él naciera, cuando Constantinopla (así se lo habían enseñado) había sido diezmada por una gran plaga y había sido asediada por ejércitos sarracenos durante todo un año.

—Tenemos un imperio que podemos llamar nuestro.

¿Tenían un imperio? El chico estaba sorprendido. ¿Por qué no los corregía su madre?

Pero entonces vinieron los pasos y la terrible vergüenza de ser descubierto.

—¿Qué estáis haciendo en las sombras, pequeño? —preguntó la voz.

Aetios era el más próximo de todos los eunucos de su madre. Su expresión permaneció inflexible mientras surgía sigilosamente de la oscuridad. Su mirada era tan dura como el mármol.

El pequeño Cíclades estaba asustado.

—Este es mi dominio, no el vuestro. ¿No sabíais que la oscuridad es donde acecha el peligro, los problemas apilados capa a capa? —dijo Aetios.

—Vine a ver a mi madre.

—Ella no puede recibiros.

—Pero debe hacerlo. Soy el emperador. ¡Debe verme! El tío Nicéforo... —Las palabras no podían salir de su garganta. ¿En quién confiar? ¿A quién acudir?

Aetios sonrió y se arrodilló a su lado. Lo cogió con firmeza de los hombros.

—Vuestra majestad, podéis confiar en mí.

El pequeño emperador elevó la barbilla. ¿Podía?

—Vos sois el emperador aquí. Cualquiera que sea vuestra voluntad, esta será complacida. —Inclinó la cabeza como muestra de deferencia—. ¿Qué os dijo vuestro tío?

—El tío Nicéforo dijo que si quería verdadero poder entonces todo lo que tenía que hacer era pedirlo y él me lo concedería —dijo el pequeño Cíclades.

Aetios recibió la noticia asintiendo pensativamente.

—Ya veo. ¿Y qué le dijisteis?

—Dije que ya tenía poder porque era el emperador y nadie podía tocarme.

Aetios se rió.

—Nadie puede tocaros... Sí. Supongo que la juventud está cargada de cierta ingenuidad carismática. —Se levantó—. Eso es bueno. Eso es bueno. —Le dio unas palmaditas indiferentes en la cabeza y volvió a desaparecer en la oscuridad.

El pequeño emperador estaba confuso. Se retiró a las sombras, pero siguió observando a su madre a distancia. Su belleza era incomparable, y los hombres que la rodeaban estaban claramente sobrecogidos.

Aetios se acercó para sentarse con ella. ¿Por qué le acariciaba el pelo de la nuca?

—¿Qué pasa con el chico?

—¿Qué pasa con él? —replicó Aetios.

—Sobrevive —informó Staurakios, uno de los eunucos de cara severa más altos.

—Debe hacerlo —dijo Aetios firmemente, para el verdadero consuelo del joven emperador—. Si queremos mantener nuestra posición, debe hacerlo.

Su madre se recostó en su asiento.

—Por ahora —habló fríamente, como un vino que se hubiera agriado—. Por ahora...

El pequeño emperador no pudo hacer nada excepto quedarse boquiabierto y retirarse ante aquella terrorífica sorpresa.

Cíclades estaba de pie en la penumbra de la Porphyra esperando su destino. Los eunucos lo habían rodeado. No había escapatoria.

¿Qué había sido de sus tíos? Lo último que había escuchado es que vivían al norte, en algún lugar costero. Su madre los había convocado en una de las grandes cámaras de reuniones y los había hecho arrodillarse. Los había hecho tonsurar, sus cabezas fueron afeitadas toscamente y sin su consentimiento como si fueran vulgares criminales, y los envió a que se convirtieran en sacerdotes. *Pobre tío Nicéforo.* Apenas se había librado de algo peor.

Lo que Cíclades deseaba poder afeitarse era lo que tenía atrapado dentro de su mente. Había pasado su niñez experimentando pesadillas lúcidas y vívidos sueños. A medida que fue creciendo, aumentaron sus visiones. Con cada nueva experiencia desarrollada en su vida, un nuevo recuerdo antiguo era liberado.

Un niño no debería pasar por aquello solo.

Cíclades observó como se aproximaban los eunucos. Era obvio que no eran como ningún otro eunuco que hubiera visto antes. Tenían vello corporal y voces graves. Y aunque no era infrecuente que los hombres de edad adulta fuesen hechos eunucos, era inusual el que hubiera tantos en el mismo sitio.

Tenían muchas caras, estos eunucos. Pero una sola voluntad. Fue un hecho muy desafortunado el haber confiado en el peor de ellos.

—¿Dónde está Aetios?

El eunuco surgió de la penumbra de la Porphyra y contestó:

—Estoy aquí.

Cuando Cíclades hubo cumplido los diez años, Aetios se convirtió en su tutor. Habían estado recorriendo las calles mientras recibía sus lecciones.

Un día, mientras pasaban junto a la Columna de Constantino, el pequeño emperador se vio atraído por la misma y dijo:

—Aetios, estoy confuso.

—¿Cómo es eso, vuestra majestad?

—Somos *romaioi*, ¿no es así? Somos romanos.

—Sí, vuestra majestad.

—¿Entonces por qué hablamos en griego y no en latín?

—El tiempo avanza, vuestra majestad. Nada permanece como estaba previamente. Somos romanos, pero esto no es Roma. Estamos pisando la tierra de lo que una vez fue la antigua ciudad griega de Bizancio, pero no somos ellos. Somos los romanos del Este. Somos lo que quedó cuando el imperio se dividió.

El chico ponderó esto mientras permanecía bajo la amenazadora sombra de la imponente columna, imaginando al poderoso Constantino el Grande erigiéndola cuando fundó la ciudad cerca de quinientos años atrás y la declaró su *Novo Roma*, su Nueva Roma.

—Antes del latín, hablábamos en griego, como ahora. Y otras lenguas.

—¿Qué sabéis de las otras lenguas?

—La noche pasada soñé con una antigua forma de griego y una lengua de la antigua Frigia.

—Qué intrigante.

—¡Y aquí debajo, Aetios, bajo esta columna se encuentra el propio paladio de Troya!

Aetios se rió entre dientes.
—Habéis estado leyendo vuestra historia.
—¡Es cierto!
Aetios buscó algún sitio donde sentarse y forzó al excitable chico a sentarse, con un humor ambiguo.
—Dudo que ni siquiera sepáis qué es el paladio.
—¡Claro que lo sé! ¡Lo he visto!
—Con tus propios ojos, sin duda.
—Con mis anteriores ojos.
—¿Y qué es lo que os dicen vuestros anteriores ojos?
El pequeño y precoz emperador caminó frente a su tutor como si estuviera dando un discurso en el Foro.
—Al otro lado del Bósforo y siguiendo la costa se asienta Troya. O lo hacía. Ahora se encuentra perdida. Los romanos adoraban a Minerva, quienes los griegos llamaban Atenea, y quienes los troyanos llamaban Palas. En honor a Palas, y para que ella protegiese a la poderosa Troya de cualquier invasor, los troyanos construyeron una estatuilla y la llamaron el paladio, el cual conservaron en el corazón de su ciudadela.
Aetios sonrió ante la pasión con la que el pequeño emperador contaba su historia.
—Pero eso está en Troya, vuestra majestad. ¿Cómo llegaría el paladio hasta aquí?
Una nube pasó por la frente del chico.
—No lo recuerdo. No como es debido. Solo sé lo que he leído sobre ello.
—¿Por qué?
El chico miró a su tutor a los ojos.
—Creo que morí.
Los ojos de grandes párpados oscuros que le devolvieron la mirada al chico mostraron recelo.
El chico no se dio cuenta. La historia no había terminado para él.
—Después de que la batalla en la ciudad se hubiera perdido, hubo una gran tormenta. Fue terrible e inclemente.
—Sí, fue terrible. —Aetios miró de nuevo al chico—. Quiero decir, leí que fue terrible.
—Muchos griegos triunfantes y troyanos a la huida perecieron por igual, ahogados en la conmoción. La tormenta azotó el océano semana tras semana, mes tras mes. Odiseo fue condenado a vagar sin rumbo, Menelao y Helena buscaron refugio en Egipto y un príncipe troyano llamado Eneas condujo a los supervivientes troyanos en un viaje hacia un nuevo hogar, pero la tormenta era tan violenta que fue arrojado a las orillas de Cartago donde se vio obligado a buscar ayuda.

—Pero lo consiguió, vuestra majestad. Al final.

—Sí. Llegó a unas colinas cerca del río Tíber, donde fundó una nueva ciudad que llamó Lavinio, y de ahí surgió Roma. Había llevado el paladio consigo, y cuando Constantino vino aquí, se trajo el paladio desde Roma. Así que ya ves, Aetios, descendemos de Troya; todo el Imperio romano desciende de Troya. Pero cuando los romanos trajimos el paladio, también trajimos la tormenta. ¿Y sabes por qué hubo una tormenta? Por un solo hombre.

Aetios se levantó. Parecía circunspecto.

—Un hombre, ¿eh?

—Un hombre que batalló contra un poderoso mago llamado Atanatos, un mago que le infringió una gran injusticia. Yo fui ese hombre, Aetios, y sus crímenes contra mí fueron terribles.

—¿Terribles? ¿Cuáles fueron? —Sacó al chico de la multitud y le instó a continuar—. Vamos, regresemos a palacio.

—No... No lo recuerdo. Todavía no.

—Crímenes terribles, pero no los recordáis. Y seguís sin decirme nada que me confirme que visteis el paladio con estos ojos o con otros.

El chico estaba confuso, luchando por mantener el paso de su tutor. Las incertidumbres le inquietaban pesadamente.

—Lo vi. Debes creerme. Si pudiéramos desenterrarlo verías las marcas en su costado, de cuando libré una gran batalla.

—Marcas, ¿eh? ¿Y teníais un nombre en esa vida previa?

El chico emperador tomó la mano de su tutor.

—Sí. Me llamaba Cíclades.

Aetios le apretó la mano con fuerza. Se abrieron paso entre la multitud, con el impaciente paso de Aetios haciéndose cada vez más y más rápido.

—Y cuando estaba muriendo y mi justicia no se había impuesto, rugí en mi lecho de muerte, Aetios. Rugí. Y de mi boca surgió la tormenta.

Aetios tiró del brazo del chico mientras cargaba contra la agolpada multitud.

—¡Ay! ¡Aetios, me estás haciendo daño!

Aetios no dijo nada.

—Incluso pienso que puede estar aquí, Aetios. Aquí en la ciudad. ¿Me ayudarás, Aetios? ¿Lo harás?

El tutor le dio unas palmaditas al chico en la espalda.

—Os ayudaré, vuestra majestad. Os ayudaré en vuestro camino.

La lluvia llegó aquella noche, como lágrimas de los dioses que llorasen por su destino. Él había soñado una vez más con la tormenta y se había subido a las murallas Teodosias para observar los fulgurantes rayos.

Pero lo que pudo escuchar no fue el retumbar de los truenos de la noche, sino el redoble de los tambores.

Mientras permanecía de pie en lo alto de las fortificaciones, azotado de pies a cabeza por la lluvia, el sonido de un poderoso cuerno se elevó en el aire. Vio las resplandecientes antorchas ambarinas de unos soldados navegando en barcos, cruzando sigilosamente el Bósforo. ¿Quiénes eran esta vez? ¿Búlgaros? ¿Sarracenos? Supuso que eso no marcaba ninguna diferencia.

A lo largo de las murallas, los soldados se situaron en sus puestos. Los arqueros estaban preparados mientras en las proas de cada barco de la flota bizantina sus sifones eran rellenados.

En el Cuerno de Oro, la gran cadena de hierro, que se extendía desde la ciudad a Pera protegiendo la entrada del puerto, estaba levantada, dejando atrapados a todos los mercantes en su interior. Las especias y el marfil de Egipto, las sedas y joyas de China, las pieles y el ámbar del norte, todo permanecía apilado en los muelles, tentando al enemigo a avanzar.

Los barcos negros se aproximaron. La orden fue transmitida a lo largo de las murallas. Los arqueros apuntaron con flechas en llamas, mientras la flota convergía por los flancos.

¡Atacad!

Al unísono, las lenguas incendiarias de nafta incandescente fueron liberadas de sifón en sifón, y los negros barcos que avanzaban fueron contenidos por un torrente de llama pegajosa. El más importante de los ingenios bizantinos. El fuego griego. El fuego que ni siquiera el agua podía extinguir. La furia que ni siquiera la historia podía apagar.

Como una horda de ángeles de fuego, los cuerpos en llamas de los soldados y marineros se arrojaban a la fría oscuridad del agua, iluminaban el chisporroteante Bósforo y abandonaban su superficie para descender a las tinieblas del fondo; parecían estrellas del cielo que parpadeasen antes de irse apagando, una a una.

Del sudario de la lluvia emergió un soldado y apoyó una mano en el hombro del chico para convidarle a regresar al interior.

—Venid, vuestra majestad —dijo—. No es seguro estar aquí fuera. Os encontráis completamente rodeado de enemigos.

Cíclades estaba de pie en la penumbra de la Porphyra esperando su destino.

Aetios estaba frente a él. Se levantó su túnica para exponer sus partes en la penumbra.

—Creo que estarás de acuerdo conmigo en que no tengo mucho de eunuco.

Cíclades tenía otras preocupaciones.

—Atanatos...

Atanatos hizo una reverencia, realmente complacido con el cumplido.

—Me siento halagado de que recuerdes mi verdadero nombre.

Cíclades corrió hacia él, pero los eunucos lo inmovilizaron rápidamente.

—Este es mi brebaje, mi querido Cíclades. Mi elixir. Así es como continúo. Bebo esto y mi esencia es transferida a mi progenie y de esta forma perduro, ¿pero, y tú? Tú, mi plaga. No tienes elixir. Aun así regresas para atormentarme como un fantasma que no puede morir. Cada pocos cientos de años, tan regular como la puesta de sol y las estaciones en los campos, regresas. Una y otra y otra vez. ¿Qué es lo que tienes, que yo no tengo?

—Pronto ni siquiera tendrás un imperio. Me he asegurado de que así ocurra.

Atanatos le cruzó la cara de una bofetada.

—¿Qué has hecho?

Cíclades sonrió y se lamió la sangre de su labio partido.

—He escrito a Carlomagno. Él protege a mi hijo. Incluso ahora se está preparando para proclamar un nuevo imperio, un Sacro Imperio romano, que reemplazará el tuyo. Acostúmbrate a los sarracenos, Atanatos. Serás forzado a vivir entre ellos.

La voz que replicó desde la oscuridad era femenina y tajante.

—¡No importa!

—Madre.

La emperatriz Irene avanzó a grandes pasos para unirse a su consorte. Llevando una daga al rojo vivo que había sido aventada en las llamas por un herrero. Se la tendió a Atanatos, quien la sostuvo con cierto regocijo.

Su madre le besó en la mejilla.

—No importa, mi amado hijo. Has crecido hasta llegar a ser todo un hombre, pero no eres ninguna amenaza en esta vida y, para cuando regreses, el mundo habrá completado un nuevo ciclo, y tú estarás tan confundido como antes.

Sin previo aviso y con salvaje brutalidad, Atanatos hundió la resplandeciente daga en la cara de Cíclades y rebanó en círculos sus cuencas mientras le arrancaba los ojos.

Gene observó con tristeza el fangal de destino que era la muestra de su esperma; un tarro de recuerdos esperando a ser sembrado. Le puso la tapa y se limpió con un pañuelo de papel.

El penetrante aroma de Megera seguía flotando en el aire de su oficina; la voluntad de ella era tan palpable como siempre. ¿Iba a ser el siguiente Atanatos? Ella estaba mintiendo.

Nosotros somos Cíclades.

Levantando el velo de Ilión

4.12 p. m.

No tenía ni idea de dónde estaba la Sexta Avenida. North enterró su dolorida cabeza entre las manos. Las líneas de colores de su mapa Rand McNally se estaban burlando de él. Vibraban como las cuerdas de un instrumento musical. Estaba tentado de descartar el pliego de papel, olvidar su propósito y continuar su camino sin volver a consultar su destino.

Nada más pasar Chatham, la autovía Taconic se unía a la I-90; una interestatal de peaje que cambiaba de rumbo en dirección a Albany. No era hacia donde quería ir. Troy estaba a unos veinte minutos al norte de la capital del estado, pero desde este lado del Hudson había que coger una ruta más tortuosa e indirecta. ¿No era así?

Al menos, eso era lo que el mapa le estaba diciendo. Quizá. Pero por otro lado el mapa le decía que la propia Troy era solo un punto. ¿Cómo podría encontrar el camino a seguir en torno a un punto? *No puedo pensar. Tengo que dormir.*

Sus manos temblaban mientras se llevaba la taza de café solo y cargado a los labios. Le hacía sentirse como un yonqui con el mono. La dulce intensidad del azúcar le nublaba la mente de la forma que sus nervios demandaban, pero la cafeína no le estaba dando el empujón que necesitaba. No podía más. La excitación de seguir una nueva pista era un recuerdo lejano. Encontrar ahora la energía para ver las cosas con claridad se le antojaba una tarea imposible.

Un clamoroso vituperio surgió de la pringosa televisión negra colgada en lo alto de la pared de una esquina de la cafetería. *¿Es que nunca se iban a acabar esos juegos?* A la multitud no le gustaba aquello. Podía sentirla volviéndose contra él. Los abucheos de cien mil espectadores de las Olimpiadas abarrotando los antiguos monumentos de Atenas y sus alrededores. Coreaban un mensaje solo para él. Estaban decepcionados. Esperaban más.

El chaparrón del exterior castigaba las ventanas junto a su reservado. Mantos de ensordecedora lluvia recorrían la atestada carretera como navajas afiladas que escindiesen el tráfico. North se levantó tambaleándose. Hundió la mano en su bolsillo. Intentó pagar, pero en su lugar cayó una cascada de monedas que rebotó por el suelo.

La camarera de mediana edad se acercó, tenía un bolígrafo amarillo mordisqueado sujeto en su oreja. Se detuvo para ayudarle. Le preguntó si estaba bien, pero North no quiso hacer ningún comentario. En su lugar murmuró:

—Solo necesito algunas indicaciones.

Ella se inclinó con él sobre la barra y le marcó la ruta sobre su mapa.

—Tienes que seguir esta carretera —dijo ella—. Te unes a la I-90, entonces te metes en la I-87 norte, y coges la salida veintitrés, ¿de acuerdo? Eso te lleva a la I-787, y coges la salida veintitrés a Troy.

Espera un momento. ¿Estaba ella parloteando demasiado deprisa o es que él no era capaz de seguirla?

—¿Salida veintitrés? Ya me habías dicho que tomara la salida veintitrés.

La camarera explicó pacientemente todo de nuevo.

—Tomas la salida veintitrés dos veces.

¿Qué?

Ella le dijo que debía tener cuidado. El canal del tiempo había dicho que se acercaba una tormenta. ¿Es que ella nunca miraba por la ventana?

Por lo que North podía ver, la tormenta ya estaba aquí.

4.41 p. m.

Las luces de freno de los coches que tenía delante iban dando brincos ante sus ojos. Solo el permanecer en la carretera ya era toda una lucha. Siguió las indicaciones dadas lo mejor que pudo. Resultaron ser perfectamente precisas. Su salida de la I-787 lo llevó directamente a la Nacional 2, en la ribera occidental de un Hudson azotado por la lluvia, y a solo un puente y unas pocas cortas manzanas de la Sexta Avenida.

Todo el vecindario era una colección de casas victorianas adosadas bien cuidadas. Si estuvieran en la ciudad, el alquiler estaría por las nubes. De alguna manera dudaba que ese fuese el caso aquí. Como Poughkeepsie antes de esto, las calles estaban inquietantemente tranquilas. A pesar de los coches aparcados en las aceras y los garajes, nadie iba a ninguna parte.

Circuló lentamente por la Sexta Avenida y aparcó detrás de un Camaro de 1981 color bronce viejo. Quienquiera que fuese su propietario, distaba mucho de ser un coleccionista. La deteriorada carrocería estaba plagada de abultadas ampollas de herrumbre y los neumáticos estaban desgastados. Probablemente era el único coche que alguna vez hubiera poseído.

Mientras la lluvia rebotaba violentamente en el techo de su Lumina, oscureciendo su visión de la calle, cogió el número del Departamento de Policía de Troy situado antes de cruzar el río, en el 55 de la calle State, y les hizo una llamada de cortesía.

Tan solo el hecho de hablar con ellos lo ayudaba a centrarse y aclarar esa confusión no deseada que lo presionaba por todos lados. Sonaban animados. North se figuraba que no tenían mucho que hacer. ¿Quería ayuda con la testigo?

Repentinamente pensó en el hecho de que Cassandra Dybbuk hubiera sido paciente de un centro psiquiátrico. No tenía ni la más mínima idea de por qué había estado bajo tratamiento.

Dijo que volvería a llamar si lo necesitaba.

Dios, espero que no sea violenta.

Se estiró las solapas del abrigo para pegarlas bien a su cuello y, fatigado, subió pesadamente los grises escalones de cemento. Plegó su mapa y lo sostuvo encima de su cabeza mientras buscaba el timbre de la puerta. El botón era una pieza blanquecina de cerámica alojada profundamente en una ornamentada aunque deslustrada flor de latón.

Pudo escuchar como sonaba el timbre.

Bajo el arco de la entrada principal había un deteriorado juego de puertas dobles de caoba, acristaladas, con largos paneles de vidrio transparente y rematadas con un rodapié de latón. Definitivamente esto no era la ciudad de Nueva York. Faltaban las rejas de metal.

Piloto automático. Puedes hacer esto. Cuando ella aparezca por la puerta, tan solo pon el piloto automático.

No podía ver a nadie dentro. Dio un paso atrás. No había ninguna luz encendida. *Quizá esté en el trabajo.* Había una ventana panorámica a su derecha. Se apoyó sobre la negra barandilla de hierro colado e intentó espiar el interior.

—¿Puedo ayudarle?

North se tomó un momento para averiguar de dónde procedía la voz. Abajo junto a la escalera había otra entrada que conducía al patio trasero de la casa.

La mujer que se escudaba tras la puerta mostraba solo un poco de su cara. Él podía ver sus dedos apoyados en la madera pintada. Llevaba unos gruesos guantes de faena que estaban embadurnados de tierra negra.

North bajó las escaleras para acercarse a ella.

—¿Señora Dybbuk?

Ella parecía sentir curiosidad por el hecho de tener visita, aunque estaba matizada con cierto recelo. Él buscó algún rasgo familiar en sus facciones. Una conexión con el hombre contra el que se había enfrentado en el museo.

Ella tenía los ojos amables. No eran como los de Gene. Su piel estaba ajada y pálida. Su pelo, que obviamente mantenía teñido con un tono más oscuro que el que naturalmente tenía, surgía solo en pequeños mechones de un pañuelo que mantenía atado bajo la barbilla. Rondaba los cincuenta y pocos años. Verdaderamente era lo suficientemente mayor como para ser la madre de Gene.

North repitió la pregunta, intentando que su agotamiento no la hiciera sonar brusca.

—¿Es usted Cassandra Dybbuk?

—Sí. Siento haber tardado tanto en contestar a la puerta. Estaba entretenida en el jardín.

¿Con este tiempo? North elevó la mirada más allá de la cortina de agua que estaba cayendo para fijarse en la bóveda del atronador cielo.

Ella se explicó suavemente.

—Tengo un invernadero.

Claro.

—¿Cómo puedo ayudarle?

Él mantuvo el mapa encima de su cabeza mientras buscaba su placa.

—Detective North, NYPD. —Eso siempre era suficiente para ensombrecer la cara de cualquiera.

—Está muy lejos de la ciudad, detective.

—Me gustaría hacerle unas pocas preguntas... sobre su hijo.

La reacción de ella fue inmediata. Abrió un poco la puerta.

—¿Sabe algo de Eugene?

Era cautelosa. *Nombre correcto, al menos.*

—Eso depende. —Le mostró la fotografía—. ¿Reconoce a este hombre? ¿Es este Eugene?

Había miedo en los ojos de ella. Le daba miedo hasta tocarla. North no podía discernir por qué. ¿Reconocía su cara? ¿Era su hijo o no lo era? ¿Le había hecho él algo? No sabría decirlo.

No hizo ningún gesto para quitarse los guantes. En su lugar observó el agua chorreando desde el mapa empapado que le servía a él de sombrero y dijo:

—Resguardémonos de la lluvia.

Bajo el eco de los cristales aporreados por la lluvia, el invernadero de Cassandra Dybbuk estaba vivo con los delicados brotes, las olorosas flores y una profusión de rica vegetación.

North apenas podía mantener un cactus con vida.

El vertiginoso surtido a lo largo de los bancos de trabajo le hacía sentirse vacilante sobre sus pies. Se tomó un momento. El húmedo ambiente era limpio. A pesar de su confinado entorno, respiraba y se sentía más libre que antes.

North creyó reconocer algunas plantas, una orquídea y quizá un geranio, entre la confusión de macetas cuadradas de plástico negro donde brotaban bulbos y retoños. Para el resto tendría que confiar en las etiquetas, cuando las había: delicados pétalos de gardenias, las blancas coronas del ciclamen y el aroma picante y misteriosamente familiar del jazmín.

¿Qué pasa con todo este jazmín? Jazmín en el museo. Jazmín aquí.

La felicitó por su trabajo, pero Cassandra Dybbuk estaba absorta. Al cabo de un rato ella se quitó uno de los guantes llenos de tierra y sostuvo la foto de Gene entre sus estilizados y arrugados dedos. Pasó la palma de la mano sobre las líneas de su cara.

—¿Cuándo fue la última vez que vio a su hijo?

Ella negó con la cabeza. *¿Es eso signo de remordimiento?*

—Meses. Años.

Extraño. ¿Qué clase de madre no sabría con exactitud cuándo y dónde vio por última vez a su hijo?

—Parece el mismo. Su pelo es el mismo. —Su expresión se fue haciendo cada vez más impenetrable—. Esa parece su ropa. ¿Y esa marca de nacimiento cerca de su ojo? Eugene tenía una como esa —añadió Cassandra, sumida en sus recuerdos.

—¿De modo que es Eugene?

La señora Dybbuk no quiso confirmarlo. ¿Qué era lo que la perturbaba tan profundamente? Dejó la fotografía y le dio la espalda.

—¿Así que dice que le gustan mis plantas? Mi hijo hizo crecer aquellas de allí. —Señaló las pequeñas plantas verdes al otro extremo del invernadero, próximas a unos guisantes medio secos.

—Son muy bonitas. ¿Qué son?

—Se llaman heliotropos.

—¿De modo que ambos comparten la misma pasión?

—Oh, no. Yo lo hago por diversión. Gene siempre está experimentando. Lee todo aquello que cae en sus manos. No sé de dónde lo saca. Un día entró aquí y dijo: «Mamá, si Marian puede hacerlo yo también puedo».

—¿Quién?

—Eso fue lo que dije. Me explicó que era una científica francesa o no sé qué. Me habló de ello, pero francamente desconecté, no sé si sabe lo que quiero decir.

North lo entendió.

—No soy muy bueno en ciencias. Cualquier cosa que le hiciera feliz, ¿eh?

—¿Sabía que tenemos un reloj interno? ¿Cómo lo llamaba? Un ritmo circadiano. Significa que si usted o yo fuéramos a pasar un rato en una habitación oscura, nuestro reloj corporal iría un poco más despacio. Acabaríamos trabajando en un día de veinticinco horas si no pudiéramos ver la luz del sol.

North no sabía eso.

—Es gracioso las cosas que una recuerda. Los heliotropos están aquí porque él quería probar que las plantas también tenían un sentido del tiempo. Cada mañana sus tallos y hojas se despliegan y se orientan hacia el sol. Y cada noche se pliegan de nuevo. Recuerdo que las puso en una caja con una tela a modo de capucha para ser el único en poder verlas.

—¿Y qué ocurrió?

—No les llegaba la luz del sol, pero aun así seguían abriéndose y cerrándose, tan regulares como un mecanismo de relojería. Me dijo: «Mamá, eso es lo que les ocurre a nuestras almas. Morimos y nuestras hojas se cierran. Renacemos, y se vuelven a abrir».

Este es el hombre que busco.

Cassandra Dybbuk regresó a la fotografía. La cogió cuidadosamente y se la devolvió, diciendo:

—No es él.

North sintió un escalofrío.

—¿Qué?

—Ese no es mi hijo. Conozco a mi hijo y ese no es él.

No puede ser. Se equivoca.

—¿Está segura?

—¿Me está llamando mentirosa?

Había cólera en sus ojos y un par de tijeras de poda a solo medio metro de distancia. Él escuchó el ruido sordo de la lluvia y acompasó su respuesta con su ritmo.

—Conoce a su hijo.

—Así es.

—Yo no. —Miró la fotografía, que tenía ahora las esquinas desgastadas y rotas. Se la guardó en el interior del abrigo—. ¿Tiene alguna fotografía reciente de él a la que pueda echar un vistazo, para poder verlo por mí mismo?

La cara de ella se iluminó instantáneamente.

—Por supuesto. Me gustaría mostrárselas.

Entraron por la cocina. Los anchos tablones de madera noble del entarimado del salón eran tan oscuros y estaban tan encerados como el revestimiento de madera de las paredes. Todo parecía formar parte de las características originales de una casa bien cuidada que no andaba escasa de dinero. Quizá demasiado bien cuidada. Este lugar no se parecía en absoluto al invernadero. Era opresivo y claustrofóbico.

El papel pintado era una retícula interminable de formas de diamante flotando en un mar verde azulado. Una faceta para cada miedo escondido. Un ejército de ojos que se le clavaban en el alma. Mientras ella lo guiaba lentamente por las escaleras talladas a mano, North se dio cuenta de que había unos pocos cuadros en las paredes, unos arrebatos de colores y texturas abstractos. Ningún retrato. Todo el lugar carecía de cualquier indicio de calidez y confort.

North anduvo con pies de plomo.

—Me sorprende encontrarla en casa hoy, señora Dybbuk.

—¿Ah, sí?

—¿Tiene el día libre, o ha salido temprano?

Según terminaban de subir las escaleras, ella vaciló. No era una pregunta que pudiera contestar fácilmente. Se detuvo sin aviso previo, casi provocando que North chocase con ella.

—No trabajo —explicó.

—¿De veras? ¿Cuál es su secreto?

Cuando Cassandra Dybbuk llegó al descansillo, North se encontró con una heladora mirada llena de furia que hizo que un escalofrío recorriese su espina dorsal. Sus ojos la delataban. Su sentido de la razón parecía trastornado. Había una cualidad acuosa en la palidez de su mirada. Una ligera incapacidad para enfocar. En ese preciso momento North fue capaz de ver, más allá de las apariencias, aquello que la mantuvo retenida en la institución. Bajo la superficie, algo había estallado.

North se quedó paralizado al final de las escaleras, claramente consciente de la brusca caída a su espalda. Recorrió con los dedos la lustrosa barandilla y la agarró con fuerza. Sus nudillos estaban blancos.

—Lo que quería decir es que esta es una gran casa. ¿Cómo hace para mantenerla?

—Ellos me envían dinero una vez al mes.

«¿Ellos?»

—¿Su ex marido?

—Nunca me casé con él.

—Ya veo.

Ella siguió caminando por el pasillo como si nada hubiera pasado. Él tenía que tener cuidado de que su acuciante necesidad de dormir no le hiciese llegar a suposiciones sencillas. Aun así, North solo la siguió a cierta distancia y no tuvo ninguna prisa por contemplar lo que ella le mostró al abrir la puerta de uno de los dormitorios.

Ella le hizo un gesto para que se acercase. Llegó hasta el umbral y se asomó dentro.

Había una pequeña cama impecablemente arreglada junto a la puerta. El armario abierto al otro lado de la habitación revelaba que la mayoría de la ropa había desaparecido. Los estantes seguían repletos de gruesos volúmenes. Y frente a la ventana descansaba un amplio escritorio de madera, deteriorado y repleto de tubos mugrientos de cristal y lo que parecían ser unas viejas peceras polvorientas.

—¿Esta es la habitación de su hijo?

Ella entró sin encender la luz.

—Lo fue. Ahora es solo una copia.

—¿No es así como la dejó?

Ella se quitó el largo guardapolvo de jardinería que llevaba ceñido alrededor del cuerpo.

—Es exactamente como la dejó —replicó disgustada.

A North se le trababa la lengua.

—No lo entiendo.

—Tampoco esperaba que lo hiciera —dijo, cruzando los brazos de forma desafiante—. Cuando se fue a la universidad, ellos vinieron.

North seguía sin seguirla.

—¿Quiénes? —preguntó con delicadeza.

Estaba enfadada. ¿Era con él, o era por lo que había pasado? No sabría decirlo y eso era lo que más lo asustaba.

—Estaban buscando algo.

—¿Qué estaban buscando?

—No estoy segura ni de que lo supieran ellos.

La forma en que lo decía. *«Ellos»*. ¿Eran esos «ellos» los que se habían llevado a Gene en el coche?

—Vinieron cuando yo no estaba. Destrozaron toda la casa y la dejaron patas arriba. —Se le quedaron atascadas las palabras en la garganta, tenía los ojos empañados. Comenzó a sollozar, lentamente al principio, pero luego sin control.

—Eso es terrible.

—Esos bastardos. Arrasaron con todo. Registraron incluso mi cajón de lencería. ¿Qué querrían hacer con mi lencería?

North podía contarle unas pocas historias. El pervertido que había atrapado en un allanamiento con las bragas de la víctima en la cabeza mientras se masturbaba en su cama. O la cantidad de veces que había entrado en la escena de un robo solo para encontrar que el sospechoso había dejado un mojón en el salón.

—¿Presentó una denuncia?

—¿Contra quién? A nadie le importaba.

—Bueno, si se llevaron algo...

—¿Quiere oír lo peor? Cuando hubieron terminado, lo volvieron a poner todo en su sito tal y como estaba.

—¿Exactamente igual?

—Exacto. No dejaron nada descolocado. Todo quedó perfecto al milímetro. —Se sorbió la nariz y se secó las lágrimas en la manga—. Pero no soy idiota, detective. Sé que estuvieron aquí.

¿Está paranoica o asustada?

—¿Se había metido su hijo en algún lío?

—Yo lo metí en esto, es culpa mía.

—¿Cómo puede ser culpa suya?

—Porque estuve de acuerdo en tenerlo.

Esto era un campo de minas, pero North no tenía elección. Tan delicadamente como pudo, intentó ir más lejos de lo que quizá ella quisiera llegar. Pero ninguna voz amable podría suavizar lo que tenía que preguntar.

—¿Quiso abortar?

Ella se vio dominada por la vergüenza y la culpa. Se miró los pies, negando con la cabeza.

—Quería el dinero.

¿Tuvo un niño por dinero? ¿De quién? ¿Del padre? Esto no era un interrogatorio, ella no tenía por qué contestar sus preguntas, pero él tenía muchas que hacer. La presionó un poco más.

—¿Lo descubrió Gene?

Asintió, avergonzada por mirarle a los ojos.

—¿Fue por eso por lo que se marchó?

—No —respondió ella—. Pero es el motivo por el que nunca regresó.

—¿Ha vuelto a saber de él?

Su cara resplandeció repentinamente ante la calidez de los recuerdos.

—Oh, sí, llama por teléfono de vez en cuando. Es tan bueno escuchar su voz... Yo quisiera hablar más tiempo, pero siempre está tan ocupado. Y siempre parece tan triste...

—¿Le llama usted alguna vez?

Ella negó con la cabeza.

—No sé el número.

La compañía telefónica lo sabrá.

—¿Nunca pensó en buscar su número? —De nuevo su respuesta fue vaga—. ¿Qué me dice de su dirección?

—No sé dónde está.

Puede que mienta.

—¿Tiene alguna objeción a que eche un vistazo a sus registros telefónicos?

Ella pareció asustarse.

—La tengo si se ha metido en algún problema.

Tal y como estaban las cosas, él no tenía una identificación positiva. Eso tenía implicaciones. Si le mentía en ese momento todo se vendría abajo en el juicio más adelante.

—Solo quiero asegurarme de que no es él.

—Bueno, entonces supongo que sí puede. Si realmente cree que necesita hacerlo.

North intentó sonar amigable.

—Eso depende de la apariencia que tenga en la fotografía.

La tensión de ella disminuyó. Le insinuó una sonrisa y se disculpó por hacerle esperar. Salió de la habitación con la intención de ir a buscar las fotografías que había prometido enseñarle. Lo invitó a permanecer en la habitación de Gene mientras esperaba.

North se lo agradeció. Pero apenas había llegado al umbral de la puerta cuando aferró el marco; sus dedos tamborilearon con nerviosismo en la madera. Se giró hacia él y dijo a media voz:

—Una vez me dijo que vendría a visitarme.

—¿Y llegó a aparecer?

—Temo que fue peor que eso. —Echó un vistazo hacia atrás por encima del hombro. Había obsesión en su voz. Bajó aun más su tono como si quisiera evitar que alguien más la escuchase—. Enviaron a un impostor, ¿sabe?

¿Lo había formulado como una pregunta porque pensaba que así sonaría más plausible? *¿«Un impostor»?*

—¿Cómo lo supo?

—Era un joven bastante simpático. Idéntico a mi hijo en casi cada detalle; incluso imitaba sus gestos y manías. Pero no era mi hijo. —Miró a su alrededor, para estar completamente segura de que solo estaban ellos dos—. Creen que yo no lo sabía. —Su voz se convirtió en un susurro—. Pero sí que lo sabía.

Cassandra Dybbuk dejó un vacío a su partida. North no pudo identificar su afección, y su inestabilidad lo sobrecogía. Solo cuando tuvo la certeza de que se había marchado, aprovechó la mejor de las oportunidades.

Siempre guardaba unas pocas cosas en el bolsillo de su abrigo para manejar las pruebas que encontraba, pero no tenía tiempo de ponerse un guante de látex desechable. Sacó su pañuelo en su lugar y fue directo a la colección de cristales que había sobre el escritorio. ¿En qué había estado trabajando Gene?

Cogió uno de los tortuosos tubos llenos de mugre y lo sostuvo delante de la luz. Se reveló el familiar patrón de las tenues marcas curvas y espirales.

Incluso si las pruebas físicas no podían situar el arma del crimen directamente en las manos de Gene, había un montón de huellas sin identificar en los fragmentos de cristal del museo, y una identificación positiva podría al menos situar definitivamente a Gene en la escena del crimen. ¿Cuántas veces había estado North presente en un juicio contemplando como un abogado defensor destrozaba las pruebas obtenidas de los vídeos de vigilancia? Había perdido la cuenta. Era más difícil presentar argumentos en contra de una huella dactilar.

No traía equipo con él. Nada de polvo para revelar huellas latentes y desde luego ninguna cinta adhesiva para levantar la muestra. Tenía que improvisar. Abrió uno de los cajones. Había un viejo rollo de celo. Algo era algo. Maldijo el hecho de no fumar; si pudiera quemar algo, como la punta de un lápiz, el hollín se pegaría a la huella y podría levantarla con el celo. Buscó en unos pocos cajones más y luego en los armarios.

Encontró una vela y una caja de cerillas. Tenía que darse prisa.

La primera que probó no se encendió. Le entró el pánico y volvió a probar. El siguiente intento fallido pareció brillar más que el primero y, por lo tanto, estar destinado a alertar a su anfitriona. Lo intentó una tercera vez. Las chispas se convirtieron en una pequeña llama amarilla. La sostuvo contra la vela, que produjo una fina voluta de humo negro.

North puso rápidamente la llama bajo el tubo de cristal y dejó que tocara las huellas. Esperar a que se depositara el hollín suficiente parecía hacerse eterno.

Podía escuchar la búsqueda de Cassandra Dybbuk en alguna parte más allá del pasillo. Maldecía mientras se le caían cajas y luchaba contra montones de ropa.

Los segundos pasaban como ensordecedores latidos de corazón. Sopló al humo, esperando acelerar el proceso. Lo invisible se estaba haciendo visible. Era débil. Tendría que servir.

Apagó la vela de un soplido y la arrojó al cajón del escritorio, rasgó una tira de cinta adhesiva y la presionó contra la huella expuesta. *Uno, dos.* La despegó de nuevo, y usó el extremo sobrante para preservar lo que había obtenido doblando la cinta sobre sí misma.

Comprobó a toda prisa el trabajo realizado. La huella era utilizable. La deslizó en el bolsillo de su abrigo y repentinamente sintió una respiración en su cuello. Echó un rápido vistazo por encima del hombro.

Ella no estaba ahí. *Ahora sí estoy paranoico.*

Caminó en silencio hacia la puerta y espió lo que ocurría fuera. Los inconfundibles sonidos de Cassandra Dybbuk, que seguía revolviendo sus cosas, resonaban en el pasillo.

Eso lo reconfortó sobremanera.

North nunca había visto tantos libros de genética y neurobiología. Había libros de Mendel y sus descubrimientos genéticos utilizando guisantes. North se preguntaba si eso explicaba el invernadero. Había libros de Watson y Crick sobre sus descubrimientos con el ADN; había artículos de investigación de otros científicos de los que nunca había oído hablar, Seymour Benzer y Eric Kandel. E interminables descripciones de cómo los genes controlaban tanto la memoria como el tiempo.

Gene demostraba un interés en los trabajos sobre la memoria y el tiempo que iba más allá de la fascinación. Era una obsesión. Toda una repisa estaba llena de cuadernos.

North cogió uno al azar. Las páginas estaban llenas de anotaciones y esmerados dibujos de tubos y cajas de cristal. En el interior de cada artilugio había cientos de diminutos puntos negros etiquetados como *Drosophila.* Eran moscas de la fruta que, a través de un proceso de eliminación utilizando los tubos de cristal, Gene había separado en progenies que exhibían diferentes mutaciones, mientras las polvorientas peceras eran las granjas que utilizó en su momento para criarlas.

La entrada en el diario rezaba:

> El sentido del tiempo es innato. Es el más antiguo de todos nuestros instintos. Todas las criaturas lo experimentan, todas las criaturas sucumben. Incluso las bacterias, con un periodo vital que solo puede ser medido en horas, pasan a su siguiente

iteración gracias a un sentido del tiempo perfectamente calibrado. Las señales que hay en nosotros están ahí a la vista de todos. A las 4 a. m. el asma ataca con mayor furia. A las 2 a. m. las úlceras se encienden sin piedad. A la 1 a. m. morir en quirófano está casi asegurado. El cuerpo tiene un reloj y nuestras vidas son esclavas de él.

North pasó unas cuantas páginas más, saltándose párrafos y párrafos de anotaciones detalladas hasta que llegó a otro pasaje que estaba lo suficientemente claro como para que pudiera entenderlo. Describía en íntimo detalle el funcionamiento físico del reloj biológico.

> En el interior del núcleo de una neurona que se asienta en el cerebro, los genes *clock* y *timeless*[6] codifican sus proteínas. Cuando sus ejércitos se han alzado, esas legiones de proteínas entran en el núcleo e instan a sus reyes para que se detengan. Ellos permanecen en su puesto, resueltos, hasta que, una a una, esas proteínas se degradan y desaparecen. Y los reyes, solos ahora, reciben un aviso de un mensajero, un tercer gen llamado *cycle*,[7] que les induce a crear un nuevo ejército. Este ciclo dura unas veinticuatro horas, hasta que se vuelve a repetir. Esto es lo que crea el sentido del tiempo. Ningún dios está implicado en lo que ocurre aquí.

Las notas continuaban, parte de ellas incoherentes, otras partes claras y concisas. Si lo había entendido correctamente, el gen *clock* tenía 3.600 letras, o nucleótidos, de longitud. Si se cambiaba una sola letra, podían darse efectos asombrosos. Gene había descubierto que si la letra número 1.766, que normalmente era una G, se cambiaba por una A, el reloj corporal iba cinco horas más deprisa. Pero si la letra 734, que era una T, se cambiaba por una A, el reloj corporal iba cinco horas más lento.

Gene parecía estar buscando una forma en la que el reloj corporal pudiera dirigir otros eventos internos. La mayor parte de aquello era un galimatías para North. Gene de nombre. Gene por obsesión.

---

[6] N. del t.: *Clock:* reloj; acrónimo de *Circadian Locomotor Output Cycles Kaput. Timeless:* eterno; conocido también como «gen tim».

[7] N. del t.: Ciclo

Gene Dybbuk era mucho más inteligente y agudo de lo que North hubiera podido anticipar. Había reconocido lo que quería buscar, había salido a por ello y lo había encontrado. Ahora, si sus notas se consideraban como ciertas, estaba intentando repetir su éxito con las *Drosophilas* indagando en la esencia del animal humano.

North devolvió el diario al sitio donde lo había encontrado y se planteó si debía coger otro. ¿Cuánto tiempo había estado esperando? Cassandra Dybbuk se había marchado hacía rato. Finalmente la tentación fue demasiado fuerte. Fue esta vez a por el libro azul de la repisa, el que estaba al final, el que estaba en la parte más oscura.

Lo abrió por la primera página. Ponía: «Soy el Juramento de Satán».

¿Soy el Juramento de Satán? ¿Eso qué significaba? Lo dijo en el museo y entonces no tuvo sentido. ¿Qué estaba intentando decirle Gene?

Pasó a la segunda página, ansioso por ver si había más indicios que aclarasen sus dudas.

El toro le devolvió la mirada.

North se quedó sin aliento.

Tu-tum.

Respiraba con dificultad. Su garganta estaba constreñida.

Tu-tum.

Retrocedió perplejo, le fallaban las rodillas. Se derrumbó sobre la cama.

Las páginas del libro azul ondeaban a su lado. Le hostigaban.

El toro.

Su respiración era cada vez más ruidosa, su ritmo cardíaco cada vez más rápido.

Su mano tembló violentamente. Su rodilla brincaba de arriba abajo. *Tu-tum. Tu-tum. Tu-tum.* Miró a su alrededor.

No veía a Cassandra Dybbuk por ninguna parte.

Se limpió el sudor de la cara; miró el libro y lo cerró de un manotazo.

North se puso de pie y caminó en círculos. El libro a su vez no hizo nada. Se quedó donde estaba.

¿Qué respuestas se escondían en sus páginas? ¿Qué cosas sabían que él no sabía?

¿Qué cojones está pasando?

¿Qué hago con esto?

¿Qué hago?

Sabía que lo que iba a hacer lo cambiaría todo para siempre. La vergüenza ya lo tenía envuelto en su abrazo. North cogió el libro de la cama y lo enterró en el interior del bolsillo de su abrigo; a partir de ese momento ya no era un policía.

—¡No! ¡No! ¡No! ¡No!

El grito de rabia que venía de la habitación al otro lado del pasillo rompió el silencio de la sofocante casa.

North salió al pasillo y se dirigió corriendo hacia la habitación de Cassandra Dybbuk. Se detuvo en el umbral de la puerta y la observó desde allí. Estaba sentada en el suelo, descargando sus puños contra el interior de una caja de seguridad que estaba tirada boca arriba a sus pies; cientos de fotografías habían sido esparcidas a su alrededor.

—¡Las han cambiado! ¡Las han cambiado! Han vuelto y han cambiado mis fotos. ¿Dónde está mi nene? ¿Dónde está mi bebé?

Arrojó puñados de fotografías contra la pared. Una aterrizó a los pies de él. Se agachó para cogerla. Sin ningún género de dudas se trataba de Gene. Era la fotografía de su graduación en la Universidad de Columbia.

North no sabía qué hacer. Apenas podía controlar su propia mente.

—¿Señora Dybbuk? Señora Dybbuk, cálmese por favor.

Pero Cassandra Dybbuk estaba muy lejos de calmarse.

Con lágrimas cayendo a borbotones por su ajada cara, levantó la mirada hacia North y se quedó horrorizada. Retrocedió arrastrándose por el suelo y se hizo un ovillo en una esquina.

—¿Qué has hecho con el detective? ¿Qué has hecho con él, impostor?

Libro quinto

Un corazón oscuro no siempre se
puede achacar a los padres o a la sociedad
—Steven Pinker

Ecos del demonio

8.27 p. m.

Con el cálido aliento del toro como un infierno en su nuca, la dejó gritando en el dormitorio.

Nada de lo que dijera la calmaría. Nada de lo que hiciese marcaría ninguna diferencia. Estaba convencida de que él no era quien afirmaba ser.

La ironía era que tenía razón. Ella vio quién era en realidad. Pudo ver lo que se escondía detrás de su máscara. Vio sus cuernos y él se sintió desnudo y expuesto.

¿Debería llamar a una ambulancia? No. Tenía la impresión de que ya habían pasado por aquí en cientos de ocasiones previas. Si hubiesen podido hacer algo por ella, lo habrían hecho hacía tiempo.

Dejó la desolación de la caja de Pandora tras de sí. Aunque estaba seguro de que la puerta principal estaba bien cerrada, sabía que había traído consigo una serie de males atormentadores enterrados en lo más profundo del bolsillo de su abrigo. Podía escuchar el eco de cuatro fuertes pezuñas a su espalda. La lluvia era más intensa que cuando entró en la casa y el cielo mucho más oscuro que antes. Aunque eso no había mitigado el hedor a animal. La fetidez del pelaje empapado por la lluvia y el dulce aroma de la hierba salvaje. El toro estaba sobre él y no lo dejaría marcharse.

North escuchó el zumbido eléctrico de la farola sobre su cabeza; era como si en su parpadeo estuviese luchando por adquirir vida propia. Bajo el baño de su luz, regresó a su coche y se abalanzó en el asiento de conductor donde se sintió un poco más seguro. Pero solo un poco. Las sombras no dejaban de dar vueltas.

North necesitaba beber algo.

Comenzó a conducir lentamente, dando respingos ante los movimientos inesperados, y avanzó cuidadosamente por el centro del pueblo sin vida buscando un bar y algún lugar cercano donde poder aparcar.

Durante veinte minutos solo tuvo éxito en descubrir un antiguo edificio griego tras otro, una sucesión de columnas dóricas, y después de cada una de ellas, la sombra del toro que mantenía su misma velocidad, siempre vigilante, esperando el momento en que pretendiese huir.

Cuando fue recibido por la visión de un edificio que se parecía notablemente al templo de Atenea, el Partenón de Atenas, como el que aparecía en todas las cadenas de televisión, el efecto fue tan misterioso como inquietantemente familiar y, por unos instantes, el toro se retiró.

Además de los edificios de ladrillo, todos los carteles y señales de tráfico seguían diciéndole que estaba en el hogar del Tío Sam; el Tío Sam vivía aquí. El Tío Sam murió aquí. ¿Era real el Tío Sam? Aquello le cogía de nuevas. Parece ser que el Tío Sam era un proveedor de carne llamado Samuel Wilson, que había abastecido a las tropas durante la guerra de 1812. ¿Era griego el Tío Sam? Eso no tenía sentido.

Troy era una ciudad con una acuciante crisis de identidad. Él sabía cómo se sentía la ciudad.

Necesitaba un bar. Encontró un sitio en la esquina de la calle Cuarta con Fulton, pegado al edificio del Ilión, y decidió caminar desde allí. Pero no pasó mucho tiempo desde que salió del coche hasta que el toro comenzó a perseguirlo de nuevo por las ventanas a lo largo de su camino.

No pasó mucho tiempo hasta que North encontró un agujero oscuro donde refugiarse. Sus escasas luces de colores fueron bienvenidas. Sin embargo sabía, aunque se había refugiado de la lluvia, que el toro, siempre vigilante, estaría esperando.

North se sentó pesadamente ante la pequeña barra y deslizó un billete de veinte sobre su superficie. Sus dedos rebotaron en los surcos y salientes de la deteriorada madera que permanecía húmeda por la cerveza previamente derramada.

Pidió güisqui. Solo. No le importaba la marca siempre que tuviera el color adecuado y le quemase la garganta. Cualquier cosa, siempre que alejase a aquel animal.

El solitario camarero era joven. Tenía el pelo claro y corto. Llevaba una camiseta del Instituto Politécnico Rensselaer y se mantenía encorvado sobre un periódico mientras pasaba el rato haciendo un crucigrama.

No levantó la mirada al coger el dinero de North, y tampoco tuvo mucha prisa en servirle. Con la excepción de tres o cuatro personas más, el bar estaba vacío, las luces y el sonido de la televisión estaban bajos. Todo el mundo quería que así fuese.

North se apoyó sobre los codos y observó la lluvia que azotaba el exterior.

El camarero le puso su bebida sobre una servilleta blanca y se escabulló hacia el otro extremo de la barra, donde estaban sentados otros dos hombres. Luego dijo:

—Nueve vertical. Ocho letras. La locura que se halla en un culto.

—¿Qué?

—¿La locura que se halla en un culto? ¿Qué clase de pista es esa? —preguntó el tipo del bigote poblado.

—¿Tienes alguna letra?

El tipo del bigote le quitó el periódico y le dio la vuelta para mirarlo de cerca.

—Algo, Union, algo, Adam, algo, algo, algo, algo. —*Union. Adam.* Ese era un código fonético utilizado únicamente por policías.

North los escuchó discutir sobre la respuesta hasta que inesperadamente esta le vino. Retiró tranquilamente la servilleta de papel de debajo de su bebida, tomó su bolígrafo y la escribió.

Deslizó la servilleta de papel por la barra hacia ellos. El más cercano de los tres la cogió y la leyó en voz alta.

—¿Lunático?

North terminó su bebida de un trago y dejó pesadamente el vaso sobre la barra.

—Siento entrometerme.

Al joven camarero no pareció importarle. Paseó su bolígrafo sobre el crucigrama con regocijo.

—Encaja.

—No lo entiendo.

El hombre más cercano a North lo entendió.

—Es un anagrama; la locura que se halla en un culto. Lunático —alzó su vaso hacia North como saludo—. Gracias, colega.

North asintió cortésmente, pero no pudo hacer contacto ocular. La sonrisa del hombre parecía elevarse hasta sus orejas y su piel parecía ser de un rojo diabólico bajo el resplandor de los tubos de neón de Budweiser. North deslizó su vaso hacia delante. Pidió otra bebida.

Mientras el chico universitario se la servía, el hombre al otro extremo de la barra se encendió otro cigarrillo. Tiró la cerilla en su vaso vacío y la removió en el fondo. Sus ojos se entrecerraron al mirar a través de su propio humo.

—¿Acabas de estar en la casa Dybbuk?

North sintió el roce de una ansiedad que crecía progresivamente. ¿Cómo lo sabía? Los incoherentes desvaríos de Cassandra Dybbuk seguían frescos en su memoria. *¿Es uno de ellos?*

North le echó un rápido vistazo. El hombre satánico del cigarrillo hizo un gesto con los dedos sobre su pecho como una forma de explicarse e inclinó la cabeza en su dirección.

North bajó la mirada. Su placa dorada seguía a la vista. Suspiró mientras la guardaba.

El demonio del cigarrillo se acercó y se sentó junto a él.

—Roy. Roy Conner. —Señaló a su compañero al final de la barra, que seguía ayudando a resolver el crucigrama y se acariciaba el bigote mientras consideraba las pistas—. Central dijo que llamaste a la comisaría. ¿Vienes de la ciudad?

North meció su bebida.

—Sí

Roy Conner sacudió la cabeza. Reconoció todos los signos.

—Esa vieja loca. Tío, esa mujer está como una puta cabra. Eh, ¿hizo aquello que hace cuando estás en su habitación y de repente te dice que eres una especie de clon? ¿Te preguntó qué hiciste con el policía real que vino a verla?

North admitió que eso fue lo que ocurrió.

Roy Conner no estaba sorprendido.

—No creo que nadie la volviese loca, es una enfermedad. —Tiró la ceniza de su cigarrillo—. Oye, A. J., ¿qué te dijo ese loquero que tenía Cassandra Dybbuk, eh?

Su compañero ni siquiera levantó la mirada del periódico.

—Síndrome de Capgras.

—Sí, eso es. Todos y todo ha sido cambiado. ¿Sabías que incluso presentó una denuncia por la desaparición de su hijo la última vez que vino de la universidad para visitarla? Se negó a creer que fuera su hijo de verdad.

North intentó mostrar algo de interés.

—¿Cuándo fue eso?

—Oh, debió ser hace unos seis o siete años. Pobre bastardo. Se tuvo que ir a un motel. Déjame que te diga que empezó siendo un buen chico. ¿Te dijo ella lo que le hizo?

—No.

—Sí, apuesto a que no te lo dijo. ¿Olvidó contarte aquella vez que pensaba que era algo más que un simple impostor?

North se mostraba reacio a preguntar qué había pasado, pero se lo iban a contar igualmente.

—Ella entró en su habitación a las tres de la mañana, convencida de que era un robot. Su hijo de diecisiete años. Intentó abrirle la cabeza con un desmontador de neumáticos para buscarle los microchips. Creo que así es cómo consiguió ese trabajo en la ciudad: linaje susceptible. Demasiados experimentos con uno mismo.

—¿Qué trabajo?

—No lo sé. Rollos con el cerebro. Lo que sea. Ese chico lo tuvo difícil.

North remató lo que quedaba de su segundo güisqui.

—No me importa lo mal que lo haya pasado. Lo cogeré.

Roy Conner estaba intrigado.

—¿Qué ha hecho?

—Ha matado a un policía.

—Hay que joderse. —Satán apagó su cigarrillo, apenas sorprendido por el giro de los acontecimientos—. Sí, bueno, de casta le viene al galgo.

10.54 p. m.

Un motel. Eso sonaba muy bien. El camarero le habló del Super 8, a una manzana de distancia, en la esquina de las calles Cuarta y Grand. La habitación costaba cuarenta y cinco pavos la noche.

Pagó en metálico en recepción, pidió un recibo y lentamente se dirigió a la segunda planta.

No escuchó nada. Ese silencio lo hizo detenerse un momento. ¿Lo había perdido? ¿Se había escapado? Para cuando North se derrumbó sobre la cama barata, había estado despierto más de cuarenta y una horas seguidas. Aun así tenía miedo de quedarse dormido.

Podía sentir las punzantes esquinas del libro azul en el bolsillo de su abrigo, que se clavaban en sus costillas, negándose a claudicar. Con ansiedad, metió la mano en el bolsillo para sacarlo y arrojarlo al otro lado de la habitación. Escuchó su impacto. Lo escuchó caer. No pudo girarse para verlo. No al principio. Pero cuando los minutos decidieron que no iban a seguir corriendo, sintió la fría mirada del libro azul que lo observaba a través del vacío. Aquello sabía cosas. Sobre él. Cosas secretas.

Cosas que ni siquiera él sabía.

El libro azul lo arrastró al borde de la cama, lo estaba llamando. Le dio una patada a la mesa que lo sostenía pero este ni se inmutó. El libro azul era el que tenía el control.

North se encargaría de ello. Se puso de pie y observó sus tensas facciones en el espejo mientras se desvestía. Se arrancó la corbata del cuello y la arrojó asqueado. Un botón rebotó por la habitación mientras luchaba por quitarse la camisa.

¿Qué eran esas marcas rojas en su frente? Dos prominencias rojas. Las tocó. Estaban doloridas. Intentó ignorarlas.

Apagó la luz y se tapó con la manta hasta el cuello. Sus ojos titilaban con su ruego por poder dormir. Su lengua se le hundió en la garganta, bloqueando su respiración. Se tumbó de lado.

Fue entonces cuando escuchó los ruidos en la puerta.

Primero probaron el pomo. ¿Lo habían seguido desde el bar? North no estaba seguro de nada, excepto de la frialdad del metal de su arma en la mesita de noche.

Estiró el brazo en la oscuridad, pero no pudo encontrar nada allí. Se sentó. La luz que se filtraba bajo la puerta revelaba las sombras donde unos pies bailaban inquietos.

North se deslizó fuera de la cama. Volvieron a manipular el pomo de la puerta. Giró y dio vueltas, pero no cedió. El chirrido de unos utensilios de metal pronto se unió al zarandeo de la cerradura. No tardarían mucho.

North volvió a palpar la superficie de la mesita de noche. ¿Dónde estaba su pistola? La puerta traqueteó con impaciencia. No estaban llegando a ninguna parte y eso resultaba inaceptable. Pudo escuchar unas voces reconsiderando sus opciones. Lo siguiente que aconteció fue un ruido sordo, un hombro, luego una fuerte patada.

Habían venido a por Cassandra Dybbuk y ahora venían a por él. Bueno, se iban a llevar una sorpresa. Él no era ninguna vieja indefensa. Cogió la silla que permanecía en una esquina de la habitación. La sostuvo a la altura del pecho, apuntando las patas hacia delante como si fueran picas. North gritó en la oscuridad.

—¡Os lo advierto! ¡Estoy armado!

El ruido no se detuvo. No hubo titubeos. Ningún miedo. Sus amenazas fueron inútiles. La puerta se iba a abrir independientemente de que North estuviese de acuerdo con ello o no.

Tu-tum. Tu-tum.

El bramido y el resoplido iban a por él. Tanto si estaba dispuesto a luchar como si no.

La puerta se hizo añicos delante de él, las astillas cayeron a sus pies. Con la cabeza agachada y los ojos en llamas, el toro había venido a reclamar su alma.

Prominentes paquetes de musculatura ondulaban sobre su terrorífico y poderoso lomo mientras introducía su cabeza por la puerta. Sus cuernos, afilados como cuchillas, atravesaban sin piedad la puerta de madera mientras forzaban su brutal entrada en la habitación.

A North le fallaban las piernas y le temblaban los brazos. El toro lo vio y se encolerizó. Cargó, el sudor chorreaba por su lustroso y tupido pelaje negro. North gritó mientras estrellaba la silla contra la dura testuz de la furiosa bestia. Saltó sobre la cama, pero el toro no se iba a contentar con dar vueltas en círculos.

Alzó la cabeza todo lo alto que le permitía su poderoso cuello y retrocedió a por él. Sus polvorientas pezuñas atravesaron el relleno del colchón.

North luchó por escapar, atrapado en los muelles y la confusión. Gritó, pataleó y rodó por el suelo. Salió a toda prisa de la habitación, pero los cuernos lo seguían de cerca.

Los cuernos descendieron amenazadoramente. Sus pitones venían a por él exhibiendo su promesa de una orgía de sangre salvaje en un torbellino de negro rencor.

North corrió por el pasillo, su pecho ardía con el fuego del frenesí. Pero centímetro a centímetro, media tonelada de animal se iba acercando sin dejarle espacio para maniobrar.

El terrible estruendo de las pezuñas en su acometida no lo dejaba oír nada más. La cálida saliva que escupía a través de los rechinantes dientes de su hocico empapaba su espalda. La nube de polvo que llenaba el pasillo lo asfixiaba. Sentía la agonía de la furia que reclamaba su premio.

El toro hundió los cuernos profundamente en la carne de North y lo arrojó contra la pared. Este se derrumbó en el suelo, su cuerpo era una confusión de huesos doloridos. El toro coceó, bramó y arrastró la pezuña, exigiendo que se levantase. North se encogió en el suelo e intentó desesperadamente escaparse a gatas. El toro volvió a clavar con gran enojo sus cuernos en la piel de North y lo arrastró al centro del pasillo rozando los pitones contra el suelo. La alfombra se desgarró. Sus ensangrentadas fibras quedaron despedazadas.

Y cuando hubo terminado, lo zarandeó de nuevo. North se estrelló contra el espejo al final del pasillo y cayó de bruces en el cruce de pasillos. En los destrozados fragmentos de cristal captó un atisbo de su cara rota, de los bultos rojos que estaban brotando de su frente.

North elevó la mirada. La cola negra del toro se agitaba de un lado al otro mientras sus penetrantes ojos lo atravesaban. Arrastró su pezuña con vehemencia y descendió los cuernos una vez más para cargar.

North se lanzó hacia arriba y, agarrando ambos cuernos con unas manos ágiles, dio una voltereta sobre la bestia que embestía. Esta intentó sacudírselo con una furia desenfrenada, pero North aterrizó sobre sus pies y salió corriendo.

El toro se empotró contra la pared. Su cuerpo se estremeció con la severidad del impacto. Postrado de rodillas, luchó por incorporarse de nuevo. Estaba sin aliento pero se recuperaría rápidamente.

Se dio la vuelta, pero North fue más rápido. El laberinto se extendía ante él pero su presa herida ya se había escondido.

North huyó a las profundidades del laberinto de túneles y puertas, mientras escuchaba la respiración que reverberaba de pared a pared. Era el grandioso poder de la fiera que le intentaba cazar, de patas ligeras, y resuelta en su determinación. Estaba cerca y no se rendiría.

North se debatió para encontrar el camino a seguir, para encontrar alguna manera de poder salvarse de la ira de esta venganza astada. ¿Qué había hecho para provocar esta ira? ¿Qué podía hacer para detenerla?

Sus pies le pesaban como el plomo. Ya no tenía fuerza en los brazos. Su pecho se hinchaba para intentar colmar la disparatada e imposible demanda de aire.

Dobló la esquina. El toro se alzaba ante él. Esperándole. Cambió de dirección. El toro estaba allí también. Inexorable y deseoso de embestir. Independientemente del camino que escogiese, allí lo encontraba. Infranqueable. Ineludible.

North abrió la puerta más cercana. Fue recibido por un polvoriento muro de piedra que bloqueaba su camino, negándole la libertad. Descargó los puños contra su inquebrantable superficie. Arañó la argamasa hasta que sus uñas quedaron destrozadas y sanguinolentas. Y cuando acabó exhausto, con su desesperación como única compañía, los cuernos del toro atravesaron la piedra desde el otro lado y le partieron los huesos del pecho.

Atravesado, North se desplomó en el suelo mientras se tapaba sus desgarradoras heridas. Inmóvil, no pudo hacer nada más que observar como se estremecía y colapsaba la piedra por la cual trepó el toro, que se sacudió el polvo de la derrota.

Se encabritó, bramó y resopló. Alzó una pezuña inmensa y la lanzó hacia abajo para enterrarla en el pecho de North, rompiendo y pulverizando el débil hueso humano. Agachó su inmensa cabeza y la sacudió con una fuerza furibunda, enganchando y levantando cada una de las costillas de North, desgarrándolas una a una, exponiendo la sanguinolenta confusión que encerraban.

Aun así el toro no estaba satisfecho.

Incapaz de respirar, incapaz de moverse, North se vio forzado a contemplar cómo la bestia hundía su infatigable cabeza entre sus órganos mientras presionaba su espina dorsal con el hocico. Pisoteó, mutiló y se bañó en su sangre.

Cavó un hoyo y se metió dentro.

El toro estaba en su interior. El toro estaba fuera de control. El toro no podía ser apaciguado. Sintió la presión en el interior de su cabeza y sintió los cuernos que atravesaban los huesos de su cráneo.

North lloró. Lloró tanto que comenzó a ahogarse. Se ahogó tanto que no pudo escuchar sus propios gritos.

1.06 a. m.

North se despertó farfullando en los grises escalones de cemento de las escaleras de emergencia del Super 8. El caño procedente de la manguera de incendios era helador e implacable.

Luchó por respirar. Alzó una mano y suplicó que parasen. La manguera tardó un tiempo en detenerse.

Centró su atención en el sonido de su goteo y a través de unos ojos doloridos elevó la mirada para descubrir al encargado nocturno de recepción apostado amenazadoramente sobre él.

Entre sus piernas y a través de la puerta, North vio al fondo el pasillo del motel. Las puertas de las habitaciones estaban abiertas de par en par, los nerviosos huéspedes las estaban utilizando para escudarse mientras lo observaban.

North no sabía qué decir. Temblaba mientras intentaba incorporarse. Se resbaló y cayó contra la pared. El encargado nocturno no se mostró compresivo.

—Ve a limpiarte —dijo—. Y lárgate de aquí.

North asintió. Era lo mínimo que podía hacer.

4.47 a. m.

Los golpes en la puerta eran ruidosos e impacientes.

Perdido en la oscuridad, Porter se desveló de su sueño intermitente en su habitación del Pensilvania. Se debatió para encontrar el interruptor de la lámpara de noche y se sentó un momento para centrarse.

Los golpes no se detendrían. Entornó los ojos ante su reloj de pulsera. Quizá era una alarma de incendios.

Porter se bajó su fina camiseta blanca hasta el borde de su ropa interior y se dirigió a la puerta. Espió a través de la pequeña lente agrietada de la mirilla.

Un hombre estaba de pie en el exterior, con un largo chubasquero empapado. Parecía inquieto, pero sin prisas por marcharse. Podría despertar a los vecinos de Porter con su inoportuno alboroto si permanecía ahí más tiempo.

Dubitativamente, Porter quitó el cerrojo y le abrió la puerta al visitante.

—¿Sí?

El hombre del abrigo se movía nervioso. Porter pudo escuchar su respiración trabajosa. Su paso era inestable. *¿Está drogado?* Era difícil decirlo, pero a estas horas las probabilidades eran altas. Quizá no había sido muy inteligente abrir la puerta.

Fue solo cuando el hombre se puso de perfil que Porter sintió que lo conocía. Abrió la puerta del todo y contempló a su desaliñado huésped.

—¿Detective North?

La cara del detective estaba llena de confusión y desfigurada por la desesperación. Llevaba un libro azul consigo. Sus ojos anunciaban que estaba luchando por conservar su cordura mientras alzaba el libro para mostrárselo a Porter y lo abría por la primera página.

Porter retrocedió para evitar que el libro le impactara en la cara. Con cautela, se acercó para leerlo.

Fríamente, lo escrito proclamaba: «Soy el Juramento de Satán». Debajo, en una tinta diferente, se había formulado la pregunta: «¿Soy Atanatos?».[8]

Los miembros de North se estremecían, sus dedos temblaban mientras volvía a tomar el libro e intentaba en vano cerrar sus férreas páginas para devolverlo al bolsillo de su abrigo. Estaba perdido y no sabía qué hacer.

Porter vio sinceridad en él cuando suplicó:

—Por favor, ayúdame.

[8] N. del t.: En inglés, «Soy el juramento de Satán» *(I am Satan's Oath)*, es el anagrama de «¿Soy Atanatos?» *(Am I Athanatos's?)*

Buscando un alma

Nunca lo dejaban a su aire.

Cuando llegó Gene, lleno de humildad, le ofrecieron una oportunidad de aprender más. Aquello lo seducía poderosamente. Conocían bien su talón de Aquiles. Aunque su prioridad era huir, su fascinación no podía ser controlada. A lo largo de la noche siguió las actividades de los científicos de Lawless entre sus probetas y placas de Petri. Una gota bien homogeneizada de su muestra fue depositada en el centro de una cámara de recuento de Makler, un pequeño dispositivo de metal que mantenía los espermatozoides de Gene alojados entre dos superficies de cristal de modo que pudieran seguir contoneándose y desplazándose libremente, pero sin poder escapar.

Se veían realmente grandes en los monitores, aumentados por el microscopio, como si fueran renacuajos pálidos. Los flagelos de cada uno de ellos, las colas que se agitaban como látigos frenéticos propulsando cada vagón cargado de ADN hacia delante, se movían en unos saludables patrones zigzagueantes. Unos pocos nadaban en débiles líneas rectas. Pero muchos tenían malformaciones.

A pesar de aquello, la muestra fue declarada válida y la mitad se destinó a almacenaje. Trajeron rodando un contenedor metálico de color índigo, refrigerado por nitrógeno líquido. Se extrajo un soporte circular lleno de tubos de muestras, el más antiguo fue retirado y descartado sin más ceremonias para ser remplazado por la muestra más reciente. Gene había estado ocupado en esto más de dos años, y lo recordaba.

Todo para que pudieran escudriñar los secretos de una célula reproductora aislada y así separar los veintitrés cromosomas individuales que albergaba. Y aun así Gene seguía sin comprender cómo podían esos cromosomas contener sus recuerdos.

—¿En qué estás pensando ahora, muchacho?

Gene no esperaba encontrar a Lawless aquí.

—Me estaba preguntando de dónde procede mi alma —respondió.

Lawless le tendió su bastón de ébano mientras se ponía una bata blanca de laboratorio bien planchada.

Gene sostuvo el bastón con fascinación. *Podríamos golpearle.* El ornamentado extremo de metal era pesado. *Un bastonazo en la cabeza.*

A Lawless le divertían las dudas que mostraba su heredero forzoso.

—Una pregunta tan sencilla.

—Sigo sin saber la respuesta.

—Hasta la fecha nadie ha conseguido responder a eso, a pesar de toda esta ciencia y toda esta religión. ¿No te parece eso una flagrante muestra de negligencia?

Con el bastón en la mano, Gene preguntó:

—¿No te lo parece a ti? —Había varios guardias muy cerca de él. *Nunca lo lograríamos.*

Lawless extendió la palma de la mano en silencio. Después de un momento de duda, Gene le devolvió el bastón dócilmente.

—Hoy no, según parece.

Lawless se apoyó pesadamente en el bastón y condujo a Gene en torno a la mesa de trabajo para que contemplara las operaciones en el gran laboratorio. Un ejército de sus científicos trabajaba bajo la severa luz de la esterilidad clínica, observando furtivamente a Gene mientras realizaban sus experimentos y procedimientos. Era enervante.

—Desde cierto punto de vista, ¿no dirías que tus pequeños soldados están vivos? ¿Acaso no se mueven? Poseen un instinto depredador, quieren romper barreras.

—No pueden sobrevivir por su cuenta. Solo uno permanece después del momento de la concepción.

Lawless descargó su bastón sobre el duro suelo de mármol.

—Ah, el momento de la concepción. ¿Y cuánto dura ese momento? ¿Un segundo? ¿Un minuto? ¿Dos?

Gene hundió las manos en los bolsillos familiarmente profundos de su bata de laboratorio blanca. Su respuesta fue breve.

—De veinticuatro a cuarenta y ocho horas.

—¿El momento de concepción tarda dos días? ¿Y dónde está el alma todo ese tiempo, dándose una vuelta por ahí? ¿Flotando en el éter, jugueteando con sus etéreos pulgares?

—La creación de la vida no es como darle al interruptor de la luz. Incluso cuando un espermatozoide ha penetrado en un óvulo, puede permanecer separado de los genes del óvulo durante más de un día. No sé nada de lo que pasa con el alma.

—¿Quizá no sabes lo que pasa con el alma porque no tienes?

—Entonces debo darte las gracias. Creía que la transferencia del alma era lo que estábamos tratando de conseguir.

El comentario mordaz hizo que varios científicos que estaban escuchando hicieran una mueca de dolor. Produjo una respuesta totalmente diferente en Lawless. Sonrió.

—Comprendo que eres una opción encomiable. Pero no seas tan insolente, muchacho, todo eso puede cambiar.

—¿De qué tienes miedo? ¿De la anarquía?

—Oh, nada tan vulgar. Simplemente una pequeña muerte —punzó a Gene con su bastón—. Tenemos reglas. Tenemos un sistema ordenado que nos ha sido útil durante muchos siglos. En su momento te servirá a ti.

Gene no dijo nada. Estaba claro que Lawless no sabía lo que Savage le había dicho, que su «sistema ordenado» no estaba funcionando. Megera se unió a ellos al otro lado de la mesa de trabajo. Mientras Lawless calibraba la maquinaria con sus ajustes personales, ella distribuyó unas hojas de papel con varias series de números e intrincados diagramas.

Su largo y espeso pelo encendido estaba recogido en una redecilla. Le concedió a Gene una curiosa sonrisa que él reconoció mientras ella continuaba con sus asuntos. Lo hacía sentirse incómodo. Era como si no lo conociese.

—Hemos encontrado más de tres millones de puntos en el ADN de Gene que varían respecto a la muestra anterior. Su capacidad de codificación sigue siendo plenamente funcional a pesar de sus recientes contratiempos —dijo ella.

La tasa de mutación en el genoma humano era cinco veces superior en el hombre debido a la constante producción de esperma. ¿Eran esas mutaciones la forma en la que los recuerdos eran codificados?

—Excelente. —Lawless no apartó la mirada de los resultados—. Dime, Gene, ¿qué pasaría si, pongámonos en lo peor, más de uno de tus espermatozoides entrase en un óvulo? ¿Cuántas almas crees que serían creadas?

—El óvulo se deshace espontáneamente de todo ese material genético adicional hasta que solo queda un juego de cromosomas masculinos para unirse al del propio óvulo.

—Ah, pero si ese único embrión decide dividirse en varios embriones creando, por ejemplo, gemelos idénticos. ¿Qué ocurre entonces con el alma? ¿Se queda cada gemelo con media alma? ¿O solo queda una que se ven forzados a pasarse una y otra vez como en un partido de fútbol?

—No lo sé.

—No lo sabes. —Lawless no parecía muy convencido—. Probemos algo más sencillo. ¿Qué ocurre en esos casos en los que dos embriones se convierten en una persona? Gemelos que convergen en un solo ser. Una grotesca quimera. ¿Recibe dos almas esa creación? ¿Se convierte en un clamoroso coro? ¿Es la identidad singular de su entramado de células tan solo una ilusión? ¿No se ve reducido a ser un hombre con personalidad múltiple?

¿Nosotros? ¿Se refiere a nosotros? Gene sintió un escalofrío en lo más profundo de sus huesos.

—Creo que podría.

—¿Crees que podría? Sí. Ahí está el problema. La verdad es que toda esta charla sobre el alma carece completamente de sentido. Fuiste definido en toda tu gloria mucho tiempo antes de que encontrases ningún óvulo.

Lawless redirigió la atención de Gene a su espécimen aún visible en una hilera de pantallas. Lo contempló triunfante.

—Este revoltijo microscópico, esta cadena de aminoácidos —comentó con entusiasmo—, esto es tu alma. Esta es la vida que has forjado eslabón a eslabón.

Lawless daba golpecitos impacientes con su bastón entre sus piernas, encaramado como estaba en un taburete desde el que contemplaba los brillantes controles de sus dispositivos.

—Letha, ¿todavía no estamos listos?

La mujer no respondió. Estaba claro por su actividad que no estaba lista. Gene la observó detenidamente. Estaba comprobándolo todo por duplicado e incluso por triplicado. Mientras hacía eso se acercó su gemela y se plantó junto a ella para ayudarla en sus tareas.

Megera y Letha eran prácticamente idénticas en todo. El mismo pelo flamígero, la misma resolución en sus caras. ¿Eran tan solo dos? ¿Acaso se había visto él atrapado en medio de una procesión de mujeres de pelo encendido y había creído que eran la misma persona? En este ilusorio lugar aquello era más que probable. Le habló a la que Lawless llamaba Letha y pudo comprobar que había una neblina en su mirada; una turbia desconexión. Se dio cuenta de que era eso lo que la diferenciaba de su hermana.

—Antes. Tú eras la mujer que trajo los algodones con olores cuando regresé —dijo.

Letha sonrió melancólicamente.

—¿Lo era?

—No eres Megera. —Observó cuidadosamente a Megera mientras esta asistía a Letha en su trabajo. Ella sabía que sus ojos estaban posados en su persona y disfrutó de la atención recibida.

La cordialidad de Letha pareció vacilar, pero permaneció constante.

—No, no lo soy —dijo ella—. Aunque algo me dice que estás ligeramente obsesionado con nuestra hermana. No sé si pongo el dedo en la llaga, pero ahí queda.

Gene ignoró el comentario. Estaba ofuscado.

—Estás muy callada, Megera.

Megera no levantó la mirada.

—Estoy complacida. Me alegro tanto de que nos hayamos llegado a entender en el transcurso de estos días. —Solo en ese momento hizo Megera un movimiento—. ¿Has oído, padre, lo que Gene y yo hicimos esta tarde?

Quiere humillarnos. Detengámosla.

—No fue nada.

—¿Nada? Resolvimos nuestras diferencias. Pensé que apreciarías que te echara una mano. ¿Padre? ¿Por qué siempre debo ir detrás de Gene para solucionar sus problemas?

Lawless estaba centrado en su tarea con una resolución imperturbable. Sus mezquinos comentarios no le interesaban. Su respuesta fue fría y rotunda.

—Porque es tu trabajo.

Ni Gene ni Megera quedaron satisfechos con su respuesta. Gene tomó asiento.

—¿Cuanto crees que te falta para poder demostrar mi hipótesis enlazada del CREB?

La cara de Megera se convirtió en un pozo de odio.

—¿Tu hipótesis?

—Estoy destinado a ser el siguiente Atanatos, todos somos astillas del mismo árbol. Es tan mía como de cualquier otro. Incluso puede que más.

Lawless encontró muy gratificante la réplica, para pesar de su hija. Era exactamente lo que Gene había esperado.

Cuanto más emulaba la implacable arrogancia del viejo, cuanto más imitaba su actitud condescendiente, más se ganaba su confianza. Lawless invitó a Gene a participar en el procedimiento.

De la misma forma que un cirujano guía unas pinzas y unos bisturís micromecánicos a lo largo de endoscopios para realizar complicadas intervenciones mínimamente invasivas, así Lawless utilizaba unas pinzas y tijeras láser (haces de luz altamente focalizados que atrapaban las moléculas y cortaban sus enlaces saturados de destino) para comenzar a manipular el ADN de Gene como si este fuera un anagrama a formar con trozos de bramante.

Gene encontró que sabía instintivamente qué genes se alojaban en cada cromosoma, y que a Lawless solo le interesaban los aproximadamente quinientos relacionados con la personalidad y su función vinculada a la memoria.

Era un mundo que podía ver en su mente con tanta claridad que era como si estuviera allí mismo.

Las interacciones entre la miríada de moléculas responsables de formar la memoria en la mente eran un proceso digno de la mayor carrera de relevos olímpica que jamás se hubiera celebrado. En lugar del hipódromo, el hipocampo era su arena y la carrera hacia la memoria comenzaba cuando el estrés de un momento de tensión quedaba flotando en el aire. Un momento ante el cual el cuerpo respondía liberando una hormona.

Ese es el pistoletazo de salida. La carrera comienza.

En la primera calle está la vasopresina, con la epinefrina viniendo por el interior. El receptor neuronal está a la vista.

¡Cambio de testigo!

La hormona se une al receptor y entonces el AMP cíclico entra en la carrera, corriendo por la gloria, corriendo por la memoria. Desde la superficie de la célula, el AMPC lleva el testigo, corriendo pegado a la cara interna de su pared. Delante de él, su compañero de relevos está preparado y esperando. Está dando pequeños saltos, manteniéndose activo. Tiene un nombre enrevesado, Proteína Responsable de la Unión de Elementos al AMPC: CREB.[9]

¡Pero son dos, el CREB activador para crear recuerdos y el CREB represor para olvidar! Él y su hermano sellan el destino de la memoria, pero ¿en qué carrera está corriendo el AMPC? El núcleo de la célula está a la vista.

¡Cambio de testigo!

¡Sale el CREB activador! Descendiendo por las sinuosas cuerdas de ADN, el CREB busca un compañero, pero en esta carrera tiene muchos de ellos, aunque el CREB guarda un secreto. El CREB es un almirante. El CREB tiene una flota.

Uno a uno va seleccionando a sus armadores, genes que vuelven a la vida bajo sus órdenes, y uno a uno estos le van proporcionando sus ARN mensajeros, los anteproyectos de las proteínas que se van a construir.

¡Cambio de testigo!

¡Los marineros salen a trabajar! Recorriendo la extensión de las neuronas, agarrando de las cuerdas que mantienen tensas las uniones entre ellas, definen el camino que van a seguir, ciñéndose a las directrices del CREB, hasta que las velas de la memoria son desplegadas.

Es con ese proceso de la memoria en desarrollo que el CREB sube el testigo a lo alto de las jarcias. Es con el recuerdo hecho permanente con lo que la carrera se gana.

Y aun así, para Lawless, esta todavía no se había ganado. Para Lawless había otro mecanismo que los definían a él y a todos aquellos que le rodeaban

[9] N. del t.: En inglés, CAMP, o *Response Element Binding protein.*

como las facetas de Atanatos. El CREB no solo gobernaba el glorioso cruce telefónico, la gran centralita de la memoria que era el hipocampo; el CREB también enviaba órdenes desde lo más profundo del hipotálamo, la capital del imperio sexual.

En el hipotálamo, donde se definía la sexualidad, los misteriosos procesos del ciclo circadiano, el apabullante reloj corporal del que todos somos esclavos, también marcaban su ritmo, día a día, de forma inexorable. Era entonces, solo cuando el cuerpo estaba bajo la influencia de la luz del día, que el CREB recibía sus órdenes

La teoría de Megera establecía que, en alguna parte del hipotálamo, el CREB o alguno de sus lugartenientes enviaba una segunda flota para ordenar y estructurar los recuerdos, pero esta vez era dirigida en un viaje diferente al puesto avanzado donde era creado el esperma.

Este era el proceso que estaba presenciando Gene, la transferencia de los recuerdos de Atanatos de un estado durmiente codificado en su ADN a un estado activo revitalizado por el CREB de su mente, para prevalecer sobre cualquier otra personalidad que allí residiese.

Pero cuanto más observaba más se iba dando cuenta Gene de otro proceso. Una búsqueda sistemática. Y, estando Gene ahí sentado, se dio cuenta de que era eso lo que Lawless estaba buscando; el detonante que volviese innecesaria toda esa impronta, los siglos de elixires y los años encerrados en el laboratorio. Estaba buscando al hombre que tuviese el disparador para la eternidad ya integrado en su genoma. Estaba buscando a Cíclades.

Gene se daba cuenta de que si poseía los recuerdos de Atanatos, pero también el disparador de Cíclades, entonces eso explicaría las voces en su cabeza; la batalla definitiva se estaba librando en su maltratada mente. Gene era un híbrido en plena algarada, un alma combinada que estaba siendo despedazada.

No obstante, cuando encontrasen lo que poseía Cíclades en las muchas muestras que Gene había proporcionado, él, y «el proceso» que estaba sufriendo, serían completamente reemplazables.

Volver a despertar

Viernes.

—¿Dónde estás?

Buena pregunta. North mantuvo su Nextel presionado contra su oreja. Se incorporó lentamente. Estaba metido en la cama completamente vestido, a falta de los zapatos.

¿Qué hora es?

Un dolor agudo le palpitaba en la cabeza. No estaba en casa. Un viejo, vestido tan solo con una camiseta y ropa interior, estaba profundamente dormido sentado en una silla en una esquina de la habitación; la toalla que usaba a modo de sábana se había deslizado silenciosamente al suelo durante la noche. *Porter.* ¿Qué le había impulsado a acudir a Porter? ¿Instinto o desesperación? *Quizá un poco de ambos.*

Un cóctel de NyQuil y pastillas para dormir descansaba en la mesita de noche. Era una combinación con un profundo poder sedante que le hacía sospechar que el viejo que dormía era un poco más sabio que él mismo.

La desagradable luz del día refulgía con fuerza detrás de las cortinas. Le dolían los ojos.

—¿Qué hora es?

—Mediodía —respondió Martínez. North escuchó la furia de la sala de operaciones de fondo mientras el joven detective seguía con sus asuntos—. Los de la Oficina del Forense del Distrito se han pasado toda la mañana intentando localizarte. Solo te estoy pasando el mensaje. Sheppard dice que es bastante urgente.

Los resultados de la sangre y la orina.

—¿Quiere que me presente por allí?

—No, solo que lo llames.

—¿Qué más tienes?

—Cintas de vídeo.

North sintió un refrescante alivio.

—¿El DOT ha cumplido?

Martínez no parecía muy entusiasmado.

—Sí, ahora estoy comprobándolas.

—¿Cuántas han enviado?

Escuchó cómo las ruidosas cintas de plástico eran contadas y apiladas toscamente.

—Quince. Veinte.

North no envidió su tarea.

—¿Qué tienes tú?

—Tengo un nombre.

Eso sí pareció despertar el interés de Martínez.

—¿De veras?

Las articulaciones de North estaban doloridas; sus rígidos músculos se negaban a cooperar. Se deslizó cautelosamente fuera de la cama aferrando el teléfono, sin esperar a que le dieran los detalles.

—Eugene Dybbuk. Antiguo residente de la Sexta Avenida, Troy, Nueva York. Alumno de la Universidad de Columbia.

North reconoció el sonido de la tensión en la garganta del hombre más joven, un acceso repentino de frío resentimiento.

—Has estado ocupado. ¿Tienes una identificación positiva?

Esto era lo que North había estado temiendo. Tenía sus propios demonios a los que combatir. No necesitaba sumar otro hombre. North buscó indecisamente en uno de los bolsillos de su abrigo la huella dactilar que había levantado con papel celo. Seguía allí.

—Tengo que pedir que comprueben algo en Jamaica, pero tengo un noventa, noventa y cinco por ciento de certeza.

Martínez fue firme.

—Me quedo con ese porcentaje. —*Apuesto a que sí*—. Si tengo tiempo haré un viaje al campus para ver qué puedo encontrar.

—Tómatelo con calma, ¿vale? —Martínez no reaccionó ante la advertencia—. Oye, y ficha por mí.

—Ya me he ocupado de eso. ¿Lo ves?, trabajar con un compañero no es tan malo.

—Claro.

—¿Vendrás hoy por aquí?

North dirigió su atención a Porter, que seguía profundamente dormido en la silla.

—Sí —replicó North con incomodidad—. Antes tengo que ocuparme de otro asunto.

Colgó sintiéndose más desorientado que antes. Escuchó el inquieto sonido de la respiración de Porter y buscó el número de la OCME en la agenda del teléfono. La centralita le puso en espera. No fue por mucho tiempo.

Sheppard apareció rápidamente al otro lado de la línea.

—¿Cómo te sientes?

A North no le gustaba la pregunta ni la seriedad con la que se había formulado.

—Bien.

—¿Alguna náusea persistente? ¿Mareos?

—Un poco.

—¿Vómitos?

—Sí

Pudo escuchar a Sheppard escribiendo algo en un papel.

—Mira, recomiendo que vuelvas y veas a tu médico. Los resultados han sido un poco, cómo decirlo, preocupantes.

—¿Cómo de preocupantes?

—Rolipram.

North seguía sin entenderlo.

—Nunca había oído hablar de ello.

Sheppard dijo que le hubiera sorprendido si así hubiera sido.

—Es un antidepresivo fallido con el que se estuvo trabajado en los años ochenta.

—¿Un fármaco de hace veinte años? —North buscó a su alrededor algo para tomar notas—. ¿Cómo podría alguien tener acceso a algo así?

—Hay unas pocas compañías farmacéuticas y biotecnológicas trabajando de nuevo con ese fármaco. Resulta que es un poderoso fortificante de la memoria. Altos niveles de Rolipram pueden inducir vómitos. Los otros efectos secundarios no son tan benignos.

North lo anotó todo, repitiéndolo en voz alta para comprobar que lo estaba escribiendo correctamente.

—¿Qué más me ha metido?

—Un cóctel bastante peligroso. Algunos remedios a base de hierbas; la lista es extensa. Algunos de estos compuestos distan mucho de tan siquiera haber pasado por el comité de aprobación de la FDA.

—¿Crees que Gene es un aficionado o un profesional consumado?

Sheppard no podía determinarlo.

—Esos remedios de hierbas, ¿se pueden conseguir en una tienda corriente de productos naturales?

—Depende de la tienda, pero cualquier cosa es asequible. Por ejemplo, se te inyectó una dosis realmente elevada de *ma huang*. Es de venta libre aunque la Administración de Alimentos y Fármacos lo haya clasificado como «de seguridad no definida».

North apuntó eso también.

—*¿Ma huang?*

Porter se agitó en su silla en la esquina de la habitación.

—Efedrina.

North echó un vistazo al alto y demacrado inglés que comprobaba ligeramente avergonzado que no estaba convenientemente tapado. Porter no dijo nada más, parecía como si no supiera por dónde empezar. En su lugar comenzó a vestirse.

Sheppard se vio dominado por su curiosidad.

—¿Quién es ese?

—William Porter —explicó North—. Es un psiquiatra que me está ayudando con el caso.

Hubo un cambio en la actitud de Sheppard. ¿Era alivio?

—Entonces será capaz de decírtelo —dijo—. Debiste de haber sido llevado directamente al hospital el día que ocurrió aquello. Es casi un milagro el que no cayeses en coma.

North pensó detenidamente en ello. Apenas estaba consciente. *Quizá sí ocurrió.*

—¿Dónde podría encontrar alguien *ma huang* en la ciudad?

—Chinatown. No se me ocurre ningún otro lugar donde uno pudiera conseguir algunas de estas cosas. Y los proveedores allí son ambiciosos y silenciosos. Escucha, te estoy mandando los resultados por fax en este momento...

—¿Puedes mandármelo en un correo electrónico? No estoy en la sala de operaciones.

—Claro.

Antes de que North colgara, Sheppard le recomendó por segunda vez que viera a su médico.

Claro, como si tuviera tiempo para eso.

North le concedió a Porter toda su atención. Los dos hombres se sintieron incómodos con el silencio del otro. No era lo que North quería. Cuando se mantenía activo, cuando mantenía las preguntas vivas y frecuentes, sentía que mantenía cierto control. Con el silencio era cuando los recuerdos volvían a la superficie, trayendo la culpa y la amargura.

En el escritorio junto al inglés descansaba la colección de diarios de colores; el polvoriento libro azul de Gene estaba encima, las gafas para leer de Porter estaban pulcramente plegadas sobre el mismo. ¿Qué pensaba del libro?

North agarró su teléfono entre ambas manos, consciente de la cama y la medicación que lo habían ayudado a descansar en condiciones por primera vez en días. Le hizo a Porter un gesto humilde en muestra de gratitud. No podía encontrar las palabras para acompañarlo, su vergüenza y su turbación no le dejaban hacerlo.

Al final Porter se puso su camisa y le hizo saber amablemente que el gesto era bien recibido.

North se sentía abrumado. No podía mirar al hombre mayor a los ojos.

Porter esperó pacientemente, pero North no reaccionó. Se recostó en el respaldo del asiento y estudió detenidamente cada detalle del detective. Conocía los signos.

—Estás enfadado.

—Sí

—¿Cuánto tiempo has estado enfadado?

North se resignó a contestar.

—Toda mi vida.

—Toda esta vida.

North no estaba preparado. Se echó hacia atrás sobre la cama.

—No, por favor.

—Si te quemas una mano de nada sirve culpar al fuego; es su naturaleza. La fuente es la que alimenta la llama. ¿Estás de acuerdo?

North no sabía cómo lo estaría.

—¿Puedes definir por qué estás tan enfadado?

—No.

—Debes de haber pensado en ello.

—Solo es una de esas cosas.

—¿Y qué pasa si no lo es?

—No quiero pensar en ello.

Porter se inclinó hacia delante.

—Me pediste ayuda. Mi ayuda está condicionada a que pienses en ello.

North no respondió.

—¿Te asustan esas sensaciones?

Sí. ¿Es tan malo eso? North tomó aire, lenta y profundamente.

—El problema —observó Porter con agudeza— es que malgastas tu tiempo huyendo de esto. Y ahora que te ha atrapado, no sabes cómo enfrentarte a ello.

Huir del toro. Huir del animal. ¿Es lo que soy en realidad? North necesitaba una respuesta.

—¿El toro es un símbolo?

—No. Es muy real.

¿Es real? ¿Entonces qué significa?

—Piensa —le instó Porter—. ¿Realmente es eso lo que más miedo tienes de explorar?

No, había otra cosa que lo asustaba incluso más que aquello. North se debatió por encontrar su propia voz.

—¿Soy Atanatos?

La espera de la respuesta fue larga y dolorosa.

—No.

Eso no era lo que esperaba escuchar. *No.* Se enfrentó directamente con la mirada del psiquiatra.

—¿Cómo puedes estar tan seguro?

—No puedo. ¿Por qué crees que lo eres?

¿Comerse la carne cocinada de un niño? ¿Contemplar cómo arden cuerpos humanos en una pira? *¿Cubrirme hasta el cuello con la sangre de los inocentes?* ¿Qué posible necesidad tenía de recordar todo aquello si no fuese por algo oscuro en su interior que no pudiera controlar?

North sintió cómo le invadía el inquietante escalofrío de la memoria. No purificaba sino que corroía.

—Huelo el mal. Saboreo el mal.

—Conocer el mal no es lo mismo que ser malvado.

—¿Cómo lo sabes?

—Porque está todo aquí dentro. —Porter pellizcó la carne de su brazo doblado—. Y aquí. —Se llevó un dedo a la sien—. Y aquí. Escrito en la esencia de nuestros tejidos, como una madeja de cuerda que se extendiese hacia atrás en el tiempo, nosotros somos su extremo deshilachado. Hebras perdidas que cuando vuelvan a ser hilvanadas formaran un todo. Tú y yo somos sombras de la misma persona. Fragmentos de una sola alma.

—No estoy emparentado contigo.

—Te puedo asegurar que sí lo estás. Tú sangre y la mía son afluentes del mismo extenso y dilatado río; nuestros cursos simplemente divergieron hace mucho tiempo, pero los recuerdos permanecen en nosotros. De vez en cuando pueden volver espontáneamente a la superficie, como en mi caso. O pueden ser forzados, como en el tuyo. Pero tú y yo, aunque ahora somos extraños, tenemos el mismo origen genético.

»Compartimos un tatarabuelo hace más de cuatrocientos años. Desde ese momento hacia atrás nuestra historia es la misma. Lo que recordamos es lo mismo.

»Somos el mismo hombre.

Susurros chinos[10]

1.28 p. m.

North no podía asimilarlo. *¿Es que este lugar no tiene aire acondicionado?* Tenía empapado el cuello de la camisa. Sentía el ácido sabor de la bilis en su garganta. *Casi dos metros hasta la puerta.* Luchó por reprimir sus ganas de vomitar. *Dos pasos.* Estaba fuera.

Porter lo siguió hasta la acera.

Estaba empezando a llover, pero el bochorno había regresado y lo había reducido todo a vapor. El aire amarillo estaba cargado. La untuosa bruma infectaba las calles como una plaga que abrasaba el hormigón en todas direcciones.

North buscó las llaves de su coche.

—Primero tengo recuerdos de vidas que no sabía que hubiera vivido y ahora me dices que ni siquiera soy una persona completa. ¿Soy un fragmento?

—Entiendo que esto es difícil.

North intentó reírse de ello. Abrió la puerta de un tirón.

—Claro.

Porter se acomodó en el asiento del acompañante y se abrochó el cinturón de seguridad. North no puso objeciones; se incorporó al tráfico y siguió su curso en dirección al centro de la ciudad.

Los nudillos de North se ponían blancos cuando agarraba el volante.

—¿Sabes cuántos años tiene mi madre?

Porter negó con la cabeza.

—Cincuenta y seis. Me tuvo cuando tenía veintidós. Era el segundo año de mi padre en su trabajo. He visto fotografías de ella con su largo pelo negro y su corto vestido ceñido color caramelo. Estaba... —*¿Buena?*

---

[10] N. del t.: En inglés, *Chinese whispers* (literalmente, «susurros chinos») es también el nombre del «juego del teléfono estropeado».

Podía escuchar sus gemidos. Podía ver cómo se contorsionaba henchida de placer. Sentía el familiar acceso de odio del que no podía librarse.

—Era bastante guapa —concluyó, sin convicción. Su control se había esfumado. Podía sentir el oleaje del caos rompiendo en su interior; un denso y voluble lodazal con conciencia propia.

North se detuvo ante un semáforo en rojo y se giró hacia su acompañante.

—Pero nunca antes había imaginado que me la follaba.

Porter rehusó la confrontación. Mantuvo su atención fija en la carretera que tenía delante y el ronroneo del motor.

No te librarás tan fácilmente.

—¿No tienes una explicación para eso? Porque huyo de ello. Quiero huir de ello.

Porter se sentía claramente incómodo. Se centró en la circulación y las señales de tráfico que colgaban sobre sus cabezas. Las luces estaban cambiando.

—Está en verde.

—Que le den por culo al semáforo.

Escuchó los enojados pitidos del tráfico mientras los coches se adelantaban para superar el tapón. Las furiosas amonestaciones de los conductores que los sobrepasaban no le dejaban a Porter ningún lugar hacia donde girar la cabeza.

—¿Qué te molesta más? ¿El hecho de tener esos recuerdos? ¿O es que recuerdas que lo disfrutaste y eso lo convierte en algo excitante? —preguntó.

En North afloró el disgusto que estaba guardándose para sí mismo. *Sabe lo que estoy pensando.*

—Mi madre, doctor Porter. Practiqué el sexo con mi propia madre. —Puso en marcha el coche de nuevo y se unió a la senda seguida por el tráfico—. Reencarnación, eso es una cosa. ¿Pero por qué haría... eso?

—¿No es obvio?

—No para mí.

—Porque estamos hablando de memoria genética, detective North, recuerdos que son transmitidos a través de la línea paterna, que son transferidos de padre a hijo.

De padre a hijo. No era su padre. No era el hombre que pensaba que era su padre. *Ese no era quien vi en el espejo.*

North luchaba contra la incómoda paradoja que le decía que si iba a aceptar esos recuerdos como reales, tenía que aceptar su contenido.

—Es nuestra biología —explicó Porter—. La biología de nuestros recuerdos, que son creados en nuestras mentes, que son albergados en nuestras mentes y que, cada día, son renovados en nuestras mentes, necesita un proceso que también sufra una renovación constante para que nuestra memoria pueda ser heredada por nuestros hijos.

North se mostró impaciente.

—¿Ahora una lección de ciencia?

—Querías una explicación.

—Quiero saber por qué.

—Esperma.

North estaba confuso. No hizo nada por evitar mostrarlo.

—Las mujeres ya desde el nacimiento tienen sus óvulos totalmente formados en su interior. Sufren la constante inseguridad de saber que tienen solo lo que se les ha dado. Nosotros, por otro lado, producimos semen en un ciclo constante. Semana tras semana. Cada nueva remesa es tan diferente a la anterior que las implicaciones para nuestra memoria son críticas.

Tan críticas que ni siquiera sé cuáles son.

—La creación de semen nuevo ocurre porque el esperma viejo ya no es viable, o porque su propietario ha conseguido librarse de él.

—Sexo.

—Los recuerdos están hechos para perdurar por los procesos del estrés y la excitación. La señal que desencadena la producción de nuevo esperma acontece porque las condiciones de un encuentro sexual producen la misma excitación que forma esos recuerdos ya mencionados. Creo que tú y yo compartimos la misma anomalía genética; creamos nuestro esperma... al momento.

North tomó la siguiente curva preso de la frustración.

—¿Tú crees? Eso no me dice nada.

—Eso te lo dice todo. El primer recuerdo genético de un niño en esta vida será lo último que su padre hizo antes de la concepción: acostrase con su madre. —Porter se quedó conmocionado por la cruel naturaleza de lo que estaba contando—. Todo esto es terriblemente freudiano.

No me ha dicho nada.

—¿Quieres saber qué es lo peor?

—¿El qué?

—Que no has contestado a mi pregunta.

La perplejidad se adueñó de Porter. Intentó responder, pero North no lo dejó continuar.

—Me estás contando cómo ocurrió esto. No me importa el cómo. Te pregunté por qué.

Un silencio descendió entre ambos como un muro infranqueable. Porter observó cómo iban pasando las manzanas de la ciudad, la mezcolanza de culturas que se fundían en una.

—¿Adónde vamos?

North no estaba escuchando. Tomó otra curva, conduciendo el Lumina a la siguiente calle. Porter observó la circunferencia negra dando vueltas en torno a sus fuertes manos desnudas. Había tensión en sus dedos; dedos que no llevaban anillos.

—¿Tienes novia, detective?

—¿Qué?

—¿Tienes a alguien que te espere al regresar a casa?

North intentó quitarle importancia. Era un ataque personal ante el que no tenía defensa. Intentó mantenerse firme.

—No.

Porter no pareció verse afectado por la respuesta. Observó la creciente marea de gente que recorría las aceras mientras seguían su camino.

—¿Nunca te preguntas por qué?

Claro que me pregunto por qué.

—No —mintió. Pero en realidad nunca se había sentido bien al respecto. Siempre había existido ese impulso profundamente arraigado en él que no podía entender del todo y que le impedía comprometerse.

—Quizá es solo que no estoy destinado a tenerla.

North eligió desviar la incómoda conversación. Porter había dicho que su esposa había muerto. ¿Había continuado con su vida? Con delicadeza, North preguntó:

—¿Y tú?

Porter apenas emitió sonido alguno. Era difícil decir en qué estaba pensando o qué secretos albergaba. Cuando respondió, fue con otra pregunta.

—¿Por qué crees que es eso?

Todo el mundo se desvía. North agarró el volante con fuerza.

—¿Por qué es el qué? ¿Qué no estoy con alguien?

—Sí

Eso es sencillo. Amargo, pero sencillo.

—Trabajo un número absurdo de horas. Veo cosas que me persiguen durante meses. No tengo la clase de trabajo que deje respirar a una relación. —Lo único que veía eran mentiras y violencia; la tenebrosa cara oculta de una sociedad que proyectaba largas sombras desde su enmarañado bajo vientre—. No encuentro fácil dar mi confianza.

—Tus padres lo hacen. Siguen juntos.

North sintió una punzada. *¿Qué es lo que sabe?* A North no le gustaba hacia dónde se estaba dirigiendo esto. Se le trababa la lengua.

—Eso es diferente.

—No siempre fuiste oficial de policía. ¿Qué me dices de antes?

¿Qué le digo de antes?

North encontró un sitio donde aparcar bajo una farola apagada. Estaban en la calle Canal. No muy lejos de donde los llamativos letreros con su exótica escritura estaban colgados sobre el abarrotado caos de Chinatown.

North apagó el motor. Sintió el tirón de la resignación bajo sus ansias por encontrar una respuesta.

—Supongo que las cosas nunca parecen salir bien.

Cogió su teléfono y navegó por el menú para acceder al servicio en red Nextel Mobile Office. Esperó el familiar sonido que le indicaba que había recibido un correo electrónico. Sheppard le había enviado la lista tal y como había prometido.

North abrió lentamente su libreta, buscó una página en blanco y comenzó a copiar la totalidad de la lista.

—Algunas veces pienso que la chica ideal simplemente no se encuentra ahí fuera. —Arrancó la página y se guardó el teléfono—. Algunas veces no creo que esté en ninguna parte. —Estaba al borde de un abismo y se preguntaba qué cosas se escondían en las insatisfechas profundidades de más abajo.

—Es curioso, ¿no crees? —comentó Porter—. Que parezcas tener a una mujer tan específica en mente.

North no estaba seguro de saber lo que Porter quería decir con eso.

—¿Qué me dices de tu mujer? ¿Cómo era?

Porter se retiró a su interior.

—No lo recuerdo.

¿Qué clase de hombre no recuerda a su mujer?

—Pero ella cambió el curso de tu vida.

—No recuerdo el amor que vino con ella, solo la sensación de pérdida que vino al irse ella. —La chispa que había en él pareció titilar y desvanecerse—. No sé nada más. No creo que lo haya sabido nunca.

North abrió la puerta y salió a la calle. Sintió el azote de las gruesas gotas de lluvia golpeándole la cara. Levantó la mirada hacia el cielo. *Qué verano más miserable.*

Al volver a observar al psiquiatra que estaba sentado en el coche, North lo vio en ese instante a través de unos ojos diferentes. Era un hombre viejo, cansado y derrotado. ¿Era alivio lo que North podía ver grabado en lo más profundo de los surcos de su cara? ¿Alivio de finalmente tener a alguien con quien compartir la carga de una vida fragmentada?

Eso lo aterrorizaba. *¿Esto es lo que me espera?*

North no lo podía dejar ahí sentado, por lo que no le ofreció más opciones.

—¿Vamos?

2.16 p. m.

Ambos hombres se abrieron paso por las estrechas y atestadas calles y callejones de Chinatown, donde la lluvia brillaba con el resplandor de las fachadas de las tiendas. El aguacero goteaba pesadamente en torno a sus pies, pero su diatriba apenas se escuchaba, acallada por los mercaderes callejeros que estaban enzarzados en sus frenéticos negocios cantoneses en cada puerta a lo largo de su camino.

Tanto North como Porter sentían como el familiar destello de la memoria les erizaba los pelos de la nuca, aunque ninguno de ellos lo admitió abiertamente. Los olores y los ruidos eran suficiente recordatorio por ahora.

Cuando las tiendas no eran videoclubes saturados de luces de neón, atrayendo con películas importadas, eran diminutas pastelerías rebosantes de pasteles de mango de color tostado y delicias de taro frito en nido de pájaro. O eran unos lugares eclécticos y caóticos cuajados de congeladores repletos de pescados plateados e interminables filas de rojizos patos ahumados que colgaban oscuros como hojas otoñales empaladas en afilados ganchos de metal. Los restaurantes humeaban con el *dim sum* y los escurridizos tallarines chinos arropados con los penetrantes aromas de sus acompañamientos de ajo, jengibre y vino de sabor pungente. Entre los acupuntores y los herbolarios, donde el incienso se consumía y gruesas raíces de ginseng descansaban como cadáveres que hubiesen sido abandonados para que se hinchasen en un lago infecto, decolorados por el paso del tiempo, víctimas de un crimen olvidado, North y Porter llegaron a una puerta que rezaba: «Fong Wan Peng, doctor en Medicina». North simplemente le conocía como Jimmy Peng.

—¿Se puede confiar en este hombre? —preguntó Porter discretamente.

North consideró redundante la pregunta. Por supuesto que no.

Estaban entrando en el complejo y putrefacto mundo del crimen organizado chino, el foso nocivo de los tratantes de esclavos como los Cabezas de Serpiente, los Tongs, las Tríadas, sociedades secretas, y bandas corruptas como los poderosos Fuk Ching, los Sombras Fantasmas, y los Tung On. Aquí era donde los corruptos pastores, figuras a modo de abuelos llamados *ah kungs,* o tíos llamados *shuk foos,* protegían sus rebaños amparados por una pirámide de otras organizaciones cancerosas, como la Asociación Americana Fukien.

Que North y Jimmy Peng tuvieran una historia previa y que esta no fuera buena no importaba, cualquier historia significaba que la puerta no estaba cerrada. Venir aquí, sin embargo, iba a tener efectos duraderos, independientemente de la forma en la que acabara todo.

Porter merodeó cerca de la fachada del largo y estrecho establecimiento. Fue North quien cruzó su umbral, alejándose un paso de la lluvia. La estancia estaba formada en su práctica totalidad por un pasillo de acceso y un interminable mostrador de cristal atestado de cajas con hierbas, raíces y polvos.

Jimmy Peng surgió de la trastienda con unos pequeños paquetes de papel para dos de sus clientes. Peng era menudo, su pelo corto, moreno, estaba salpicado de tonos grises y tenía unas manchas perennes de nicotina en los dedos. Jimmy Peng, médico, daba consejos. Raras veces los seguía.

Vio a North, pero no dijo nada. North esperó mientras Peng acababa de atender a su clientela. Solo cuando mostró su agradecimiento a sus clientes con una sonrisa de oreja a oreja dirigió su atención a su visitante. Su sonrisa desapareció casi inmediatamente.

—Vienes bajo una nube negra. —Su acento de Shangai era una idiosincrasia extraña y apenas distinguible enterrada entre décadas de acento americano adquirido. Hacía que sonase refinado. Era un engaño cuidadosamente cultivado—. Debe de ser tu personalidad ganadora.

North ignoró el comentario. Recorrió con la mirada el surtido de remedios que llenaban caja tras caja. *Es otro mundo.*

—¿Qué es eso?

—Corteza de sauce.

—¿Para qué sirve?

Peng no tenía prisa por contestar sus preguntas. En cambio, Porter apareció tras él con las manos en los bolsillos.

—La aspirina se obtiene de la corteza del sauce.

North estudió el ingrediente con cierto recelo.

—Pareces sorprendido, detective. Tu amigo sabe de medicina.

—Un poco —concedió Porter—. Usted es el verdadero experto.

Un brillo surgió en los ojos suspicaces de Peng.

—Qué gracioso.

Porter sabe algunas cosas. Bien. North se sintió un poco mejor por que el inglés estuviera con él.

—Una tercera parte de toda la medicina occidental viene de las plantas. Si uno incluye los mohos, la proporción es incluso mayor —explicó Peng.

—En la antigua medicina china, los mohos eran frecuentemente aplicados contra las heridas por su acción antibiótica —añadió Porter con cierta satisfacción—. La penicilina es un moho.

North estaba asqueado. *¿Moho?* Había visto las manchas negras que crecían en lo alto de las paredes en las casas de la gente. Sacó su hoja de papel.

—Hablemos de drogas.

Todo rastro de cortesía desapareció instantáneamente de las facciones angulosas de Peng.

—Ya no hago esas cosas. Estoy limpio.

Claro.

—Solo necesito tu ayuda.

—¿Mi ayuda? —Peng se rió—. Eso sí que es un cambio radical.

North tenía problemas para desplegar la hoja de papel. Sus dedos estaban tensos. El papel no tardó en rasgarse.

—Estás enfadado.

Intentó quitarle importancia.

—No más de lo habitual.

Peng parecía disfrutar de la muestra de debilidad.

—¿Alguien te está molestando?

North depositó la hoja desplegada sobre el cristal.

—Me estaba preguntando a quién cabreé en una vida previa.

El instinto de Peng le decía que ese comentario no era más que una burla, pero después de un momento de reflexión vio algo en North que no había visto antes.

—Lo dices en serio.

North no levantó la mirada. La atención de Peng se centró en Porter. El hombre mayor manifestaba cierto interés, pero él también ocultaba algo.

—Ah, pero sigues luchando contra ello.

North se negó a contestar.

—Tengo ojos. Puedo ver. Todos hemos vivido muchas vidas. Si estuvieras en Oriente no te estarías cuestionando unos hechos tan aceptados —dijo Peng.

—¿Leíste eso en una galleta de la fortuna?

Peng sonrió mientras miraba más allá de la tienda el carnaval que era Chinatown.

—Mi hermana acaba de abrir un restaurante. Encontró un proveedor estupendo de galletas de la fortuna. Son tan populares entre los turistas...

Peng regresó a su trabajo y comenzó a elaborar hábilmente un remedio de hierbas, depositando pequeñas cantidades de ciertos ingredientes en el plato de una balanza.

—Estás resentido, hasta ahí llego. Las echaste de menos cuando pasaste una temporadita en Sing-Sing. —A North siempre le había gustado contenerse por miedo a empeorar la situación. Tomó la hoja de papel y le dio la vuelta, para deslizarla posteriormente bajo las narices de Peng—. ¿Pero te es familiar esto?

Peng lo leyó concienzudamente. La lista de los ingredientes que fueron inyectados en la sangre de North con la jeringuilla de Gene pareció llamar su atención.

—¿Por qué debería ayudarte?

¿Qué me dices si echo un vistazo a lo que estás escondiendo? North miró hacia la trastienda. *¿Eso te haría sudar?*

No. El semblante de Peng le decía que estaba esperando eso. North tenía que encontrar otra manera.

—Haría que te sintieras superior.

—Los sentimientos son transitorios.

Algo más entonces. Hazle picar. Haz un trato. Solo tenía una cosa que pudiera ofrecer.

—Estaré en deuda contigo —dijo.

—Ah, deudas. Sí, pueden ser muy útiles.

North extendió un dedo para ilustrar sus condiciones.

—Solo una —dijo—. Así que juega bien tu carta.

—Sí, pero ¿qué carta? —Peng aceptó el trato—. ¿Qué quieres que haga con esta lista? ¿Quieres que lo prepare para ti?

—Quiero saber si alguna vez has preparado algo como esto.

Peng tomó un lápiz y lo recorrió por la lista.

—No.

—¿Sabes quién pudo hacerlo? —Observó cómo el herbolario comenzó a rodear con un círculo los ingredientes con los que estaba más familiarizado.

—No estoy seguro. Necesitaría hacer algunas llamadas discretas. Sospecho que esto no fue elaborado aquí en Chinatown, aunque alguien de aquí podría reconocer parte de la lista de la compra. Hay grandes cantidades de *ma huang* aquí, ¿esto es para algún asmático?

¿Asma? Ese chico en el museo.

—No.

Peng le tomó la palabra a North y dijo que no tardaría mucho. Se retiró a la trastienda.

North esperó. Lo siguiente que aconteció fue el sonido familiar de un teléfono que era descolgado y de unos números que eran pulsados en un teclado. Poco tiempo después se escuchó la lengua nativa de Peng.

Satisfecho, North se giró hacia Porter.

—Tengo un inhalador de albuterol...

Porter negó con la cabeza.

—El albuterol tiene otro mecanismo de acción. La efedrina en tu cuerpo provenía del elixir de *ma huang.*

North mostró incomodidad por la palabra elegida.

—No sé de qué otra manera podría llamarlo. Es lo que se supone que hace un elixir, prolonga la vida.

—¿Qué más se supone que hace la efedrina?

Porter lo explicó con voz monótona.

—Es similar a la adrenalina; en grandes dosis produce agitación, incluso psicosis. Como podrían contarte los veteranos que regresaron de la guerra de

Vietnam, desata *flashbacks* violentos e incontrolables. Pero no necesitas que te lo cuenten.

No, no lo necesitaba. *¿Cómo lo había llamado antes?*

—¿Como una abreacción?

Porter asintió.

—Son dos caras de la misma moneda, el inducir la restauración de la memoria. Lo único que las separa es el grado.

El grado. Lo que quiera que fuera, no era bienvenido. Era horrendo, oscuro y perverso.

—Debe de haber algo que pueda hacer para detenerlo.

Porter consideró las opciones.

—El propranolol al menos contrarrestaría la efedrina. Sin embargo no sé si podrías conseguir que un médico te lo prescribiera. Creo que en este país se comercializa bajo el nombre de Inderal. Es...

—Es un betabloqueante. —North lo sabía bien. El Inderal era la medicación para el corazón que utilizaba su padre.

Papá.

North contempló la clamorosa lluvia y consideró las implicaciones. Mientras la tromba de agua caía implacablemente no pudo llegar a otra conclusión.

—Gene quería que recordase.

Porter se mostró de acuerdo.

—Sí, así es.

—¿Qué quería que recordase?

—Quién eres.

Peng regresó de la trastienda con una observación firmemente planteada.

—Igualmente puede que haya querido que olvidaras.

¿Cuánto tiempo ha estado escuchando?

Porter sintió curiosidad.

—No lo entiendo.

—Hay alguien a quien le resulta familiar esta lista. Tiene un cliente habitual que lo visita por unos motivos similares. A menudo le pide artículos que no quiere que aparezcan en sus registros. Me ha dicho que piensa que el propósito de este preparado es el de hacer que desaparezcan los recuerdos, del mismo modo que puede llegar a desaparecer un cardenal.

¿Un cardenal?

—¿Por qué harían eso?

—Para que después de un tiempo de exposición prolongado pudieran ser expurgados, dejando al final una tabla rasa, una pizarra en blanco.

North vio el trozo de papel entre los dedos de Peng. Fue a cogerlo, pero el herbolario primero quería asegurarse de que el trato seguía en pie. North asintió de mala gana.

—Algunos hombres de una compañía biotecnológica están ahora por allí. Me han dicho que deberíais daros prisa.

North no se cuestionó el consejo. Comprobó el trozo de papel mientras salía a toda prisa por la puerta. El nombre y la dirección conducían a otro herbolario a unas pocas manzanas de distancia.

3.40 p. m.

North corrió resueltamente, chapoteando entre los charcos grises mientras Porter intentaba mantener su ritmo. El duro asfalto impactaba contra sus pies, su superficie era resbaladiza y traicionera.

—Seguramente esto explicaría por qué Gene había perdido el control en el museo, ¿no crees? —razonó Porter—. Ha podido estar expuesto al mismo elixir y sentir la confusión de recordar en un momento dado, y de quedarse en blanco al siguiente.

North extendió un brazo para tantear el camino a seguir entre la masa de cuerpos oscuros que le bloqueaban constantemente el paso.

—No tengo que preguntarme nada. Solo tengo que encontrarle.

Porter luchó contra los empujones de los pies y los codos con los que se cruzaba. North estaba delante de él a cierta distancia. Cuando se presentaban huecos se forzaba a correr, con su fría cara empapada por la lluvia.

—Cuando ejercía como médico clínico, siendo unos pocos años más joven de lo que eres ahora, me vi forzado a contemplar como uno de mis pacientes sufría la enfermedad de Alzheimer. Su memoria se había corroído desde dentro.

North comprobó su nota. Cambio de dirección sin previo aviso.

—Todos los días yo partía penitente a trabajar, consumido por su desgracia. Le leía el periódico de la mañana, controlaba sus progresos, le daba pastillas que no servían para nada, y observaba presa del más puro terror cómo las lesiones y enredos descomponían inexorablemente su mente como si esta fuera un jersey barato.

—Siento oír eso.

Porter igualó su paso.

—Ese hombre olvidó a sus propios hijos, lentamente, uno a uno. Gradualmente, los recuerdos de su vida se fueron difuminando, todos sus miserables años fueron desapareciendo, hasta que cada una de sus hazañas y sus tragedias quedaron en nada. Con el tiempo olvidó a su mujer y ella lloró durante un mes. Hasta que llegó el día en el que se despertaba y ni siquiera sabía quién le devolvía la mirada en el espejo.

»Respiraba, dormía, comía. Pero sin sus recuerdos no era nadie. Era una máquina sin propósito. La memoria es la esencia misma de lo que somos.

North entendía el dolor y entendía su valor.

—Algunas veces —dijo— es bueno olvidar.

—Hubo un tiempo en que pensaba eso. Ahora no estoy tan seguro.

North indicó que debían cruzar la calle. El tráfico se negaba a aminorar su velocidad ante sus peticiones. La mugre rociada tras la estela de cada avasallador vehículo estaba llena de rencor y amargura.

—Deberíamos correr.

—¿Por qué es bueno olvidar?

¿No es obvio?

—Porque nos hace libres.

—La libertad es otra cuestión. ¿Libertad para hacer exactamente el qué? ¿Libertad para hacer lo que queramos?

—Sí. Sin ser acosados o hechos prisioneros.

—¿Así que no estás ligado al destino?

El tráfico silbaba al pasar. La expresión de North permanecía inalterable. Eso no admitía discusión.

—Puedo hacer lo que me dé la gana. —Vio su oportunidad y se lanzó a la carretera. El tráfico respondió con enérgicas protestas.

Porter luchó por mantenerse a su lado.

—¿Entonces por qué estamos corriendo?

North saltó al bordillo del otro lado de la calzada. Porter no había sido tan rápido. Ahora solo era un fantasma oculto tras el velo del tráfico.

—Estás corriendo solo porque te dijeron que debías correr, no preguntaste por qué. ¿Es eso hacer lo que te dé la gana? —le gritó Porter.

North no sabía cómo contestar a eso. No de la forma que quería Porter. *Estoy haciendo mi trabajo. ¿Qué hay que entender?*

La multitud era tan densa en esta manzana como confusos y penetrantes eran los sonidos y olores. Observó las fachadas de las tiendas buscando el cartel correcto. *Ahí.* Forzó su camino entre la marea de cuerpos.

Porter estaba pegado a su espalda.

—Si tu voluntad es libre, ¿por qué no puedes controlar tus acciones? ¿Por qué no puedes detener tus pesadillas? ¿Por qué te hacen correr?

North se detuvo en seco. Lo hizo con cierta reticencia. Buscó en el bolsillo de su abrigo y con impaciencia sacó la lista de ingredientes y la fotografía de

Gene. Tenía claras sus intenciones. Lo que Porter tuviera que decir era secundario.

Porter lo sabía, pero igualmente siguió presionándolo.

—Todos estamos limitados por nuestra naturaleza física. Teniendo en cuenta los genes que nos fueron asignados en la concepción, sabemos que no tenemos control sobre el color de nuestra piel, o la sangre en nuestras venas.

No me hables de sangre.

—Los recuerdos son quienes somos. No lo que somos. Le dan al destino su voz. Tú eres una orquesta cuyas cuerdas están siendo tocadas por fuerzas que no puedes ver y que no conoces. Cuando mi paciente perdió su memoria no fue libre. No alteró nada de su mundo. La enfermedad lo convirtió en un ser impotente. Le robó su voluntad porque ya no sabía quién era, o de qué era capaz.

North estudió la fotografía ajada del hombre que estaba persiguiendo.

—¿Se supone que debo sentir compasión por Gene?

Porter se tomó un momento para considerar cuidadosamente sus palabras.

—Te pidió ayuda. Como tú me la pediste a mí. Está siendo despojado de sus recuerdos. Tú sabes quién es. Es una parte de ti.

¿Parte de mí? La sola idea era repulsiva. No se le había ocurrido antes, ni siquiera había intuido el más mínimo indicio enterrado en lo más profundo de la penumbra tras una montaña de posibilidades no deseadas. La sugerencia de Porter era ofensiva.

El instinto de North le pedía que lo negase.

—Él no es de mi sangre.

—Supo que debía buscarte; supo encontrarte, como hice yo.

¿Cómo lo supo?

—Tú tenías un periódico con el que empezar a trabajar. ¿Qué tenía Gene?

Porter no tenía una respuesta inmediata. En lugar de eso buscó en su bolsillo y extrajo su cuaderno verde.

—La abreacción comienza con la compulsión por escribir. Gene, tú y yo; probablemente haya muchos más; todos se verán forzados a escribir, y cada uno escribirá las mismas cosas.

North rechazó el libro.

La lluvia castigaba a ambos hombres con una furia ensordecedora. Cada cara entre la multitud empapada parecía conocerlo; cada mirada evocaba alguna conexión. Se sentía tan abrumado que estrechó sus anegados trozos de papel contra sí mismo y dijo:

—Me tengo que ir.

Sintió la inquisitiva mirada de Porter estudiando sus facciones. ¿Habían llegado a un entendimiento? Porter no estaba seguro y North no podía ofrecer ninguna garantía.

Porter le tocó el brazo como lo haría con un hijo.

—Estoy entorpeciendo tu trabajo. ¿Hablamos luego?

North estuvo de acuerdo, pero solo porque dudaba que hubiera nadie más con quien pudiera hablar.

Le dio la espalda a Porter, ansioso por olvidar las dudas que este había descargado sobre él, ansioso por continuar con su tarea y seguir esta nueva pista. Se puso en marcha y dejó a Porter con sus propios asuntos, pero al alejarse de un viejo, fue directamente a encontrarse con otro. North se disculpó, pero el hombre del paraguas negro no se movió. Se quedó de pie, con la cabeza inclinada, paralizado por la fotografía de Gene que vio en la mano de North.

North intentó moverse, pero el temblor del paraguas negro que derramaba una cascada sobre él lo dejó clavado en el sitio. El temblor procedía de la mano que lo sujetaba. El temblor era ligero. Pero aumentó.

El hombre con el paraguas negro pareció reconocer al hombre de la fotografía.

¿Era el mismo que Peng le había advertido que se encontraría? North sintió que debía moverse deprisa o perdería la oportunidad. Mostró su placa y le presionó.

—Señor, ¿conoce a este hombre?

El hombre del paraguas negro no dijo nada.

—Señor, entiendo que sienta aprensión, pero puede hablar conmigo.

Se estaban aproximando otros, hombres resueltos con abrigos oscuros que no estaban de acuerdo con esto último. Extendieron sus brazos entre la confusión del gentío y tiraron del hombre con el paraguas negro para que regresara con ellos. «No de esta manera», le amonestaron. «No con él.»

North agarró a uno de ellos con su mano enguantada y sostuvo furiosamente su placa en alto.

—¡Esto es una investigación policial! ¡Apartad vuestras manos de él!

El hombre del paraguas negro levantó la mirada.

En su otra mano tenía lo que le había comprado al herbolario. En sus ojos guardaba los secretos de su intención. Aunque su cara denotaba cansancio y su pelo despeinado tenía ciertos reflejos grisáceos, los ojos que le devolvieron la mirada no mostraban ni el más mínimo rastro de ojeras detrás de sus gafas. Su mirada era penetrante y erudita. Conocía al hombre de la fotografía tanto como conocía al hombre que la sostenía.

Aun así permaneció con los labios firmemente sellados mientras sus protectores lo alejaban del lugar.

En ese instante North se quedó titubeando.

Lo conozco.

Sintió como se le escapaba la sangre de los miembros. Sucumbió al irrefrenable estado de pánico. Su mente comenzó a tambalearse al tiempo que Porter veía su aprieto y se debatía en su camino de vuelta entre la escurridiza muchedumbre.

—¡Espera! —North luchó por alcanzarlo—. ¿Quién eres?

Esa cara, envejecida por la neblina de tres largas décadas, el gesto contorsionado en el espejo, la máscara que llevaba cuando desataba su lujuria con su madre.

La cara de su verdadero padre.

Todo era verdad.

North forcejeó entre la bruma de la cruda realidad, intentando discernir el camino por el que se habían marchado. Las cabezas agachadas y empapadas por la lluvia de tanta gente ansiosa por seguir su camino lo hicieron imposible. Incluso cuando saltó para poder ver mejor, ningún hueco entre la multitud le dio una pista reveladora que seguir. Se habían perdido en un mar de rostros a la deriva.

Escuchó la voz de Porter. Sus gritos desesperados.

—¡No! —chilló—. ¡No!

North giró en redondo, presa de la confusión. Entre el confuso alboroto pudo escuchar una voz:

—Os reproducís como alimañas.

El familiar chirrido del metal siendo sacado de su funda se perfiló contra la lluvia como el rechinar de unos dientes. Desde su punto ciego, uno de los hombres de abrigo oscuro había regresado y se abalanzaba sobre él, siendo su cuchillo un destello contra el inclemente manto de agua que estaba cayendo.

North reaccionó rápidamente. Porter fue más rápido. Se arrojó contra el cuchillo y recibió la puñalada que no iba destinada a él.

El afilado metal se hundió en su vientre y se abrió camino rajándole las entrañas. Un torrente escarlata se derramó entre sus rígidos dedos. Conservó el cuchillo consigo mientras se desplomaba en el lodazal que la lluvia había formado a sus pies.

North atacó, los papeles salieron volando de su mano. El furioso intercambio de golpes escocía bajo la lluvia. Cuando el hombre embistió de nuevo, North lo agarró por las solapas de su abrigo, pero sus dedos resbalaron del empapado tejido. Su forcejeo fracasó en su intento de someterlo. El hombre se escabulló como un pez, dejando a North solo un recuerdo:

El hombre huyó sin su abrigo oscuro.

North lo arrojó al suelo y buscó su pistola. Gritó a la multitud en su persecución y amenazó con un disparo de advertencia mientras blandía su Glock.

La confusa masa de transeúntes se apartó ante él como una ola que se retirase en la orilla de una playa.

North corrió sin obstáculos por la calle, pero los hombres de abrigos oscuros habían desaparecido. Se esfumaron, como las fugaces sombras alargadas de las cucarachas que se dispersan ante el repentino fulgor de la luz de una lámpara, quedando tan solo el olor de la podredumbre.

¿Adónde han ido? ¿Adónde?

Dio vueltas en redondo pero no encontró nada revelador. En lugar de eso solo encontró las caras de la temerosa multitud que lo observaba, apretujadas en las puertas de los comercios. North estaba solo, junto con el cuerpo inánime de un hombre moribundo en el suelo.

Mi sangre. Mi alma. Un aspecto de mí mismo.

North corrió hasta el final de la calle, mientras guardaba su arma y buscaba su teléfono. Porter mantenía sus intestinos eviscerados en su lugar, su pálida piel estaba tensa por la desesperada agonía.

North rugió pidiendo una ambulancia y se echó hacia delante para cogerlo en brazos. Acabó bañado en el río de su sangre, un torrente que se perdía en una alcantarilla mientras se llevaba la deteriorada fotografía de Gene con él.

El médico y el gladiador

Mis heridas eran profundas, mi tormento aun lo era más.

Eso no era suficiente pago para saciar las ansias de sangre de esta muchedumbre.

El samnita se abalanzó de nuevo, una finta para hacerme saltar. En vez de eso cargué contra él, lancé su *gladius* hacia atrás y me encontré con su *scutum* en su lugar. El samnita lo usó para arrollarme, empleando el vasto escudo rectangular para mantener su flanco lejos de mi alcance. Me empujó hasta que perdí el equilibrio y utilizó el borde del escudo para machacarme la mandíbula.

Salí volando hasta impactar contra la fría arena y elevé desesperadamente la mirada hacia el toldo índigo que ondeaba sobre el anfiteatro de Nerón bajo el gélido viento del invierno.

Una viga de ciento veinte codos de altura, según dicen. Y dos codos de grosor. Decían que era la viga más grande de Roma, la que sostenía el techado allí arriba. Desearía que me clavaran a ella y me dejasen ahí colgado para que muriera, cualquier cosa excepto tener que seguir sufriendo este siniestro tormento.

Con la pierna izquierda adelantada, que tenía embutida en una greba de cuero tratado, el samnita me lanzó un ataque repentino. Rodé para defenderme de su frenética arremetida.

El susurro del borde de su escudo mientras pasaba pegado a mi oído se detuvo con un golpe seco en el suelo.

Su espada estaba atascada. Lo vi forcejear y aproveché la oportunidad.

Descargué mi *gladius* contra su rodilla y le rebané el hueso limpiamente.

Su grito se convirtió en un terrible aullido burbujeante, doloroso de soportar; un rugido de agonía que surgía de su casco pulido de una forma tan estridente y desesperada que casi me hizo llorar.

Mi acción no fue bien recibida.

Los abucheos del público se vieron acompañados por los huesos roídos de distintos animales que golpearon mi cara con desdén. «¡Idiota!», gritaron. «¿Por qué no mueres, perro? ¡Había apostado por él!»

Su dolor era tan insoportable que no podía atender su herida, ni siquiera reunió el aplomo suficiente para implorar clemencia. Así que yo lo hice por él.

Busqué al magistrado en su palco, pero el hombre que presidía estos Juegos Saturnales no estaba allí.

Paseé mi trofeo cercenado por mi parcela de terreno, mirando fijamente al cautivado público que estaba sentado más allá de los afilados colmillos de marfil, tan grandes como un hombre, que se cernían sobre la arena para defender el muro que formaba su perímetro. No se escuchó orden alguna.

Miré por encima de los cilindros de marfil tallado y a través de la dorada red colgante, dispuesta para contener las garras de cualquier animal salvaje que estuviera luchando contra un bestiario y tuviese la encomiable idea de lanzarse contra los espectadores, pero seguía sin encontrar a nadie que me diera instrucciones.

La arena estaba cautivada por la orgía de sangre. Me habían olvidado tan rápidamente como me habían reprendido. El destino de un solo hombre no significaba nada.

Otro centenar de parejas de deslumbrantes gladiadores anhelaban obtener salvajes recompensas por sus hazañas en la pista. Serraban y daban tajos, ensartaban, estrangulaban y degollaban sin piedad. Vi a un hombre, un *andabatus* de piel oscura, que luchaba a ciegas tras su visera cerrada, dando mandobles de una forma tan frenética que por pura casualidad le cercenó el brazo a su adversario. El clamor de las risas de las aberrantes hordas en las gradas crecía con cada palpitante descarga de crúor del hombre herido. Los generosos chorros escarlatas que iba dejando a su paso eran su legado fugaz, tributo a su talento como artista. La risa continuó mucho después de su muerte, después de que su muñón hubiera dejado de chorrear.

Vi a otro, un reciario de pies ágiles, arrojando su negra red lastrada con plomos con tan salvaje fuerza que el *secutor* que lo perseguía perdió su *spatha*. Tan confundido estaba este hombre, tan consumido por su miedo, que cuando se llevó la mano a la cara para eliminar lo que le estorbaba no vio las tres púas afiladas del tridente que se precipitaba sobre él. Al principio fue como contemplar a Poseidón (el griego que hay en mí no podría llamarle Neptuno) jugando con un cangrejo. El reciario desnudo puso su presa boca arriba de una patada, plantó un fuerte talón sobre su pecho y buscó el punto débil entre sus duras placas. No le llevó tiempo abrirse camino en el hueco entre el liso casco redondeado y su débil coraza. Lo enterró directamente en su garganta. Un intenso sonido aspirado surgió en lugar de un grito. Al final era como si uno estuviera contemplando cómo espetaban a un cerdo, ya salado y preparado para que lo asaran.

Las maníacas ansias por contemplar actos de sanguinaria crueldad los congregaban a todos en torno al magullado pecho de la gran meretriz. Vi a hombres que mantenían sus miradas imperturbables mientras sus almas se embriagaban con un intercambio de agresiones tan interminablemente brutal.

Guerra por diversión. En qué mundo tan perverso había nacido esta vez. Los griegos tenían juegos, pero no como este. ¿Qué había en la naturaleza de los romanos que los inducía a tener esa sed de sangre? Si no era el hedor de Atanatos el que había anegado los campos, infectando los corazones de tantos con su nauseabunda plaga, ¿entonces qué esperanza había para los hombres?

A mi espalda se elevó el engrasado sonido de las cadenas, ruedas y poleas que fueron puestas en movimiento. La peste a carne quemada y a pelaje chamuscado de los caballos atigrados y los osos que estaban siendo azuzados en sus jaulas con el extremo resplandeciente de unos atizadores salió flotando de las tinieblas que se hallaban confinadas bajo los palcos junto con el primer atisbo de oscuridad que surgió al abrirse la puerta.

Los esclavos que allí se encontraban estaban trabajando a destajo, girando el pesado tambor de madera, enrollando las cuerdas en torno a sólidos ejes, para hacer que se abriera la puerta. Pero el guerrero tras la misma estaba impaciente por lanzarse a esta locura. Rodó con la habilidad de un acróbata bajo la puerta que todavía se estaba abriendo y fue a acabar agazapado ante mí. Estaba contemplando la cara del demonio etrusco Charun, torturador de las almas en el inframundo.

¿Estaba aquí para luchar o no? No podría asegurarlo. Orbitamos en torno al samnita caído e hicimos chocar nuestros metales. Las risotadas que esto produjo en el público parecieron favorecerme un poco al fin; parecía que Charun estaba aquí tan solo para chamuscar el cuerpo del hombre inconsciente y comprobar si había algún engaño.

El samnita, que hacía tiempo que se había desmayado de dolor, se retorció en la arena empapada mientras el metal al rojo vivo se hundía en su carne haciendo que crepitara la grasa a su alrededor. Gritó y, al hacerlo, selló su propia perdición; por su cobardía, Charun arremetió contra él. Su garganta fue cercenada de un tajo.

Me giré, con mi *gladius* dispuesto, pero Charun no había venido a por mí. Se adentró de un salto en la carnicería para comprobar que los hombres caídos que salpicaban la arena de muro a muro estaban muertos.

Entre los abucheos y los silbidos malhumorados, una voz me llamó desde la oscuridad.

—¡Sal de ahí, idiota, tu combate ha terminado!

Oh, que mi miserable vida fuese tan simple como eso.

Tenía mi alma clavada a la carne. No había descanso para mí. Había mirado a través de los ojos de mis ancestros y compartido los momentos de un buen número de vidas, hasta que regresé como el ardiente cometa que brillaba esta misma noche sobre las siete colinas de Roma.

Esta no era la primera vez que me había quedado mirando melancólicamente el tempestuoso cielo a través de los barrotes de mi celda en el *ludus*, y no tenía ninguna esperanza de que fuera a ser la última.

Desde más allá de los mensajes grabados en mi pared por una hueste de combatientes muertos, una voz preguntó calladamente:

—¿Lo has vuelto a buscar hoy en la arena, Aquilo?

El judío Samuel estaba vivo. En cierto modo era sorprendente, con todo lo que había visto. Aquilo, mi nombre en esta vida; en realidad sigo respondiendo mejor a mi otro nombre.

Me agarré con fuerza a los barrotes, sobrecogido porque alguien que conocía siguiese vivo.

—Estás vivo.

—A duras penas —fue la débil respuesta forzada por el dolor—. Ah, mi melancólico griego con su enfermedad de la mente. No deberías preocuparte tanto. Encontrarás a ese mago de Babilonia que te está causando problemas.

—¿Problemas? —Me reí mientras me sentaba en el duro y gélido suelo de piedra. Arropado por los chasquidos y el siseo de la trémula luz roja de las antorchas que se alineaban en los muros al otro lado de nuestra prisión, me abracé con fuerza a mi manta de piel en esta desoladora noche de diciembre—. Es algo más que un problema, esta enemistad nuestra.

—¿No dijiste que los dioses te hicieron esto?

—No me hables de los dioses —repliqué con desprecio—. Son anatema para mí. Su regalo ya no es bien recibido.

El judío Samuel se debatió por sus heridas. Escuché sus resuellos de puro dolor en la oscuridad. Solo cuando se hubo calmado continuó.

—Sí, pero piensa en esto: si, como dices, tus dioses te hicieron esto, ¿no te pondrían entonces aquí sobre esta tierra cerca de ese hombre?

Pensé en lo que estaba diciendo.

—Sois como hermanos a los ojos de los dioses; dos serpientes entrelazadas la una a la otra. Tiene poco sentido que os sitúen en arenas diferentes. ¿Dónde estaría la diversión de los espectadores en eso? Independientemente de que se sienten en las tribunas del Olimpo o en los anfiteatros del Campo de Marte, el cual está a una distancia considerable, por cierto. Hacernos marchar por las calles para llegar hasta allí; es indigno. Si vamos a ser ganado reunido en manada para su diversión, lo mínimo que podrían hacer es un campamento cercano para nosotros.

—Quéjate con suficiente fuerza, amigo, y puede que sea justamente eso lo que hagan. O puede que echen abajo los muros del templo de tu dios en Jerusalén y construyan una arena aquí mismo, en el *ludus,* para satisfacer tus demandas.

—¡No seas tan perverso!

—No soy yo. Está en la naturaleza romana el humillar.

Pude escuchar los movimientos del judío Samuel, que gruñía por su agonía mientras se tumbaba en la repisa de piedra que hacía las funciones de cama.

—Oh, esta paja está mugrienta. Para cuando llegue la mañana habré caído enfermo.

Posé mi mirada de nuevo en el cometa del cielo. Brillaba con un resplandor puro, sin desviarse nunca de su curso. Toda su vida estaba acotada.

Atanatos siempre llevaba ventaja. ¿Cómo podría cambiar su trayectoria, para darle un final a todo esto?

—Soy un hijo bastardo de la Futilidad y ella me quiere con un amor lleno de malicia —dije.

—Lo encontrarás, como espero que podamos encontrar algo de comida muy pronto. —Lo escuché abalanzarse contra los barrotes para golpearlos con fuerza—. ¿Por qué tardan tanto esos cerdos?

Cerca de las puertas principales que daban al patio, dos soldados alimentaban el fuego de sus braseros. Compartimos la promesa que flotaba en el aire, hizo que nos lleváramos nuestras hambrientas lenguas a nuestros labios cuarteados, pero sus esfuerzos no iban dirigidos a nosotros.

El judío Samuel volvió a golpear los barrotes lleno de impaciencia. Pude ver sus manos ennegrecidas y cubiertas de sangre, pero nada más.

—Deberías de ver los festines que te presentaría a ti y a todos mis honorables invitados si estuviéramos en mi palacio.

—¿Tu palacio de nuevo?

—¿Tienes una invitación para otro?

¿Qué estaban cocinando esos soldados? Era una tortura.

—¿Qué tomaríamos?

—¡Lo mejor de lo mejor! —Hacía gestos con las manos como si estuviera arrancando trozos grasientos de carne caliente—. Empezaríamos con las más tiernas y suculentas hojas de verde lechuga, regadas con aceite y aceitunas. Limpiaría un atún joven, no más grande que una barracuda, y lo pondría en escabeche hasta que su carne se desprendiese de sus blancos huesos. Sería acompañado con los pequeños y suaves huevos de una paloma envueltos en oscuras hojas de ruda. —El judío Samuel reflexionó un momento. Faltaba algo—. Y quizá unas pocas nueces.

—Ah.

—Y esto sería cocinado lentamente, sobre una llama no muy potente. Moleríamos pimienta importada sobre su dorso y lo comeríamos con el queso más delicioso que pudiéramos encontrar en la calle Velabrum mientras el *mulsum* nos iba abriendo el apetito para un vino mejor que aún tuviese que venir.

Sonreí. Casi podía saborear el *mulsum* ahora, esa rica mezcla embriagadora de vino dulce y espesa miel.

—Es un buen sueño.

Escuchamos los chisporroteos y el siseo de las antorchas encendidas y me recreé en nuestro festín. Mi hambre creció y pregunté:

—¿Y para *lena?* ¿Qué nos servirías como diversión principal? Estamos en tu *tricilinium* y soy tu invitado de honor.

—¡Por supuesto! —El sonido de su voz me decía que estaba sonriendo de oreja a oreja.

—Cabriolas de Dionisio con las doncellas sobre los suntuosos mosaicos de tu comedor. Tienes nueve mesas...

—¿Nueve? ¡Diez! ¡Once!

—¡E invitados de cada rincón del mundo!

—¡Lo estoy viendo!

—Me reclino sobre tu canapé. Me apoyo sobre mi codo. ¿Qué me traen tus sirvientes?

—Veo que eres el más listo; aquí es donde realmente comienza nuestro festín. Al principio tu nariz se colma con el rico aroma de la sal del mar. Bajo una luna encerada te traen la carne coralina de los tiznados erizos de mar de Miseno, resbaladizas ostras saladas de Circeii y carnosas veneras de Tartanum fritas en mantequilla de oliva y ricas en especias egipcias.

—Y *garum,* no olvides el *garum* para mojarlo todo.

Cuando era niño había ayudado a hacer *garum* según la receta bitinia, dejando las hediondas entrañas de un pez salado en una fuerte tinaja para que se pudrieran bajo un sol abrasador. Posteriormente tamizábamos el líquido que rezumaba y a ese potente *liquamen* oscuro le añadíamos vino para crear el *garum.* Su sabor era embriagador.

—¿Pero qué es eso? ¡Hueles a ajo y cítricos que son presentados con el cuerpo asado de un jabalí de Umbría alimentado con bellotas! Su piel es oscura y crepita al tocarla, su carne se deshace en tus manos.

Noté las protestas de mi estómago con más severidad. Sentí cierta aflicción.

—Te traen mamas de cerda y aves de caza rellenas, un gallo salvaje que podría alimentar a dos personas, pero servido solo para mi huésped de honor. Bandejas repletas de cerebros de pavo real horneados, lenguas de flamenco e hígados de lucio guarnecidos con garbanzos, con sus zarcillos enrollados como cuernos de carnero, y carnosos higos africanos. Te servirían pichón asado regado con salsa blanca y un poco de crujiente pan caliente para mojar.

—Oh, mi estómago te ruega que te detengas. —Nos reímos a carcajadas, pero esto pronto fue reprimido.

Observamos a un soldado llenar a cucharadas dos cuencos de humeantes gachas de su robusto puchero y seguimos con los ojos el intercambio entusiasta que se producía cuando uno pasaba un cuenco al otro.

Pero no habría comida para nosotros esta noche.

Nos quedamos mirándolos llenos de desánimo a través de los barrotes de nuestras húmedas y frías celdas infestadas de pulgas.

—Vamos —dije—. Soñemos con este vino que nunca se acaba.

Era infrecuente, aunque no imposible, que hiciera tanto frío en Roma que nevase, y eso fue lo que ocurrió esa noche. Cuajaría en la cima de las colinas aunque aquí permanecería como un rumor. A través de los barrotes de mi celda los silenciosos copos de nieve festejaban sus propias celebraciones festivas y se posaban suavemente en mi cara, como delicados dedos que acariciasen mis ojos, el susurro de una canción de cuna que me conducía gradualmente hacia el sueño. Mis párpados se cerraban, comencé a dar cabezadas. El sopor me acunaba en sus brazos.

No volvería a dormir tan bien de nuevo. En los meses venideros y a lo largo de la dura travesía del invierno lucharía, y mataría a muchos hombres, tanto en combate como en los entrenamientos. Rebanaría las narices de los convictos y las orejas de los esclavos oprimidos. Produciría profundos cortes en los miembros de los hombres remunerados, ciudadanos que buscaban fortuna y deseaban gozar de su momento de gloria.

La última vez que hablé con el judío Samuel, este se estaba lamentando de que, si alguna tuviese que regresar a esta tierra para su segunda vida, la viviría en una torre rodeado de fruslerías. Eso lo convertiría en el ser más feliz del mundo. Estábamos en una jaula esperando nuestro combate mutuo.

—Por favor, cuando llegue el momento, sé rápido —me pidió.

Era mi amigo. ¿Cómo podría no hacerlo? Cuando recibió el impacto de mi espada y rodó en el polvo lloré por él, y recé a los dioses en los que no creía para que hicieran que su deseo se pudiese cumplir.

El joven *murmillo* me rodeaba y esquivaba mis estocadas, aunque se iba acercando poco a poco con cada paso que daba. Su cara era de una palidez mortecina bajo la luz grisácea del severo día. Tenía poca experiencia. Estaba aterrorizado.

Cargó, su cabeza pasó tan cerca que pude ver la mueca en la cara del grotesco pez de metal que decoraba su deslustrado casco.

Lo azoté con mi *parma,* un ataque tan brutal que rompió limpiamente su nariz de un solo golpe.

Sus entrañas se redimieron como respuesta, la tórrida liberación del más negro de los excrementos con un hedor tan atroz que me entraron arcadas y me retiré tambaleándome por las náuseas.

Sus propias inmundicias formaron un adorno humillante para los profundos surcos que recorrían sus piernas. Dejó caer la cabeza petrificado por la vergüenza y fue contestado por un clamor que recorrió la arena. *«Verbera!»,* exigía la gente. «¡Golpea!»

¿Cómo podría matar a un chico que solamente temía por su vida?

Alcé mi corta *sica* curvada sobre mi cabeza e hice mi paseo triunfal a su alrededor. Este lugar me disgustaba. Ese chico no era quien buscaba. Rugí a mi audiencia.

—¡Atanatos! ¿Puedes verme? ¿Dónde estás, cobarde? ¡Soy tu cometa cretense que ha regresado! ¿Por qué no vienes a enfrentarte a tus recuerdos troyanos?

Una oleada de inquietud recorrió la audiencia. No sabía por qué. Tampoco podía dedicar tiempo a pensar en ello.

El impacto del amplio escudo oval del joven *murmillo* contra mi espalda me puso rápidamente en situación. Me giré hacia el joven, un destello de luz refulgía en mi espada, y le grité lleno de una furia terrible ante su traición.

—¿Vienes contra mí cuando te doy tiempo para respirar? ¿Es eso lo que te han enseñado en Capua?

Intercambiamos una serie de rápidos ataques llenos de rencor. Rápidos, furiosos y brutales. Su cálida sangre brotaba de su nariz como los retoños que florecen al principio de la primavera.

Otra ovación llenó el lugar, esta vez por el combate bien luchado a no más de tres metros de distancia. La carne despedazada de un hombre cayó a los pies de un *dimachaerus,* sus cuchillos gemelos giraban, esperando la orden para darle el golpe de gracia.

¿Tenía la arena hoy uno de esos días compasivos? La distracción del pensamiento fue mi error.

El joven y temeroso *murmillo,* con sus ojos abiertos como platos, vio su oportunidad, hundió profundamente su hoja en mi costado y la hizo girar brutalmente.

Mi aliento se quedó bloqueado en mi garganta mientras tocaba las gélidas aguas del inframundo. Me encogí de dolor, víctima tanto de la hoja de este cachorro como de mi propia arrogancia. Doblado por la cintura, caí de rodillas y recé por que esto no acabara de esta forma.

Ni siquiera había visto a Atanatos en esta vida. Ni siquiera sabía si él estaba vivo. ¿Había sido humillado alguna vez en los largos años de mi ausencia? ¿Había yo desatado mi furia para nada?

Un grito solitario se elevó entre el público.

—¡No dejéis que este hombre muera a manos de quien llegaría a la victoria a base de mancharse los pantalones!

Las risotadas vulgares que siguieron hicieron que yo elevase mi dedo pidiendo clemencia.

El joven *murmillo* se convulsionaba mientras esperaba instrucciones. Estaba regurgitando sus gachas sobre el pecho. Escuché su salmo susurrado en un idioma que apenas podía sondear. No creo que hubiera matado antes. Verdaderamente no mostraba haber vivido previamente esa experiencia.

Cuando alguien gritó «*Mitte!*», agradeció escuchar la voz de la razón. Cuando toda la audiencia gritó «*Mitte!*», creció en mí el temor de una mentira. ¿Me había salvado?

Miré hacia arriba. El pulgar no apuntaba al pecho. Fui perdonado.

La sangre que perdía dejó un reguero que me acompañó desde donde fui abatido, mientras me arrastraban, no a través de la *Porta Triumphalis,* sino por la tenebrosa puerta destinada a los derrotados.

El llanto de las jóvenes doncellas, que se alineaban en el oscuro camino esperando que su largo pelo mojado fuese cortado con las afiladas lanzas de los vencidos y de esta forma asegurarse un matrimonio fértil, era un lamento ensordecedor de melodiosa miseria. La escoria que forcejeaba por una gota de mi sangre, lamiendo mis heridas con la esperanza ciega de que eso restaurase cierto vigor a sus brazos marchitos y sus mustios miembros, hizo que rugiese lleno de furia y les patease mientras me arrastraban.

No me llevaron al *sanatorium*, o al *spoliarium* donde los muertos eran despojados sin contemplaciones de sus armaduras. En lugar de eso, seis orgullosos pretorianos me encadenaron, me arrojaron a una jaula como un animal y me transportaron mientras gritaba por las tumultuosas calles de Roma.

Me aferré al destrozo en mi carne en un intento de evitar que mis entrañas se derramasen a mis pies.

—¿Adónde me lleváis? —chillé a través de mis dientes rotos.

La respuesta llegó con jovialidad.

—El césar desea saber por qué le has declarado la guerra a su médico.

¿Atanatos era el médico de Nerón?

Me llevaron a toda prisa por el monte Palatino donde los *galli*, los sacerdotes afeminados del templo de la diosa madre Cibeles, traídos de la lejana Frigia hasta Roma, me observaron con unos ojos sagaces llenos de satisfacción.

Recorrimos a toda velocidad las treinta leguas que nos separaban del Subiaco, donde, junto a la orilla del lago Simbruina, Nerón tenía su villa.

Con el ribete del crepúsculo descendiendo a nuestra llegada, el que en su momento fue un temible cometa se había visto reducido a ser poco más que una mancha en el cielo vespertino. Sin embargo, los augurios no casaban bien con los soldados. Un cometa significaba revolución y la gente ya había empezado a preguntarse si Nerón había sido derrocado.

Murmuraban sobre aquello mientras tiraban de los grilletes en mis tobillos y arrastraban mi cuerpo en descomposición hacia un agujero oscuro donde terminé siendo arrojado sobre una mesa robusta bajo la trémula luz de unas antorchas.

Un cirujano se precipitó en la estancia. No conocía su cara, pero sentía su naturaleza. Como una serpiente que paladease el aire, sabía que era Atanatos.

—Rápido —dijo, ordenando a sus esclavos que dispusieran su vasto muestrario de centelleante instrumental de metal. Examinó mis ojos y verificó mi pulso—. No está sedado. ¿No le habéis administrado beleño? ¿Nada de opio?

A los pretorianos aquello no les importaba. Curar era trabajo de Atanatos, no el suyo. Se retiraron buscando aire fresco sin hacer ningún comentario.

Se movió con extremada rapidez; cortó la ropa mugrienta que cubría mi cuerpo y examinó mis heridas con una celeridad experimentada.

Me puso enfermo el ver tanta falsa preocupación.

—Atanatos, veo que sigues vivo. ¿No se ha cansado el mundo de ti todavía?

—No, Cíclades, no lo ha hecho. —No había compasión en su voz, solo irritación contenida.

Me atragantaba con mi propia sangre.

—¿Cómo lo haces?

—Me muevo con libertad porque la gente prefiere no ver.

Hundió profundamente sus manos en mi hedionda cavidad y tanteó la propia naturaleza de mi ser. Comprobó la disposición de mis sanguinolentas entrañas y determinó el desgarrador curso de la estocada. Yo por mi parte lo acompañe con un grito de una ferocidad tan virulenta que lo forzó a taparse sus retorcidas orejas.

Con sus brazos embadurnados hasta los codos con mi cálida sangre, cogió su escalpelo de bronce y lo deslizó sobre mi carne sin previo aviso. Pedazos irregulares y ennegrecidos de podredumbre fueron arrojados a las ratas, como si estuviera preparando una comida con una carne que se hubiera echado a perder e intentara conservar las partes más aprovechables.

—Mira tus heridas, islas de tormento. Cíclades, eres un mapa de la miseria.

Hurgó con sus largos ganchos y apartó mis tripas para poder ver mejor. Y cuando el punto por donde brotaban mis fluidos fue determinado, lo presionó con uno de sus sucios dedos.

—Oh, la de cosas que podría aprender de ti. Tu sangre es un fluido realmente especial. ¿No sería maravilloso, Cíclades, si tú y yo pudiéramos ser uno algún día, si pudiera encontrar alguna manera de mezclar nuestras sangres, borrar tus pensamientos y robar tu poder?

Delirante en mi agonía incontenible, sucumbiendo ante los escalofriantes dominios del Hades, susurré:

—¿Quieres lo que tengo? Quédatelo entonces. No lo quiero más. Soy un hombre atrapado en un momento eterno. Mi propia cordura no es una carga que pueda seguir llevando conmigo. ¡Tú ganas! Ahora, ayúdame a morir.

—¡Ja! Desearía que fuese tan simple. Se me ha pedido que te recomponga, apestoso imbécil. —Chasqueó los dedos, aunque no se dignó a mirar a sus esclavos—. Traedme mis suturas.

Con cada pequeño acopio de fuerzas que conseguía acumular, levantaba el brazo y le cogía de la muñeca.

—Hunde una espada sobre mí. ¡Acaba conmigo!

—¡Por orden del césar no puedo, maldito afeminado llorón! Una mención de los troyanos, un susurro sobre los griegos, y el hombre enloquece de pasión por otra historia de los antiguos. Si me tengo que sentar una vez más a escuchar otra de sus endechas acompañado de su lira te juro que le estrangularé con sus cuerdas. Por lo menos tú tienes más suerte; puedes desaparecer unos cuantos cientos de años y regresar a tu antojo, mientras yo debo soportar estos desatinos. No, mi querido Cíclades, quédate un rato. Comparte mi dolor.

Cogió un par de hojas de su pequeña reserva y las sumergió en un glóbulo de miel. Lo sostuvo contra mi boca.

—Tómate esto.

Me negué a hacerlo. Pellizcó mi nariz y esperó a que abriese la boca para respirar antes de arrojarlo dentro y masajearme la garganta para que tragase.

—Es por tu propio bien.

Lo dudaba horrores.

Su esclavo regresó, un hombre alto de aspecto siniestro con los ojos hundidos y nublados, y la piel cetrina. Dejó en el suelo una gran vasija de arcilla roja y la mantuvo destapada el tiempo que Atanatos buscaba en el interior con un par de largas pinzas de acero.

—Contempla mi obra, Cíclades. Mira lo que puedo hacer; mira lo que he logrado alcanzar en tu ausencia. Este esclavo tenía cataratas. Se las quité y ahora ha recuperado su visión. Tú sangras, y haré que restañe.

Cogió un objeto y lo sacó de la vasija. Era una hormiga del tamaño de mi pulgar. Sus finas y translúcidas patas se agitaban en señal de protesta. Su brillante cuerpo segmentado se retorcía y se debatía contra el metal que le causaba su tormento. La acercó para que la viera. Sus mandíbulas mordieron el aire ante mis ojos. La vasija rebosaba de estas huidizas criaturas, cada una de ellas trepaba sobre la otra para poder escapar.

Estaba aterrado.

—¿Qué estás haciendo?

—Poniéndote tus suturas.

Asió un ensangrentado pedazo de mi carne y presionó la hormiga contra el mismo. Esta lo mordió sin piedad y dejó mi herida firmemente cerrada. El dolor que recorrió cada fibra de mi cuerpo era un fuego que no podía ser extinguido. Pero él no dejo que mordiese de nuevo. Un rápido movimiento dejó la cabeza en su sitio mientras arrancaba el resto del cuerpo, que tiró diligentemente a un lado.

—Las llamo grapas.

No me importaba cómo las llamara y dudaba mucho que fueran a funcionar.

—¡Quítame esa inmundicia!

—¡Tus fluidos se asegurarán de que se terminen disolviendo! ¡Ahora estate quieto! Tengo que aplicar muchas más. —Me recompensó con otra hormiga en su sádico concepto de la generosidad.

Lágrimas amargas de insoportable agonía humedecían el polvo que cubría mis mejillas hundidas. Elevé mi cabeza todo lo que pude sobre la mesa, siendo mi veneno el sudor de tantos años vividos.

—Responderás por los crímenes de tu pasado.

Ondeó sus ensangrentadas pinzas ante mí.

—¿Qué crimen elegirías? Todo hombre tiene un pasado. El mío tiene mil años. Y continuará por otro millar de años más. Y otro más. ¿De verdad puede tu corazón sustentar y alimentar semejante odio por tanto tiempo?

Este ya me había conducido hasta aquí.

—¿Por qué lo hiciste? ¿Por qué la apartaste de mí?

Atanatos no tenía respuesta. Su cara perdió concentración al rebuscar en su memoria. Su confusión era real.

—¿Apartar a quién?

¿Ni siquiera lo recordaba? ¿Me había estado lamentando cada hora de cada día para comprobar ahora que los actos horribles que había cometido no eran nada para él? Me sentía perdido. Mi vida estaba vacía; un agujero sin límites existía donde él había arrancado todo lo que tenía algún valor para mí. Sin embargo ni siquiera tenía la mínima decencia de recordarlo. Era despreciable.

Escupí a sus pies.

—Moira —sollocé—. La condena de mi vida. Mi amor. Mi esposa.

¿Causó eso algún impacto? ¿Había llegado al menos a alguna parte en su obscena mente que pudiera hacer que comprendiese mi angustia?

No le afectó lo más mínimo.

—Oh, perdóname. ¿Eso? Han pasado más de mil años desde entonces. Ella es polvo, idiota fatalista, y también lo hubiera sido hace mucho tiempo sin mi ayuda. Fue polvo antes y lo seguirá siendo por siempre. No se alzará.

—Se ha alzado —me aferré el corazón—. Está aquí.

—Cíclades, se te ha dado un regalo. Un regalo que me pertenece por derecho, pero no importa, ya se verá cómo, pero al final lo terminaré consiguiendo. ¿Has esperado setecientos años para estar cinco minutos conmigo? Espero que consideres ese tiempo como bien invertido. Tu vengativa caza no puede resolver eso. Está hecho. Déjalo estar.

Su voz era monótona. Su inflexión completamente controlada. Pero el brillo de su instrumental mientras lo guardaba me decía que sus dedos estaban temblando. Me tenía más miedo de lo que le gustaría que yo supiera.

Cuando quedé sedado y suturado, con mi carne limpia y aceitada, mis harapos fueron desechados y se presentó ante mí el hosco esclavo de Atanatos. Que alguien tuviera interés en mí parecía causarle gran desconcierto. Me lanzó un mendrugo de pan y me dijo que lo siguiera.

Apenas podía mantenerme de pie, las artimañas de Atanatos me habían robado gran parte de mis ganas de luchar. Recuerdo la sensación húmeda y fresca de la hierba bajo mis pies desnudos. El aroma de las flores todavía no me había llegado, en su lugar el fétido olor a podredumbre flotaba en el aire, el hedor a humus de las hojas podridas, una mortaja de humo de madera, y la frialdad de un corazón negro cuya tristeza iba creciendo al tiempo que la lluvia comenzaba a caer.

La villa de Nerón tenía poco sentido para mí; sus paredes de brillantes colores parecían oscilar como si estuvieran ocupadas en el proceso de respirar. Las habitaciones derramaban música al exterior, acompañada del débil sonido de unas risas estridentes.

El esclavo hizo que esperase en la oscuridad, reducido a ser una sombra envuelta en los ecos de las incipientes gotas de lluvia, hasta que apareció un pretoriano y me ordenó que continuase.

Caminé por las salas de mármol hasta que la agrietada e irregular superficie de un mosaico hizo mella en mi dura piel. ¿Qué criatura me estaba clavando la mirada desde ese suelo de múltiples facetas? ¿Un toro?

—¡Responde cuando el césar te dirige la palabra!

La repentina patada en mis corvas me hizo caer de rodillas. La risa que siguió me sacó de mi momento de ensoñación. ¿Me estaban dirigiendo la palabra?

Miré a mi alrededor. Estaba en el comedor de Nerón, y había comenzado el festín.

Mis sentidos se vieron asaltados no solo por la excelente carne y el rico vino, sino por el charco de bilis donde me encontraba arrodillado con sus trozos putrefactos de restos a medio digerir. Este no se parecía a ningún banquete que hubiese imaginado que se pudiera dar en el palacio de un emperador. La frenética glotonería que se daba aquí no se veía entorpecida por algo tan trivial como la pérdida de apetito. Cuando los invitados quedaban saciados lo único que tenían que hacer era vomitar en el suelo detrás de ellos antes de volver a sus quehaceres en la mesa.

Me puse de pie, pero no tenía nada con lo que limpiarme las manos, ya que me encontraba completamente desnudo ante ellos.

¿Cuál de ellos era el césar? ¿Quién era mi gran líder, el que había asesinado a su madre, el que había asesinado a su esposa, y que con toda seguridad había matado a muchos más? Busqué el púrpura y vi a un joven rollizo de pelo oscuro con una recia nariz y una delicada barbilla. Estaba reclinado y me miraba a través de unos ojos ebrios.

—Te he preguntado tu nombre.

—Mi nombre es Cíclades.

Se enjuagó la boca con vino.

—Eso no es lo que me dijo tu *lanista*. Estaba bastante seguro de que tu nombre comenzaba con «A».

Era algo bien conocido que le pagaba a la concurrencia para que aplaudieran sus intervenciones artísticas. Esta pareció ser una buena ocasión.

Una vieja y gorda arpía contempló mis partes con regocijo y alargó unos dedos grasientos para investigar mi constitución. Asió firmemente una de mis nalgas y soltó una risita cuando hizo su petición de que, cuando Nerón hubiese terminado, ella pudiera tener el gusto de tenerme para sí misma. Prefería la muerte. Me había bañado en su bilis. Eso era más que suficiente para mí.

Un estrepitoso trueno infectó cada rincón de la habitación. Los esclavos que estaban preparando algo a la orilla del lago vinieron a refugiarse a toda prisa, intentando salvar la comida.

—¿De qué raza eres? —inquirió el césar perezosamente por encima del ruido.

—Soy de Creta.

Nerón se incorporó irritado.

—Eso me desconcierta. Tu *lanista* insistió en que eras un prisionero de guerra capturado en Licia. De modo que, ¿eres griego o licio?

No había considerado eso. Comencé como griego, pero mi derrotero me había llevado a renacer en Licia. ¿Me hacía eso licio? Supongo que así era. ¿Significaba eso que de alguna forma estaba diluido? ¿Cómo podía hacerme llamar griego si no había puesto el pie allí en cientos de años?

—Soy ambos. Mi cuerpo es licio. Pero mi alma es griega —dije con seriedad.

—Qué extraordinario —dijo haciendo un gesto en mi dirección—. Ven, acércate a mí.

El pretoriano me puso en movimiento de un empujón. La vieja arpía cebada me dio un cachete en el trasero mientras avanzaba. Oh, estaba tan aterrado como ese joven *murmillo* en este momento.

Nerón cogió su lira.

—Estoy escribiendo una canción —dijo con un sonoro eructo—. Trata sobre la quema de Troya. Le dijiste a mi médico que formabas parte de sus recuerdos troyanos. Sus esclavos me dicen que luchasteis allí y habéis renacido. —Tocó unas cuantas cuerdas. Su talento era verdaderamente escaso. Posó en mí una mirada lasciva y sonrió—. Dime, ¿es cierto?

—Es cierto.

Nerón emitió la risita tonta de un niño. Alcanzó una pieza de fruta y miró a sus invitados.

—¡Os dije que sería muy divertido! —Todos hicieron grandes muestras de aprobación.

—Troya es la historia de los reyes. Pero nunca había oído hablar de un rey Cíclades. Si no eres Aquiles, si no eres Agamenón, si no eres Odiseo, ni tan siquiera el rey Príamo, ¿entonces quién eres? No eres más que un hombre y deberías saber cuál es tu lugar —dijo Nerón.

—Serví a las órdenes de un rey. Todo el mundo sirve a las órdenes de su rey —dije—. Servía al rey Idomeneo en su palacio de Cnosos, en la isla de Creta.

Podía verlo ahora, tan claro como si acabara de ingresar bajo la sombra de las imponentes columnas rojas del patio interior. Los delfines azules danzaban en las paredes y las puertas estaban abiertas para permitir que el sol entrase. Tantos recuerdos...

Nerón los interrumpió bruscamente.

—De modo que estás acostumbrado a la esclavitud.

—Estoy acostumbrado a estar vinculado al destino.

Había picaresca en su mirada.

—Dime, ¿entraste en el Laberinto?

—¿En qué otro lugar podría luchar?

Se giró hacia mí como un niño impetuoso.

—¿Luchaste contra el Minotauro?

Me mostré reacio a contestar.

—El rey Teseo de Atenas y sus hazañas fueron previos a mi tiempo.

—Debes tener otras historias que contar.

—Algunas.

—Cuéntamelas. Adoro las historias. ¿Por qué, me pregunto, si sus proezas apenas han dejado huella en la historia, regresaría un guerrero caído en la guerra de Troya?

—Para administrar justicia.

Nerón se rascó la cabeza y arrojó disgustado su lira a un lado.

—Vaya historia más miserablemente corta.

—Siento no poder proporcionar más entretenimiento.

—Atanatos puede, ¿no es así, mi humilde médico? —No lo había visto acechando en las sombras. Hizo una reverencia a su césar—. ¿Cómo era tu esposa?

Eso me hirió profundamente. No dije nada. La lluvia creció en virulencia, acompañando mi incomodidad. El tamborileo en las tejas aumentaba en intensidad junto con mi pulso.

—Mi médico aquí presente me dice que murió gritando. Aunque no arrojó ninguna luz que aclarase si fue por la agonía o por el éxtasis.

Se tensaron mis brillantes músculos. Mi sangre se aceleró de modo tan repentino que la sentí correr por mis ingles. Una espada pretoriana se encontró bajo mi barbilla antes de que pudiese actuar. Pero los odiosos aduladores de la mesa vieron claramente el placer con el que abrazaba la idea de asesinarle.

—¿En qué libro leíste eso, Atanatos, que ha provocado tanta excitación en mi invitado?

No lo dejé contestar.

—No lo leyó en ningún libro porque estuvo allí.

Nerón se rió.

—¡Oh, sí! ¡Mi médico es un mago de mil años de edad! ¡Oh, eres demasiado! —Tomó más bebida—. Todo el mundo sabe que la guerra de Troya comenzó cuando Paris secuestró a Helena en Argos.

—Muchas vidas fueron robadas, de todas las tierras griegas. Año tras año nuestras ciudades fueron asaltadas. Hicimos que aquello parase. Helena fue la cara que representó a muchas.

—Pero si estuviste en Creta, no puedes saber lo que ocurrió en Argos, solo que la guerra fue declarada cuando Helena fue secuestrada.

—Paris se llevó a Helena y la riqueza de Argos. Se le ofreció esa oportunidad gracias a los malvados engaños que él gestó en suelo cretense, cuando el amado esposo de Helena, el rey Menelao, fue requerido para un funeral en mi tierra. ¿No se cuenta eso en los libros de historia?

—Oh, sí, en alguna parte. ¿Puedes decirme de nuevo quién era el que había muerto?

—El abuelo del rey Menelao, Catreo, hijo de Minos, quien había viajado a Rodas para visitar a su hijo, fue asesinado en la playa nada más llegar allí. Confundido, dicen, con un asaltante.

—¿Y qué tiene que ver eso con Atanatos?

—Fue Atanatos quien estuvo aguardando en Rodas para matarlo. Fue Atanatos quien llevó su cuerpo de vuelta a Creta para su entierro. Fue Atanatos quien organizó su funeral como maniobra de distracción y nos proporcionó diez años de guerra.

Nerón sonrió. Bebió de su vino y asintió con la cabeza hacia sus invitados. Estos se precipitaron en un aplauso. Miró a Atanatos con regocijo.

—Realmente lo cree. Esto es maravilloso. ¿Hay alguien que haya puesto eso por escrito?

Se levantó y caminó pavoneándose por la habitación, derramando su vino mientras lo hacía.

—Que se destine medio millón de sestercios, habrá más si es necesario. Quiero toda Troya reconstruida. El Campo de Marte es demasiado pequeño. Disponedlo todo en el Circo Máximo. Quiero diez mil en cada lado. —Se giró hacia mí y me agarró por los hombros—. Y tú, Aquilo, o Cíclades, o cualquiera que sea tu nombre, que conoces tan bien la historia... liderarás a los griegos en la batalla. Pero, por favor, escoge un nombre que la gente conozca. ¿Puedes hacer eso por mí? Muéstrame Troya, ¿cómo era realmente?

Yo estaba rebosante de ira. Atanatos estaba fuera de mi alcance, y me miraba sardónicamente de soslayo cuando hablé.

—Maldita sabandija repleta de patrañas.

Un esclavo mojado y sucio entró salpicando desde el exterior.

—César —dijo temeroso—. Ha caído un rayo. Su mesa. Se ha partido en dos.

Observé a los pretorianos. Un cometa y ahora esto. Estos eran unos augurios oscuros y temibles.

La gruesa cara de Nerón se nubló con un velo de desgracia. Sus invitados, alarmados, empezaron a comentarlo. El césar arrojó su copa contra la pared, y salió sin decir palabra.

¡Los que van a morir te saludan!

¿Los que van a morir? Qué humor más perverso. ¿Cuántas veces tengo que morir antes de que deje de regresar?

Después del fragor de las trompetas había llegado el desfile de los poderosos; los conductores de cuadrigas y los gladiadores marcharon en perfecta formación. Equipos de arqueros estaban sentados en sillas doradas montadas en el lomo de fuertes elefantes. Nubios montaban a caballo junto a las tropas de caballería de Nerón. Leones, osos y tigres encadenados eran conducidos por sus adiestradores, mientras encantadores de serpientes con sus pitones mantenían a jirafas y antílopes a raya.

A la hora del almuerzo, las amazonas lucharon contra manadas de pigmeos y enanos y los pretorianos cazaron hienas. Los hombres eran descuartizados y las mujeres golpeadas y violadas por deporte y diversión.

Troya fue desplegada por la tarde y ensamblada en torno a la *spina*, mientras las cuadrigas corrían y corrían, chocando y haciendo saltar en pedazos a hombres corpulentos y fornidos.

Cuando llegó el momento, conduje a mis hoplitas a la batalla. Cortamos, acuchillamos y embestimos con ferocidad. Y cuando, después de hora tras hora de una carnicería masiva, Nerón se hubo divertido lo suficiente, me hizo empalar y fui rociado con brea para luego ser prendido como una tea para los juegos nocturnos.

Había hecho mi juramento. Fui gladiador por el designio de Roma. Había jurado que perduraría para ser quemado, para ser atado, para ser golpeado, y para ser asesinado por la espada. Y lo había cumplido.

Había aprendido mi lección, aunque dudaba que fuese la que me estaban intentando enseñar.

Mientras bajaba la mirada sobre el Circo Máximo a través del abrasador infierno de mi propio cuerpo en llamas, me llevé de Roma el odio que necesitaba para perdurar. Atanatos se había asegurado de que, aunque ahora yo estaba agotado, resurgiera con fuerzas renovadas. Le perseguiría implacablemente a través de los siglos para descargar mi furia sobre él, mientras que el resto había cosechado una tormenta inusitada que no habían pedido ver.

Mientras ardía sobre Roma supe que una vez que me pusieran bajo tierra, Roma ardería sobre mí.

10.41 p. m.

North fue despertado por una enfermera. El cuaderno verde de Porter descansaba abierto sobre su pecho. Al intentar moverse terminó por caer de la cama con un sonoro golpe que resonó en toda la sala de espera del área de urgencias del Hospital Central de la Universidad de Nueva York.

Había estado en el bolsillo del abrigo del inglés. Lo había acompañado en todo momento. Cuando le requisaron sus pertenencias y se las dieron a North para que continuara sus investigaciones, esa vez no necesitó forzarse para leerlo.

Siendo cada eslabón de otra vida más como una cadena de hierro que como un collar de perlas, sintió cómo sus páginas lo atraían con todo el peso de su propia historia. La agonía seguía bien viva en su interior, atrapada en lo más profundo de sus huesos.

La enfermera se detuvo para recogerlo y le preguntó si quería hablar en privado. North sabía lo que significaba eso.

—¿A qué hora se ha declarado la muerte?

—Hace diez minutos —dijo ella.

North se puso de pie. No estaba preparado para esto. Se sintió engañado. Pudo sentir cómo le embargaba esa sensación. Dejó de pensar en ello.

—¿Puedo verle?

La enfermera dijo que ya estaba siendo transferido, pero que vería qué podía hacer.

11.13 p. m.

Lo condujo por los pasillos estériles y en silencio se abrieron paso por las numerosas puertas interiores antes de descender a una habitación refrigerada en el sótano. Al otro lado de las puertas dobles se encontraba el oscuro depósito de cadáveres.

La enfermera encendió las luces y esperó a que se acomodara su visión bajo el fulgor de los implacables tubos de neón que teníamos encima.

El cuerpo de William Porter yacía sobre una camilla dentro de una triste bolsa negra de cadáveres esperando a ser trasladado al OCME para una autopsia.

—Necesitamos contactar con sus familiares más próximos —explicó la enfermera mientras buscaba la cremallera.

Supongo que ese soy yo. North dijo que se ocuparía de ello.

Ella abrió la bolsa para mostrar el rostro de Porter. Esto no era un funeral, no se le había dado un aspecto presentable. Seguía teniendo sangre pegada a la piel, la mugre de la calle ensuciaba su pelo. Incluso las marcas y los surcos de los tubos y otros equipamientos médicos seguían siendo claramente visibles. Pero seguía quedando algo del hombre; la marca de nacimiento que bajaba junto a su ojo.

Fue solo en ese momento que North se sintió verdaderamente solo.

Tengo tantas preguntas. ¿Qué hago?

North apenas se dio cuenta de que la enfermera estaba hablando. Intentó escuchar. Era difícil.

—Simplemente no mejoraba —dijo ella—. Su cuerpo estaba cuajado de cicatrices. Ha tenido una vida muy dura. Al final ha sido como si se hubiera rendido. Ha perdido la lucha.

Ha perdido la lucha.

—¿Lo conocía bien?

North pensó en ello.

—Sí —respondió—. De toda la vida.

Libro sexto

En una época oscura, el ojo comienza a ver.
—Roethke

La meiosis de la memoria

Nunca antes había visto tanto miedo en ellos.

Se habían desplazado a otro laboratorio para continuar su trabajo cuando el mensaje vino desde recepción. Megera había cogido la llamada. Sus delgados y elegantes dedos agarraron el auricular de plástico y no lo soltaban. Había un problema.

Lawless se puso en pie; pareció ligeramente irritado al principio, aunque no excesivamente alarmado. Pero cuando le arrebató el teléfono a su hija e intercedió en lo que estaba ocurriendo, no tardó mucho tiempo en quitarse los guantes de látex de sus marchitos dedos para arrojarlos violentamente al duro suelo.

Su bastón crujió con cada paso que dio en su camino para afrontar esta nueva complicación.

Cuando Gene preguntó qué iba mal, lo hizo porque sabía que ese simple acto de preocupación, esa única traza de amabilidad, lo diferenciaba.

No sintió una gran sorpresa cuando Megera simplemente lo despachó diciéndole que no era nada. Su belleza era grande. Su intelecto considerable. Era todo lo demás lo que faltaba.

Todo este ambiente estéril daba la apariencia de haber sido acendrado por medio de la simple fuerza de sus personalidades hiperbóreas.

Repentinamente todo se volvió muy claro. Gene había dejado de ser una mascota tolerada a quien se le hacía sentir como un rey porque les convenía. En este momento, ya no les convenía.

Lawless y Megera entraron a toda prisa en una gran sala de juntas y cerraron la puerta abruptamente tras ellos. Unos guardias de seguridad bloquearon el paso de Gene.

¿Qué había ocurrido? *¿Cómo podemos usarlo?*

Demasiados agujeros profundos en su memoria, demasiados largos intervalos de oscuridad mientras las voces de su cabeza gritaban llenas de furia. Si pudiera acallar unas pocas más sería capaz de entenderlas mejor. Era eso o hacer lo que había hecho antes, y huir.

No seremos prescindibles.

Gene escuchó el gemido de poleas y motores, el suave zumbido de la maquinaria bien engrasada. Los ascensores al fondo de la sala se estaban moviendo. ¿Era esta su oportunidad?

Merodeó, alejándose de la sala de juntas, pero manteniendo las puertas del ascensor en el punto de mira. Cuando sus limpias superficies reflectantes se abrieron lentamente no esperaba ver a Savage detrás de las mismas.

El semblante de Savage traicionó sus pensamientos. Había salido del coche arrastrando consigo su propia desesperación. Los hombres que lo rodeaban no tenían mejor aspecto. Uno en particular parecía haber recibido una paliza. Oscuros cardenales y restos de sangre coagulada enmarcaban sus mejillas y un ojo amoratado.

Savage se sobresaltó cuando Gene habló.

—¿Dónde has estado? No vi que te fueras.

La mente de Savage estaba en una nube. ¿Qué lo había afectado tanto? El crujido del papel creció en intensidad al tiempo que el agarre que mantenía sobre la arrugada bolsa se hacía más fuerte.

—Tenía que hacer un recado.

—¿No tenemos gente para hacer eso?

Savage lo vio con claridad por primera vez.

—Nosotros somos la gente para hacer eso.

Mantengámosle con la guardia baja. Hagámosle bailar.

Atrajo la atención de Savage hacia el otro lado de la sala.

—Te están esperando —dijo con la cara convertida en una sombra oscura.

Savage no sabía qué hacer. No podía pensar. Observó las pesadas puertas de madera cerradas de la sala de juntas y sus pies adquirieron la consistencia de la arcilla fresca. Cualquiera que fuese la resolución que aguardase, lo llenaba de temor.

Guardó cautela, receloso ante Gene, incapaz de determinar qué grado de confianza otorgarle. Intentó parecer seguro de sí mismo cuando habló de nuevo, pero la tensión en su voz era evidente.

—¿Vienes?

¿Cómo iba a llevar esto? No podía admitir que había sido dejado de lado.

—No —respondió Gene—. Tengo trabajo que hacer. Megera quiere nuestros nuevos resultados en otro despacho. He extraviado su llave.

La indecisión de Savage creció de forma destructiva. Gene vio su oportunidad.

—Quizá puedas ayudarme.

Savage bajó la mirada hacia su mano. El pase de seguridad de plástico que había sacado colgaba de una cadena metálica, y que mantenía un férreo control sobre sus secretos.

Sin más deliberaciones volvió a guardarlo inmediatamente.

—No —dijo—. No puedo dártelo.

Retomó su largo camino a la sala de juntas.

Gene no se rindió.

—No necesito la llave —le aseguró—. Solo necesito que alguien me abra la puerta. Además, recaerá sobre ti el que no pueda continuar con mi trabajo.

Savage se estremeció. Ahí estaba el quid de toda la cuestión. ¿Qué había hecho Savage?

El hombre mayor se frotó su dolorida frente, masajeándose su delgada y pálida piel con unos dedos irritados. El peso de tomar una decisión era demasiado grande. Quizá era más sencillo aceptar la petición sin más.

—Que uno de vosotros vaya con él y le abra la puerta.

El hombre con las magulladuras y rasgos angulosos fue el primero en adelantarse, pero Savage tenía otras ideas.

—Tú no.

Cuando la selección se hubo hecho Gene se lo agradeció, pero el guardia de seguridad se acercó con una inesperada brusquedad.

—No te alejes de él.

Cuando Savage llegó a su destino, las grandes puertas de madera se abrieron con celeridad. La discusión brotó entre los tres de forma casi inmediata.

—Gene sí que encontró a otro —anunció Savage.

—¿De quién es? —rugió Lawless.

—Uno de los míos.

Ni Lawless ni Megera se detuvieron a darle la bienvenida mientras la sala de juntas se tragaba a Savage para que se encontrase con su destino.

¿Encontramos a otro?

Gene miró a su carabina, pero sabía que no obtendría nada de él. No cedería. Había pocas posibilidades de que lo dejasen escuchar a hurtadillas y el intentarlo sería estúpido. Tendría que buscar sus respuestas en otra parte.

El guardia de seguridad lo observó circunspecto, pero no dijo nada. Esperaba sus órdenes.

Continuaron en silencio en el ascensor hasta la planta treinta y cinco. El guardia de seguridad estaba bien entrenado y permanecía alerta. No perdió el tiempo observando perezosamente el pasar de los números de planta. Miraba a Gene. Lo miraba incluso mientras se aproximaban a la puerta que había sido pintada de un negro impenetrable.

El pequeño puntito de luz de la cerradura cambió del refulgente rojo al balsámico verde cuando el guardia de seguridad deslizó su pase sobre el mismo.

El guardia abrió la puerta y penetró en la estancia mientras Gene permanecía en el umbral. La habitación estaba escasamente amueblada. Había un ordenador, un escritorio, un teléfono, unos pocos libros y una masa de gráficos e informes médicos que cubrían como escamas de papel dos paredes completas.

Había otras dos puertas que partían del despacho. El guardia de seguridad se aseguró de que estaban bloqueadas para luego quedarse esperando en una esquina.

¿Qué está haciendo?

—¿Te vas a quedar mirando mientras escribo?

El guardia permaneció tan impasible como una columna de piedra.

Debe marcharse.

—¿Por dónde voy a huir? ¿A través de unas puertas que no puedo abrir porque no tengo las llaves? Ahora fuera de mi vista, ¿o has olvidado en quién me debo convertir?

El hombre intentó digerir esa incómoda información. Gene simplemente continuó con su trabajo. Se dirigió al amplio escritorio de madera noble, se sentó y comenzó a trabajar en silencio con el ordenador sin mirar hacia atrás.

Al principio el guardia no se movió, pero según iban transcurriendo los minutos y observaba a Gene cuidadosamente, probó a relajarse un poco. Después de un rato comprobó de nuevo que las dos puertas estaban realmente bloqueadas antes de dirigirse a la salida. En su camino al exterior explicó que estaría esperando junto a la puerta.

La puerta se cerró, dejando a Gene con una gran pregunta. ¿Qué tenía de particular esta habitación para que quisieran mantenerlo apartado de la misma?

Comenzó con las capas de gráficos e informes médicos que cubrían las paredes. Estos no eran los resultados de experimentos genéticos, sino notas embriológicas. Eran mapas del destino.

Un millar de embriones habían sido meticulosamente estudiados y descritos para mostrar qué grupos de células estaban destinados a formar qué partes de un futuro cuerpo a medida que se iban expresando sus genes.

El número de genes que componían la carne de un hombre no formaban ni el diez por ciento de la totalidad de su ADN. El resto de sus hebras saturadas de destino eran aparentemente redundantes. Pero si uno miraba más detenidamente, encontraba un orden en el caos. Había un propósito y este era el más simple y elegante. Era memoria.

Las millones de mutaciones en las hebras de ADN que Letha había comentado recientemente ocurrían a expensas de la memoria. Gene sabía que la creación de una persona era parecida a mezclar dos barajas de cartas. Las células espermáticas no cogían todos los cromosomas de las células existentes: seleccionaban distintos fragmentos y construían su propio juego nuevo de veintitrés cromosomas. Esta recombinación genética, esta meiosis de pequeños cambios de letras y reorganizaciones genéticas no eran más que recuerdos almacenados entre las largas cadenas de ADN descartado, que esperaban ser leídos como las antiguas cintas de información bursátil, para estructurar la mente del embrión y que de esta manera los recuerdos quedasen embebidos en la mente del niño ya desde el momento de la concepción.

Sin embargo, los recuerdos, una vez asentados en el cerebro, no eran como una cinta de vídeo que pudiera ser reproducida en una televisión para la mente. Cada recuerdo era como un mapa de carreteras donde cada pueblo representaba un color, una forma o un olor. La memoria genética trabajaba imponiendo en el cerebro del feto en desarrollo un mapa de todas las carreteras que conectaban los elementos de la memoria, excepto que por razones de economía los nombres de los pueblos, los propios elementos, se terminaban perdiendo.

Según iba creciendo el chico, según sus experiencias asociaban los nombres de esos pueblos con sus colores, sus formas y sus olores, se iban completando estos circuitos y se restauraban los recuerdos y la personalidad que tenían vinculados.

Gene entendía ahora por qué había huecos, y por qué Savage y Lawless estaban tan preocupados de que su sistema estuviera perdiendo a Atanatos.

Si un descendiente se perdía una experiencia, fallaría en completar elementos clave; por ejemplo, tan solo con ser daltónico, todo un grupo de recuerdos no podría ser resucitado y este se terminaría perdiendo para siempre de la línea hereditaria.

Lo que no podía entender era cómo podían estar tan seguros de que lo que poseía Cíclades podría contrarrestar esta entropía de la memoria. Parecía un acto desesperado.

Gene dirigió su atención hacia las fotos de ecografías con detalles de distintos momentos del desarrollo embrionario. Lo que encontró en los informes le horrorizó.

Cada uno de los embriones era uno de sus hijos. Cada feto deformado, con un brazo donde no debería estar o una pierna sin pie, se había desarrollado de esa manera porque el proceso de Lawless para incrementar la capacidad memorística asociada al ADN era experimental, y sus resultados habían sido crueles y enfermizos.

Tomó su expediente del gancho en la pared y lo revisó. Gene era el experimento más ambicioso de Atanatos, y el más arriesgado también.

Aunque las mujeres no pudiesen crear recuerdos genéticos, conservaban la huella de sus padres. Atanatos había rastreado meticulosamente a lo largo del tiempo el máximo número posible de ramas familiares de los descendientes de Cíclades que pudo, anticipando su regreso. Su madre había sido marcada como perteneciente a una de esas líneas genéticas.

Esto confirmaba todo lo que había sospechado, que el propósito del proceso era crear un híbrido con el cuerpo de Cíclades y la mente de Atanatos. Un hombre que pudiera engendrar su propio renacimiento sin la necesidad de pociones y elixires. Un hombre que fuese verdaderamente inmortal.

Los embriones dispuestos en las paredes eran iteraciones consecutivas que probaban que los recuerdos de Cíclades estaban siendo arrancados satisfactoriamente de su propio ADN, dejando tan solo los de Atanatos y los genes que Cíclades utilizaba para regresar.

Era la deducción, no la memoria, la que le decía que ese era el motivo por el cual había tantos huecos inexplicables en sus propios recuerdos. Ese era el motivo por el que había agujeros que se estaban colapsando en abismos insalvables. Tres mil años de su vida se estaban difuminando, se derrumbaban en su mente. Se desmoronaban entre sus manos cada vez que intentaba traerlos un poco más cerca. Había estado en lugares de su mente donde sabía que una vez había existido una imagen vívida, pero todo lo que quedaba ahora era oscuridad. Era como si las luces de su pensamiento hubieran sido apagadas, una a una.

Sin embargo, lo que Gene no sospechaba es que él había sido una mano voluntariosa en todo este asunto. Su disposición natural favorecía a Atanatos. Se había hecho esto a sí mismo. Pero el proceso que estaba haciendo florecer a Cíclades para que pudiera ser eliminado era lo mismo que le estaba dando la sensación de que de alguna forma él era Cíclades. Su sensación era temporal y precaria.

En realidad él era la beligerante sombra tanto de Cíclades como de Atanatos. Esto parecía la séptima prueba. La batalla que se había desatado a lo largo de tres mil años estaba en su interior. Él se había convertido en el campo de batalla.

Y en su expediente estaba claro, él no era el único que estaba enfrentándose a la pesadilla de tener los propios impulsos en conflicto.

Las piezas rotas

Sábado. 4.07 a. m.

Ella le había lanzado un beso a North a la entrada del túnel de Lincoln y ahora él le estaba arrancando la blusa para sentir sus pequeños y respingones senos de alquiler caer en sus enfurecidas manos. Era joven. Seguía teniendo vitalidad. No tenía la carne demacrada de una furcia usada. Su pelo era oscuro y su piel, suave caramelo portorriqueño.

La insinuación del distante resplandor de las farolas a través del parabrisas daba una ligera pista de sus delicadas y encendidas facciones, ella era como un rayo de luz en esa penumbra acotada entre dos infectos bloques de viviendas.

Su belleza era más de lo que podía soportar. La agarró con fuerza y la lanzó hacia atrás, al anonimato de la oscuridad.

—¡Cuidado!

Su petición cayó en saco roto.

—Eh, tranquilo.

Tu-tum.

—¡Me estás haciendo daño!

Tu-tum. Tu-tum.

Sus rígidos hombros se estremecieron con una furia animal, se liberó en el condón y la abrazó con fuerza hasta que ella comenzó a luchar por respirar.

Tu-tum.

North no se movió. Simplemente se mantuvo agarrado a ella, con su respiración forzada y furibunda.

Tu-tum.

Ella forcejeó y liberó uno de sus brazos, con el que le dio una bofetada, pero él no la dejó marchar.

Tu-tum.

Ella intentó una estrategia diferente.

Tu-tum...

Lo cogió del cuello y lo acarició con sus cálidos dedos, una insinuación de que todo esto era de alguna forma real. De que de alguna forma estaba satisfecha.

North se apartó horrorizado.

No ansiaba mentiras. Si ella lo hubiera preguntado, él habría admitido que apenas era consciente de la persona que saciaba esas necesidades, pero ella no era tan ingenua como para preguntar y tampoco le importaba.

—No dijiste que lo querías duro. Eso te saldrá por el doble —dijo ella enojada.

North buscó más dinero.

—Dile a Moira que quiero volver a verla.

—Ya te he dicho que nadie ha visto a Moira en semanas. Quizá le hayas pagado demasiado. Quizá se haya retirado.

North apartó la mirada avergonzado.

—Vete.

—Con mucho gusto, puto psicópata.

Comprobó que seguía teniendo su dinero y se adentró corriendo en las sombras, abandonando a North para que se ahogara en su propia desesperación. El sexo no lo había ayudado. Su inquieta alma, siempre vengativa, siempre vigilante, deseaba encontrar ese resquicio por el que todavía podría escapar, pero la tarea era inútil. North llevaba el disgusto que sentía hacia sí mismo formando un manto tan tupido que los ataques de su furia no podían hacer más que mutilarle desde dentro.

Tu-tum.

Sus dedos temblaban sin control. Hizo un rápido nudo en la goma y la arrojó por la ventana mientras se adentraba en la carretera, solo para dar la vuelta en redondo, cuando vio fugazmente en el espejo retrovisor a otra mujer de la calle que surgía velozmente de la oscuridad para escarbar en la mugre del suelo en busca de su semilla desechada.

¿Qué quiere hacer con eso?

Pisó el freno y salió del coche como una exhalación, pero cuando llegó allí ella se había ido. ¿Hasta un condón usado tenía valor ahora?

No reconocía esta ciudad. Ya no. Sus claustrofóbicas calles lo asfixiaban, sus densas y vaporosas fumarolas le ocultaban su lugar en el mundo. Sentía su vida fragmentada. Era como si fuese la tesela perdida en busca de su mosaico.

Puto psicópata.

Condujo a través de la oscuridad, la cara de su verdadero padre se formó grotescamente a partir de sus propios rasgos maleables y le devolvió la mirada a través del espejo retrovisor.

Puto psicópata.

¿Quién era ese hombre que los conocía tanto a él como a Gene?

Todo era confusión. En la oscuridad que se extendía ante él, la pálida figura del cadáver de Porter ejecutaba unos juegos fantasmagóricos en los márgenes de su visión que lo instigaban con la acuciante necesidad de huir hacia el hogar.

Aun así, mientras North conducía por la oscuridad, tomando curva tras curva sin rumbo fijo, no pudo encontrar ninguna luz; había descubierto en su lugar la dura realidad de que ya no sabía dónde estaba el hogar. Estaba encerrado en un laberinto que no era uno que hubiese creado ni en el que hubiese entrado por su propia elección. Estaba subyugado por su cruel capricho, estaba perdido y no podía encontrar la manera de salir.

5.22 a. m.

En el extenso mostrador de recepción del hotel Pennsylvania saldó la cuenta de Porter antes de que el encargado nocturno lo llevase a la desastrada habitación y le dejara recoger las pertenencias del inglés.

Todo estaba tal y como Porter lo había dejado. La toalla seguía tirada en el suelo, la que había sido su sábana inútil. Sus gafas de leer descansaban como si él estuviese a punto de retomar su estudio de los diarios.

¿Qué respuestas se escondían entre sus páginas?

North dejó los diarios a un lado antes de decidir colocarlos en el interior de la pequeña bolsa de viaje negra que el inglés había usado para llevar su pasaporte y otros documentos identificativos. Cuando abrió la cremallera de uno de los bolsillos encontró una colección de artículos de periódico que detallaban lo ocurrido en el museo, las anotaciones de Porter sobre cómo encontrarle, y una revista que Porter había adquirido recientemente.

Aparecía una calavera muy familiar en la portada y Porter había rodeado con un círculo el agujero que tenía practicado en la sien.

North leyó el titular. Promovía la exhibición «Caras del Pasado» del museo Americano de Historia Natural, no del Met, no del lugar donde había encontrado por primera vez a Gene.

¿Qué me estoy perdiendo?

North abrió la revista para leer el artículo, irritando al encargado nocturno, que comprobó su reloj y balanceó su peso de un pie a otro en muestra de su incomodidad.

—¿Tiene que hacer eso aquí?

North fue seco y cortante.

—¿Necesita estar en alguna otra parte?

El encargado nocturno reculó y se encaminó a merodear por el pasillo.

El museo Metropolitano de Arte se encontraba más o menos frente al museo de Historia Natural, a lo largo de la exuberante extensión de Central Park. En verano ambos museos habían entrado en un programa de colaboración para promover sus respectivas exhibiciones. Esto era poco habitual, continuaba el artículo, porque el Met no solía dedicarse de forma ordinaria a los restos humanos; se centraba más en lo artístico y lo cultural.

North se sintió idiota. ¿Por qué no sabía ese simple dato de su propia ciudad?

La calavera que había sido dejada en préstamo al Met estaba expuesta intencionadamente frente a la figura en mármol blanco de Protesilao, el primer griego en morir en la guerra de Troya, porque ambos artefactos se complementaban. El decolorado hueso blanco era el cráneo restaurado de un guerrero desenterrado en Hissarlik, el nombre turco actual para la colina donde se alzó Troya.

El museo había tomado una copia de esa calavera, le había trazado distintas marcas a lo largo de su superficie para determinar el promedio de profundidad tisular y un escultor había usado entonces arcilla de modelar para restaurar cada fibra muscular, cada delgado tendón y cada capa de jabonosa grasa y tersa piel con el objeto de reconstruir la cara del hombre que realmente murió en Troya.

Ese cráneo en el Met era un simple ejemplo de la serie de calaveras que estaban siendo sometidas al mismo proceso de reconstrucción facial en el museo de Historia Natural, un proceso lleno de sorpresas. La cara de un granjero de la región de Severnside, Inglaterra, de hace dos mil años encajaba con el retrato mostrado en la fotografía titulada: «Guy Gibbs, pariente consanguíneo, actualidad». Había un ejemplo similar en la siguiente página. Un inglés de Cheddar que era exactamente igual a su ancestro, cuyo cráneo era de más de nueve mil años de antigüedad.

Junto con el artículo, Porter había sujetado con un clip la propia fotografía de North y la imagen artística de Gene. También había rodeado con un círculo la peculiar marca de nacimiento que cada uno compartía con la calavera de la portada. Empezaba a tener sentido.

North recordaba haber pisado arcilla de modelar que había sido arrojada coléricamente al suelo de mármol, y unos ojos de cristal nadando en un mar de perfume de jazmín.

Gene destrozó la cara.

North tembló con el escalofriante recuerdo de ese primer momento en el que entró en el museo y encontró a Gene bajo la sombra de las estatuas.

Recordaba los rígidos dedos que aferraban esa calavera rajada como si Gene, también, hubiese estado atrapado en el implacable momento de su propia espantosa comprensión y hubiera quedado aplastado bajo el peso de sus pensamientos con un descomunal crujido, como si fuera un hueso atrapado en la boca de un sabueso de dientes mellados que intentase saborear su grasiento tuétano.

Un hombre renacido una y otra vez, despertándose en cada vida para encontrar que sus pensamientos habían sido transferidos de caparazón en caparazón: ¿se había encontrado Gene sosteniendo los restos de su propia cabeza entre sus manos petrificadas?

¿O los de la mía?

Pero no tengo la marca de nacimiento. ¿No soy Cíclades? ¿Mentía Porter?

¿Por qué no le había hablado Porter de esto? ¿Por qué se lo había ocultado?

Con unas manos temblorosas, North devolvió la revista a la bolsa de viaje. Porter no había acumulado muchas pertenencias a lo largo de su vida. No había mucho más que recoger.

6.36 a. m.

En la trampa del Distrito Cuatro, el escritorio de North era su ancla y él estaba atado a la misma. Estaba atado a sus expedientes amontonados en pilas. Estaba atado al simple fax del CSU que confirmaba en un claro e inflexible blanco y negro que la huella que había recogido en la casa de Cassandra Dybbuk en Troy concordaba con las huellas tomadas de los trozos ensangrentados de cristal del museo.

Eugene Dybbuk era Gene. Era una victoria pequeña, pero le servía.

Miró hacia el escritorio de Martínez. Repartidos por su pizarra blanca estaban los retratos robot de los agresores de Chinatown, reconstruidos a partir de los testimonios de un buen número de testigos. Algunos eran mejores que otros. El del hombre mayor era el más poderoso de todos, el más perturbadoramente familiar.

¿Por qué su cara era más fácil de afrontar que el mensaje que Nancy, de Ayuda Administrativa, le había dejado pegado en el teléfono de su escritorio? Su madre lo había llamado varias veces el día anterior. ¿Era por la barbacoa de su padre?

Mi padre. ¿Qué padre?

No podía enfrentarse a ella en este momento. Y, en cualquier caso, era demasiado pronto. Dejó la nota donde estaba, se levantó de su silla y cogió las imágenes del cubículo de Martínez en la sala de operaciones.

Tras extenderlas con cuidado por su escritorio, las estudió meticulosamente; la forma de sus ojos, la curvatura de sus labios, la definición de sus recias narices.

¿Qué tenían estas caras que le resultaban tan peculiares? ¿Era el que pareciera que guardasen algún tipo de parentesco?

¿Tengo hermanos?

Era más que eso. Cogió la bolsa de viaje de Porter, sacó el surtido de papeles del inglés y los dejó sobre el escritorio, para luego buscar entre ellos hasta que encontró la revista que mostraba la calavera en su brillante portada.

El agujero irregular donde el hueso había sido fracturado destacaba en su posición en torno a una de las sienes, el mismo lugar donde Porter y Gene tenían marcas de nacimiento de un parecido sorprendente.

Sin embargo, ninguno de estos hombres llevaba semejantes marcas y, quizá lo más angustioso de todo, tampoco las tenía él.

Porter mentía.

North se sentó pesadamente en la silla, lo habían abandonado las fuerzas.

¿Me estaba usando para llegar hasta Gene?

Tengo que ver esa calavera.

Pasó las hojas de la revista hasta que encontró el horario de apertura del museo. Las puertas permanecerían firmemente cerradas hasta las diez en punto.

—¿Encontraste la calavera?

Elevó la vista a través de unos ojos cansados y doloridos para encontrar a Martínez inclinado sobre él. Le estaba ofreciendo un simple vaso de papel repleto de café solo, que North aceptó con poca gratitud.

—Quizá. Lo averiguaré en un par de horas.

—Ya veo...

El hombre más joven tomó asiento, pero estaba lejos de encontrarse cómodo, las nubes de su propia confusión oscurecían su semblante y, donde comenzaban los círculos de sus ojos, comenzaba su sudario de oscuridad.

Parecía como si North se estuviera mirando en otro espejo más. Dejó la revista a un lado y atrajo la atención de Martínez a los retratos.

—¿Qué sabemos acerca de estos hombres?

—Nada. —Martínez sorbió su amargo café. North no se quedó satisfecho—. En serio, nadie sabe nada. Es como un maldito milagro. Habré rastreado tres manzanas completas. Nadie habla. ¿Y tu amigo, Jimmy Peng? Desaparecido de la faz de la tierra.

North no estaba sorprendido.

—Quienesquiera que sean estos chicos, tienen Chinatown firmemente controlado. No se qué es lo que más pesa en mi, si la curiosidad o los nervios.

—El dinero puede comprar mucho silencio.

Martínez valoró las implicaciones. No solo estaban buscando a Gene.

North comprobó la hora en la pared.

—Creía que librabas hoy. ¿Qué estás haciendo aquí tan temprano?

Martínez dio un respingo antes de tomar otro sorbo de su bebida.

—Ah, no podía dormir.

Era una excusa pobre.

Martínez permaneció en silencio. Su rodilla botaba de arriba abajo en una agitación bien sincronizada, exponiendo el inmaculado lustre de unos zapatos negros de piel inusitadamente elegantes.

Zapatos de gala. Debía de haber un uniforme que los acompañase colgado en su taquilla. El funeral de Manny Siverio sería en unas pocas horas.

North dejó caer la cabeza.

—Debería de haberlo recordado.

—Eh, tienes tus propios problemas, ¿no es cierto?

No tienes ni idea. La cara de Martínez permaneció como una máscara ambigua mientras esperaba una réplica significativa, pero iba a ser defraudado. North prefirió no responder.

Martínez no lo presionó más. Sin previo aviso, se inclinó sobre el escritorio, cogió uno de los diarios de Porter y comenzó a pasar sus viejas y maltratadas páginas.

—De modo que tu amigo estaba escribiendo un diario, ¿eh?

La escritura garabateada tenía poco sentido para él. El olor que lo acompañaba despertó su curiosidad. Se llevó el desgastado libro a la nariz y lo olfateó rápidamente. Fuese lo que fuese lo que pudiera percibir, claramente no era eso.

—¿Hueles ese perfume barato?

Debería de haberme cambiado de camisa.

North se movió con rapidez para liberarle de su carga y, de forma llamativa, dejó el diario con los demás a un lado.

Martínez no se dejó disuadir con tanta facilidad.

—¿Has repasado todo esto?

—¿Has repasado todas las cintas de vigilancia de tráfico?

Martínez se encogió de hombros.

—La mayoría.

—¿Y?

El detective más joven buscó en el bolsillo de su chaqueta y sacó tres fotografías en blanco y negro que depositó y extendió en el escritorio de North. Estaban preocupantemente borrosas, eran casi inaprovechables, pero mostraban lo que parecía ser North en una bicicleta chocando con un Sebring sedán.

North sintió como lo inundaba una oleada de adrenalina.

—¿Tienes una imagen nítida de la matrícula?

Martínez negó con la cabeza.

—Dejé la cinta a los del TARU, en estos momentos están intentando obtener una imagen mejor. Si obtienen algo lo pasarán por el DMV y nos harán saber a nombre de quién está registrado el coche, pero no tiene buena pinta.

North tamborileó los dedos en el frío y duro acero de su escritorio.

—Gracias —dijo—. Es un buen trabajo.

—Oye, esa no es la mejor parte. Me di una vuelta por Columbia ayer. Hablé con el decano. ¿Sabías que Eugene Dybbuk fue becado durante su licenciatura?

North se rindió ante la seductora comezón de su propia curiosidad.

—¿Becado por quién?

—Una compañía biotecnológica llamada A-Gen. ¿Habías oído hablar de ella?

North no podía decir que así fuese.

—No era una beca ordinaria, le pagaron toda su educación, su estancia y, según piensa el decano, le proporcionaron un tren de vida considerable. Todo un chollo.

—¿Qué clase de estudiante era?

—Tres coma nueve en la escala GPA.[11] Estudiante de sobresaliente.

—De modo que A-Gen invirtió bien su dinero.

Martínez dejó su taza de café y buscó sus notas.

—Pues parece que no fue así.

—¿Qué quieres decir con eso?

—Normalmente el acuerdo funciona así: una compañía beca a un estudiante, y el estudiante trabaja para ellos unos años después de graduarse, o si no pierden el dinero invertido. Gene nunca fue a trabajar allí. Primero entró en prácticas en el Cold Spring Harbor en Long Island. Luego volvió a su alma máter para realizar su máster y obtuvo un empleo en Productos Farmacéuticos para la Memoria Eric Kandel donde trabajó con fármacos que ralentizaban, detenían e incluso invertían la pérdida de memoria.

Memoria. Todo estaba encajando en su lugar.

North cogió su propia libreta negra y encontró una hoja en blanco.

[11] N. del t.: *Grade Point Average.* Sistema para evaluar la capacidad académica en Estados Unidos, con un valor máximo de 4,0.

—¿Qué hay en Cold Spring Harbor?

—El Laboratorio Cold Spring Harbor.

—¿Qué es lo que hace?

—Investigación genética. Hay todo un complejo. El decano me dijo que uno de los tipos que descubrió el ADN solía regentar una escuela por allí.

North visualizó todos los libros de genética manoseados que descansaban apiñados en los estantes de la vieja habitación de Gene en Troy; tan vívidamente lo hizo que casi pudo sentir sus polvorientas páginas. *¿Quiénes descubrieron el* ADN*? Watson y Crick.*

—Gente prestigiosa.

—¿James Watson? ¿Eric Kandel? Se ha estado codeando con ganadores del premio Nobel.

—Codearse con ellos no le hace ser uno de ellos. De modo que deja Cold Spring Harbor...

—¿Quieres saber qué estuvo haciendo allí?

North no sabía por qué eso era relevante. Gene era un genetista, esa parte estaba fuera de toda duda.

—Estaba investigando los HERV.

North no tenía ni idea de lo que eso significaba. Martínez se explicó.

—Retrovirus endógenos humanos. Enfermedades que insertan su ADN en tu ADN, de forma que sea lo que sea lo que cojas, terminas pasándoselo a tus hijos. Pequeños bastardos con mala leche. Gene solo estaba interesado en los retrovirus que afectan al cerebro. Virus de la memoria, ¿ves a dónde quiero llegar con esto?

North se quedó helado.

¿Sabe algo sobre mis recuerdos? No puede saberlo.

North mantuvo la boca cerrada.

Martínez retrocedió ante el miedo que afloró en el semblante de su compañero. Sabía que había tocado un punto delicado, pero no podía comprender por qué. Probó una aproximación diferente.

—Oye, lo único que estoy diciendo es que no hay forma de saber qué más había metido ese hijo de puta en aquella jeringuilla. Tienes que asegurarte de que hacen pruebas para todo, ¿sabes?

Tu-tum.

Puto psicópata.

North le garantizó que lo haría.

Tu-tum.

Cogió su bolígrafo con una marcada sensación de alivio. Su vergüenza estaba bien enterrada.

—Has empleado bien tu tiempo —dijo.

—He aprendido un montón de cosas.

—Entonces, ¿Gene sigue trabajando para Productos Farmacéuticos para la Memoria?

—De ninguna manera. Hablé con la chica de Recursos Humanos. Dijoe que lo invitaron a irse.

¿Lo invitaron a irse?

—¿Dijo por qué?

—Sospechaban que estaba filtrando sus investigaciones a un competidor.

¿Espionaje industrial? North sopesó la mezcolanza de fragmentos de información. Podía intuir un atisbo de lógica.

—¿Quizá estuviese trabajando para A-Gen después de todo?

Martínez dijo que pensaba que era bastante probable.

—¿Llegaron a presentar cargos?

—Ninguno que ella supiese y no tenemos nada en los archivos. Solo quisieron que se marcharse.

—¿Qué pasa con su última dirección conocida?

—Residencia de estudiantes. Callejón sin salida.

North garrapateó un pensamiento en su libreta. *A-Gen.*

—¿Dónde se encuentra esa compañía?

—Eso no lo sé. No he tenido tiempo para hacer una búsqueda. He estado liado con lo de Chinatown desde ya sabes cuándo.

North dejó que su silla soportase todo el peso de su tensa espalda. Era bueno descubrir que Martínez era tan agudo, pero ¿qué se les estaba pasando? Tenía que haber alguna prueba en alguna parte.

¿Dinero?

—Me pregunto cuánto le pagaba Productos Farmacéuticos para la Memoria a Gene.

Martínez iba un paso por delante.

—Un sueldo corriente. Ya lo había comprobado. Pero ya no tiene cuenta en el banco donde solían ingresarle el sueldo y allí no conservaban sus datos.

—En algún sitio debe tenerlo. Llevaba unas deportivas de doscientos dólares el día que lo vi. Está cobrando cheques en alguna parte.

—Bueno, pasé su nombre por AutoTrack; no vota, no tiene tarjeta de crédito, no tiene hipoteca, ni siquiera tiene teléfono...

Esto no está ayudando.

—Pero Cassandra Dybbuk dijo que su hijo la llama de vez en cuando, la última vez fue hace más o menos un año.

—No desde un teléfono que sea suyo.

—De modo que cuando se graduó, simplemente... ¿desapareció? ¿De qué vive?

Ayúdame.

—¿Quizá cambió de apellido?

No. ¿Por qué haría eso?

—¿O puede que solo fuese un típico caso de esquizofrenia paranoide?

Puto psicópata.

North se pasó unos dedos tensos por su sudorosa frente en un desesperado intento de facilitarle el paso al toro que llevaba dentro.

—¿En qué estás pensando?

—Quizá —razonó North con cierta reticencia—, quizá... ¿qué pasa si alguien ha estado intentando ocultarlo intencionadamente?

Martínez no se sintió cómodo del todo con aquella noción.

—Mira —dijo—, la única cosa que puedo asegurar es que el DMV sigue teniendo un coche registrado a su nombre. Si han estado intentando mantenerlo escondido, no han borrado todas las pistas.

North recordaba un coche aparcado en el exterior de la casa de la familia Dybbuk.

—¿Un Camaro de 1981 color bronce?

Martínez estaba impresionado.

North lo ilustró un poco más con un detalle no tan impresionante.

—Ese cacharro no se ha movido en años.

Gene había sido becado. Cassandra Dybbuk había sido pagada.

Su madre.

La atención de North volvió a centrarse en el teléfono y en los mensajes para que devolviera las llamadas a su madre. Despegó los Post-it del auricular y sostuvo esos trozos de papel en la mano.

Martínez lo observó con incomodidad.

—¿Sabes que llamó seis veces preguntando por ti ayer?

—¿Dijo de qué se trataba?

Martínez se encogió de hombros.

—Es tu madre. Supongo que vio lo de Chinatown en las noticias, se preocuparía.

¿Vio el qué? Había sido policía durante años; no era como si no se hubiese enfrentado a peligros realizando su trabajo antes de eso. ¿Qué la había preocupado tanto que la había impulsado a llamarlo? *¿Los retratos robot?*

Tu-tum.

—¿Se emitió algunos de estos anoche? —preguntó North.

Martínez dijo que uno salió en el noticiario de madrugada.

Tu-tum.

—¿Sabes cuál de ellos?

El policía rebuscó en la pila de imágenes y sacó la hoja de papel que mostraba el rostro del hombre mayor, el hombre que North reconoció a partir de sus pesadillas como su padre biológico.

Ella también lo reconoció.

Tu-tum.

¿Qué más sabe?

Martínez intentó entender el curioso comportamiento de North.

—¿Estás bien?

—¿Sabes que la madre de Gene me dijo que la pagaron para que lo tuviera?

Martínez arrugó el semblante, pero el escalofrío que recorrió su cuerpo no se destilaría en ningún tipo de compasión.

—¿Era una especie de vientre de alquiler?

North no estaba seguro de si esa era la mejor manera de describirla.

—No, ella jugó a ser mamá y también fue pagada por criarlo.

Martínez quiso saber por qué.

—Dijo que simplemente quería el dinero.

—Eso es terrible. —El policía más joven se debatió contra la dureza de esta nueva información—. ¿Lo sabe Gene?

North dijo que así era.

—Tío, eso traumatizaría a cualquier chiquillo. ¿Quién es el padre?

—No lo sé, pero sé que sigue pagándola.

El peso de las implicaciones se desplegó ante ellos. ¿Esto suponía un cambio significativo, o solo un momento de esperanza ciega? ¿Era el hombre que había financiado la educación de Gene a través de A-Gen el mismo que se había asegurado de que naciese y fuese criado? ¿El mismo hombre de Chinatown?

Mi padre biológico.

Tu-tum.

Esta vez fue Martínez quien comprobó la hora en la pared.

7.21 a. m.

Martínez dijo que se encargaría del papeleo, pero ambos hombres se pusieron en pie.

—Sabes que La Tumba ya no funciona por la noche, ¿verdad?

Por supuesto que North sabía eso. La Tumba, el edificio del Juzgado de lo Penal de Nueva York en el cien de la calle Centre, a tan solo unas manzanas de distancia, solía funcionar en un sistema de imputación continua de veinticuatro horas. Ahora cerraba a la 1 a. m., y no habría ningún juzgado abierto para firmar ninguna orden hasta las nueve.

North recogió la revista del museo, pero los retratos atrajeron su atención.

¿Qué sabe mi madre?

Se los colocó bajo el brazo y buscó las llaves de su coche.

—Salgo a dar una vuelta. ¿Vas a estar aquí todo el día?

El lóbrego pensamiento del funeral cayó pesadamente sobre Martínez, pero ya había tomado una decisión.

—No. Me marcharé en un par de horas como máximo. Después de eso, hasta que sigamos con el caso, no hay ningún otro sitio donde necesite estar —dijo, mientras lanzaba su silla hacia su escritorio—. De modo que podríamos pedir una orden para comprobar el historial bancario de la dama, para ver quién le está pagando.

—Y podemos obtener un permiso para ver los registros telefónicos de Cassandra Dybbuk —añadió North—. Ella dijo que él la llamaba, que no sabía su número para devolverle la llamada.

Martínez se mostró escéptico.

—Lo dudo.

North estuvo de acuerdo.

—Pero cuando él la llama, quizá lo haga desde el trabajo.

Mala sangre

Gene se recostó en la silla del despacho. No estaba solo. Había otros que eran como él.

Como nosotros.

Ellos lo entenderán.

¿Quiénes eran? Los informes y otros papeles, los mapas del destino y los secretos que Megera conservaba eran considerables, pero no contestaban esta sencilla pregunta.

Debemos saber.

Desde el regreso de Gene del museo todos lo habían estado vigilando, recelosos de él; sospechaban de sus movimientos y sus motivaciones.

Su repentina conducta violenta era algo que Lawless pareció considerar nada más que un efecto secundario ocasional e inoportuno del proceso. Pero había sido Megera quien había demandado saber por qué había puesto él en peligro todo aquello en lo que estaban trabajando al involucrar al detective.

Apenas podía recordar al detective o el museo. A medida que iban diseccionando su memoria e iban reordenando su personalidad, la niebla por la que avanzaba a trompicones le ofrecía tan solo los más breves atisbos de un mundo de lucidez. A pesar de lo cegado que estaba ante tantos fragmentos de sí mismo no le habían robado la razón.

Si Megera tenía que hacer la pregunta, entonces estaba claro que él era el guardián de ese secreto, no ellos. ¿Entonces, por qué había escogido al detective?

Los números en el trozo de papel.

El libro en la biblioteca.

¿Se había guardado ya la respuesta?

Gene pegó el oído a la puerta. La madera era gruesa, los sonidos de la sala más allá del pequeño despacho de Megera llegaban apagados y distantes. ¿Seguía allí el guardia de seguridad?

Había estado en este lugar durante horas, mucho más de lo que hubiera previsto. Era improbable que se hubieran olvidado de él. Quizá seguían enredados en su nueva crisis.

O quizá estaban esperando para ver su próximo movimiento.

Regresó al escritorio. Tenía un cajón incorporado, un armario por encima, y un archivador a su lado. Todo estaba cerrado a cal y canto.

Tenía que haber una llave en alguna parte, algo que le permitiese abrir alguna de las dos puertas que el guardia de seguridad se había mostrado tan ansioso de comprobar que permanecían bloqueadas. A él no le importaba lo que se escondía tras ellas; tan solo significaban una vía de escape.

Gene registró el escritorio en busca de algo con lo que forzar alguna de las cerraduras. No había nada. Contempló la posibilidad de abrir el cajón a golpes pero el ruido llamaría la atención.

Quizá pudiera desarmarlo.

Gene se agazapó bajo el escritorio y apoyó la cabeza contra la pared del fondo. El cajón estaba asegurado por un sólido marco. No había ningún acceso obvio al interior desde atrás.

Un centelleo metálico, sin embargo, le ofreció todo lo que necesitaba. Un juego de reserva de diminutas llaves plateadas colgaba de un gancho situado bajo el borde que sobresalía del escritorio.

En el interior del cajón estaban las llaves del archivador y del armario. En el interior del armario había un pase de seguridad.

Gene escogió una puerta y la cruzó.

Fue recibido por el sonido de unos débiles llantos que resonaban en las intersecciones con las salas que flanqueaban los laterales del largo y oscuro corredor que se extendía ante él. No era el sollozo gutural de los adultos, sino la angustia de los niños ignorados, una cacofonía de miseria distante.

Gene se tambaleó ante el inesperado descubrimiento. Gráficos y experimentos clínicos en papel eran una cosa. Resultados vivos eran otra cosa completamente diferente.

Casi a su pesar dio un paso en dirección al sonido. Este lugar estaba tan desolado, era tan desapaciblemente frío y gris. No era un lugar para niños.

Nuestros niños.

Pronto estuvo perdido en las curvas del laberinto, cada vez que respiraba sus pulmones se llenaban con el olor de los bebés, el pestilente hedor de los pañales manchados, el lejano y nauseabundo tufillo a vómito rancio y a restos de leche de fórmula y la picazón antiséptica de varios polvos, ungüentos y aceites.

Se planteó darse la vuelta pero su curiosidad era demasiado grande como para permitirlo. Sin embargo, cualesquiera que fueran sus expectativas, no estaba preparado para enfrentarse con lo que encontró cuando alcanzó las ventanas.

Había varias filas de austeras cunas de metal, cuyas almidonadas sábanas blancas repelían cualquier sensación de bienestar. Los niños que yacían abandonados en esos miserables camastros empezaron a luchar por obtener su atención cuando percibieron que había llegado una visita.

¿Lo reconocían? ¿O era simple desesperación ciega lo que alimentaba sus ansiosos intentos de acaparar su atención?

Se acercó a los fríos paneles de cristal para poder verlos mejor, y unos pocos respondieron agitando brazos y piernas. Pero la mayoría no lo hicieron. Algunos clavaban tristemente la mirada en el vacío a través de unos ojos ciegos, otros no tenían miembros. Algunos estaban unidos por la cabeza o la espalda, marañas deformes de tullidos humanos fusionados. Esos eran los afortunados.

Lo que más atrajo la atención horrorizada de Gene fueron los niños que no se movían. Los frágiles bebés parecían tan exhaustos por su implacable sufrimiento que sus pequeñas bocas se agitaban en un grito fijo y silencioso, al igual que sus diminutos pies y manos, cubiertos de úlceras producidas al lesionarse constantemente contra el duro material de sus cunas. Sus cuerpos lloraban porque sus ojos deshidratados no podían hacerlo.

Estas eran las siguientes iteraciones de sí mismo, los experimentos que indagaban su genoma en busca de los signos de la inmortalidad, y le llenaron con tanta repulsión que se le retorcieron las tripas y se dobló por la mitad por las arcadas.

Se agarró al cristal e intentó dominar sus nervios.

Esto es lo que significa ser Atanatos.

¿Que si nos inspira nuestro trabajo!

¡Nos repele!

No lo entendemos. Pero pronto nos habremos marchado.

Gene avanzó rápidamente en un vano intento de escapar del campo de batalla de su mente. La dualidad de su naturaleza se estaba separando de forma desgarradora. Donde en su momento reinaba una paz intranquila, ahora se había desatado una guerra que no cesaría.

Debemos continuar nuestro camino...

Debemos marcharnos...

—¡Callaos! ¡Callaos! ¡Callaos!

Un dolor punzante de conflicto en plena efervescencia traspasaba cada nervio enterrado en su palpitante cabeza. Se clavó las uñas en la piel, pero la guerra no se detendría.

Sin poder evitar rechinar los dientes, intentó darle sentido a lo que estaba viendo. Nada en estas salas le resultaba familiar. Quizá el demonio de estos recuerdos había sido exorcizado previamente; si le quedase alguno no le cabía ninguna duda que lo recordaría.

Un grito de rabia y agonía se recortó contra los agudos chillidos de los bebés.

¿Fuimos nosotros?

No. Eran los sonidos de una mujer dando a luz, perdida en el laberinto de pasillos. ¿Qué más podría añadir ella a este pozo de miseria?

A través de la arcada de entrada a una de las pequeñas salas estériles le echó un primer vistazo al recién nacido, una masa abigarrada de carne de bebé, líquido amniótico y sangre.

Durante un jubiloso momento las voces se mitigaron.

La enfermera comprobó su respiración, su sexo y anotó que le faltaba la pierna izquierda antes de envolverlo en una toalla para llevárselo a la siguiente habitación sin dedicarle la más mínima atención al receptáculo exhausto empapado de sudor que era su madre.

Era como contemplar la cadena de montaje de una factoría de carne humana.

Escuchó una discusión acalorada.

—En cualquier caso, no sé por qué los dejamos vivir. Cuando salen cosas inútiles como esa solo sirven para ocupar espacio.

¿Es real esa voz?

¿Nos han pillado?

Los miembros de Gene se tensaron mientras pensaba en el comentario. Era tan fácil que pudiera provenir de las tinieblas de su propia alma duplicada...

El sonido de pasos se fue acercando. No era Megera, sus ojos abstraídos se lo decían. Era la otra, Letha. ¿De dónde había salido?

Se pasó un pálido dedo por su pelo bermejo y con unos ojos melancólicos lo observó mientras el procedimiento era completado.

—¿Harías que matasen a ese bebé? —preguntó Gene.

—Interesante. Te vuelven a dejar estar por aquí. Después de lo que ocurrió creí que se te había vetado la entrada hasta que hubieras completado el proceso.

Gene vaciló.

Letha no necesitaba nada más. La conclusión era obvia.

—No te permiten entrar, ¿no es cierto?

Gene rehusó contestar, pero cuando ella se movió él le cerró el paso.

—No respondiste a mi pregunta.

—Aunque me dicen que niños como ese tienen utilidad —dijo ella—, sin lugar a dudas habría descartado semejante pedazo de carne.

El escalofriante nudo de una pregunta desagradable lo paralizó. Apenas podía formar las palabras.

—¿Es mío?

Letha parecía genuinamente desconcertada.

—¿Y de quién si no?

El profundo pozo lleno de remordimiento que se agitaba en su interior surgió incontrolablemente a la superficie. Gene la cogió y la arrojó contra la pared.

—¿Qué clase de mujer eres?

El arranque hizo que al personal médico cercano le entrase el pánico. Rápidamente corrieron a cerrar puertas, y huyeron para esconderse.

Ella le concedió esa sonrisa melancólica y soñadora.

—Deberías de alegrarte de que yo no tenga el control.

Tampoco lo tenemos nosotros.

Letha se parecía mucho a su hermana, la compasión de Gene no hizo aflorar en ella nada más que desprecio, pero ella no hizo ningún ademán por cortejarle como Megera hubiera hecho. Tenía unas prioridades completamente diferentes.

Se escabulló de su agarre, cogió el auricular situado en la pared más cercana y marcó rápidamente un código interno.

—Emergencia —dijo ella—. Gene está teniendo otra recaída. Lo está haciendo de nuevo...

Gene le arrancó el auricular de la mano y lo arrancó de la pared.

—No quiero formar parte de esto.

Ella pareció perpleja.

—Pero tú eres esto.

—No soy Atanatos —dijo, arrojando el auricular a sus pies.

—¿Entonces quién eres?

Su pase de seguridad colgaba provocativamente de su bolsillo.

Dos tarjetas serán útiles.

Lo cogió antes de que ella pudiera reaccionar. Encontraría la forma de salir, pero había algo que tenía que hacer primero.

Gene corrió, no presa de un pánico ciego, sino con un cuidadoso control, plenamente consciente de lo que lo rodeaba.

Si había abandonado este lugar con anterioridad, podría marcharse de nuevo. Del mismo modo que el código que había abierto la puerta de su dormitorio se hallaba enterrado en su mente, estaba seguro de que sus conocimientos de este edificio estaban allí para ser utilizados. Tan solo había demasiados pasillos con demasiadas puertas, demasiadas opciones. No podía perder siempre.

El instinto nos guiará.

Pasó ambas tarjetas al azar sobre los lectores de las paredes mientras continuaba caminando para mantener distraída la red de seguridad, pero fue solo en la cuarta ocasión cuando realmente cruzó una puerta.

Se extendía ante él otro austero pasillo, y puertas a más habitaciones de las que posiblemente tuviera tiempo de explorar. Pero en una esquina percibió el receso poco iluminado de un ascensor de servicio.

Se movió con rapidez. Utilizó un pase de seguridad en una de las puertas de la sala del ascensor mientras llamaba simultáneamente al ascensor con la otra mano.

Quienquiera que estuviese comprobando su posición en la red de seguridad no sería capaz de determinar qué ruta había cogido para escapar.

Escuchó el traqueteo del ascensor que comenzaba su lento ascenso hacia él, al tiempo que intentaba conservar la calma. Cada ruido inesperado que resonaba en el pasillo aumentaba su agitación. Cuando la campana del ascensor precedió el deslizar de sus puertas al abrirse, Gene temió lo peor..., pero el ascensor estaba vacío.

Entró en el mismo y seleccionó tres plantas al azar. Cuando se cerraron las puertas seleccionó la cuarta. Cuando se detuvo en la segunda parada salió y buscó las escaleras de emergencia. Subió como una exhalación a la siguiente planta, encontró otro ascensor, y repitió todo el proceso de nuevo hasta que sus movimientos fueron tan erráticos que cualquier guardia de seguridad que pudiera estar intentando seguirle encontraría su tarea imposible.

El manto de caos lo escondió satisfactoriamente todo el camino hasta las largas sombras de la tercera planta.

El atrio estaba vacío.

Gene esperó un minuto en la oscura sombra de una esquina, solo para asegurarse de que nadie venía. Cuando los sonidos de los distantes ascensores se perdieron en sus respectivos huecos, se deslizó sigilosamente por la suave alfombra y penetró sin hacer ruido en la biblioteca.

Las luces estaban apagadas y las persianas cerradas, pero en la habitación se colaba la suficiente luz de la mañana como para permitirle trabajar.

Comenzó la búsqueda sistemática del pasillo que concordaba con el número del sistema decimal Dewey que se había dejado escondido para sí mismo.

Su rastreo lo llevó a la sección médica, a los libros de psicología especializados en la deconstrucción de las psicosis, donde, cerca del voluminoso tomo amarillo de Spira sobre el tratamiento de desordenes disociativos de la identidad...

Hay un hueco.

Se acercó al mismo. Un delgado volumen púrpura había sido introducido más profundamente en el estante. El código que aparecía en su lomo estaba desgastado y borroso; concordaba, y cuando extrajo el libro se dio cuenta de que su lomo era peculiarmente diferente al de cualquier libro que hubiese visto antes: este tenía bisagras.

Había un pequeño cierre de latón en la portada. Lo liberó con la uña del pulgar y con unos dedos temblorosos abrió la pequeña cubierta de seda púrpura para ver qué se escondía en el interior.

El libro no era un libro en absoluto. Era una caja donde tenía una vaga colección de adquisiciones. ¿Había contenido alguna vez una vieja jeringuilla quirúrgica? *Sí.* Había usado esa jeringuilla. El forro que la recubría había sido arrancado sin más miramientos y en lugar de la jeringuilla había ahora una libreta muy delgada, un teléfono móvil gris, apagado, y una pequeña pistola del calibre 22 que apestaba a cordita.

Primero cogió la pistola y comprobó la recámara. Estaba cargada. Se la metió en el bolsillo y devolvió su atención a la caja.

En el interior de la libreta encontró su nombre en la primera página con una tabla de números y letras enmarcada por debajo. En cada página subsiguiente había más nombres, más tablas y una sucesión de cadenas monocromáticas moteadas, como una serie de confusos códigos de barras. Eran huellas genéticas.

El ADN de un grupo selecto de individuos había sido cortado en pequeños trozos mediante el empleo de enzimas de restricción, y estos se habían separado por la acción de una corriente eléctrica a través de un sustrato de gel y una membrana de nailon.

Veinte puntos de los fragmentos de ADN habían sido escogidos para ser comparados, veinte puntos donde unos compuestos radioactivos, los marcadores, podían unirse al ADN para llegar a determinar dónde había alguna concordancia.

Hemos estado buscando algo.

Todas mostraban marcas similares a las suyas propias. Sin embargo, una tras otra, firmes líneas habían ido tachando sus nombres. En todas menos en una en la última página, donde la huella genética había sido etiquetada como «North».

¿Ayúdame?

Cogió el teléfono móvil de la caja y lo encendió. Después de un momento parpadeó, emitió un pitido y pidió el código para desbloquearlo. Pulsó unas teclas instintivamente, y luego recorrió el menú, buscando la última llamada realizada.

Solo había un número registrado, el mismo número anónimo que era la única entrada de la agenda del teléfono. El pulgar de Gene se precipitó sobre el botón de llamada. La oportunidad de presionarlo no llegó.

Las luces de la biblioteca volvieron a la vida. Las fuertes pisadas se acercaron con celeridad.

Estaban aquí.

Vergüenza y castigo

9.45 a. m.

North estaba sentado tras el cristal empañado de su coche al otro lado de la calle donde se encontraba la pequeña casa marrón de sus padres, en el corazón de Greenpoint. La observaba a través del manto de lluvia gris que barría Brooklyn.

Me libré. No sabe que estoy aquí.

¿No lo sabe?

Está de guardia. Tenemos toda la noche. Toda la noche.

Los ecos no se desvanecían. El mundo se había desplegado ante un plan inesperado y el cambio de perspectiva seguía siendo angustioso.

Arrancarle la ropa. Arrojar a un lado el sujetador. Devorar uno de sus carnosos senos. Mordisquear sus pezones y hundir los dedos en su delicada y hambrienta piel blanca. Abarcar su redondeado trasero con las manos, tirar de ella para que se enfrentase a mi pasión. El frenesí lujurioso de un animal en celo. Reclamar mi premio.

La puerta principal se abrió.

Una mujer salió por el umbral bajo el inclemente castigo de la lluvia, bajó las escaleras y continuó hasta el final de la calle, con la cara escondida tras el paraguas.

Su madre. Él comprobó su reloj. Sabía hacia dónde se dirigía.

Un millar de gruñidos y alaridos.

A una manzana de distancia. La pastelería polaca de la esquina.

El dulce sabor del amargo secreto.

Dos bollos con queso, quizá un *babka.*

La necesidad desbocada.

Golpeteó nervioso su bolígrafo en la cubierta de la revista del museo de Historia Natural de Porter. La calavera le clavaba una mirada furiosa desde la portada.

¿Cuál sería la cara que había empujado a Gene a sobrepasar sus límites?

Se cambió el teléfono móvil al otro oído. Finalmente alguien del museo contestó al otro lado de la línea.

—El doctor Birch al habla —anunció la abrupta voz—. Me temo que el objeto que está buscando ya ha sido entregado a un mensajero para ser devuelto a su propietario.

—¿Qué propietario?

—Lo crea o no, algunos contribuyentes prefieren permanecer en el anonimato.

North permaneció impasible.

—Puedo obtener una orden.

Birch no hizo ningún intento por sonar razonable.

—Detective, lo que ocurrió en el Met hizo que se colapsase nuestra incipiente relación con ellos y provocó que algunos contribuyentes nos retirasen su apoyo.

Ese no es mi problema.

—Manipular las pruebas físicas de la escena de un crimen es un delito de clase E sancionable con una pena de prisión de entre tres y cinco años. ¿Entiende lo que le estoy diciendo?

—¿Necesito un abogado? Hemos seguido el consejo de nuestros asegurado-res; hemos trabajado estrechamente con sus colegas del NYPD. Hemos seguido todas sus instrucciones al pie de la letra. No hemos hecho nada incorrecto.

North no estaba jugando. No le importaba quién le hubiera dicho que podían retirar su exhibición del museo Metropolitano de Arte, nadie se había dignado a aclarar el asunto con él.

—Puedo estar allí al mediodía —explicó North—. Con una orden. Estoy seguro de que eso le encantará. O puede mandarme un fax a mi despacho con los detalles de quién es el propietario de la calavera, dónde puedo localizarlo y qué empresa de transporte la custodia actualmente.

Escuchó el reacio sonido del conservador mientras anotaba aquello.

—¿Algo más?

Sí. ¿Qué vio Gene?

—Tan solo envíeme lo que tenga. Gracias.

North le dio su fax de contacto y colgó. Observó la calle empapada por la lluvia. Su madre regresaba y llevaba los pasteles en una fina bolsa de plástico.

Sus facciones estaban ligeramente ajadas, pero la lenta marcha del tiempo se había portado bien con ella. Seguía teniendo una buena figura. Seguía moviéndose con gracia. Se vestía con un estilo mucho más jovial que el que le correspondería a sus cincuenta y dos años. No era algo de lo que North se hubiera dado cuenta antes, pero su madre era una mujer muy atractiva.

Lo ponía nervioso.

Ella acarició mi nuca. La intimidad de nuestro delito mutuo.

Sacó la hoja de papel que había alojado entre las páginas satinadas de la revista. El retrato robot de su padre biológico.

No puedo aplazar esto más tiempo.

Esperó hasta que ella estuvo junto a la casa antes de salir del coche, resuelto a comenzar el penoso e inevitable proceso.

Inició el largo camino que lo llevaría al otro lado de la calle, esperando no llegar nunca.

La lluvia parecía de alguna forma más intensa.

Un estremecimiento tan violento que hizo que ella aullara.

El agua impactaba contra sus hombros y recorría su espalda formando un torrente, castigándole como si cada gota llevase consigo una carga demasiado pesada como para que el cielo pudiese soportarla.

Intentó mentalizarse. Estaba a tan solo unos pasos de distancia.

—Mamá... —dijo.

Elizabeth North percibió la tensión en la agobiada voz de su hijo. Se giró para mirarle a la cara, el miedo recorría su cuerpo.

—Jimmy...

Al principio North no podía moverse. Pero llegado a ese punto, la embarazosa incomodidad de la situación no le dejaría detenerse. Buscó a tientas el retrato, mientras la lluvia azotaba sus mejillas como las lágrimas de la pasión de un dios, y le mostró la cara del hombre que ambos conocían.

—¿Hay algo que quieras contarme?

10.04 a. m.

—Pensé que estabas en ese funeral en alguna parte del Bronx.

New Saint Raymond estaba en la ciento setenta y siete. *¿Que le diré a la familia de Manny Siverio?*

—No —dijo él.

Demasiado torpe.

Ella dejó los pasteles en una fuente blanca plana y arrojó la bolsa de plástico a la basura.

—¿Ya has comido?

North no tenía hambre. Observó los charcos que se formaban en torno a los pies de ella sobre el descolorido suelo de la cocina.

—Te hemos estado llamando y llamando. Estábamos preocupados.

¿Tú y papá o tú y él?

—¿Por qué no me lo dijiste?

Ella no podía mirarle. Observó lo que pasaba al otro lado de la ventana, pero lo único que pudo contemplar fue a su marido trasteando en su cobertizo para las herramientas al otro extremo del patio trasero.

—Nunca pareció ser el momento oportuno.

—¿Lo sabe él?

Ella parecía buscar una esquina donde esconderse. No había ninguna, solo fotos familiares colgando de las paredes. Tres generaciones de North prestando servicio en el NYPD, una herencia que se desmoronaba bajo un examen minucioso.

—Por supuesto que lo sabe.

—Crecí viviendo una mentira.

—Creciste con dos padres que te querían. Eso es lo que importa. —Se dirigió hacia el pequeño aparador de madera de cerezo que se encontraba cerca de la puerta trasera y sacó un cartón de Lucky del interior.

Ya estaba abierto; buscó un paquete en el interior, sus dedos temblaban tanto que este casi se le cayó. Cuando al final se encendió el cigarrillo, escondió el paquete en los pliegues de su abrigo.

—No se lo digas a tu padre.

¿Cuántas otras cosas ocultaba? Nunca la había visto fumar hasta ahora.

—¿Así es como me vas a mirar siempre a partir de ahora?

—¿Cómo te estoy mirando?

—Me estás juzgando.

—¿Qué hay que juzgar? ¿Que mi madre es una jodida fulana?

El tortazo fue rápido y doloroso, y dejó una evidente marca rojiza en su mejilla. El remordimiento por lo que acababa de hacer afloró casi inmediatamente en ella. Intentó enmendarse.

—Lo siento... lo siento.

Él le apartó la mano de un golpe.

Ella suavizó la voz, pero las palabras eran duras.

—No tienes derecho a mirarme por encima del hombro cuando no sabes lo que ocurrió. No sabes lo que hace funcionar un matrimonio porque nunca has estado casado.

—Oh, ya veo lo que estás pensando. Crees que puedes descargar esto sobre alguien más. Es culpa de otros lo que tú hiciste, ¿verdad, mamá?

—¿Es mi culpa? Tu padre con su bebida, sus rameras y sus excusas...

Está mintiendo.

—¿Qué ocurre, Jimmy? ¿Tu padre no es el héroe que pensabas? ¿Se le olvidó contarte todas las veces que llamaron a la puerta buscándole? ¿No recuerdas a la tía Ginny que, cuando tenías cinco años, te trajo ese pequeño tren rojo aquellas Navidades? ¿De qué rama de la familia es la tía Ginny? ¿Por qué no escribe nunca esa puta?

Dolía el que se le bloquease la respiración de una forma tan violenta. Todo era tan confuso. Ella pareció compadecerlo.

—No tienes ni idea...

Tampoco tú.

—Lo que hice fue encontrar algo de alivio. Encontrar un poco de cordura. Pero no culpo a tu padre. Tú eres mi error.

North recibió el duro golpe de lleno. La miró a los ojos.

—¿Entonces qué soy para él? ¿Su penitencia?

Ella no sabía cómo tomarse eso. Lo único que sabía es que aquello hizo que brotasen lágrimas en sus ojos.

—Eres su hijo.

North plantó el retrato delante de sus narices.

—¿Cuál es su nombre?

Ella se negó a mirar el dibujo.

—Si no te lo ha dicho puede que sea porque no quiere que lo sepas.

—Peor para él.

—Nunca ha sido parte de tu vida —dijo ella, rebosante de dolor—. ¿Podemos hablar de esto más tarde?

—¡Estoy trabajando en un homicidio!

Su madre sacudió la cabeza con incredulidad y se recogió su oscuro pelo por detrás, lo que expuso los signos que delataban su edad, raíces blancas y plateadas que estaban esperando el disfraz que vendría de una botella de tinte capilar.

Buscó una taza y un filtro, entonces hundió una cuchara en el bote del terroso café en polvo. Rehusó mirar a la cara a su hijo.

—Se hacía llamar doctor Savage.

—¿Cuál era su nombre de pila?

Ella hizo una mueca ante su propia ingenuidad.

—Nunca me lo dijo. Todo formaba parte de nuestro pequeño juego. El doctor Savage la atenderá ahora. —Ella fue al frigorífico; la leche se encontraba en una botella de litro—. Solía aparecer con sus coches flamantes y siempre con dinero.

Savage. ¿Es mi nombre, o mi naturaleza?[12]

—¿Cómo os conocisteis?

---

[12] N. del t.: *Savage* significa «salvaje» en inglés.

—Yo trabajaba de camarera. Él dijo que era cirujano. No sé si era verdad. Nunca fui a donde trabajaba.

—¿Qué me dices de dónde vivía?

—No tengo ni idea. Creo que en el Upper West Side. Sé que tenía un pase para aparcar en la Universidad de Columbia, siempre estaba por aquella zona.

Columbia. El alma máter de Gene.

—¿Entonces qué, se pasaba por aquí?

La incomodidad de su madre creció rápidamente. Se quitó su abrigo empapado y lo lanzó sobre el respaldo de una de las sillas de la cocina.

—Hay un montón de hoteles en Manhattan, cielo.

North no podía asimilarlo. En alguna parte había algo chistoso, algo de una gracia cruel, sardónica y malintencionada. Su concepción fue una broma y él era su clímax.

—¿Dónde está ahora?

Su madre negó con la cabeza.

—No lo he visto desde que naciste.

—¿Sabe de mí?

—Creía que no.

Su voz perdió todo rastro de lucha. Volvió a dirigir la mirada al cobertizo de herramientas al otro lado de la ventana y buscó a tientas una cuchara para el azúcar.

—Tengo que darle las pastillas a tu padre. No puede olvidarse ni una.

—Las cogeré.

—¿Sabes dónde están?

North no respondió.

Su madre, sin embargo, se estaba formulando una pregunta totalmente diferente.

—No lo entiendo —dijo—. ¿Cómo lo supiste?

11.21 a. m.

El botiquín en el cuarto de baño estaba tras el espejo instalado sobre el lavabo. Entre la mezcolanza de botes y cajas, los betabloqueantes eran difíciles de ignorar.

North abrió el Inderal y extrajo dos pastillas. No volvió a cerrar la tapa inmediatamente.

Porter dijo que detendrían los flashbacks.

La pregunta seguía en pie: ¿quería que se detuviesen?

Tu-tum.

¿Se podía permitir negarse las respuestas que estos proporcionaban?

Tu-tum.

Se asustó de su reflejo en el espejo, quedó petrificado ante la posibilidad de establecer contacto ocular con su propia imagen dudosa. Su pálida piel se mostraba tensa sobre su cérea cara. El sudor y el agua de lluvia perlaban sus mejillas, y desde su frente se proyectaban dos gruesos y afilados cuernos de un negro azabache.

El toro ya no habitaba en su interior. Era él mismo.

Tu-tum.

A North le temblaban las manos. Cogió unas pocas pastillas del bote, pero no se las tomó. No se atrevía a tomárselas. En su lugar las deslizó en su bolsillo prometiéndose que no sería débil.

La expresión en el espejo sugería que no se creía a sí mismo.

Cogió la dosis de su padre y bajó las escaleras. Recogió el café y el bollo para su padre y lo llevó todo hacia el cobertizo de herramientas.

Su padre tenía una sonrisa fácil y despreocupada que normalmente tranquilizaba a North, pero esto no ocurriría hoy. Tenía un periódico desplegado y estaba seleccionando caballos.

—Parece que tu barbacoa va a estar pasada por agua —dijo North.

—Ah, ¿qué es un poco de agua? ¿Has estado hablando con tu madre? —Su duro acento de Brooklyn de alguna forma parecía ser más evidente hoy.

—Sí.

Su padre sacudió la cabeza y se dispuso a sintonizar su pequeña radio.

—La vida es extraña.

Nada que decir ante eso.

—¿Sabes a quién vi ayer? Al chico de Billy Mead.

North no lo conocía.

—Claro que lo conoces. Eddie Mead. Su padre vivía junto al convento Saint Alphonsus en Java. Solíamos pasarnos por allí para jugar al *punchball*, al *slapball* y al *stickball* con una *spaldeen.*[13] Le gritábamos a las monjas: «¡Eh, Hermanas! ¿Podéis devolvernos la pelota? Venga, por favoooor, devolvédnosla».

North quiso decir que eso fue anterior a su tiempo, pero en realidad no lo era en absoluto.

Su padre le dio un trago a un café que no debería tomar para pasar sus betabloqueantes. Luego dijo:

[13] N. del t.: *Punchball, slapball* y *stickball* son variantes callejeras del béisbol. *Spaldeen* es básicamente el núcleo de goma de una pelota de tenis sin su forro de fieltro, comercializado por la compañía Spalding.

—Ah, éramos unos cuantos. Toda una pandilla. Billy vivía en la última planta de un bloque de apartamentos. A una manzana de Astral, a una manzana del río Este. Chicky vivía por la calle Dupont. Schultzy en la avenida Kingsland, lo cual era genial porque después todos íbamos a Ralphie´s. Ese pequeño agujero que era la tienda de caramelos próxima a la avenida Nassau, justo detrás de la taberna de Gerke. Barritas de gelatina y copas de Dixie por dos centavos porque a la novia que tenía entonces le gustaba quitarle el celofán a las tapas para coleccionar las imágenes de las estrellas de cine.

North no tenía ni idea de lo que estaba hablando su padre. No es que importase. Estos eran unos recuerdos realmente agradables comparados a sus espantosas pesadillas, y carecían sospechosamente de los puntos negros que su madre dijo que estaban tatuados en el carácter de su padre.

¿Era ese el sentido de los recuerdos? *Puedes quedarte solo con lo mejor.*

—Ya sabes, los muelles estaban en plena actividad en esa época.

Los cincuenta.

—Teníamos esos cargueros que venían de todas partes del mundo. Nos acercábamos a los barcos bananeros y les soltábamos el rollo a los estibadores para que nos dieran plátanos, entonces nos largábamos a venderlos y gastarnos lo ganado en la calle Eagle donde aquel viejo tenía una tienda de bicicletas. Podías alquilar una bicicleta por veinticinco centavos la hora. Cogías la bici que quisieras. Billy y yo siempre nos peleábamos por la negra porque era la más rápida.

»Entonces nos pirábamos a casa de Gus Walter en la esquina de la avenida Driggs con la calle Leonard. Segunda planta, sobre el bar restaurante Park Inn. Su madre solía llamarlo «burdel» y refunfuñaba sobre cualquier mujer que pusiera el pie allí, que por supuesto era el principal motivo por el que nos asomábamos por la ventana.

Trazó unos cuantos círculos en torno a los caballos del periódico, cogió su Zippo y se encendió un Lucky, para luego sintonizar la radio en busca de otra emisora.

North se sintió completamente marginado. La historia de este hombre al que llamaba padre no era su historia. Era un mero préstamo.

—No sabía nada de eso —dijo.

Su padre parecía genuinamente desconcertado.

—¿Por qué deberías saberlo? Todos llevamos vidas diferentes, hijo.

Algunas veces no.

—¿Así que Eddie dijo cómo le iba a su padre?

—Sí, él, ah, murió hace seis meses. Algo terrible.

—¿Estaba enfermo?

—Nah, Eddie dice que Billy estaba un día paseando al perro. Un tipo se le acerca. Quiere su cartera. Billy no quiere problemas. Se la da sin más. Hay un par de cientos en el interior. El tipo dice «Eh, gracias». Y entonces, sin motivo aparente, le atraviesa el puto cuello. Allí mismo. Se acabó el juego. Billy no volverá.

North dijo que lo sentía, por si acaso servía de algo.

—Hijo, me he pasado veintiocho años en ese trabajo. Tú lo has visto. Alguna gente simplemente nace así. Está en su naturaleza. Nadie les hace ser de esa manera. Están muertos por dentro. Sencillamente nacieron malvados.

North asintió con la cabeza. *Sí.*

—Pero eso no sirve de excusa. No tienen ninguna obligación de actuar de esa manera. Todo el mundo tiene elección. Recuerda eso.

¿Cómo puedes tener elección si no sabes ver la diferencia?

Escucharon la radio y observaron el martilleo de la lluvia sobre el patio. Su padre se ayudó a tragar un bocado de su bollo con queso con más café.

—Ese tipo te tiene preocupado.

—Sí —dijo North—. Así es.

—Bien. Mantente alerta. Pero te prometo esto, hijo: independientemente de lo que hiciese que ese tipo explotase, esté chalado o no, estate seguro de que no estás ni la mitad de preocupado de lo que lo está él en estos momentos.

La casa de los secretos

1.24 p. m.

Abriéndose camino bajo el aguacero que barría el puente Pulaski, el cual atravesaba Newtown Creek, entre Greenpoint y Woodside, North captó un atisbo a través de su castigado parabrisas de las legiones de lápidas descoloridas que señalaban los ejércitos de cuerpos en descomposición que montaban guardia en Cavalry, marchaban por New Cavalry y continuaban más allá de monte Zion; sus sombrías filas se extendían de cementerio en cementerio, de kilómetro en kilómetro, azotadas por el viento.

¿Qué los había llevado bajo tierra? ¿La edad? ¿El destino?

Todo el mundo tiene elección.

Cambió de carril, pensando en tomar la siguiente salida. Su casa estaba cerca. Podría darse una ducha, y rascar la porquería incrustada en las paredes de su apartamento. O podría responder a la llamada de su teléfono móvil.

Sacó su Nextel, comprobó quién llamaba y puso el manos libres.

—¿Cómo fue el funeral?

—Bueno, no se levantó y echó a andar.

North apreció el consuelo que un poco de humor negro podía proporcionar.

—Le he puesto un nombre a esa cara —dijo—. Savage. No hay nombre de pila. Creen que puede tener alguna relación con la Universidad de Columbia.

—¿Otra vez Columbia? —Pudo escuchar a Martínez escribiendo aquello—. ¿Crees que quizá sea donde Gene y él se conocieron?

¿Cómo explico esto?

—Creo que es algo más profundo que eso. De todas formas, necesitamos hacer una búsqueda. Datos fiscales, DMV, propiedades...

—Quizá viva en el Barrio.

Harlem Este, o el Barrio, comenzaba en torno a la calle Cien Este y continuaba hasta la calle Ciento Treinta y Cinco Este, pegado al río, en el extremo septentrional de Manhattan. Era un ambiente atestado y burdo que mostraba las penurias típicas de un barrio bajo.

Sin embargo estaba a unas pocas manzanas de distancia de la Universidad de Columbia, en el lado oeste.

North empezó a sentirse receloso. Martínez sonaba demasiado alegre para ser alguien que acababa de asistir al funeral de su primo.

—¿Qué te hace decir eso? —preguntó.

—Oh, solo que el amable hombre de la compañía telefónica de Cassandra Dybbuk buscó en sus registros y encontró el único número que la relaciona con la ciudad, y no es de Saint Cecilia.

El ciento cuarenta y uno de la calle Ciento Dieciocho Este, apartamento 12-C, cerca del cruce con Lexington.

1.57 p. m.

North lanzó el Lumina a través del acero dentado del puente Triborough mientras esquivaba los obstáculos que le imponía el denso tráfico; era un rayo azul refulgiendo violentamente bajo la lluvia. El quejido de las ruedas al encontrar agarre en el pavimento mojado se mezclaba con el rugido del motor.

Cuando llegó al otro lado permitió que su sirena liberase un estridente aullido. Se abalanzó sobre la atestada intersección con la calle Ciento Veinticinco Este; los ruinosos bloques de viviendas de arenisca de los hispanos amenazaban con aplastarle si le daba por disminuir su velocidad.

Hizo girar el Lumina en el cruce con Lexington para ver el resplandor de unas luces que se acercaban desde el lado contrario. Un Ford Crown Victoria azul oscuro. Martínez había recorrido la FDR[14] a toda velocidad para reunirse con él.

En la calle Ciento Dieciocho, aparcaron uno junto al otro. Subieron las escaleras del edificio de arenisca rotulado con el 141, conscientes de que los ojos del vecindario les estaban vigilando.

North liberó el enganche de la funda de su Glock.

—¿Está este lugar a nombre de Gene?

[14] N. del t.: Calle Franklin Delano Roosevelt.

Martínez elevó la mirada para ver si alguien estaba observándolos entre la mugre que cubría las plantas superiores.

—No, pero al menos esto no es un hospital psiquiátrico ni un banco, es la única dirección particular a la que llamó su mamá en los últimos nueve meses.

2.06 p. m.

La pesada y desvencijada puerta verde estaba bien cerrada. North buscó el timbre para llamar al portero o administrador del edificio.

El nombre del rótulo rezaba «Saul Poisonberry». El hombre que vino a contestar a la puerta era un zoquete repugnante y corpulento con una barba rojiza incipiente en su redondeada barbilla, como un huevo polvoriento que se hubiera fusionado con su despareja y sucia piel. Había algo lascivo en su forma de jadear, parecía un rollizo consumidor de pornografía de poca monta que habría provocado arcadas hasta en la prostituta más avezada ante la perspectiva de poner sus marchitos genitales en cualquier parte cercana a los de ella. Poisonberry murmuró algo desagradablemente incoherente.

North avanzó y mostró su placa.

—Apartamento 12-C.

El portero murmuró algo que sonaba parecido a «tercera planta». Siguieron sus confusas palabras.

Cuando cruzaron el umbral les entraron arcadas a ambos por el repugnante olor. El pestazo a orina y el pungente hedor a amoníaco rancio utilizado para cocinar crac hizo que les subiera la bilis y que paladeasen brevemente su amargo sabor.

Tu-tum.

La tercera planta era incluso peor. El pestazo a humedad emanaba de las deterioradas paredes mientras se abrían camino por el insalubre pasillo. Alguien los había escuchado llegar, unas jeringuillas mugrientas yacían tiradas en el lúgubre suelo.

Tu-tum.

El apartamento era el tercero del pasillo. Tomaron posiciones, uno a cada lado de la puerta, sacaron sus armas y llamaron a la descolorida puerta, donde solía estar el número.

No hubo respuesta. Pudieron escuchar unos débiles sonidos de arañazos pero nada distinguible.

North llamó a la puerta una segunda vez.

—¿Eugene Dybbuk? ¡NYPD! ¡Solo queremos hablar con usted!

Hizo una mueca ante la mentira. No quería hablarle. En realidad no. En ese momento lo que le horrorizaba era que no sabía lo que quería.

Tu-tum.

Miró a Martínez, quien se estaba estirando para intentar escuchar. Este negó con la cabeza. No podía oír a nadie dentro.

North habló de nuevo.

—¡No haga nada estúpido, Eugene!

Sin embargo, en su interior le estaba gritando para que hiciera exactamente eso y le ofreciera algún pretexto.

Tu-tum.

Martínez se separó de la pared.

Tu-tum.

El dedo de North se apoyó sobre el gatillo.

Tu-tum.

Martínez levantó el pie y lo hundió contra la cerradura. La puerta se abrió acompañada de una nube de pútridas astillas.

2.09 p. m.

La tórrida fetidez repentina de la carne humana en descomposición arrolló a Martínez con su furibunda miseria cuando siguió a North a la habitación. El repugnante hedor se asentó con tanta fuerza en él que echó las entrañas en el umbral.

North respiraba por la boca, el opresivo revoltijo que se estaba formando en sus tripas era la menor de sus preocupaciones. Siguió avanzando sigilosamente, apuntando con su Glock a la nuca del hombre que estaba sentado inmóvil en el sofá que tenía delante.

Sin embargo, según se fue acercando, las arrugas de la oscura piel bajo su pelo grasiento y enmarañado y el constante zumbido de las moscas le dijeron que era poco probable que ese hombre fuese una amenaza.

Las bacterias y enzimas digestivas de sus intestinos hacía tiempo que habían empezado a comerse sus jugosos órganos internos y el que una vez fue un vigoroso cuerpo humano, y sus cavidades se habían llenado con los fluidos producidos en el proceso de putrefacción. La piel se había ennegrecido y el cuerpo se había hinchado hasta que casi se había reventado literalmente. La grasa y músculo disueltos ya habían empezado a supurar de sus deshinchadas orejas. Cuando North avanzó cautelosamente en torno al brazo del raído sillón comprobó que el profundo tajo de la víctima, que había sido salvajemente degollada, era aún más oscuro. Su cara se estaba separando de su calavera, pero este no era Gene.

Martínez se limpió la boca mientras se escondía en la sombra de su humor negro.

—¿Crees que una RCP ayudaría?

North no estaba escuchando. A los pies del cadáver, bailando en la corriente que silbaba a través del entarimado roto, unas páginas mugrientas escritas a mano arrancadas de una libreta crepitaban como las proféticas hojas secas de un oráculo de Delfos, danzando en círculos en torno al cuerpo de un niño.

Con las piernas cruzadas en el suelo y vestido con una fina camiseta azul y pantalones cortos, estaba encorvado sobre una mesita de café, orientado hacia una televisión enmudecida cuya pantalla mostraba las dinámicas imágenes de los Juegos Olímpicos.

Juegos Fúnebres.

La fina mano del chico, cuya putrefacta piel colgaba flácida de su blanco hueso, seguía aferrando el bolígrafo con el que había estado escribiendo en su propia libreta de color blanco, del mismo modo que North había hecho antes que él, al igual que hicieron Gene y Porter, donde vomitaron unos recuerdos como los que ahora yacían tirados a su alrededor. Tan sobrecogido estaba con aquello que no había escuchado aproximarse el cuchillo hasta que este fue hundido en su nuca.

Su cabeza había caído hacia delante. Su cerebro se había licuado y se derramaba por su barbilla, y un globo ocular hacía tiempo que se había deslizado por su mejilla y se había quedado pegado en el papel. Los bordes de todo ese desbarajuste se habían perdido bajo la costra marrón de las visitas nocturnas. Las cucarachas se habían pasado por aquí para cebarse.

North vio un segundo cuaderno sobre la barata pantalla de papel de una lámpara de pie volcada; el origen de las páginas danzantes. Pudo leer algunas partes desde donde se encontraba y estas reflejaban su propia escritura. Dos cuerpos. Otros dos aspectos asesinados de sí mismo. North se sintió violentado.

Se había detenido para recoger unas pocas páginas cuando escuchó el ruido, un sonido de arañazos correteando sobre la dura madera.

Martínez también lo escuchó. Juntos se abrieron camino con cautela a lo largo del salón en dirección a las habitaciones del fondo. Los arañazos no se hicieron más fuertes, ni tampoco cambiaron de ritmo mientras se aproximaban.

Martínez se encargó de la habitación de la derecha. North hizo lo propio con la de la izquierda. Empujó su pringosa puerta para encontrar un diminuto y repugnante cuarto de baño donde una enorme rata empapada se había encaramado a la taza del váter y estaba mascando los dedos muertos del pie de una mujer. Unos gusanos de color blanco hueso se retorcían y contorsionaban en los pies agarrotados cada vez que esta los abría con cada uno de sus ruidosos mordiscos.

Ella estaba en el baño cuando comenzó la pelea; su negro tanga seguía enredado en torno a sus tobillos después de que alguien hubiese arremetido contra ella. Su barata ropa de fulana estaba sucia y desgarrada por la pelea.

No estaba claro si había sido empujada o si le había entrado el pánico, pero había atravesado la vieja mampara de cristal de la ducha, donde el afilado borde de uno de sus fragmentos le había rebanado el cuello.

La sangre de sus arterias se había rociado por las paredes. Cuando miró más de cerca para contemplar su cara ennegrecida y colapsada, North se dio cuenta de que había algo terriblemente familiar en ella.

La conocía. Se había acostado con ella. Él había querido tener más sexo con ella esa mañana, pero no pudo encontrarla y tuvo que buscar a otra. Una puta que conocía simplemente como...

Moira.

—Si los muertos pudieran hablar, ¿eh?

North levantó la mirada para encontrar a Martínez mareado en el umbral de la puerta, se estaba sacando el pañuelo del bolsillo para plantárselo sobre la nariz.

—Tienes que venir a echarle un vistazo a esto.

North le siguió a la habitación del fondo, donde el hedor de la perniciosa corrupción era tan horripilante que se vio forzado a hacer lo mismo.

2.30 p. m.

A lo largo de una pared se alineaban cuatro grandes cubos de basura de plástico. Cuando North encontró el valor suficiente para mirar brevemente en el interior del más cercano fue recibido por la sórdida visión de cientos y cientos de insalubres condones usados, con su descolorido contenido cubierto de moho e insectos.

—Todos están como ese —explicó Martínez, mientras cruzaba hacia un viejo frigorífico oxidado que se alzaba bajo la débil luz que se colaba por una ventana mugrienta—. He visto esto unas pocas veces. Putas vendiendo condones a bandas callejeras para que pudieran sazonar la escena de un crimen. Para echarle la culpa a otro. Pero esto es como una puta industria.

Contra la pared contraria se encontraban unos aparatos grotescos que North no podía identificar y que cumplían unas funciones que no podía imaginar. Las únicas cosas que reconocía eran los resultados que habían surgido de esa serie de dispositivos infernales; decenas de miles de huellas genéticas organizadas y catalogadas.

En la pared tras el banco de trabajo estaban clavadas notas y resultados, cada uno de ellos recordaba a quienquiera que estuviese trabajando aquí que absolutamente todo tenía que ser sistemáticamente evaluado y aprobado por Gene.

Martínez abrió el congelador con cuidado. Hacía mucho tiempo que había dejado de funcionar y él estaba decidido a no dejarse sorprender sin su pañuelo con el que protegerse del olor.

—Solo hay unos pocos aquí dentro —dijo—. Deben de ser los elegidos.

Cogió su bolígrafo, introdujo la mano con mucho tiento y sacó cuidadosamente otro condón usado con la punta del mismo.

North sintió como le dominaban las náuseas, su mente relampagueaba con la inclemente cascada de interconexiones que se estaban produciendo. Recordaba a la fulana que estuvo escarbando en el suelo. ¿Cuántas otras veces había arrojado una goma usada del coche? ¿Cuántas facilidades le había dado a Gene para encontrarle a través de la sórdida fuerza bruta de esta industria?

Estas huellas genéticas probaban inequívocamente que estaba emparentado con el hombre muerto, el niño asesinado y la puta degollada; estaba emparentado con Gene.

¿Y cómo había sido encontrado él?

Grapada al oscilante condón se encontraba una fotografía, una Polaroid de él atrapado en el abrazo carnal de una ramera ahora muerta, con su nombre garabateado precipitadamente en el borde inferior.

Si los muertos pudieran hablar...

Estaban hablando ahora.

Sacrificio en Frigia

¿Cuántos largos días habían estado bailando estos flamígeros espíritus ante mis mentirosos ojos? ¿Dos días? ¿Tres?

Esta estancia sibilina estaba repleta de espantosas imágenes de espectros, sombras y demonios de una vulgaridad que revolvía el estómago, multiplicados por esta solitaria lámpara de aceite que proyectaba un millar de fantasmas danzantes en una trémula procesión en torno a mi cuerpo febril. Me incitaban a que me uniera a ellos en su etérea algarabía para pasar a través de todo lo sólido de la tierra en un descenso que me introdujese en sus ctónicas maquinaciones, donde las paredes se movían, los insectos hablaban y las canciones de silencio estaban llenas con las voces de la desconfianza.

Así eran los delirantes rituales purificadores del oráculo de la Muerte.

Me contorsioné en el suelo, esclavo del ondulante ritmo de aquella terrible llama. Cubriéndome los ojos, rosas por la sangre y teñidos por el beso de las lágrimas de miedo; solo encontraba el valor suficiente para parpadear cuando los fantasmas abandonaban las paredes y extendían sus espectrales brazos para acoger mi locura inducida.

—¿Cuándo me verá el oráculo? —grité a la oscuridad.

«Cuando te vea», respondieron las sombras en un susurro.

Me encogí. Mis dedos se cerraron entre el polvo, donde solo encontraron los restos secos de mi última comida, un montón de alubias y carne de sacrificio que en su momento fueron introducidos toscamente en mi estómago antes de que los desparramase por el frío suelo que me rodeaba. ¿Cuándo había ocurrido aquello? ¿Cuándo había comenzado mi enconado insomnio? ¿Hacía dos días? ¿Tres?

Estos brebajes amargos y los remedios mágicos inmortales, estos líquidos eméticos, viles y vaporosos me habían transportado a este trémulo estado; si tan solo pudiera incorporarme para mirar hacia abajo, para contemplar las sombras danzantes que tanto me hostigaban...

—Debo consultar a las Moiras —supliqué.

«¿Y qué ocurre si las Moiras no quieren ser consultadas por ti?» El fuerte sonido seco de un cerrojo y el chirrido de una puerta al abrirse trajeron todo un mundo de humo de madera aullando a través de su abertura.

¿Cuánto tiempo habían estado esas dos bellas jóvenes...?

¿Eran chicos o chicas?

Llevaban prendas de seda tan verdes como la hierba y lino de color azafrán.

Y oro en la punta de los pies y sandalias rosas, y se apreciaban unos lazos en el pelo de... ¿uno de ellos?

¿Cuánto tiempo han estado observándome? Hacían que mi piel se estremeciese como si esta estuviese reptando. ¿De dónde habían brotado con los mechones de su pelo suaves como volutas de humo, con su tacto equivalente al de los mismos dioses? ¿Eran reales, u otro espejismo de esta abrasadora penumbra? Si carecían de sustancia, entonces ¿cómo me estaban sosteniendo la mano? ¿Y por qué, a pesar de que apestasen a perfume, tenían la fuerza de los hombres?

Grité mientras me arrastraban a la fría noche del exterior donde restallaban los címbalos, donde resonaban las panderetas, donde los flautistas frigios soplaban las curvas de unas cañas ronroneantes. Los bailarines giraban en el inclemente aire de la noche frigia, inmersos en los furiosos humos de las crepitantes hogueras, henchidos con un frenesí orgiástico. Los *coribantes* crestados golpeaban las pieles de los tambores; los *curetes* emplumados entrechocaban escudos y lanzas; los *cabiros* bailaban, y cantaban, y lloraban a la noche; las frenéticas putas adoradoras de Cibeles, hombres que se creían mujeres, estaban tan extasiados con un fervor orgiástico que algunos se habían rebanado sus propios genitales y los habían arrojado al fuego en muestra de reverencia a Cibeles.

Habiendo puesto fin a mi desoladora soledad, me arrojaron sobre mis temblorosas rodillas ante siete nerviosos toros sagrados negros que circundaban el altar del templo de la gran madre Cibeles, cuya figura custodiaba la entrada a las cuevas que conducían al Hades. Henchidos paquetes de músculos ondulaban bajo sus oscuros y gruesos pellejos empapados de sudor donde, desde sus testas brutalmente fornidas, surgían unas astas punzantes como lanzas; mis regalos a un dios.

—¿Por qué vienes ante nosotras, panfilio? ¿Por qué nos ofreces tan refinados sacrificios?

¿De quién era esa voz? No podía verlo. *Panfilio.* Nací a la sombra del monte Taurus, eso era verdad, pero no era panfilio.

—¡Morí en Troya! —grité, por encima del estrépito de los tambores y las lanzas, y la salvaje danza de los bailarines, a una oscuridad perforada tan solo por la trémula luz de las antorchas.

Las sacerdotisas sibilinas surgieron de las sombras; mujeres, estas reales, que parecían decididamente impasibles.

—Todos los panfilios han sido descendientes de los supervivientes de Troya desde los últimos setecientos años. Así es cómo vuestra nación llegó a ser tal.

Me incorporé con dificultad, los toros vigilaban cada uno de mis movimientos.

—¡Sin embargo nada es como era! —proclamé en mi inestable estupor—. Los pueblos han cambiado, las edificaciones se han desvanecido, y ríos completos han alterado sus cursos. Había muerto. Ya debería de haber llegado a los Campos Elíseos, pero no estoy allí. Estoy aquí. —Me estremecí con el miedo de mis recuerdos, dudando de mis percepciones. Ni siquiera sabía si había suelo bajo mis crispados pies—. Recuerdo que mi cuerpo fue arrastrado hasta aquí de la Troya en llamas, que ahora yace bajo tierra en la base de esta misma montaña. Vosotras me otorgasteis aquel destino, aquí en Ida.

La sacerdotisa sibilina fue firme.

—Nosotras no te otorgamos ese destino. Entre nuestros poderes no se encuentra el de otorgar. Puede que te hayamos cuidado, pero eres hijo de Cibeles. Si la Gran Madre, dadora de la vida, vio conveniente alzarte del polvo, como hizo con Attis, entonces ¿quiénes somos nosotras para cuestionarla?

Attis, el hijo y amante de Cibeles, se volvió loco por su lujuria maternal, se castró a sí mismo y murió, solo para ser resucitado de nuevo gracias al eterno poder de ella, y ahora custodiaba el templo donde estábamos desde lo alto de sus robustas columnas.

—Debo saber quién soy —supliqué—. Debo saber qué destino me espera.

—La Gran Madre es vida y sus secretos son los secretos de la vida. Inescrutables para los hombres; conocidos solo por las mujeres.

—Como los que Atanatos supo cuando vino a buscarlos aquí desde Babilonia hace setecientos años.

La mera mención de su nombre las hizo detenerse. Nunca antes había visto ni el más mínimo rastro de incertidumbre en los ojos de las sacerdotisas.

Fui más lejos, perdido en el estupor en el que me habían sumergido.

—Cuando al príncipe Titono de Troya, hermano del rey Príamo, se le concedió la inmortalidad como un regalo de Zeus a su amante Eos, ¿no fue aquí, en el monte Ida, donde todo ocurrió?

No dijeron nada. Los gritos, los chillidos y la persistencia de los tambores se arremolinaron en torno a nosotros, pero no me rendí.

—No en el Ida de mi tierra natal —dije—. No en el Ida de Creta, lugar de nacimiento del padre Zeus, sino aquí, con madre Cibeles. ¿Creísteis que no vendrían otros a buscarla cuando se difundió el rumor de que la inmortalidad podía ser encontrada en las salvajes costas de Troya?

Las sacerdotisas sibilinas se reunieron en torno al altar.

—¿Cuál es tu nombre?

Mi pecho exhaló ante el agotamiento que todo esto me producía.

—En su momento, mi nombre fue Cíclades.

Otro cambio fugaz se leyó en sus nobles caras; esta vez de reconocimiento.

—Sabemos de ti, Cíclades.

—Entonces sabéis lo que me espera y cómo puedo ponerle fin.

Las sacerdotisas no respondían. Se enjuagaron las manos y cogieron cebada. La más joven en el centro, la de mechones rubios y túnica blanca, se alzó entre ellas y extendió sus inocentes brazos al cielo.

—¡Escúchame, oh, gran Hades! ¡Protector de las sombras! ¡Escuchadle, oh, grandes Moiras, tejedoras de vidas! ¡Permitid que este hombre conozca el hilo de su destino!

El resto de sacerdotisas arrojaba la cebada acompañando estas palabras, mientras la primera de ellas levantaba la cola del toro más cercano y con una afilada hoja de hierro le rebanaba su negro escroto con su generosa masculinidad con un ágil movimiento.

El toro bramó presa del dolor mientras el primer chorro de su vitalidad se derramaba sobre el altar. Se encabritó y rugió, pero las cuerdas se mantuvieron firmes. Y arropada por el fuerte hedor de la cálida sangre negra que cubría sus manos, la adivina mayor cortó las fétidas entrañas de esta fea bestia enfurecida y buscó los augurios favorables que pudieran permitirme descender.

Mientras la luz de las antorchas bañaba su cara, las otras empuñaron sus dagas y seccionaron los tendones de los cuellos de las encolerizadas bestias para arrebatarles su fuerza. Con la cálida sangre fluyendo con completa libertad, las desollaron y faenaron su carne. Los huesos de los muslos, que ellas envolvieron en una doble capa de grasa cortada limpiamente y cubrieron con tiras de carne, fueron quemados sobre las brasas incandescentes de la hoguera, mientras asaban la mayor parte de la canal y vertían reluciente vino sobre su crepitante carne.

Me balanceé sobre mis talones con el dolor del hambre mientras la grasa rezumaba de una oscura carne que no cesaba de chisporrotear y ánforas del mejor aceite de oliva eran traídas y vertidas sobre el crepitante asado.

Una vez estuvieron los huesos chamuscados y los órganos saboreados, tocaron sus tambores, se agitaron con sus bailes y cortaron la carne en pedazos, mientras marcaban con escupitajos los bocados que debían seguir cocinándose, que luego asaron y retiraron del fuego. Mientras, sus cuencos fueron llenados con vino derramado en honor de los dioses en cuyo reino me disponía a entrar y por cuyas manos mi destino pronto sería decidido.

Y con sus estómagos repletos, estas sacerdotisas sibilinas se alzaron como una sola e iluminaron el camino al recinto con unas antorchas parpadeantes. Con sus grasientas sonrisas delatando sus apetitos saciados, hicieron que me incorporase y las siguiera. Cruzamos el primer patio, donde había pasado mis días de purificación, y continuamos hacia el agujero húmedo y oscuro que se enterraba en el mismo corazón del lúgubre Ida frigio. Esta oquedad en la tierra era el acceso al Hades, el pasaje a las Moiras y los aterradores horrores que me esperaban, desde donde ya podía escuchar los extraños sonidos de las cámaras enterradas en su profundo interior.

—Llegó el momento —dijeron al unísono—. Llegó el momento del viaje de Cíclades al inframundo.

El negro vientre del Ida me acogió en su húmedo abrazo y me atrajo a través de los enfangados giros y las vaporosas curvas de su capricho ctónico, hacia abajo, cada vez más abajo en las profundidades de la tierra, entre los gusanos y las raíces de los árboles, entre las rocas y los manantiales ajenos a la luz del sol, hacia un lugar de una vileza tan desoladora que podría conducir a los hombres a la desesperación.

Aquí, el aire era cálido y pegajoso y estaba cargado de humo; aquí, los susurros de los espíritus y los llantos de los olvidados se encontraban con la opresión de unas sombras furibundas; aquí, vine al río Aqueronte, el río de la pena, más allá del cual se alzaban las deslustradas Puertas de la Casa del Hades.

Me detuve en sus orillas y sentí, desolado y petrificado, sus gélidas aguas entre los dedos de los pies mientras aparecía a través del velo de las tinieblas el marchito barquero, el viejo y decrépito Caronte, en su nudoso esquife.

Agarré con fuerza mi óbolo de plata, y cuando extendió su achacosa mano lo pagué con la moneda. No dijo nada, ni me ayudó a montar en su embarcación. Me tambaleé en mi delirio y me desplomé en el asiento mientras él se estiraba y posteriormente, con dos sólidos remos, me llevó a través de las sosegadas aguas.

Por la bruma del Aqueronte navegamos, sobre su tranquila superficie reflectante, donde se debilitaban mis exhaustos miembros y mi desvanecida respiración. Cerré los ojos, lo vertiginoso de todo aquello era una pesada carga que no podía seguir soportando.

Cuando desperté fue ante unos sonidos estridentes. Estaba tirado en la ribera contraria del Hades, rodeado por las amenazadoras sombras de varios soldados, cuyas fantasmagóricas armaduras habían sido bruñidas por los herreros del inframundo. Me incorporé de un salto y me aparté de sus lanzas de fresno y bronce reluciente.

Una voz en la penumbra preguntó:

—¿No los reconoces, Cíclades? ¿No recuerdas las caras de los hombres con los que partiste hacia la guerra?

Odiseo no estaba aquí, ni Aquiles, ni el poderoso Áyax. Estos no eran los reyes de Grecia que lideraron el viaje a Troya, ni los héroes de las canciones de guerra cantadas en honor a sus hazañas casi divinas. Estos eran los hombres anónimos, los hombres sin rostro, los padres de las hijas raptadas, los maridos de las mujeres capturadas. Estos eran los hijos furiosos de Grecia, hombres como yo, los hombres que lucharon en la guerra.

Aparté rápidamente la mirada y di un paso atrás, para que no poseyeran mi alma, y las sombras también se retiraron. Se deslizaron de vuelta a sus agujeros, gimiendo.

—Ven en ti algo más oscuro que las tinieblas del Hades.

Las apariciones gritaron y chillaron desde sus puntos aventajados en la fantasmagórica penumbra del inframundo, revelando ante mí al oráculo que estaba sentada bajo las grises tinieblas de las Puertas del Hades, escudriñando las aguas de su lustrosa crátera.

Extendiéndose bajo su encapuchada cabeza había un vasto foso en la tierra, y de algún modo más allá de mi capacidad de comprensión los temerosos toros del altar de Cibeles habían sido arrojados al Hades ante mí, con sus gargantas cortadas para llenar el foso con su cálida sangre negra. Esciápodos y otras criaturas repugnantes se encontraban en sus bordes, bebiendo su contenido, cogiendo fuerzas.

—La antigua violencia anhela engendrar nueva violencia —dijo el oráculo—. Y cuando llega su hora fatal, el demonio se cobra su parte. Ninguna guerra, ninguna fuerza, ninguna oración puede contener la venganza inferida por tu mano.

Ascendí lentamente por el frío y cenagoso bancal hacía ella, lleno de inquietud.

—¿Mi mano?

—Has hecho un pacto de venganza, Cíclades, con madre Cibeles; tú por justicia, ella por rencor.

¿Por qué no me mostraba su cara esta arpía encorvada en la encrucijada del Hades? Llegué hasta ella.

—¿Cuál fue mi pacto?

—¡Por el crimen de Atanatos contra ti y por su impertinencia al buscar la inmortalidad ella yació con el tempestuoso dios de su gente, el gran toro, el babilonio Adad, Señor de las Tormentas! ¡Ella se llevó su semilla tras su unión y la plantó en tu interior, donde solo podía crecer a través de los tiempos, en un lecho de odio y confusión, la tormenta más vengativa de todas!

Un poderoso rugido se elevó, procedente de los espíritus y las sombras. Los espectros en torno al foso chillaron, aullaron y se aporrearon el pecho con unos puños ponzoñosos.

Yo, por mi parte, me quedé paralizado por el terror.

—Cíclades, has sido arrojado sobre un carro que es empujado por las propias Horas. Cada una de tus próximas vidas será una isla, como aquellas que yacen formando un anillo al norte de la poderosa Creta; como un hilo entretejido en el mar del tiempo, cada puntada del mismo será una de esas islas sobre aquel mar, y te despertarás en las orillas de cada puntada, y llevarás tu hilo a lo largo del anillo hasta que el ciclo de tu destino esté completo.

¿Esto no se iba a detener nunca? Era algo demencial. Quizá estaba loco.

—La sangre de un hombre en vida es oscura y mortal —alegué—. Una vez que se encuentra con la tierra, ¿qué canción puede hacerla regresar? Ninguna. Aun así me he alzado, he regresado del tormento de los gusanos. ¡Debería de estar muerto!

—La muerte es un estado que encontrarás bastante elusivo. —El oráculo se lavó las manos en el cuenco como si se las lavase por mí.

—¿La muerte me encuentra... desagradable?

Se alzó sobre sus diminutos pies, su cara seguía oculta bajo su sudario, y se adentró en la oscuridad, siendo su voz un eco de la anterior.

—¿Te atreves a rechazar tu destino?

¿Me dejaría aquí? Corrí tras ella.

—¡Lo rechazo! —grité.

—¿Cómo podrías rehusar un camino que ya has comenzado? —preguntó a modo de advertencia mientras yo la perseguía entre brumosos remolinos y penetraba en un entramado de hilos sanguinolentos.

Miles y miles de gruesas hebras tendinosas, rojas por el líquido que rezumaban, atravesaban la bruma en todas direcciones. Y en los charcos que se formaban más abajo se apreciaban las vidas cuyo destino ya estaba escrito en sus brillantes superficies. Era como si yo fuera un dios que contemplase desde arriba la pequeñez de sus existencias.

Sin embargo, las hebras no eran estáticas, se movían y se estiraban, se enredaban y apretaban, y donde las hebras se cruzaban, las vidas de aquellos que estaban debajo se entrelazaban. Y donde las hebras se encontraron con mi piel, estas me cortaron, seccionaron y me arrastraron gritando al borde del foso que se hundía por debajo de los límites del Hades donde, en el interior de este hueco sin fin, se extendía una poderosa materia en las entrañas de la tierra, el Huso de la Necesidad, en torno al cual se desarrollaban todas las revoluciones de los hombres.

Siete colosales círculos de bronce rotaban en lentas órbitas a su alrededor, una sirena en cada uno de ellos estaba cantando un himno a los tronos situados más arriba, donde se sentaban las tres Moiras, las hijas de la Necesidad, que hacían que incluso el padre Zeus temblase. Hilando los ciclos de la vida y la mortalidad, tejiendo las hebras del destino, Cloto enhebraba los hilos del pasado, Láquesis los medía y los tejía en el presente, y Átropos los cortaba cuando les llegaba su momento.

—¡Contempla los estragos causados por tu furia, Cíclades!

Una goteante hebra de destino se extendía desde mi abdomen y, aunque la sujeté e intenté controlar mis acciones, esta me arrastró al primer círculo de la providencia. La sangre rezumaba y goteaba entre mis dedos, y en el charco que se había formado a mi alrededor vi en un instante todo mi pasado y quedé destrozado.

Moira, mi mujer, mi amor.

Ella fue el objeto de mi destino, la línea que los dioses habían dispuesto para que se entrelazase con mi hebra. Caí de rodillas y lloré ante el cruel charco de mi vida.

Estaba viva de nuevo en mi sangre. Estaba de pie junto a ella en los abrasadores riscos a lo largo de las salvajes costas de Creta y contemplaba cómo el rey Idomeneo acompañaba solemnemente el cuerpo de su tío Catreo, asesinado en Rodas, de regresó a Cnosos; de regreso a presidir los juegos fúnebres que albergaba la honorable Casa de Minos; los juegos a donde el rey Menelao vino a dar su último adiós a su abuelo.

Estaba con ella de nuevo y sentí parte de su calor, de su alegría ante las carreras de carros y el lanzamiento de jabalina y de lingotes de hierro. Sentí como contenía la respiración con el resto del público y como atravesaba corriendo los pórticos de dura piedra y los balcones de palacio, entre las columnas rojas como la sangre, para contemplar el laberinto inferior con el objeto de verme correr con los toros; yo saltaba sobre sus afilados cuernos negros, escapando del abrazo de sus arrolladoras pezuñas contra el tórrido polvo seco, mientras las poderosas puertas de madera bloqueaban las vías de escape, convirtiendo el deporte en algo real.

Y al anochecer, cuando la antorcha se aplicó sobre la pira funeraria, contemplé su cara entre las llamas y supe que nunca volvería a ver otro rostro más hermoso que ese. Nunca encontraría otro corazón cuya verdad hiciera que algo tan lamentable como yo pudiera existir.

Extendí los dedos para tocarla, pero lo único que encontré fue sangre.

El oráculo tiró de mi empapada hebra y me atrajo un poco más, a través de los charcos donde Atanatos esperaba, a través de los charcos donde él golpeaba. Me deslicé por la sangre de mis recuerdos, contemplé cómo se iba desplegando mi venganza en el transcurrir de los tiempos, contemplé mi rabia y mi tormento, que ardían con el fuego del odio y la furia, una y otra vez de puntada en puntada, con mi cólera desatada de vida en vida.

Me desplomé a los pies del oráculo, llorando, consumido y amargado.

—¿Significa ella tanto para ti, Cíclades?

—Ella es mi voto solemne.

—Entonces vuelve a dirigir la mirada a los círculos de tu vida. Mira la sangre, ¡mira tu voto solemne!

Hice lo que se me pidió, escudriñé los pegajosos charcos de mi crúor a través de los cuales me había arrastrado.

—Si significa tanto para ti, ¿por qué no es ella más que un pétalo en este despiadado mar de odio?

—Tú no lo entiendes.

—Ve a encontrar a Atanatos. Desata tu furia, Cíclades, si debes hacerlo, si eso te proporciona la paz. Pero sé consciente de que la desatas por ti. No lo haces por mí.

Escuché sus palabras, pero no podía creer que las hubiese pronunciado. Aguijoneado por las náuseas, elevé la mirada para contemplar el semblante del oráculo y en su lugar vi a Moira llorando sobre mí.

—Mi querido Cíclades, ¿acaso no fui más que angustia para ti?

Mis manos temblaron, mi cuerpo se estremeció. Intenté coger sus pies para besarlos, pero no había nada allí.

—Soy una sombra —dijo ella—. Soy un pensamiento. Soy una mujer que te tocó y cuyo contacto echas tanto de menos tal como si te faltase una parte de ti mismo. ¿Por qué podría la ira rendir honores a aquello? Soy el dulce aire de la primavera. Soy el rocío sobre los suelos. Soy los pájaros que se precipitan sobre las bayas. Soy la paz que acontece con los primeros rayos del sol. Estoy contigo todos los días. De modo que cuando hayas desatado tu furia, amor mío, y el dolor finalmente se haya desvanecido, recuerda esto y celébralo conmigo.

Para cuando me embarcaron sobre el Estigia y comencé el descenso del amargo río del odio, ella había desaparecido. Era como si me la hubiesen arrebatado de nuevo.

Era la herida más dolorosa de todas.

Abrí la boca luchando por respirar, ahogado por las lágrimas de mi locura. Seguro que el oráculo me vería pronto.

¿No había comenzado todavía la mañana, para convertir el crepúsculo en día y traer los destellos a las lágrimas de Níobe, a los arroyos que descendían por las escarpadas rocas del Ida? ¿Había completado el sol otro ciclo e iluminaba de nuevo las accidentadas cumbres montañosas de la lejana Frigia? ¿O esta seguía atrapada en las sombras, como amante del frío aire de montaña?

¿Cuántos largos días habían estado bailando estos flamígeros espíritus ante mis mentirosos ojos? ¿Dos días? ¿Tres?

No podría decirlo, ni deducirlo.

3.08 p. m.

Todo el mundo tiene elección.

North se apretó su pañuelo contra la cara, mareado por el hedor a muerte, deseando poder encontrar algo de aire relativamente limpio en el insalubre ambiente de la sala. Sintió el agujero vacío de la pérdida que estremecía los mismos cimientos de su pecho como si sus costillas estuviesen a punto de colapsarse sobre sí mismas.

Moira.

Otro técnico de la Unidad de Escena Criminal penetró en la apestosa habitación del fondo del apartamento transportando una caja de instrumental pesado. Intentó iniciar una conversación con North mientras hurgaba en el putrefacto amasijo verdoso de condones usados y recogía insectos y gusanos con un pequeño par de pinzas, pero North estaba en otra parte, en cualquier parte menos en ese lugar.

Este oyó casualmente a Martínez hablando con Robert Ash en el cementerio del salón. La fecha de la muerte de las tres víctimas fue situada entre los ocho y los diez días previos.

Cuando los flases que acompañaban la toma de fotografías de las pruebas chisporrotearon y arrojaron sus fogonazos North sintió que había tenido suficiente. Tenía que marcharse.

Se abrió paso entre los investigadores de la CSU, pero cuando llegó a la puerta, Martínez le cerró el paso; su nube de preocupación estaba tiznada con una sombría sospecha.

—¿Qué quiere Gene de ti?

North dijo que no lo sabía.

—La gente va a querer respuestas.

—Tú quieres respuestas.

—Joder, claro que las quiero.

North no sabía qué decir. No sabía por dónde empezar.

Podía sentir los ojos de todos los que lo rodeaban taladrándole la cabeza, probando, investigando, intentando penetrar más allá de las apariencias para contemplar lo que se escondía bajo la superficie. Aquello provocaba en North una sensación de desconcierto como nunca antes había experimentado. Se giró hacia ellos.

Fue entonces cuando sonó el teléfono. El ordinario receptor negro que pertenecía al apartamento 12-C.

Ash fue rápido en señalar que todavía no había sido empolvado para tomarle las huellas. North utilizó su pañuelo y, cuando cayó el silencio en la habitación, cogió el auricular y se lo llevó al oído.

Al principio no escuchaba nada. Tras unos instantes, percibió lo que parecía ser el roce de una tela.

North se mostraba reacio a decir nada, quienquiera que hubiese llamado iba a saber que algo iba mal en cuanto él hablase. Aun así, al ir dilatándose el silencio, se vio forzado a actuar.

—¿Quién es? —preguntó North con firmeza.

—Hola, detective North.

North se enfrentó a las miradas expectantes que le rodeaban de la forma más directa que pudo. Cogió aliento lentamente, los pelos de su nuca ya comenzaban a erizarse. Intentó sonar lo más calmado posible.

—Hola Gene —respondió.

Libro séptimo

Carácter es destino
—Heráclito

El dominante

Gene estaba escondido, agazapado en un pasillo de la biblioteca; los cuerpos de dos guardias de seguridad estaban cuidadosamente colocados a sus pies, se había formado un denso charco de sangre oscura entre sus cabezas, que mostraban unos agujeros de bala pequeños pero feroces.

Mantuvo el teléfono móvil pegado a su oreja mientras buscaba en el interior del bolsillo de la chaqueta del guardia más cercano: una delgada billetera negra.

Escuchó la respiración de North y la furtiva actividad que se desarrollaba en alguna parte al otro lado de la línea telefónica tras él. No estaba solo, North no se había visto obligado a navegar a la deriva como le había pasado a él, que estaba forzado a utilizar lo que pudiera encontrar.

—Te envidio.

Había ciertas reservas en la voz de North, pero la curiosidad que le devoraba por dentro seguía filtrándose a través de la línea telefónica.

—¿Por qué me envidias?

La billetera no contenía nada importante; un poco de dinero, pero no era lo que estaba buscando. Gene la dejo en un estante y buscó en otro bolsillo.

—¿Qué se siente al haber resucitado? —El clamoroso silencio de North fue respuesta suficiente—. Inquietante, ¿no? Pesadillas que infectan cada uno de tus pensamientos conscientes, que te van consumiendo hasta que acabas paralizado por el miedo.

—¿Dónde estás?

La brusquedad de la pregunta cogió a Gene por sorpresa. Su respuesta fue vacilante.

—No pierdas el tiempo.

Desplegó sus nuevos descubrimientos en el suelo. Un encendedor Zippo, un cortaplumas, otro pase de seguridad. *Esto está mejor.*

—¿Están todos muertos?

—¿Quiénes están muertos, Gene?

Buscó en la chaqueta del segundo guardia muerto y recogió otra arma, una compacta SIG Sauer P245 negra. *Mejor.*

—Los otros —dijo—. Los que eran como nosotros.

—¿Como nosotros? ¿Cómo podemos tener algo en común, tú y yo? —preguntó North desapaciblemente—. Yo no he matado salvajemente a cuatro personas.

Gene se levantó y se dirigió al centro de la biblioteca mientras exploraba la estancia, hasta que encontró lo que estaba buscando.

—Quizá no asesinaras a nadie que recuerdes recientemente —replicó con sencillez.

—Son los únicos recuerdos que cuentan —dijo North.

3.13 p. m.

Tu-tum.

North le hizo unos gestos impacientes a Martínez. El joven detective estaba pendiente de su teléfono móvil, por el que estaba apremiando a la compañía telefónica para que rastrease lo antes posible la llamada.

Ash ya había inspeccionado la base del teléfono, pero no había pantalla que mostrase las llamadas entrantes.

North decidió mantener su tono indómito e impasible para no dejar que la conversación muriera. Estaba fracasando.

—¿Cómo está Savage? —preguntó.

Tu-tum.

Gene no respondió. La única réplica que North podía discernir eran unos arañazos sobre metal, el chirrido de unos tornillos y el crepitar de un plástico quebradizo.

¿Qué está haciendo?

North lo presionó todavía más.

—Savage —dijo—, es mucho más viejo de lo que recordaba.

Fue un comentario que no pasó desapercibido entre los que ocupaban la habitación.

—Le has tenido preocupado —replicó Gene finalmente.

Tu-tum.

Bien.

—¿Por que tendría que tenerle preocupado?

—Tú eres el experimento que no funcionó; aquel que no recordaría. Eres el hijo inútil de Savage que fracasó en la empresa de alcanzar su dominio, pero sin embargo lo encontraste.

¿Soy un experimento? El sentimiento de furia era absoluto. *Un experimento.*

No piques.

Todo el mundo tiene elección.

—Quizá no quería recordar.

—¿Y te preguntas por qué te envidio? Me pregunto qué se siente al llevar una vida normal. Una infancia que no estuviese contaminada por las sórdidas pesadillas de muerte, corrupción, matanzas y sexo que se desbocaron en la mente de un niño de tres años.

North no sintió compasión alguna.

—No tenía que haber sido así.

La respuesta fue desesperada.

—¿Crees que había alguna elección? No soy quien crees que soy.

—No, Gene. Eres tú el que no es quien cree ser.

Martínez escribió febrilmente algo en su cuaderno y lo sostuvo en alto para que North lo viera.

«Está hablando desde un teléfono móvil», decía la nota.

Podía estar en cualquier parte.

Gene retiró la tapa del último detector de humo en la pared trasera y la dejó caer a sus pies. Utilizando el cortaplumas, peló cuidadosamente los cables antes de desatornillar los deslustrados contactos eléctricos. Mantuvo cada uno de ellos firmemente presionados contra la brillante hoja, de forma que, cuando los retiró del sensor, la unidad permaneció conectada a la red de seguridad del edificio.

—¿Por qué buscarme para matarme si somos tan parecidos? —quiso saber North.

Gene retorció los finos cables en un único nudo improvisado para asegurarse que no se cortaba el circuito.

—Porque quiero ponerle fin a esto, a la enfermedad que supone recordar. Quiero estar completo de nuevo.

Se guardó la navaja en el bolsillo y regresó al centro de la biblioteca, pasando por encima de los dos guardias de seguridad al hacerlo.

—Si no eres más que un fragmento de una mente previa, ¿no te has parado a pensar de qué mente procede ese fragmento?

Gene lo ignoró. Se mostraba huraño. En su lugar, estudió los relucientes aspersores de metal que estaban repartidos a lo largo del techo.

Recordaba que en el suelo por encima de la biblioteca se guardaban los bidones y contenedores con las sustancias químicas utilizadas en las plantas superiores. Algunas eran peligrosamente inflamables: hidrógeno, acetona y butanol. Otras, como el ácido clorhídrico, saturaban el aire con corrosivas nubes de gas.

Gene no podía llegar a los aspersores y no podía desactivarlos. Cada cabeza descansaba en una conexión soldada, con un pequeño tubo de cristal dispuesto para fracturarse de forma independiente bajo la acción de un calor intenso. Tendría que pensar en otra cosa.

Cambia la disposición de la planta. Mover las estanterías. Evitar que los aspersores alcanzasen las esquinas de la habitación.

Observó las dos cámaras de seguridad. También tendría que permanecer fuera de su campo de visión para que esto funcionase.

—No sé por qué te pedí ayuda. No lo entiendes —dijo.

—Esto es lo que entiendo, Gene; entiendo que quienes somos no se nos revela por lo que pensamos, sino por lo que hacemos.

—Yo ya sé lo que vas a hacer.

—¿Y qué voy a hacer?

—Vas a matarme.

3.16 p. m.

La señal se cortó.

North marcó asterisco seis nueve y llamó al número que le proporcionaron, pero Gene no respondió. Enojado, dejó el auricular sobre su base con violencia.

—¿Dónde está?

Martínez cubrió su Nextel con la mano.

—Están rastreando la torre de telefonía móvil más cercana.

—Olvida la torre de telefonía —interrumpió precipitadamente Ash—. Te verás peinando cuatro manzanas de la ciudad. Diles que verifiquen la función E911. Te dará su posición con un error de cincuenta metros.

Martínez negó con la cabeza cuando finalizó la llamada.

—Nada de E911. Está utilizando un aparato antiguo registrado a esta dirección.

—¿Qué pasa con la torre de telefonía? —persistió North.

—Está en pleno centro. La Séptima Avenida. Algo al norte de Times Square.

Lo suficientemente cerca de la Cocina del Infierno.

Gene no se dirigía al túnel de Lincoln cuando North lo había perseguido desde el museo; en su confusión le había entrado el pánico. Se había perdido.

Gene apiló más libros en una esquina de la biblioteca hasta que estuvo contento con el tamaño de su pira. Fuera del alcance de aspersores y cámaras gracias a la robusta pared de estanterías recolocadas, abrió el Zippo y prendió el incendio purificador.

Las llamas lamieron el seco papel y se tomaron un momento para coger fuerzas antes de que las páginas de los tomos situados por encima comenzasen a ennegrecerse y retorcerse como si algún demonio infernal se hubiese propuesto leer su esotérico contenido.

Si los libros eran la forma en la que los mortales recordaban, entonces quizá esta era la forma en la que olvidaban.

Nuestro padre tiene mucho de lo que responder.

Recogió los rollos de vitela y pergamino, los meticulosos registros de un linaje inmortal, y los arrojó a la ardiente pira.

En su camino de salida se dio cuenta de que alguien había tirado una botella de plástico vacía a la papelera.

La recogió a toda prisa y luego encontró un rollo de celo en un cajón, un poco más lejos, que utilizó para unir la botella al cañón de una de las armas; un silenciador improvisado, válido para un tiro.

En el teléfono de emergencia que colgaba próximo a la puerta en la pared, tecleó el código que había visto marcar a Letha e imitó su voz. Gene, dijo, se dirigía a la planta baja en su intento de escapar.

Colgó el receptor, se adentró en el pasillo, entró en el ascensor y pulsó el botón que le llevaría directamente a la última planta.

3.35 p. m.

North condujo su Lumina a través del atronador manto de la untuosa lluvia negra con Martínez pegado a sus ruedas. Hilvanaba su camino a través del denso e irascible tráfico, un relámpago azul que avanzaba a toda velocidad por la autovía Henry Hudson.

North llamó por radio a la Central para comunicar un 10-48. La radio crepitó en respuesta y ordenó a la primera media docena de coches patrulla disponible que cubriese las ocho manzanas que rodeaban la Séptima y Broadway del lado de Duffy Square.

La desoladora tempestad negra que azotaba la ciudad pronto se vio acompañada por los destellos rojos y azules que estaban convergiendo.

El timbre del Nextel de North en el asiento del acompañante atrajo su atención. Lo cambió a modo radio y escuchó la estrepitosa y atosigada voz de Martínez, quien conducía a toda velocidad junto a él.

—No están consiguiendo nada en la sala de operaciones. Han pasado el nombre de Savage tanto por AutoTrack como por Accurint. Nada. Y no hay ninguna compañía llamada A-Gen registrada en ninguna parte de la ciudad. Es como si estuviéramos persiguiendo fantasmas.

Si solo fuese eso.

—¿Qué me dices de las compañías de biotecnología con oficinas próximas al barrio de los teatros?

—Es inútil. ¿Quizá la compañía ya haya quebrado? Quizá sea una fachada para una empresa diferente.

A-Gen. ¿A por Atanatos?

—O quizá sea la forma abreviada para otra cosa.

No pudo ser tan arrogante, ¿o sí?

—¡Joder! ¿Te has vuelto loco? ¿Es que no ves las putas luces azules?

¿Qué?

North observó las serpenteantes líneas del tráfico a través de la tormenta y vio el coche de Martínez virando bruscamente para esquivar un vehículo más lento que surgió por delante.

Parecía que la colorida diatriba que pasaba ante sus ojos no fuera a detenerse nunca. North volvió a poner su Nextel en modo teléfono y lo dejó a un lado.

Sacó su libreta negra y la desplegó en el salpicadero tras el volante; pasó sus maltratadas páginas con inquietud, intentando encontrar algo que pudiera refrescar su memoria, intentando mantener un ojo sobre la vertiginosa carretera.

¿Qué estoy olvidando?

Cauteloso y alerta, Gene abandonó el ascensor. Había un guardia de seguridad en el lujoso vestíbulo, preparado para recibirle.

Rápidamente, alzó el arma y disparó. La botella de plástico se iluminó como un tubo de neón y se reventó por un extremo al tiempo que la bala salía silenciosamente y se hundía en el cráneo del guardia.

Un chorro de sangre se pulverizó sobre las paredes mientras el guardia se derrumbaba en el suelo sin hacer ruido.

Un juego de relucientes puertas de caoba bloqueaba el paso de Gene y parecía no existir ningún lugar donde utilizar su colección de pases de seguridad. Tampoco había teclado alguno en el que marcar los códigos que sabía.

Pasó los dedos por la impenetrable madera buscando un punto débil, pero fue solo cuando las puertas del ascensor se cerraron tras él que escuchó el grave sonido de la cerradura al abrirse.

Empujó las puertas, las abrió lentamente, dio su primer paso cauteloso en el recibidor de mármol que yacía tras estas y se enfrentó cara a cara con su pasado babilónico.

Delicadas tablillas de arcilla cubiertas de intrincados patrones cuneiformes colgaban con orgullo de los azulejos de lapislázuli. Podía leerlas tan fácilmente como podía leer en su idioma materno, y eso lo perturbaba. Listas de reyes, poesías y grandes epopeyas que relataban las vidas de los héroes y la intromisión de los dioses: Inanna, diosa de la guerra y la pasión carnal; Gilgamesh, héroe de todos los hombres, quien se enfrentó a la ira de los dioses en su búsqueda de la inmortalidad.

—La muerte es lo que los dioses le dieron a los hombres; la vida es lo que conservaron para sí mismos.

Gene observó como su padre salía de las sombras, su bastón de ébano resonaba en el duro suelo de mármol con cada paso que daba. La delgada y pálida cara no mostraba sorpresa alguna ante el hecho de que Gene hubiera venido a él, sino más bien la arrogante satisfacción de que el instinto asesino de su hijo siguiera funcionando perfectamente. *Sabía que veníamos.*

—¿No es eso lo que se nos enseñó en Babilonia? —preguntó Lawless—. Que la muerte no tiene cara o voz hasta que esta acaba con nuestras vidas y abandona nuestros espíritus en la miserable negritud de «la tierra sin retorno». Y yo pregunto, ¿es esa forma de vivir?

Gene no dijo nada. Observó al viejo decrépito y sintió repulsión.

Lawless conocía esa mirada. Le dio la espalda.

—No es a mí a quien odias —dijo.

Se adentró en la penumbra de su apartamento, seguro de que Gene le seguiría.

—¿Crees que no comparto tu aborrecimiento cuando me miro en el espejo? Es la edad la que te ofende, Gene, como siempre ha sido; la corrupción y degradación del despiadado e implacable tiempo.

—Te odio mucho más que por eso —dijo Gene mientras le seguía subrepticiamente—. La amaba.

—¿Entonces por qué recuerdas haberla tomado?

—La besé...

—¿Recuerdas haberla violado?

Las palabras de Lawless cortaban como el metal oxidado de una hoja mellada. Gene intentó defenderse, pero se sentía desgarrado.

—Luché por ella...

El viejo marchito clavó la mirada en su hijo.

—¿Y sin embargo?

Y sin embargo, la respuesta ya estaba allí. Aterradora y plenamente formada. A Gene se le trababa la lengua.

—La asesiné.

—Sí. Qué fácilmente olvidamos. —Dirigió su atención a las tablillas de piedra y paseó un dedo tembloroso por su accidentada superficie—. Escribí esto, eso dicen los registros. No tengo ningún recuerdo de ello. Se ha perdido. Me destroza contemplar las partes de mí que he perdido; pero al menos juntos podemos contener el flujo de dicha pérdida.

Lawless condujo a Gene al amplio espacio del salón, desde donde podían ver la furiosa tormenta negra que azotaba la ciudad y castigaba las ventanas.

—Estás en conflicto —explicó Lawless—. ¿No es «maya» cómo lo llaman los hindúes? El individuo es una ilusión, un velo que nos ciega de nuestra verdadera naturaleza.

»La mente es un atlas lleno de mapas. Las neuronas se ramifican en nuestro interior siguiendo la dirección que estos indican. El que nace faltándole alguna extremidad tiene la sensación de poseer un miembro fantasma porque, ya desde nacimiento, alberga en su mente una imagen de su cuerpo plenamente formado.

»Y como si fuera un miembro fantasma, posees una personalidad fantasma en tu interior, que juntos estamos purgando, descartando como si fuera ropa vieja. Hijo mío, cuando se complete «el proceso» en ti habremos conseguido aquello que nos propusimos hacer hace tantos años. Tendremos la inmortalidad sin la necesidad de pociones, sin la necesidad de los despiadados dioses. Simplemente será nuestra naturaleza la de perdurar.

La cara de Gene sugería que se sentía bastante incómodo con esa noción.

—Pareces contrariado. ¿Estuviste buscando una respuesta diferente?

—Gilgamesh fracasó —respondió Gene.

—Y cantaron una canción por su estupidez durante un milenio. Sin embargo aquí estamos. Hemos hecho lo que Gilgamesh no pudo lograr. He arraigado, y no dejaré de florecer. —Tomó las jóvenes manos de Gene entre sus retorcidas garras y acarició sus dorsos con sus delgados y miserables pulgares—. Un millar de manos no necesitan más que una mente. —Miró en lo más profundo de la confusión que encontró en los ojos de su hijo—. No necesitas el arma.

Gene valoró el burdo silenciador pegado con cinta adhesiva a la SIG Sauer con desdén.

—No —respondió—. Tienes razón.

La arrojó a un lado. Resonó en el duro suelo.

Contempló el furibundo ciclón que azotaba las ventanas. Si esta no era su ira, entonces ¿por qué se sentía tan empujado a seguir sus designios? Sintió la furia del transcurrir de los tiempos e, impelido por los rugidos de los iracundos fantasmas en sus oídos, supo lo que tenía que hacer.

Se abalanzó sobre la garganta de su padre.

—Esto va a doler —dijo.

Antes de que los despiadados dedos de su hijo se cerrasen sobre su delgada tráquea, antes de que las lágrimas recorriesen sus pálidas mejillas, antes de que las flores de sus rebosantes vasos sanguíneos se abriesen en sus blancos ojos, Lawless mostró una sutil y melancólica sonrisa de resignación.

—Siempre ha sido así —respondió.

En la tormenta de lanzas

Nosotros los airados hijos de Grecia somos quienes sustentamos semejante clamor enconado: ¡Oh, Musas, cantad la canción de nuestra furia! Permitidnos anudar las cuerdas de la muerte en torno a los cuellos troyanos y que podamos tensarlas para tocar nuestros instrumentos; un canto fúnebre para embriagarnos de recompensas.

Escuchadme cuando digo que estuve allí. Estuve allí con el primer beso del alba cuando hundimos los remos en las resplandecientes aguas. Grandes barcos de guerra negros, rápidos y ágiles, un furioso enjambre de insectos, un millar de pentecónteras, se deslizaban por un mar oscuro como el vino, ansiosos por saciar su sed de sangre troyana.

Estuve allí. Uno entre cincuenta. Los remeros en cada navío, doblando nuestro espinazo; impulsamos nuestras poderosas embarcaciones a lo largo de la costa para domar las salvajes orillas del este y hacerles probar lo que habían sembrado en nosotros. Cuánto hemos rezado para hacer que sucumbiesen en su sangriento exterminio. Un año. ¡Dos! Devastamos todo lo que encontrábamos en nuestro camino, aislamos a la ramera hasta que sus flancos expuestos no eran más que trozos de carne esperando a ser trinchados.

Llora, Troya, llora. Nosotros, los airados hijos de Grecia, quienes sustentamos semejante odio enconado, veremos derrumbarse tus torres, arrancadas como dientes picados de tu insaciable y putrefacta boca.

Estuve allí. El día cincuenta, mil hombres se derramaron de esos picudos navíos negros y marcharon sobre las borrascosas planicies que se extendían ante las heladoras aguas del tumultuoso Escamandro. ¡Cómo tembló la tierra ante el avance de los hombres y los caballos! Cómo fue menguado el resplandor de la desesperada luz del día por la furia de los griegos de cabellos largos. Cómo fue ennegrecido el cielo por las lanzas y la muerte que las acompañaba bajo sus prolongadas sombras. Cómo cayó al suelo Protesilao, atravesado, siendo su joven sangre derramada la primera advertencia para todos nosotros.

¡Chillad, troyanos, chillad! Lanzad vuestros aterrorizados gritos de guerra, como bestias salvajes acorraladas contra escarpadas rocas. Sollozad como niños y caed sobre vuestras rodillas. Nosotros, los aguerridos griegos, estamos dispuestos a mantener un asedio sin fin; respiramos como uno solo, como un poderoso león que se cierne sobre vosotros, nuestra presa. De modo que cubrios bien tras vuestros escudos y asfixiaos en las nubes de polvo que surjan a nuestro paso. Un hombre no significa nada para el poderío de los que permanecen con vida.

¡Agamenón, rey de todos los reyes griegos, congréganos con tu grito de guerra! Prométenos que el padre Zeus nunca defenderá a un troyano. Permite que los buitres se coman su carne cruda.

¡Odiseo, astuto rey de todos los estrategas, desarrolla tus planes ante nosotros! Prométenos que Atenea no nos arrojará a los lobos. Permite que tus trampas engañen a los troyanos, y que sus cadáveres se pudran en el polvo.

¡Aquiles, rey de todos los grandes guerreros, demuéstranos que tu espada está afilada! Prométenos que Ares no nos masacrará este día. Permítenos verte escalando las murallas, déjanos escuchar tu rugido.

Nosotros, los hombres de las diez lenguas de la lejana Grecia, estamos con vosotros en esta planicie. Nosotros, los mirmidones, y los hombres de Argos, Egina y Feres. Nosotras, las tropas beocias y los ftíos, hombres de Ítaca y Lócrida. Tropas fócidas vestidas con largos ropajes de guerra, y los eubeos, famosos en la batalla. Nosotros, los chipriotas, gritamos encolerizados, nosotros los filaceos también. Nosotros, los cretenses, clamamos justicia. Nosotros, los hombres de las diez lenguas de la lejana Grecia, impondremos la sanguinaria condena. Condenados os veréis este día, vosotros troyanos, cuando contemplemos vuestra masacre, y marquemos el camino que conducirá vuestras almas hacia el Tártaro.

¡Escuchad el salvaje choque de los ejércitos y el estrépito de los escudos! Escuchad la palpitante fuerza de los hombres batallando, y el clamor que surge de la contienda. ¡Los gritos y alaridos triunfales, y la asfixiante desesperación que acontece cuando el bronce empañado por la cálida sangre fresca mantiene la guerra abierta durante diez largos años!

¡Oh, Musas, cantad la canción de nuestra matanza! Permitidnos que contemos la historia de como los hombres lucharon y murieron. No los reyes, no nosotros, sino hombres anónimos, las bestias salvajes sobre cuyos lomos fue acarreada esta marea de destrucción.

Escuchadme cuando digo que desesperé. Desesperé ante el objeto de semejante trabajo desalmado, descuartizar a los hombres, reducir sus miembros a meros muñones sanguinolentos. Desesperé ante el chasquido y el silbido, ante la implacable lluvia de flechas, que atravesaban corazas, que se hundían en la carne; la sangre lo cubría todo allí donde brazos y piernas eran poco más que un revoltijo de carne en el polvo.

Desesperé. Uno entre miles. Los soldados de cada uno de nuestros ejércitos, extendiendo nuestros brazos, arrojando nuestras soberbias lanzas a lo largo de la planicie para ensartar a esas alimañas salvajes del este. Cómo abrimos sus vientres y contemplamos sus entrañas derramarse en el suelo. Arrancamos las hojas incrustadas en las cabezas de los troyanos y usamos sus andrajosos ropajes de guerra para limpiar el rojo de su sangre.

¡Luchad, griegos, luchad! Porque la codicia de los troyanos trajo semejante obra sombría y abyecta a vuestras puertas.

Nosotros, hijos mortales de Grecia, fuimos marcados por las sepulturas. Oh, Musas, cantad la canción de nuestros caídos. Permitidnos recorrer triunfantes este campo de cadáveres y que brindemos de los charcos de gélida sangre negra por todos aquellos demasiado fétidos para ser llevados a la pira.

Esto es lo que vi sobre la borrascosa planicie. Cuerpos apilados unos sobre otros, con sus putrefactas costillas como las insaciables garras del Hades codiciando más, hinchadas con los enjambres de moscas que se alimentaban junto a los gusanos, un hervidero de frenética lubricidad por la carroña. Matanzas, cadáveres y pilas de armaduras, dientes negros partidos con lenguas arrancadas. Miembros rotos y cabezas reventadas, grasa y polvo convertidos en un fango truculento. Los macabros huesos de los troyanos yacían tirados como grises bancos de peces que hubiesen sido atrapados en las redes de Poseidón, ni un solo palmo de terreno quedó indemne desde que irrumpimos por primera vez en estas planicies. Escamandro nadaba en sangre y lloraba avergonzado sus amargas lágrimas.

Y esta noche, en este escarpado cerro, dominando el campo de batalla troyano, nos asombramos ante el horroroso espectáculo donde ardían un millar de hogueras, los campamentos contra las murallas de Troya, sus pueriles aliados, quienes no la verían morir.

En silencio nos abalanzamos sobre ellos, preparados para enfrentarnos a nuestro destino. No había acabado, todavía no, aún quedaba por saciar la sed de muchos.

Esta guerra en Troya; la codicia de esta ramera; ella quería sangre, me quería a mí.

Gene estaba de pie ante las castigadas ventanas, contemplaba a través de las mismas la ciudad azotada por la lluvia, observando cómo se acercaban los refulgentes destellos rojos que precedían a cada vez más coches patrulla a través de las calles que se extendían abajo.

Escuchó el leve sonido de una respiración. Estaba siendo vigilado.

—¿Has estado ahí todo este tiempo?

Su visitante no respondió.

Gene no temía el escrutinio.

—Quédate en las sombras entonces, si es lo que quieres —dijo.

Megera, con su largo pelo flamígero por encima de los hombros, salió a la luz, pero no estaba sola. Unas familiares varas eléctricas para animales con sus cables de acero oscilaban en las manos de los guardias de seguridad.

—¿Qué ves desde tus Puertas Esceas? —preguntó ella.

Gene sintió el escalofrío de la memoria; aquella terrible torre desde donde Atanatos había visto cómo la matanza se abría camino hacia Troya. ¿Hace ahora cuánto tiempo que estos recuerdos se encontraban en su sangre? ¿Más de tres mil años?

Observó las figuras que se acercaban a su espalda al surgir como unos reflejos fantasmales en el cristal.

—Están aquí por mí —dijo.

Se apartó de las traqueteantes ventanas para ver cómo ella indicaba a dos auxiliares que recogieran el cuerpo de Lawless y se lo llevasen a Savage al quirófano uno. Estos lo colocaron rápidamente sobre el sólido metal de una camilla, que luego empujaron lentamente hasta sacarle de la habitación.

—¿Por qué no me detuviste?

—Así es cómo debe ocurrir —explicó Megera— cuando separamos al fuerte del débil; aunque ni mucho menos te hubiera dado tanta libertad como la que él te dio. ¿No te sientes mejor ahora que él está muerto?

—No. Obedecí mis instintos, eso es todo.

Megera se le unió ante las empapadas ventanas.

—Bueno, ahora responde a esto. Tienes que elegir —dijo ella.

Las luces de la creciente legión de coches patrulla bailaban bajo el resplandor de los relámpagos que desgarraban el negro cielo.

—¿Cuales son mis opciones?

Ella se acercó a él y le acarició el pelo con un dedo.

—Puedo hacer que termine toda esta locura. Esas voces enfrentadas en tu cabeza, un Cíclades, un Atanatos, en lucha por el control de un cuerpo, el furioso conflicto en propia carne; te ofrezco la oportunidad de silenciar esas voces y dejar una como dominante. Una mente clara, un claro propósito. No más dudas. No más confusión. Completa el proceso o muere.

Megera vio como bullía el conflicto en él y aprovechó su ventaja.

—Las leyes son para los débiles e insignificantes —dijo—. En esta sociedad, la libertad es comprada. Tenemos unos bolsillos generosos, nuestro poder adquisitivo es elevado. Pero no veré esta casa desmoronarse en las manos de los que son como tú. No como tú eres.

La ira de Gene creció.

—¿Qué propones entonces?

—Si quieres sucumbir a la débil naturaleza de tu personalidad infecta entonces te pondremos en sus manos. Te pudrirás en la celda de una prisión mientras cuentas los insulsos días que falten para tu intranscendente ejecución.

Gene valoró lo que había dicho. Era una opción realmente desagradable.

—O, puedes hacer aquello para lo que naciste. Puedes convertirte en más de lo que cualquiera de nosotros jamás haya sido.

—Hablas igual que él.

—Todos somos él, la Casa de Atanatos. Cuando estamos doce de nosotros en una habitación, todos somos esas doce personas; una mente con doce parejas de brazos dispuestos, doce pares de ojos vigilantes, todos pensando y sintiendo lo mismo. Pero solo hay una cabeza en esta casa. Ahora que hemos conseguido que tu mente sea maleable como la cera, todo lo que queda por hacer es grabar la huella final sobre la misma, las proteínas de la memoria de la mente de Lawless, para consolidar aquello que has tenido desde tu nacimiento. Los recuerdos de Atanatos.

Gene vio el círculo imperfecto que formaban los coches patrulla más abajo.

—Demandarán justicia —dijo él.

—Y la podrán tener. Les daremos a alguien que responda por tus crímenes. Tenemos muchos entre los que escoger.

Cambia o muere.

—En cualquier caso —reflexionó Megera con satisfacción—, he conseguido lo que prometí: que te destruiría.

En la encrucijada

4.27 p. m.

La agresiva lluvia castigaba, con una furia implacable, el embotellamiento que se había formado bajo el severo fulgor de Times Square. La presión era tan despiadada que North abandonó su Lumina y recorrió la calle a pie; su decidida mirada examinaba cada ventana, cada portal, cada rincón. ¿Cuál de estos lúgubres edificios empapados escondía a Gene?

Al final de Duffy Square, cogió su Nextel e hizo otra llamada al Cuatro. Estaba en Broadway, con su visión nublada por el manto de afiladas dagas que formaba la lluvia.

—Sí, te ha llegado un fax —dijo el teniente Hyland; North escuchó el crujido del papel—. Lo expuesto en el museo de Historia Natural ha sido enviado a una compañía llamada American Generation. La entrega está fijada entre las cinco y las siete de esta tarde.

¿American Generation? A-Gen.

—¿No son una empresa de biotecnología?

—Están comprobándolo en estos momentos. —El sonido de las teclas de plástico siendo aporreadas en la confusión de la sala de operaciones no hizo nada por aliviar la acuciante tensión de la espera.

North cruzó la anegada intersección y corrió exhausto hacia la siguiente manzana atestada, mientras sobrepasaba más destellos rojos y azules de los coches patrulla que se congregaban.

—No está registrada como una compañía biotecnológica —confirmó Hyland—. Son genetistas. Están especializados en bases de datos: registros de nacimientos, muertes y matrimonios de más de un centenar de países. Hacen pruebas de paternidad, diagnósticos de fertilidad; rastrean hijos adoptados. También tienen la mayor base de datos genéticos privada del país, mayor que la del gobierno federal. Pero desde luego no están registrados como una compañía biotecnológica.

—¿Entonces como qué están registrados?

—Un instituto, destacado por su filantropía.

La beca de Gene en Columbia.

—¿Dónde está su sede?

—En el setecientos cincuenta de la Séptima Avenida, en el cruce con la calle Cuarenta y Nueve Oeste.

Eso está a dos manzanas de distancia.

North incrementó la velocidad de su fatigado paso.

—¿Qué planta?

—Todo el edificio.

4.33 p. m.

North forzó sus extenuadas piernas a través del clamor de la incesante lluvia; su ropa empapada le pesaba y amenazaba con arrastrarlo a las turbulentas tinieblas de las alcantarillas.

Se lanzó como una exhalación entre el tráfico del último cruce, casi corría sobre la punta de los pies, sofocado por la imponente presión de los rascacielos de hormigón que se cernían sobre él y que surgían del suelo como feroces dientes rechinantes, amenazando con aplastarlo y devorarlo.

En la esquina de Broadway con la Cuarenta y Nueve Oeste, North se pegó a la pared; la violenta lluvia castigaba su cansada cabeza inclinada mientras negras nubes de tormenta retumbaban en algún lugar por encima de los edificios.

Ya no puedo seguir haciendo esto.

Jadeó y luchó por respirar, y a través de su sofocado resuello vio su destino alzándose ante él.

El setecientos cincuenta de la Séptima Avenida se perdía en el cielo, un zigurat escalonado de acero y cristal que se retorcía en una espiral en su intento por alcanzar la bóveda celeste. Su oscura boca, que descansaba abierta a nivel del suelo, se tragaba algún coche ocasional.

North apretó el paso hacia el grupo de hombres con trajes oscuros que estaban congregados en su refugio como una caries en su diente.

Chinatown.

Lo vieron aproximarse y se movieron para bloquearle el paso.

—No puede pasar, esto es una propiedad privada.

North miró al más cercano a los ojos y vio el repentino destello de reconocimiento que recorrió su cara convertirse en una marea incontrolable. No solo conocía a North de Chinatown. Lo conocía de su pasado.

North no buscó su placa. Simplemente preguntó:

—¿Dónde está la entrada principal?

Nadie respondió. Unos pocos intentaron parecer amenazadores, pero la mayoría de ellos sabía que haría falta bastante más que eso para disuadirle. Sin embargo, colectivamente, le habían proporcionado mucho más de lo que se daban cuenta.

—Gracias —replicó North.

Permanecieron en silencio mientras bajaban la persiana que cerraba la entrada del aparcamiento subterráneo.

Pero era demasiado tarde: North ya había visto el flamante Chrysler Sebring sedán plateado de 2004.

Una reluciente mesa de autopsias de acero inoxidable descansaba en el centro de la habitación.

Mientras Savage sacaba un par de finos guantes de látex y disponía su brillante instrumental quirúrgico en la tela blanca de la mesita auxiliar que tenía junto a él, el cadáver de Lawless era introducido en la camilla, oculto bajo una sábana blanca almidonada.

Los auxiliares contaron hasta tres antes de coger el cuerpo, descargarlo en la mesa y retirar la sábana. Incluso la muerte había fracasado en limpiar los rastros de aquella perversa satisfacción de la enjuta cara de Lawless.

Savage se tapó la boca con una mascarilla quirúrgica azul y se ajustó un protector facial de policarbonato sobre sus ojos y gafas de protección. Les indicó a Gene y al resto que hicieran lo mismo. Esta era una faena truculenta. Las esquirlas de hueso, dijo, podían acabar en cualquier parte.

Megera y su cohorte de guardias de seguridad observaron como Gene hacía lo que se les había pedido primero, antes de hacer ellos lo mismo.

Gene miró a Savage de cerca mientras este cogía un escalpelo y con precisión aproximaba la centelleante hoja a la oreja izquierda de Lawless, donde un grupo de pecas desaparecía tras la línea de nacimiento del pelo.

Savage presionó el escalpelo contra la fría piel muerta y no se detuvo hasta que sintió el impacto de la hoja contra el duro hueso subyacente. Sosteniendo la cabeza de Lawless con la mano libre, recorrió suavemente su borde cortante por el blando tejido hasta llegar a la oreja derecha.

Este era el arte de un carnicero. Savage agarró el borde superior de la húmeda incisión, la cual mantuvo abierta mientras introducía el escalpelo por debajo y cortaba el tejido conectivo, hasta que la carne del cuero cabelludo se desprendió del hueso y pudo insertar la mano para doblar el pliegue libre de piel sobre la cara de Lawless como un peluquín macabro puesto del revés. La redondeada tapa del cráneo, que cubría el cerebro, estaba ahora expuesta.

—La Stryker.

Gene cogió el escalpelo de la mano ensangrentada de Savage y lo cambió por la ronroneante sierra. La hoja semicircular dentada vibró, cientos de giros por segundo, y se hundió profundamente en el hueso muerto.

—Ya puedes dejar el escalpelo, Gene —ordenó Megera con recelo.

Gene miró la hoja llena de sangre y lentamente hizo lo que se le dijo.

Savage no había exagerado cuando avisó que podía manchar. Pedazos de hueso inerte y trozos de tejido de un rojo intenso salieron disparados en el aire y se pegaron a su protector facial mientras perforaba el cráneo siguiendo un patrón en zigzag por la frente de Lawless, de forma que cuando acabara, la tapa del cráneo podría volver a encajar a la perfección.

Finalmente, utilizando un largo escoplo de metal, hizo palanca en el surco serrado, giró y empujó para separar la tapa del cráneo del hueso que tenía debajo hasta que, con un sordo y húmedo *pop*, expuso la reluciente maquinaria interna de Lawless, sus meninges, las húmedas membranas que encerraban su arrugada materia gris.

—Parece estar en buenas condiciones —observó Savage. Le hizo unas indicaciones a Gene—. Por favor, mantén los hemisferios separados.

Los dedos de Gene temblaron ante la perspectiva. Tocar los recuerdos atrapados en las curvas del ondulado córtex de Lawless, sostener la esencia de quién era entre sus manos; esto no era lo que quería, sino que era la prisión corpórea en la cual había nacido.

Los otros observaban cada uno de sus movimientos.

¿Por qué no han sonado todavía las alarmas?

¿Habían encontrado el fuego y lo habían apagado?

De mala gana, Gene se inclinó y separó cuidadosamente los fríos hemisferios grises del cerebro de Lawless mientras Savage insertaba una larga aguja entre ellos hasta llegar a la parte superior de la médula espinal, de donde extrajo su muestra de líquido cefalorraquídeo, el reluciente fluido que bañaba el cerebro y la médula espinal.

Repleto de proteínas que eran absorbidas por el torrente sanguíneo, el líquido cefalorraquídeo era reemplazado cada seis u ocho horas, y por él se evacuaban del sistema nervioso central los productos de desecho de su metabolismo, anticuerpos y metabolitos patológicos de distintas enfermedades. Era la ruta a través de la cual comenzaban su viaje las proteínas de la memoria, las proteínas que dirigían la meiosis de las células espermáticas, y era el mismo medio que contenía las proteínas que llenaban el féretro de la memoria: los últimos recuerdos de Lawless.

Savage dejó la jeringuilla en la bandeja. Sosteniendo el cerebro apartado de la bóveda craneana donde se alojaba, seccionó las uniones al resto del cuerpo con el brillante escalpelo ensangrentado, cortó los nervios faciales y auditivos, desconectó los ojos.

Una vez que el cerebro de Lawless estuvo completamente separado, Savage lo depositó en la balanza, anotó su peso y lo dejó en un cubo de agua salada para su almacenamiento.

Para detener el flujo de líquido cefalorraquídeo que brotaba de la cabeza de Lawless, Savage le pidió a Gene que rellenase el cráneo vacío con trozos de papel. Entonces, haciendo coincidir el patrón en zigzag, volvió a poner la tapa del cráneo en su sitio y recolocó con esmero el sangriento cuero cabelludo por encima.

—Lo suturaré más tarde —comentó Savage, quitándose los guantes y la mascarilla—. Terminemos nuestro trabajo.

6.48 p. m.

La espera era larga.

El gran zigurat espiral del setecientos cincuenta de la Séptima Avenida se alzaba iluminado en todo su perímetro por un baño de color azul y rojo, mientras la grasienta lluvia aporreaba los techos de los coches patrulla y castigaba los hombros de un pequeño ejército de oficiales del NYPD y de la Unidad de Servicios de Emergencia.

Martínez salió del edificio, le habían dicho que no había nadie llamado Eugene Dybbuk en el interior.

—Creo que están mintiendo.

North no albergaba ninguna duda.

—Por supuesto que están mintiendo. —North llamó a Hyland para que le consiguiera una orden. No habría respuesta hasta pasada una hora.

Eso dejaba a North con poco más que hacer que elevar la mirada y preguntarse detrás de cuáles de esas ventanas anónimas se escondía Gene. Rodeó las paredes del edificio, valorando los puntos débiles, buscando una solución.

Después de unos pocos minutos, regresó pesadamente a donde Martínez había aparcado su Crown Victoria. Un oficial de la ESU, con su abultado chaleco antibalas negro y su Heckler and Koch MP5 colgada del hombro, estaba apoyado contra la húmeda puerta del lado del conductor, enojado y esperando.

En el interior del coche, Martínez colgaba su teléfono, resentido por la frustración.

—Hyland no puede encontrar ningún juez que quiera firmar la orden.

El oficial de la ESU exigió saber por qué. Sus hombres estaban esperando para entrar.

—Dice que los de A-Gen guardan los trapos sucios de todo el mundo. Es como si fueran intocables. Mantienen bien engrasados los engranajes de la administración pública.

Ningún disparo en el interior del museo.

—Por ahora, lo único que podemos hacer es mantener la zona rodeada.

Una camioneta de reparto blanca surgió de las tinieblas grises al otro lado de la manzana y se detuvo ante el cerco policial. El joven conductor se apeó nervioso y les mostró a los dos agentes allí asignados lo que transportaba tras la puerta lateral deslizante del vehículo.

North los observó en silencio a través de la implacable lluvia; el mensajero venía del museo de Historia Natural.

La calavera.

—Démosles lo que quieren —dijo sencillamente.

Martínez siguió la mirada de North hasta la camioneta.

—Si es a mí a quien quiere, entonces le llevaré su regalo —añadió North—. Llamaré a su puerta y si me meto en algún problema siempre puedo pedir ayuda.

Al oficial de la ESU le gustaba lo que estaba escuchando. La situación exigía medidas de urgencia.

—Es cierto —replicó Martínez, dándose cuenta de las implicaciones—. No necesitaríamos una orden.

—Nadie es intocable —dijo North.

7.04 p. m.

Cuando consiguieron la autorización de la mensajería, el conductor llevó lentamente su vehículo a la entrada principal. Sacó tres cajas de cartón que estaban apiladas y las colocó cuidadosamente en una carretilla de mano.

La visión de tantos policías lo hacía sentirse muy nervioso. Con manos inseguras, el joven le entregó el resguardo de entrega blanco y lo abandonó rápidamente en la lluvia.

North, exhausto, valoró con los ojos entornados el interior del edificio; todos esos hombres arrogantes se dedicaban a sus propios asuntos como si nadie pudiera tocarles.

Hundió la mano en su bolsillo y sacó las píldoras que había cogido del botiquín de su padre.

Puedo olvidar si quiero.

Tu-tum.

—¿Qué es eso? —preguntó Martínez a su lado.

—Betabloqueantes.

Martínez se sintió repentinamente alarmado.

—¿Tienes un problema cardíaco?

—No. —*Tengo otros problemas.*

Tu-tum.

Todo el mundo tiene elección.

Observó a los guardias de seguridad que lo observaban.

Tu-tum.

—¿De verdad quieres saber cuál es mi relación con Gene? —North arrojó las pastillas al suelo y las observó disolverse bajo la lluvia.

Martínez no dijo nada. No tenía que hacerlo.

North reorganizó las cajas, abrió la que quedaba arriba y apartó el material de embalaje hasta que una antigua calavera estuvo en sus manos. La agarró con fuerza. El sostenerla finalmente era una extraña experiencia. Era tan vieja, tan frágil, estaba tan cargada de recuerdos... Los dientes, agrietados y descoloridos, presentaban unos agujeros diminutos a través de los cuales alguien había extraído su pulpa.

¿Qué aspecto tendría su rostro, la carne que en su momento pendía de estos huesos? La reconstrucción había sido destruida por Gene, lo había visto en el museo, pero el albarán decía que había registros en alguna parte en el interior de la caja, fotografías de los resultados que se habían conseguido.

North dejó la calavera y rebuscó en la caja hasta que encontró un pequeño sobre blanco y vació su contenido en la mano.

Eran Polaroids de una cabeza cubierta de arcilla de modelar color tierra tomadas por detrás, de perfil y de frente. Le tendió las fotografías a Martínez.

North había visto exactamente lo que esperaba encontrar. La cara que le había devuelto la mirada era la suya.

Martínez se quedó pasmado.

—¿Esto le sacó de sus casillas solo porque se parecía a ti?

—Creo que estaba más enfadado de que no se pareciera a él.

—No lo entiendo.

—No tienes que hacerlo. Es solo algo que tenemos pendiente desde hace mucho tiempo, nada más —replicó North.

Volvió a coger la calavera. Plenamente consciente de que todas las miradas estaban posada sobre él, se dirigió al edificio de la American Generation, cruzó las sólidas puertas de cristal que se habían deslizado suavemente al abrirse, y se adentró en un vestíbulo donde la recepción era aun más hostil que la tormenta del exterior.

A la sombra de dos vastos toros de piedra babilonios con cabezas humanas, North llegó al mostrador de recepción.

—Si el señor Dybbuk no está aquí hoy, supongo que el doctor Savage tampoco estará, ¿no es cierto? —dijo.

El guardia de seguridad fue firme.

—Así es, señor. No está aquí.

North dijo que lo entendía.

—En cualquier caso, ¿podríais por favor hacer una llamada arriba para hacer saber a Atanatos que tiene una visita?

La mera mención del nombre acució los nervios de los guardias. Por un momento parecía como si no supiesen qué hacer.

—¿Quién digo que lo busca?

North dejó la calavera en el mostrador.

—Hacedle saber que Cíclades lo está esperando.

Gene estaba sentado ante el ornamentado escritorio de madera del apartamento de Lawless. Savage dejó una sencilla jeringuilla en la superficie de cuero del escritorio, próxima a un vial de contenido oscuro como la sangre, con cada una de sus gotas repleta de los negros frutos de la memoria de Atanatos.

Gene lo contempló con espanto.

No tenemos que recordar.

Su mano se cernió sobre su superficie de plástico.

No tenemos que recordar.

Un fuerte aroma a jazmín flotaba en su dirección. Gene se giró para encontrar a Megera observándolo con frialdad, mientras se daba ligeros toques de perfume.

Recordó el museo y supo que ella no hacía nada sin premeditación.

—Pensé que habías perdido tu frasco de perfume —dijo.

Megera pareció sorprenderse de que él lo recordara.

—Tengo más de uno —replicó, juguetona—. ¿Eso te molesta?

—Querías verme fracasar.

—Por supuesto. Todavía puedes hacerlo, si así lo eliges.

Gene no respondió. Cogió el vial e introdujo en el mismo la larga aguja centelleante.

Sostuvo la jeringuilla entre sus temblorosos dedos y apoyó su punta sobre una de sus venas.

El teléfono en el escritorio comenzó a sonar.

Megera, enojada, dejó el perfume en la mesa y puso el teléfono en manos libres.

—¿Qué ocurre?

—Hay un hombre abajo —explicó una voz claramente inquieta.

—Dile que se vaya.

—Se hace llamar Cíclades.

Megera clavó en ambos hombres los dardos de su mirada. Savage se dio la vuelta, las implicaciones eran tan abrumadoras que sus hombros claudicaron.

Sin embargo, la preocupación de Gene estaba centrada en el frasco de perfume tras él. Una sonrisa se dibujó en sus labios.

Aquello preocupó a Megera.

—¿Qué es lo que quiere? —preguntó.

—Quiere ver a Atanatos. ¿A quién debo enviar para que lo vea?

Los últimos días

Las heridas de guerra dejan profundas marcas en los hombres. Solo la locura deja marcas más profundas.

Cuando llegó la desgarradora aflicción, Aquiles cayó, el asesino de Héctor, el hijo más valiente del rey Príamo y azote de todos los griegos, el asesino de Pentesilea, reina de las amazonas, el asesino del poderoso Memnón, general de las hordas etíopes, hijo del inmortal Titono, hermano del rey Príamo. Cuando llegó la desgarradora aflicción, Aquiles cayó, abatido por las flechas del arco de cuerno de cabra de un Paris obeso por la indolencia. La raíz del asedio del rey Menelao. La sangre descendió por sus propias piernas como si fuera una pálida parturienta. Cuando llegó la desgarradora aflicción, Aquiles cayó, y la fuerza desgarradora de esa aflicción golpeó a todos los griegos.

Cuando posé la mirada en las planicies troyanas por primera vez, una cimera de crin de caballo surgía erizada de un brillante casco de magníficos colmillos de jabalí, con nuestros escudos de guerra adelantados, escudo contra escudo, hombre contra hombre de la forma en que un constructor dispondría unos sólidos bloques de granito para contener los despiadados vientos. Éramos como uno solo, éramos como los dioses.

Miradnos ahora, devueltos al tempestuoso mar, arrojados a las proas de nuestros picudos barcos negros, llevados a la desesperación. Miradnos, perdidos en un bosque de barricadas levantadas con los huesos putrefactos de los caídos, de quienes acabaron enterrados en el fétido barro tras diez años de conflicto, atormentados por la plaga desoladora que nos acompañó al vernos obligados a dormir entre carroña. Mirad a Áyax el Grande, masacrando un rebaño, atrapado en la profunda melancolía inducida por los estragos de la guerra, quien utilizó su propia espada para labrarse su camino al Hades.

Miradnos ahora, horrorizados ante la ilimitada ambición de los troyanos, quienes no podían contener su comportamiento codicioso ni siquiera cuando los muertos los observaban desde las playas. Mirad al indolente Paris, muerto, y aun así, otro de los miserables hijos de

Príamo, Deífobo, tomó rápidamente a Helena por esposa y siguió sin retornar ninguna mujer griega. ¿Dónde está la virtud de los troyanos? No está en ninguna parte, es un mito.

Nosotros, soldados de Grecia, nos sentamos en torno a nuestras hogueras cada noche, y lloramos como niños por las esposas que no podemos ver.

—Cíclades.

Entrecerré los ojos en la fría noche y vi a mi rey, Idomeneo, iluminado por las trémulas luces de las hogueras. Sin embargo, el hombre orgulloso que conocía de Cnosos, el que contemplaba las carreras de toros con su corazón henchido de pasión, había desaparecido. La jovialidad de su bella cara se había apagado.

De modo que los estragos de la guerra eran igual de duros para los reyes que para los demás. Me sentí en cierta manera satisfecho al ser consciente de ello.

Me puse de pie con dificultad.

—Gran rey —dije—. ¿Qué se le ofrece?

—La lengua de un hombre puede ser sibilina y escurridiza, ¿no es cierto?

—¿Ha estado bebiendo con el rey Odiseo?

¿Era una sonrisa lo que yacía enterrado en lo más profundo de su pensativo semblante?

—Lloras por tu Moira.

El mero roce de su nombre en mis ardientes oídos evocó un dolor tan terrible que era como si me estuvieran azotando la piel con anzuelos.

—Ella está atrapada entre esas murallas —advertí—. Mientras ella siga siendo fiel, seguiré luchando.

—Todos luchamos, Cíclades. Eso no se está cuestionando.

¿Qué era lo que perturbaba tanto a mi rey? Idomeneo posó la mirada sobre sus soldados, desalentados por la guerra, encorvados en torno a sus hogueras.

—Ven —dijo—. Camina conmigo.

Sobrepasamos la luz parpadeante de las crepitantes hogueras hasta que llegamos a la negra orilla y la fría caricia del mar.

—Te he visto saltar toros. Te he visto luchar contra ellos; unas excelentes y poderosas bestias negras, cuyos cuernos claudicaron ante tus fuertes manos en las entrañas del laberinto de Cnosos. Muestras coraje. No demuestras miedo.

Me sentí honrado de que me recordara.

—¿Sigue respirando ese hombre? ¿Está caminando conmigo ahora el saltador de toros? ¿O acaso esta guerra miserable acabó con él hace tiempo?

Me insultaba que él necesitase preguntarlo. Me mostré desafiante.

—Gran rey, ya había preguntado qué es lo que se os ofrecía.

El rey Idomeneo sopesó mis palabras con gran seriedad. Extendió su brazo y me indicó que me uniera a él en la tienda del rey Odiseo.

De pie ante la generosa mesa de Odiseo, entre una hueste de comandantes griegos, se encontraban dos ceñudos señores de Troya, hombres que había visto asesinando griegos con alegría: Antenor y Eneas.

Busqué mi espada, pero mi rey contuvo mi fervorosa mano.

—Eres un soldado —dijo—. No te corresponde a ti el entender.

Los dos señores de rostro ceñudo terminaron sus asuntos.

—Entonces está decidido, recibo la mitad de las riquezas de Troya y uno de mis hijos se sienta en el trono. La Casa de Eneas no es atacada y su patrimonio permanece intacto.

El astuto rey Odiseo extendió las manos sobre el reluciente vino de la mesa.

—Tienes mi palabra.

—¿Pero qué ocurre con Agamenón?

—Hablo por Agamenón en este asunto.

Eneas le dio la espalda a la mesa y llevó su mirada hasta donde me encontraba. Sus oscuros ojos amenazaban con engullir todo mi destino.

—¿Y qué ocurre con el hombre que vais a dejar en la playa? —preguntó—. ¿Cuáles son sus deseos?

No lo entendía. Miré al rey Odiseo buscando una explicación. Este sorbió su vino y se pasó su áspera mano por su tupida barba.

—Cíclades, Idomeneo dice que eres el hombre idóneo para este miserable trabajo. Confío en su criterio. Si fueras a cruzar las Puertas Esceas ahora mismo para marchar sobre Troya, ¿a quién quisieras encontrar?

—¿Qué truco es este?

Odiseo se rió ante semejante muestra de desconfianza.

—Cíclades, podrías ser mi primo. Esto no es un truco. Cuando marches sobre Troya, ¿quién debería probar tu bronce?

Solo había un hombre.

—El babilonio —dije mientras mi pecho se hinchaba de ira—. Ese mago que se hace llamar Atanatos, quien me arrancó el corazón y aún lo retiene; él es quien elegiría entre todos los demás.

Eneas aceptó mi deseo. Regresó a la mesa con Antenor.

—El paladio habrá salido del templo de Atenea para el alba. Diremos que Odiseo lo tomó. A partir de ahí tu plan se llevará a cabo y la Casa de Príamo caerá.

No entendía qué era lo que habían acordado, pero con la alianza sellada, Odiseo dispuso que los dos troyanos de rostros ceñudos fueran escoltados de vuelta a Troya.

Me abalancé sobre la mesa de Odiseo.

—¿Ahora hacemos pactos con los troyanos?

—No hemos venido a concederle condiciones especiales a Troya —me aseguró Odiseo—. Hemos venido a combatirlos hasta la muerte.

Idomeneo se unió rápidamente a nosotros.

—Cíclades, si sigues anhelando la guerra, estamos contigo. Debemos hacer honor a nuestro pacto con los troyanos, del mismo modo que Paris hizo honor al suyo con Menelao.

—Epeo tiene tres días para proporcionarnos el fruto de nuestros planes —ordenó Odiseo—. Pero todo depende de la lengua sibilina y escurridiza de un hombre en el que los troyanos confiarán porque sabrán que no es un rey.

Negros penachos de humo surgían del campamento griego, ahora abandonado y reducido a cenizas incandescentes.

Me liberé de mis toscas ataduras. Tenía los labios resecos y agrietados, y recopilé todo el líquido que pude encontrar de la cabeza destrozada de un toro negro medio podrido; sus nublados ojos fueron los frutos que aplacaron mi hambre, las secreciones de sus malsanas y rezumantes entrañas fueron el jugo que sació mi sed.

Escuché voces y corrí hacia ellas, tropezando con los pútridos huesos de un centenar de cadáveres, hasta que caí de rodillas a los pies de los troyanos.

Un bronce me golpeó en el hombro. Me agarré la herida, un manantial rojo brotó entre mis mugrientos dedos.

—¿Cómo te llamas? ¡Habla!

¿Cómo me llamo? ¡En mi miedo lo había olvidado! Se me trababa la lengua.

—Mi... mi padre viene de las tierras del sur. Aunque fui criado como griego. Mi nombre es... Sinón.

—¿«Sinón...»?

No me creían. Qué tonto había sido. ¡Sinán! ¡Tenía que utilizar el nombre de «Sinán»! Ese era un nombre de estas regiones, un esclavo forzado a la servidumbre con los griegos. No «Sinón». Tendría que reaccionar con rapidez.

Continué, incapaz de encontrar el coraje suficiente para mirar a esos hombres a los ojos.

—Ahora no me queda ningún lugar al que ir —dije—, por tierra o por mar.

—¿Dónde está tu ejército?

—Se han marchado —dije con melancolía—. Los griegos han huido.

—¿Por qué te han abandonado?

Traición. Sí, conocían todo lo relacionado con la traición.

—Fui testigo de cómo Odiseo asesinó a aquellos que se oponían a esta guerra. Y cuando revelé lo que había presenciado, se extendió tanto miedo entre las filas que hizo que se debilitaran los ejércitos y luego vino una plaga y los griegos demandaron volver al hogar. Y, por destruir el paladio de Troya, el miserable de Odiseo fue forzado a hacer un tributo a Palas Atenea para que ella pudiera custodiar todos los navíos griegos en su largo viaje al hogar.

Los troyanos no albergaban ninguna duda de que el tributo del que estaba hablando era el colosal caballo de madera que había sido abandonado varado en la playa. Grande, como un barco, con troncos de pino por costillas y una rueda colocada bajo cada casco, inmediatamente hizo que los troyanos discutiesen.

Laocoonte, sacerdote de Poseidón, no vio más que malos augurios en la ofrenda, que expuso narrando su sueño en el que mientras estaba sacrificando un toro en el altar, dos poderosas serpientes entrelazadas surgieron de la espuma del mar para devorarlos a él y a sus herederos.

Pero mientras él quería quemarlo donde estaba, yo argüí que ese presagio era cierto, ya que era el destino que esperaba a cada griego si el caballo era arrastrado al interior de las murallas de la ciudad para honrar a Atenea.

Fue en ese momento en el que contemplé a los verdaderos troyanos por primera vez. Tan desesperados estaban por atraer hacia ellos algo de suerte, tan ansiosos por aferrarse a cualquier pequeña cosa que pudiera cambiar el rumbo de su destino y que pudiera poner fin a la miseria que habían provocado sobre sí mismos, que incluso en la victoria su codicia les obligaba a tratar de atraer la ruina sobre sus enemigos.

Cubrieron el caballo de cuerdas y las estiraron a sus espaldas mientras avanzaban y, con el enconado clamor de Troya resonando en los oídos, arrastraron el descomunal caballo por las Puertas Esceas para dejarlo ante el templo de Atenea.

Cuando el negro manto de la noche cayó sobre la lejana Troya, cuando sus vientres estuvieron saciados y sus corazones ebrios con las celebraciones que habían durado todo un día, deambulé por sus pérfidas calles mientras dormían.

Fue cuando liberaba los pernos de madera del vientre del caballo que una voz se dirigió a mí.

—¿Qué elección teníamos?

¿Me habían cazado? Me moví lentamente para no levantar sospechas mientras descendía del vientre, pero lo que encontré fue una mujer postrada bajo el amenazador cuello del caballo; le estaba hablando, lloraba debajo de él, tocaba el pino del que estaba hecho, buscando su perdón.

—Un millar de mujeres griegas y para todas surge la esperanza de un remedio: ¿luchar, o someterse? Rechazar a nuestros captores, o ceder por un poco de consuelo que aliviase el peso de nuestro cautiverio. Has de saber que los tormentos fueron largos y severos. Has de saber que, para aquellas mujeres nacidas en el bienestar, la necesidad de volver a ver ese bienestar hizo que desde el principio se pervirtieran. Has de saber que se convencieron a sí mismas de que quizá podían tener una nueva vida aquí, cuando en realidad simplemente estaban luchando por sobrevivir. El instinto de supervivencia es mayor que cualquier hombre o mujer. De modo que vuelvo a preguntarlo, ¿qué elección teníamos?

Salí de las sombras, dudando si debía interrumpir las oraciones de esta mujer, pero no podía evitarlo. Me vi forzado a preguntar lo inevitable.

—¿Han sucumbido todas?

La mujer pareció asustarse. Se alzó rápidamente y se dio la vuelta mientras se cubría la cara con una capucha.

La alcancé rápidamente.

—Por favor —supliqué.

Ella no me mostraba la cara.

—Para cada mente, hay un padecimiento; para cada corazón, una tragedia vergonzosa. Algunas fueron fuertes. Algunas se rebelaron y pagaron el precio. Helena llegó a amar a sus captores, como si ellos no le hubiesen causado ningún mal; se engañó a sí misma al pensar que podría ver algún bien en ellos si con eso aliviaba su dolor. No era ella misma. Su mente fue aguijoneada por hombres malvados, como si hubieran utilizado lanzas para arrancarla de este mundo.

—¿Conoces a las otras?

—Después de diez años, conozco cada rostro.

¿Podía confiar en ella? ¿Había sucumbido ella a la felonía troyana de tal manera que sería capaz de traicionarme? Sentí que merecía la pena correr el riesgo.

—¿Qué me dices de Moira? —pregunté—. ¿He sido traicionado?

—¡Qué poco la conoces! ¡Ella luchó, tan valientemente como un guerrero!

Tenía demasiado miedo de saberlo, pero aun así no me contuve.

—¿Dónde está?

—Está muerta...

—... ¿Desde cuando?

—Hace nueve años. Fue la primera en marcharse. Atanatos la tomó, la forzó a llevar al niño a través del cual la bendición del oráculo supuestamente le garantizaría el don de la inmortalidad, pero ella se negó a sufrir esa carga y lo extirpó de su vientre. Mientras ella yacía sangrando, él la sacó a rastras de su templo, le cortó la cabeza y la clavó en una estaca ante las puertas de su torre. Ella sigue allí, cada mañana le rezo para que me de fuerzas para continuar.

Caí de rodillas, con el aliento interrumpido, mi pecho era una trémula masa de músculo agarrotado y hueso rígido incapaz de exhalar el aire. ¿Moira llevaba nueve años muerta?

Había luchado para nada.

Ansioso por perderme en la noche para vagar libremente, como solo aquellos que habían colaborado eran libres de hacer, le pregunté:

—¿Cómo te llamas?

Sus lágrimas empañaron las que en su momento fueron unas suaves mejillas. Cruzamos las miradas bajo la luz de las lámparas y sollozó:

—Mi nombre es Helena.

Era tan hermosa como decían. Me sentía realmente afligido por ella cuando le pregunté:

—Por favor, muéstrame dónde puedo encender una almenara.

¡Tiembla, Atanatos! ¡Tiembla! Debes temer a los dioses. ¡Ahora témeme a mí!

Cuando los hombres del caballo de madera abrieron las puertas troyanas, los griegos que habían regresado de Ténedos desataron su furia con un odio homicida. Al atravesar las Puertas Esceas se amontonaron, al igual que hicieron en las Puertas de Dárdano. Nada es capaz de saciar un arrebato de ira furibunda mejor que los golpes y chirridos del metal.

¡Mira el final de Troya! ¡Contempla cómo arde hasta los cimientos! ¡Mira a su gente apilada en fosas comunes! ¡Los chasquidos y siseos de las piras de Hades, los gritos del fantasma de Héctor, la matanza en las calles y templos, los troyanos puestos a asar!

A través de los pilares lamidos por el fuego que señalan el hedor de la muerte troyana, a través de las crepitantes lenguas de fuego saturadas de humo, nosotros, guerreros griegos, avanzamos. Aquellos que duermen nunca despertarán, aquellos despiertos morirán con toda seguridad. No hay victoria noble para nosotros los griegos cuando estamos impelidos a destruir.

¡Estremécete, Atanatos! ¡Estremécete! ¡Si no temes a los dioses, me temerás a mí!

Mira el final del reino de Príamo; contémplalo asesinado en el templo. Mira a su nieto, el infante Astianacte, arrojado desde las murallas de la ciudad. Vengo a por ti esta noche, mi enemigo. He venido a derramar tu sangre. Como un fuerte viento extiende un fuego a través de un seco campo de cereales, de esa forma el azote de tu destrucción cosechará los frutos de mi venganza.

El corazón del laberinto

7.24 p. m.

El punzante dolor de las viejas cicatrices de la memoria estaba oprimiendo a North detrás de los ojos mientras el ascensor lo llevaba a la planta superior.

Se echó a un lado como si esquivase un golpe y se agarró la cara presa de la agonía. Se apretó los dedos contra la sien y encontró que los tenía cubiertos de sangre.

El espejo le confirmó lo que sospechaba. Las cicatrices del pasado estaban saliendo a la superficie; las marcas de la muerte de Cíclades emergían bajo sus cuernos, definidas y recientes.

Tu-tum.

Sencillamente no sabía si la sangre en sus dedos era real. Con toda certeza había sido real en el pasado.

7.27 p. m.

Cuando las puertas del ascensor se abrieron con suavidad, North salió de la cabina sosteniendo la calavera de su anterior ser.

Las luces estaban apagadas.

Tu-tum.

Una tenue franja de luz se escapaba bajo la puerta al final del pasillo. North se acercó a la misma con cautela, mientras su mano libre se posaba sobre su Glock.

Las puertas del ascensor se cerraron tras él con un eco ensordecedor, llevándose con ellas la luz.

North permaneció parado en silencio esperando a que se ajustara su visión.

Tu-tum.

La vibración de su teléfono móvil hizo temblar el bolsillo de su chaqueta. Pulsó el botón para aceptar la llamada y escuchó la atosigada voz de Martínez que surgió de su auricular manos libres.

—Sal de ahí, tío.

North acomodó los dedos en su arma.

—¿Qué ocurre?

—Los francotiradores de la ESU han divisado un incendio en la tercera planta.

Le dijo que llamase a los bomberos. Martínez le explicó que ya lo había hecho. Pero cuando North dio otro paso, la señal se desvaneció y la conexión se perdió.

North retrocedió y pulsó el botón del ascensor. No pasó nada. *Tendré que encontrar las escaleras.*

Tu-tum.

Desenfundó su Glock y se dirigió al final del pasillo. Al ir acercándose percibió el aroma a jazmín que se filtraba por la rendija entre las sólidas puertas de madera.

Por su dolorida mente corría un torrente de imágenes y sensaciones, de pensamientos y emociones, la oscuridad y un odio muy antiguo. Se dejó guiar por todo aquello cuando las puertas chirriaron y se abrieron ante él.

7.31 p. m.

—¿Acaso lloras por tu vida, Cíclades?

North escrutó la insondable oscuridad, apuntando con su Glock a cada movimiento entre las sombras, mientras el cielo refulgía en violentos destellos al otro lado del traqueteo de las ventanas.

Dejó la calavera en el escritorio, que apenas era visible en la penumbra.

—Tan solo estoy empezando a conocerme a mí mismo —dijo.

—Compartimos la misma sangre —comentó Gene arropado por la fría oscuridad—. No te costaría mucho llorar por mí.

North se estremeció ante la idea de que, de una forma muy remota, en realidad se estaba hablando a sí mismo.

—¿Qué son los dioses, detective, sino un solo Dios con personalidad múltiple? ¿Qué son los actores de una obra, sino las facetas de una sola gema? ¿Qué son las caras de esta habitación, sino las ramas de un solo árbol; un cáncer que cuando se le prive de sangre se marchitará y morirá?

¿Caras? ¿Quién más estaba aquí?

Tu-tum.

North giró sobre sí mismo pero lo único que vio fue un torbellino de sombras.

Tu-tum.

El estridente tintineo de la alarma de incendios perforó el silencio, anunciando el tenue encendido de las luces de emergencia.

Tu-tum.

Gene estaba a tan solo unos pasos de distancia, entre la figura familiar de la mujer de largos cabellos flamígeros que estuvo tras el volante del Sebring sedán aquel día, y Savage, el hombre que North sabía que era su padre.

Estaban atados y amordazados en sus sillas. Gene tenía una jeringuilla llena de sangre en una mano, en la otra una pequeña pistola negra. North elevó su Glock y apuntó.

7.35 p. m.

Las ventanas se resentían ante la furia de la tormenta al tiempo que North ordenaba a Gene que hiciera lo que se le había ordenado.

—¡Déjalas en el suelo!

Tu-tum.

Gene no escucharía. En su lugar, aspiró profundamente el perfume.

—Me recuerda a Moira. ¿A ti no?

—Déjalas en el suelo.

—¿Quién mató a Moira? —continuó Gene—. ¿Esta codiciosa conspiradora incapaz de sentir culpa alguna? ¿O este apocado idiota esclavo de su conciencia?

North observó a su padre biológico mientras luchaba con sus ataduras, con sus familiares ojos sobrecogidos por el miedo. No porque su destino estuviese en las manos de Gene, sino por el odio que vio en los ojos de su hijo.

¿Qué es lo que sabes de tu vida?

—¿La maté yo? —incitó Gene.

«El proceso.»

—¿O fuiste tú?

El toro.

—Indaga en lo más profundo de tu ser —advirtió—. La cosa no es tan simple cuando la presa se multiplica, ¿no es cierto?

La sangre de los inocentes.

—Conoces los recuerdos que yacen escondidos en esas sombras lejanas.

Ayúdame.

—No hay nada que nos separe a ti y a mí.

Puto psicópata.

—No hay recuerdo alguno que ambos no compartamos.

Soy el Juramento de Satán.

—¡Para saber quién mató a Moira no necesitas más que un espejo!

¿Qué es lo que sabes de tu vida?

«El proceso.»

El toro.

La sangre de los inocentes.

«Ayúdame.»

Puto psicópata.

Soy el Juramento de Satán.

El aroma a jazmín se hizo más intenso. El recuerdo del tacto de Moira hizo que se le pusiera la piel de gallina.

Soy el dulce aire de la primavera.

Recuerda esto.

Recuérdame.

Las ventanas se resentían ante la furia de la tormenta. Una explosión estremeció el edificio y una nube de llamas incandescentes se elevó desde el abrasador infierno de las plantas inferiores.

Y cuando el calor hubo fundido, retorcido y devorado, las ventanas se rajaron y el cristal reventó.

La furia explosiva de las abrasadoras llamas y el azote enconado de la tormenta se fundieron en una danza colérica que arrojó fragmentos de afilado cristal contra Gene.

North no sabía ni entendía cómo permanecía en pie. Era el centro de esta tormenta y sus cortantes dagas se arremolinaban a su alrededor.

Apuntó a Gene con su arma.

Todo el mundo tiene elección.

Su dedo se tensó en el gatillo.

La malograda figura de Gene se agitó. Alzó su jeringuilla y se la tendió.

—Esto es lo que somos. Este es nuestro final.

—No viviré en el pasado —mintió North al tiempo que clavaba el cañón de su fría pistola contra la cara de Gene.

Todo el mundo tiene elección.

Su agarre se hizo más fuerte.

Gene se alzó sobre sus ensangrentadas rodillas y suplicó.

—Hemos cambiado —dijo.

—Eso es lo que me da miedo —replicó North.

Los sueños elíseos de Cíclades

Recuerdo el día en que nací.

Los detalles son claros ahora. Una claridad que surge solo con el relato. Recuerdo los sonidos de succión de mis labios contra un pecho, el estridente gorjeo de un nacimiento sangriento sobre la húmeda paja. El hambre. Los chorros de agua purificante descendiendo por mi cara. El aceite de oliva frotado suavemente sobre mi piel. El aroma del perfume de matices dulces. Como el florecer de los jazmines arropados por una brisa de verano. Espesa miel rezumando. Vino fluyendo como un río. El animal humano puede ser una criatura muy tierna.

Recuerdo a mi padre, grande y robusto, con su negro vello rizado y grasiento en sus gruesos brazos. Fuerte, como un toro. Recuerdo que él jugaba conmigo en los húmedos y oscuros rincones del laberinto de Cnosos, donde los niños tenían prohibida la entrada. Me columpiaba en sus brazos y yo intentaba ver su cara, pero ellos no permitían que se quitase la máscara. De modo que, en vez de aquello, mantenía próxima su cabeza y yo intentaba alcanzar la parte superior de la misma y jugaba con sus cuernos.

Lo habría vuelto a ver de nuevo, si mi destino no hubiera estado tan restringido a la carne. Pero mi prisión es creación mía; hice esto, y no sé cómo deshacerlo. De mi padre heredé su rabia, pero solo yo soy responsable de esgrimirla.

El edificio está ardiendo. Las tórridas llamas desnudas están lamiendo mis talones y se hallan realmente hambrientas.

Y me quedo con una pregunta incontestable: ¿el hombre consume su pasado, o es el pasado quien consume al hombre? La venganza es la serpiente que se come su propia cola. Es un círculo. Y un círculo está siempre vacío. Sí, no puedo negar mi naturaleza. No puedo huir de mi destino. Soy la serpiente que se come su propia cola. Estoy aquí de pie, con el duro y frío metal de mi arma clavado contra una cara familiar, presionado contra su sien; aunque bien podría ser mi sien.

Todo lo que queda se reduce a mí y a si decido apretar el gatillo.

Mi nombre es Cíclades y quería ser justicia. Pero no soy justicia. Soy furia.

Soy la tormenta.

Lista de acrónimos de organismos públicos estadounidenses

AFIS: *Automated Fingerprint Identification System;* Sistema Automático de Identificación Dactilar.

CODIS: *Combined DNA Index System;* Sistema Combinado de Indexado de ADN.

CSU: *Crime Scene Unit;* Unidad de Escena Criminal.

DMV: *Department of Motor Vehicles;* Departamento de Vehículos a Motor.

DOT: *Department Of Transportation;* Departamento de Transportes.

ESU: *Emergency Service Unit;* Unidad de Servicios de Emergencia.

FBI: *Federal Bureau of Investigation;* Oficina Federal de Investigaciones.

FDA: *Food and Drug Administration;* Administración de Alimentos y Fármacos.

FDNY: *Fire Department of New York;* Departamento de Bomberos de Nueva York.

HIPAA: *Health Insurance Portability and Accountability Act;* Acta de Portabilidad y Responsabilidad del Seguro Médico.

HNT: *Hostage Negotiation Team;* Equipo de Negociación con Rehenes.

IRS: *Internal Revenue Service;* Servicio de Impuestos Internos.

NYPD: *New York Police Department;* Departamento de Policía de Nueva York.

NYU: *New York University;* Universidad de Nueva York.

OCME: *Office of Chief Medical Examiner;* Oficina del Forense del Distrito.

SWAT: *Special Weapons And Tactics;* Armas y Tácticas Especiales.

TARU: *Technical Assistance Response Unit;* Unidad de Respuesta y Asistencia Técnica.

Bibliografía seleccionada

Esta no es ni mucho menos una lista exhaustiva de las fuentes que he consultado, sino que pretende ser una buena base para una lectura complementaria.

ESQUILO, *The Oresteia,* trad. Robert Fagles, Penguin, 1984.

Prometheus Bound and Other Plays, trad. Philip Vellacott, Penguin, 1961.

CALVIN, WILLIAM H., *How Brains Think: Evolving Intelligence, Then and Now,* Weidenfeld & Nicolson, 1997.

CASEY, JOAN FRANCIS, y WILSON, *LYNN,The Flock: The Autobiography of a Multiple Personality,* Fawcett Columbine, 1991.

COHEN, BARRY M., GILLER, ESTHER y WILSON, LYNN (eds.), *Multiple Personality Disorder from the Inside Out,* Sidran, 1997.

DAWKINS, RICHARD, *River Out of Eden,* Weidenfeld & Nicolson, 1995.

The Selfish Gene, Oxford University Press, 1989.

DENNETT, DANIEL C., *Kinds Of Minds: Towards an Understanding of Consciousness,* Weidenfeld & Nicolson, 1996.

FRANZ, MARIE-LOUISE VAN, *Alchemical Active Imagination,* Shambhala, 1997.

GEHLEK, RIMPOCHE NAWANG, *Good Life, Good Death: Tibetan Wisdom on Reincarnation,* Riverhead Books, 2001.

GOETHE, JOHANN WOLFGANG VON, *Faust - Part One,* trad. Philip Wayne, Penguin, 1949.

Faust - Part Two, trad. Philip Wayne, Penguin, 1959.

GRANT, JOAN y KELSEY, DENYS, *Many Lifetimes: Concerning Reincarnation and the Origins of Mental Health,* Gollancz, 1968.

GRAVES, ROBERT, *The Greek Myths,* Penguin, 1992.

GREENFIELD, SUSAN, *Brain Story,* BBC Books, 2000.

The Human Brain: A Guided Tour, Weidenfeld & Nicolson, 1997.

HARPUR, PATRICK, *The Philosopher's Secret Fire,* Penguin, 2002.

HERRIN, JUDITH, *Women in Purple: Rulers of Medieval Byzantium,* Phoenix Press, 2002.

HERODOTO, *The Histories,* trad. Robin Waterfield, Oxford University Press, 1998.

HESÍODO, *Theogony, Works and Days,* trad. M. L. West, Oxford University Press, 1999.

HILLMAN, JAMES, *The Force of Character, and the Lasting Life,* Random House, 1999.

HOMERO, *The Iliad,* trad. Robert Fagles, Penguin, 1990.

JANOWITZ, NAOMI, *Magic in the Roman World,* Routledge, 2001.

JONES, STEVE, *In the Blood: God, Genes and Destiny,* Flamingo, 1997.

The Language of the Genes, Flamingo, 1993.

Y: *The Descent of Men,* Little, Brown, 2002.

JONES, TERRY y EREIRA, ALAN, *Crusades,* Penguin, 1996.

KINGSLEY, PETER, *In the Dark Places of Wisdom,* Element, 1999.

LEWIS, BERNARD, *The Assassins: A Radical Sect in Islam,* Weidenfeld & Nicolson, 1967.

MACLEAN, JOHN, *The Idea of Immortality,* Kessinger, 1907.

MARLOWE, CHRISTOPHER, *Doctor Faustus and Other Plays,* Oxford University Press, 1998.

MARSHALL, PETER, *The Philosopher's Stone: A Quest for the Secrets of Alchemy,* Pan, 2001.

MOODY, RAYMOND A., *Life After Life,* Rider, 2001.

OGDEN, DANIEL, *Greek and Roman Necromancy,* Princeton University Press, 2001.

PINKER, STEVEN, *The Blank Slate: The Modern Denial of Human Nature,* Allen Lane, 2002.

PLATÓN, *The Republic,* trad. Desmond Lee, Penguin, 1987.

RAMACHANDRAN, V. S. y BLAKESLEE, SANDRA, *Phantom in the Brain: Human Nature and the Architecture of the Mind,* Fourth Estate, 1998.

RIDLEY, MATT, *Genome: The Autobiography of a Species in 23 Chapters,* Fourth Estate, 1999.

RULANDUS, MARTINUS, *A Lexicon of Alchemy,* Zachariah Palthenus, 1612.

SCHACTER, DANIEL L., *Searching for Memory: The Brain, the Mind and the Past,* Basic Books, 1996.

The Seven Sins of Memory: How the Mind Forgets and Remembers, Houghton Mifflin, 2001.

SCHACTER, DANIEL L. y SCARRY, ELAINE (eds.), *Memory, Brain and Belief,* Harvard University Press, 2001.

SCHNABEL, JIM, *Forever Young: Science and the Search for Immortality,* Bloomsbury, 1998.

SEARLE, JOHN R., *The Mystery of Consciousness,* Granta Books, 1998.

SHRADER, TOM, *Old Souls: The Scientific Evidence for Past Lives,* Simon & Schuster, 1999.

SYKES, BRYAN, *The Seven Daughters of Eve,* Bantam Press, 2001.

TÁCITO, *The Annals of Imperial Rome,* trad. Michael Grant, Penguin, 1961.

TERESI, DICK, *Lost Discoveries: The Ancient Roots of Modern Science - from the Babylonians to the Maya,* Simon & Schuster, 2002.

VERNANT, JEAN-PIERRE, *The Universe, the Gods, and Mortals: Ancient Greek Myths,* Profile, 2001.

VIRGILIO, *The Aeneid,* trad. David West, Penguin, 1991. *The Eclogues,* trad. Guy Lee, Penguin, 1984.

WADE, NICHOLAS, *Life Script: The Genome and the New Medicine,* Simon & Schuster, 2001.

WEINER, JONATHAN, *Time, Love, Memory: A Great Biologist and his Quest for the Origins of Behaviour,* Faber & Faber, 1999.

WILSON, IAN, *Past Lives: Unlocking the Secrets of Our Ancestors,* Cassell, 2001.

WOODS, MICHAEL y WOODS, MARY B., *Ancient Medicine,* Runestone Press, 2000.